dtv
premium

Ausführliche Informationen über
unsere Autoren und Bücher
finden Sie auf unserer Website
www.dtv.de

SANDRA

LÜPKES

TODESBRAUT

Kriminalroman

Deutscher Taschenbuch Verlag

FSC
Mix
Produktgruppe aus vorbildlich
bewirtschafteten Wäldern und
anderen kontrollierten Herkünften

Zert.-Nr. GFA-COC-001298
www.fsc.org

Originalausgabe
2010

Umschlagkonzept: Balk & Brumshagen
Umschlagfoto: mauritius images/pepperprint
Satz: Fotosatz Reinhard Amann, Aichstetten
Gesetzt aus der Arno Pro 12/13,5·
Druck und Bindung: Kösel, Krugzell
Gedruckt auf säurefreiem, chlorfrei gebleichtem Papier
Printed in Germany · ISBN 978-3-423-24781-8

Dunkle Rose, tiefe Glut,
Samtverhüllte Liebestaube,
Gurrend weiches Federwölkchen,
Hütest noch die Traumgestalten.
Lass mit allen Schleiern fallen
Alles Zögern, alle Schranken,
Bis Vergehen dich umhüllt
Schmerzgelöst im Aufbegehren.

Kurdisches Volkslied

Dunkle …

»Birçî û xasî li rê û dirban …«

Sie summt mit. Lächelt, als die Sonne schräg von oben durch die Windschutzscheibe auf ihr Gesicht scheint, unterbrochen von den Bäumen am Straßenrand, die ihre Schatten dazwischenschlagen.

Sie hat gute Laune.

»Li ser çiyanin …«

Die kurdische Band heißt Koma Dengê Azadî – Stimme der Freiheit. Darum singt sie mit. Weil sie in einem Auto sitzt – ihr erstes eigenes Auto – und sich frei fühlt.

»Berf fedi dike …«

In dem Lied geht es um Scham. Sie sollte sich schämen. Das Haar wird verwirbelt durch den Wind, den sie durch das Seitenfenster hereinlässt.

»Ji dûmana zer …«

Im Rückspiegel sieht sie das Auto heranrasen. Es ist neuer und stärker und schicker als ihr Wagen. Sobald die Gegenfahrbahn frei ist, setzt es zum Überholen an. Erst als der Fahrer auf derselben Höhe plötzlich die Fahrt verlangsamt, wird ihr das Ganze unheimlich. Ihr Blick geht nach links. Das Lächeln schwindet aus ihrem Gesicht. Der Fuß, den sie leicht auf das Bremspedal setzt, zittert. Der Motor heult auf, als sie einen Gang runterschaltet.

Eine leichte Rechtskurve bringt sie in eine ungünstige Position, auf einmal sticht ihr die Sonne direkt in die Augen.

Die Tochter auf dem Beifahrersitz hält instinktiv die Hände vor den Leib, streckt sie dann Richtung Handschuhfach und macht die Beine steif.

Ein Lastwagen kommt ihnen entgegen, blinkt warnend auf und hupt. Das andere Auto wird schneller, überholt, als wäre alles nur ein Versehen gewesen. Gerade rechtzeitig schert es ein. Das Gegenlicht blendet, erst knapp vor den plötzlich aufblinkenden Bremslichtern tritt sie auf die Bremse. Jeder andere würde jetzt anhalten. Einfach stehen bleiben, rechts ranfahren, aussteigen und durchatmen.

Aber das geht nicht. Wenn sie anhält, ist sie tot. Dafür schlägt sie sich ganz gut. Sie wird ihre neue Freiheit verteidigen.

Die Fahrbahn vor ihnen ist leer. Weiter hinten ist ein Dorf zu sehen. Nicht weit entfernt. Die Baumschatten sind schwarze Blitze.

»Weşîn wek pelan …«

Ihr Summen wird krampfhaft, die Töne beginnen zu zittern. Die Spitzen ihrer Fingerknöchel färben sich hellgelb. Trotz des Windes läuft ihr der Schweiß über das Gesicht. Aber sie lächelt. Die Tochter soll ihre Angst nicht spüren.

»Çivîk û zarok bûn …«

Das Auto fährt auf die linke Spur, bremst ab, man sieht einen Männerarm, der aus dem Beifahrerfenster winkt, Zeichen macht, sie solle anhalten. Doch sie gibt Gas. Eine lang gestreckte Rechtskurve, ein Backsteinhaus in einem Waldstück verborgen, danach ein Feldweg.

Der Wagen drängt auf sie zu, die beiden Seitenspiegel berühren sich kurz, das Geräusch kreischt im Ohr. Der Arm zieht sich zurück. Dann schieben sich beide Karosserien aneinander, Metall reibt an Metall, Funken fliegen und sie verliert die Kontrolle.

Es dauert lang. Als wäre die Zeit verklebt. Links und rechts und links und rechts, bis sich alles dreht. Die Räder heben ab. Die Sonne knipst sich aus. Ein Schatten macht alles dunkel.

Der Straßenrand, der Baum, der Stamm, die Borke, das Glas … Blut.

»Mirin fedî dike
Berf fedi dike …«
Das Summen ist vorbei.

1.

Ob es wohl einen Menschen gab, dessen Ohren Idealmaß hatten?

Wencke Tydmers war es jedenfalls nicht. Sie drückte zum dritten Mal die winzigen Stöpsel in den Gehörgang, fummelte das dünne Kopfgestell durch ihre kurzen, roten Haare, weil es schon wieder in den Nacken gerutscht war. Sie wollte die Heimfahrt nutzen, um die Aufzeichnung des heutigen Gesprächs noch einmal durchzugehen. Zwanzig Minuten würde sie mit der Stadtbahn brauchen.

Ihr neuer Heimweg. Noch hatte sie sich nicht daran gewöhnt, an die Kurven und das Knacken der Schweißstellen im Gleis, an die Gesichter ohne Meinung und die Frauenstimme, die zehn Stationen durchzusagen hatte, bevor Wencke ankam.

Müde ließ sie sich auf den Plastiksitz fallen. Die Beine waren schwer, als hätte sie einen Gewaltmarsch hinter sich. Dabei hatte sie heute Nachmittag lediglich einen jungen Mann getroffen und mit ihm geredet. Zwei Stunden lang. Nur sie und er und eine wortkarge Anwältin. Klang nach einem lauen Job. Und doch fühlte sie sich wie gerädert. Es war schon spät, gleich wurde es dunkel.

Überstunden waren hoffentlich eine Ausnahme. Sie hatte den Job unter anderem deswegen angenommen, weil man ihr geregelte Arbeitszeiten versprochen hatte.

»In meinem Geburtsjahr ist Deutschland Fußballweltmeister geworden. Meine große Schwester hat mir das Fahrradfahren beigebracht, als ich sieben war, nur weil Jan Ullrich für Schwarz-Rot-Gold die Tour de France gewonnen hat. Ach ja, und als sie Moah geheiratet hat, hat Schumacher das erste Mal abgesahnt, da war ich erst vier, aber ich kann mich an das Fest erinnern, weil sie so wunderschön ausgesehen hat in ihrem Kleid. Ich war froh, dass sie danach mit ihrem Mann noch weiter bei uns in Wunstorf gewohnt hat, denn sie hätte mir echt gefehlt. Meine Mutter ist ja gestorben, als ich noch ein Baby war, also hat Shirin sich um mich gekümmert. Im Winter waren wir mal zusammen im Harz Schlitten fahren. Dann hat sie mir geholfen, als wir in der Schule den ›Erlkönig‹ auswendig lernen mussten. Und wenn mir das Fernsehprogramm zu gruselig war, konnte ich mich hinter ihrem Rücken verstecken. Aktenzeichen XY zum Beispiel haben wir immer geguckt.«

Eine kurze, kaum merkliche Pause, die nur deswegen ins Gewicht fiel, weil die Silben zuvor wie ein langer Güterzug vorbeigerattert waren.

»Und in dem Jahr, als Deutschland Handballweltmeister wurde … Komisch, nicht? Immer haben die wichtigen Jahre in meinem Leben was mit Sport zu tun … also, dass unser Land jetzt erfolgreich war, meine ich … also mit *unser Land* meine ich jetzt Deutschland, nicht meine Heimat, die Türkei … Obwohl, da war ich erst ein einziges Mal. Bei der Hochzeit meiner Schwester …«

Ein langsames Atmen, fast, als hätte er jetzt endgültig den Faden verloren. Aber dann:

»Also, in dem Jahr, als Deutschland Handballweltmeister wurde, habe ich versucht, Shirin zu töten.«

STOP

Mist, sie war ja schon da. Die Kabel der Ohrstöpsel verhedderten sich in der Eile am Knopf ihrer Jeansjacke.

Die Straßen in diesem Stadtteil sahen sich so ähnlich, Dreißigerjahre-Backsteinhäuser mit mindestens vier Stockwerken, durch die Fenster erkannte man Ikeas praktische Lösungen für Wohnen auf engstem Raum. Da konnte man den Ausstieg schon mal verpassen.

Die sich schließenden Türen stoppten mit einem Klacken und keilten ihren Turnschuh ein, weiter vorne hörte sie den Straßenbahnführer motzen. Sie versuchte einen netten Blick, vielleicht sah man sich jetzt ja öfter, dann war sie draußen.

Die giftgrüne Bahn fuhr ohne sie weiter.

Wencke Tydmers schulterte ihren Rucksack. Sie musste nur ein paar Schritte die kleine, leicht ansteigende Straße hinauf, auf der keine Gehwegplatte ohne Kaugummi war. Sprayer hatten die Hauswand gegenüber mit einem unleserlichen Schriftzug versehen.

Sie hätte auch eine Wohnung im Schickimickiviertel haben können, Herrenhausen oder List, das Gehalt hätte gereicht. Hier war es aber netter, ein bisschen wie in der alten Heimat, bis vor drei Jahren hatte Wencke in Ostfriesland gelebt. Das Arbeiterhäuschen im Hannoveraner Stadtteil Limmer, in dem sie nun eine Dachgeschosswohnung für sich und Emil gefunden hatte, hatte fast etwas Dörfliches und lag zwischen einem Schleusenkanal und dem alten Stadtteilfriedhof, das passte auch irgendwie.

Am Kiosk, der offenbar rund um die Uhr geöffnet hatte, standen drei Jungs. Türken, vermutete Wencke, und dachte an die Tonaufnahme, die sie eben gehört hatte. Vor drei Stunden war dieses Gespräch aufgezeichnet worden und sie hatte es seitdem mehrmals gehört. Verstanden hatte sie es deswegen aber noch lange nicht. Manche Dinge überstiegen einfach ihr Fassungsvermögen. Wie kann man seine eigene Schwester töten wollen? Eben noch zusammen Schlitten fahren im Harz und Aktenzeichen XY auf dem Sofa, und dann drängt man sie mit dem Auto von der Fahrbahn ab, bei 100 km/h. Noch nicht volljährig, keinen Führerschein, die mittlere Reife mit Ach und Krach in der Tasche, und dann plant man den Mord an dem Menschen, der einem das Wichtigste im Leben ist?

Armanc Mêrdîn war vor drei Monaten aus dem Jugendstrafvollzug entlassen worden. Ein hübscher Kerl, schmierte sich kaum Gel in die Haare, trug Hosen ohne Schlabberschritt und sah so ganz anders aus als die drei, an denen sie eben vorbeiging. Nein, Armanc Mêrdîn war anders. Wenn er erzählte, lächelte er dabei angenehm schüchtern. Seine Haut hatte sie während des gesamten Interviews an etwas Süßes, Samtiges erinnert, Sahnekaramell vielleicht. Und doch war er beinahe zum Mörder geworden: Gefährlicher Eingriff in den Straßenverkehr, Fahren ohne Fahrerlaubnis, schwere Körperverletzung, das waren alles andere als Kavaliersdelikte. Dank seiner ambitionierten Anwältin war die Anklage wegen Mordversuchs fallen gelassen worden. Zweieinhalb Jahre hatte er in Hameln hinter Gittern gesessen, dort das Fachabitur gemacht und sich als Musterhäftling erwiesen. Seine Sozialprognose war vielversprechend, solange er sich nicht mehr dem Druck der Familie aussetzte. Trotzdem jobbte er jetzt ausgerechnet im Imbiss eines Onkels.

Schade, kam es Wencke in den Sinn. Schade um Armanc Mêrdîn.

Ihre Mutter winkte durch die Fensterscheibe. Bis morgen würde sie noch bleiben, danach mussten Emil und Wencke allein zurechtkommen in ihrem neuen Leben.

Kein Problem, was sollte sie in Hannover schon schrecken? Sie und ihr Sohn hatten es in Aurich geschafft, und auch die dreijährige Stippvisite in den USA hatten sie gut überstanden. Wencke machte sich keine Sorgen. Anders als ihre Mutter: seit drei Wochen belagerte diese das Gästezimmer. Einer müsse doch schließlich da sein, um die schwierige Eingewöhnungsphase zu erleichtern.

Sie war auf dem Markt einkaufen gewesen, in der kleinen Küche roch es nach diesen eingelegten Oliven und Tomaten, die es wahrscheinlich überall auf deutschen Märkten gab. Zum Glück hatte Oma Isa auch an Emils Leberwurst gedacht, damit wäre sein Abendessen zuverlässig gerettet.

»Ehrenmord – ich hab mal gelesen, die Justiz will diesen Begriff abschaffen.« Es gab für Wenckes Mutter grundsätzlich nichts Spannenderes, als den Job ihrer inzwischen fast vierzigjährigen Tochter zu sezieren. Gern begann sie das mit einer hübschen Wortklauberei.

Wencke ging reflexartig in die Defensive. »Juristisch ist es nichts anderes als ein Verbrechen aus niedrigen Beweggründen, obwohl auch das umstritten ist.«

Doch ihre Mutter rüstete weiter zum Wortgefecht. »Ich meine, es gibt Wörter wie Ehrenamt oder Ehrendoktor, Ehrenbürger … oder Ehrensache. Aber Ehrenmord? Also wirklich, als wären die Motive der Täter ehrenhaft. Da geht es doch immer um männliche Machtgeschichten, um nichts anderes als die primitive Unterdrückung der Frau. Die bringen ihre Schwestern um und dann sagen sie, dass es ihnen irgendwie um Ehre geht …«

»Wer bringt seine Schwester um?«, hakte Emil nach und blickte von seinem Comicheft auf.

Wencke warf ihrer Mutter einen unmissverständlichen Blick zu. Dann suchte sie nach Sätzen, die in der Lage waren, einem sechsjährigen Jungen etwas verständlich zu machen, was sich auch mit fast vierzig nicht einmal ansatzweise nachvollziehen ließ. »Weißt du, ich habe heute jemanden getroffen, der seine Schwester schwer verletzt hat, weil er meinte, sie habe sich falsch verhalten. Und so etwas nennt man eben auch Mord im Namen der Ehre.«

Emil biss in sein Brot. Vollkornbrot, seit ihrer Rückkehr aus Amerika war er ganz wild auf gesunde Ernährung. »Haben sie sich gestritten?«

»Nein, nicht wirklich. Er dachte nur, sie würde sich so schlimm danebenbenehmen, dass er dadurch seine Freunde verliert und vielleicht sogar von den anderen Leuten ausgelacht wird.«

»Was hat seine Schwester denn so Schlimmes gemacht?«

»Sie hat ihren Mann verlassen.«

»Ach so, die war schon erwachsen? Ich dachte jetzt, die wären so alt wie ich. Und dann hätte die vielleicht was ganz Peinliches gemacht oder ein Geheimnis verraten oder geklaut. Und dann ...« Gedankenverloren ließ er seinen Mund offen stehen. »Aber da bringt man doch keinen um, da verkloppt man den höchstens.«

Wencke lachte ganz unpädagogisch. Eigentlich sollte sie ihren Sohn jetzt maßregeln, stattdessen nahm sie einen Schluck Rotwein. »Jetzt aber Zähneputzen und dann ab ins Bett!«

Emil folgte immerhin schon nach der dritten Aufforderung. Er war auch k.o., seit zwei Wochen besuchte er die erste Klasse einer internationalen Ganztagsschule, seitdem freute er sich geradezu auf sein Bett. Um halb neun war kein Laut mehr aus dem Kinderzimmer zu hören und Wencke ließ sich neben ihre Mutter auf das Sofa fallen.

»Mord im Namen der Ehre ... Manchmal sind wir wirklich unsensibel mit der Sprache.« Ihre Mutter hatte offensichtlich noch nicht genug. »Kunstfehler zum Beispiel ist eine Perversion! Was hat denn ein schlampiger Chirurg mit Kunst zu tun?« Na klar, darüber musste sie sich aufregen, schließlich war sie – Isa Tydmers – Malerin, vor einigen Jahren sogar mal recht erfolgreich. Wencke hoffte nur, dass ihr der Rundumschlag auf alle Menschen, die über ein geregeltes Einkommen verfügten, heute erspart blieb. Diese Gespräche eskalierten regelmäßig. Eine Beamtin des Landeskriminalamtes entsprach genau dem Bild, das ihre exaltierte Mutter so gern karikierte. Früher hatte Wencke sich dann verkrochen und ihr Magengeschwür gepflegt, seit ein paar Jahren verwahrte sie sich dagegen. Heute hatte sie einfach keine Lust auf dieses Spiel.

»Man sollte das anders nennen. Vielleicht Schandmord?« Ihre Mutter griff nach dem Weinglas. »Wie du dich mit so einem Menschen stundenlang unterhalten kannst …«

»Das ist mein Job.«

»Wer weiß, vielleicht probiert der das noch einmal? Wenn er ein Radikaler ist, wird er sich wieder über die Gesetze hinwegsetzen und seine Schwester umbringen!«

»Genau aus dem Grunde versuche ich, das Prinzip dieser Tat zu durchschauen. Stell dir vor: dafür hat man mich hierher in die Landesbehörde versetzt. Ich soll als sogenannte Fallanalytikerin die Merkmale spezifischer Verbrechen herausarbeiten, damit man in Zukunft besser damit umzugehen lernt.«

»Wer ist *man*?«

»Die Justiz, die Soziologie, meine Kollegen von der Polizei, die Experten der Operativen Fallanalyse …«

»Ach, hör doch auf!« Wie Wencke dieses trockene Lachen ihrer Mutter hasste. »Die sind doch alle überfordert mit diesem Thema. Erst letztes Jahr gab es die Verhandlung in Hamburg, als ein Deutsch-Afghane seine kleine Schwester mit zwanzig Messerstichen …« Sie nahm noch einen Schluck und schüttelte den Kopf. »Das hätten deine Kollegen verhindern können, dieses junge Mädchen hat oft genug um Schutz gebeten. Aber da haben alle versagt, das ganze tolle System der Gesetzeshüter. Glaubst du, deine Analysen hätten irgendwas bewirken können?« Sie schnaubte. »Was ist denn mit der Schwester von deinem sogenannten Ehrenmörder?«

»Ich werde sie morgen treffen.«

»Steht sie denn wenigstens unter Personenschutz?«

»Ich darf dir gar nicht so viel darüber erzählen, das weißt du.«

»Die hat doch zwei Kinder, oder nicht? Habt ihr denen denn eine neue Existenz verschafft? Oder muss sie noch immer die Rache ihrer Familie fürchten, weil sie es gewagt hat, einen Ehemann zu verlassen, mit dem sie als junges Ding zwangsverheiratet wurde? Mein Gott, in was für einem Land leben wir hier eigentlich! Nichts gegen Ausländer, aber ...«

Wencke schwieg und entspannte sich bei dem Gedanken, dass ihre Mutter morgen wieder im Zug nach Bremen saß. Seit sie in der neuen Wohnung beim Wändeanstreichen und Gardinenaufhängen half, endete jeder Abend genau so. Das nächste Mal würde Wencke lieber einen Handwerker bezahlen und dafür nach der Arbeit in Ruhe auf dem Sofa lesen.

Natürlich hatte Wencke nicht die geringste Ahnung, ob ihr neuer Job »sinnvoll« war. Sie sollte ViCLAS füttern. Das war kein seltenes, hungriges, pflegebedürftiges Tier, sondern die Abkürzung für *Violent Crime Linkage Analysis System,* eine Datei, in der weltweit Verbrechensdaten gespeichert werden. Während man auf dem amerikanischen Kontinent bereits seit Jahrzehnten sämtliche Fälle in einem Informationspool zur Verfügung stellte, wurden Fallanalysen in Deutschland erst seit etwas mehr als zehn Jahren zusammengetragen. Und das auch nur mit halber Kraft, denn stets galt es, erst einmal die aktuellen Verbrechen aufzuklären, bevor man sich die Zeit nahm, sie zu verstehen. Wencke, durch ein Stipendium beim FBI inzwischen intensiv geschult, sollte nun Versäumtes nachholen und alte Fälle aus dem norddeutschen Bereich katalogisieren.

Sie musste in jedem einzelnen Fall eine Chronologie erstellen, aus der hervorging, wie es zu der Tat kommen konnte, ob sie zu verhindern gewesen wäre und wo der Zeitpunkt zu finden war, an dem der Täter kein Zurück mehr kannte. Wencke musste sich in die Opfer hineinversetzen, Kontakt mit den Angehörigen aufnehmen, die ermittelnden Polizisten und Staatsanwälte kontaktieren, eventuelle Gutachten von Psychologen und Medizinern studieren. Auch in anderen Bundesländern wurde diese Arbeit inzwischen gemacht. Und wenn die Ergebnisse irgendwann einmal bei ViCLAS zusammengetragen waren, erhoffte man sich, so etwas wie ein Grundschema für ein bestimmtes Verbrechen zu erkennen. Die Charakteristik eines Ehrenmordes: Männer bedrohen ihre Frauen, Väter ihre Töchter, Söhne ihre Mütter oder – wie im Fall der Kurdin Shirin Talabani – Brüder ihre Schwestern.

Wencke war nicht mehr Ermittlerin, wie sie es in ihrer Zeit als Kriminalkommissarin in Ostfriesland gewesen war, sondern Forscherin, Sammlerin und Denkerin. Die Fälle, mit denen sie sich beschäftigte, lagen oft schon Jahre zurück, die Täter standen fest und die Opfer, wenn sie überlebt hatten, waren gerade mit dem Vergessen beschäftigt. Und dann kam sie, Wencke Tydmers, und riss im Namen der forensischen Wissenschaft die Wunden wieder auf. Vielleicht konnte dadurch irgendwann einmal ein Mord verhindert werden. Vielleicht erleichterte es die Suche nach den Tätern. Vielleicht behielt Wenckes Mutter aber auch recht und es war tatsächlich nicht viel mehr als reine Zeitverschwendung.

Das konnte Wencke nach knapp zwei Wochen im LKA beim besten Willen nicht einschätzen. Wollte sie auch gar nicht. Zumindest heute nicht mehr.

»Ich leg mich jetzt hin. Gute Nacht!«

»Aber …« Wenckes Mutter stellte das Weinglas auf den Tisch. »Ich fahre doch morgen wieder. Sollen wir nicht noch ein bisschen reden …?«

Bloß das nicht, dachte Wencke. Sie gähnte demonstrativ.

»Du bist müde?«

»Todmüde.«

»Na dann …« Ihre Mutter winkte lustlos.

Müde war Wencke eigentlich nicht. Sie nahm ihren MP3-Player mit ins Bett, drehte ihren Kopf zur Wand und atmete durch. Die Nachttischlampe beleuchtete die persönlichen Sachen an den Wänden: ein Babybild von Emil, daneben ein Gemälde, das sie von den Auricher Kollegen zum Abschied geschenkt bekommen hatte, als sie vor drei Jahren von dort nach Amerika gegangen war. Auf dem Kleiderschrank grinste Obama sie vom Schirm einer Demokratenkappe an – das Teil hatte sie bei der fulminanten Vereidigung getragen, als sie inmitten ausflippender Amerikaner vor dem Capitol gestanden hatte. Und hinten in ihrem Nachtschrank versteckte sie die Briefe, die Axel Sanders ihr in den letzten sechsunddreißig Monaten geschrieben hatte und die allesamt unbeantwortet geblieben waren, obwohl sie die Zeilen auswendig kannte. Auf dem Tisch tickte der alte Wecker seinen gewohnten Rhythmus.

Umso fremder waren ihr die Dinge, die sie gleich hören würde. Armanc Mêrdîn berichtete von seinem Mordversuch. Seine Stimme drang aus den Ohrstöpseln, und es klang beinahe, als läge er neben ihr und erzählte bloß eine Bösenachtgeschichte.

PLAY

»Es gab keine andere Möglichkeit für mich. Dies war der Moment, in dem das Schicksal der Familie in meiner Hand lag. Das klingt für Deutsche unglaubwürdig, ich weiß. Es war meine Sache, unsere Ehre wiederherzustellen. Mein Vater, mein Onkel, meine älteren Cousins, sie alle haben es von mir … erwartet.

Ich sehe Ihnen an, was Sie denken: Klar, Shirin gehört auch zur Familie. Und Sie haben ja recht, ich würde alles dafür tun, dass es meiner Schwester gut geht.«

Die Stille nach diesem Satz dauerte mehr als zwei Minuten, wahrscheinlich war ihm aufgefallen, wie paradox das alles klang.

Wencke hatte heute Morgen vor dem Gespräch das Unfallprotokoll in die Hand genommen, damit sie wusste, wovon genau Armanc Mêrdîn sprach, wenn er behauptete, er würde alles für das Wohlergehen seiner Schwester tun.

Der Wagen von Shirin Talabani hatte sich vor drei Jahren um einen Baum gewickelt wie eine Schlange, die daran emporkriechen will. Das Wrack lag in einem See aus Glassplittern und schimmerndem Benzin, das Dach sah aus, als habe jemand einen gewaltigen Dosenöffner angesetzt. Im Bericht hatte gestanden, dass die Feuerwehr in Absprache mit dem Notarzt hydraulisches Rettungsgerät eingesetzt hatte – Schere, Spreizer und Stempel –, um die beiden verletzten Personen aus dem stark deformierten Wrack zu bergen. Denn Shirin war nicht allein unterwegs gewesen. Ihre damals dreizehnjährige Tochter Roza hatte auf dem Beifahrersitz gesessen. Die Aufnahmen des geschwollenen Kindergesichts, die Hämatome und Schnittwunden am kleinen Körper hatten sich Wencke eingeprägt – und sie rasch davon abgehalten, allzu viel Sympathie für den redegewandten Kurden zu empfinden, der da so scheu und charmant vor ihr gesessen hatte.

Wencke zuckte zusammen, als seine Stimme in ihrem Ohr wieder zu reden begann, obwohl der Klang noch immer weich und unaufgeregt war.

»Der Jugendrichter hat mich gefragt, ob ich bereue. Frau Yıldırım, meine Verteidigerin, wollte, dass ich sage, ich wäre zu der Tat gezwungen worden. Stimmt doch, oder?«

Die Anwältin hatte genickt. Sie war eine Frau Anfang fünfzig und trug – wenn sie nicht im Gerichtssaal auftrat – das Kopftuch. Es hieß, Kutgün Yıldırım sei eine Spezialistin, wenn es darum ging, Fälle von Blutfehde zu verteidigen. Dank ihres rhetorischen Talents gelang es ihr immer wieder, milde Strafen für archaische Racheengel zu erwirken. Kaum vorstellbar, denn während des ganzen Gesprächs hatte sie zwar aufmerksam zugehört, jedoch so gut wie keinmal den Mund aufgemacht. Die drei Worte, die sie an Wencke gerichtet hatte, lauteten »Für alle Fälle« und waren gefallen, als sie ihr die Visitenkarte zugesteckt hatte.

»Dauernd hat Frau Yıldırım auf mich eingeredet. Es wäre nicht meine Idee gewesen, aber als junger Kurde sei man in der Familie ja einem solchen Druck ausgesetzt, dass ich nicht anders hätte entscheiden können. Der Richter hat ihr das geglaubt, und deswegen sind es für mich auch nur knapp drei Jahre geworden.«

Wencke erinnerte sich an den freundlichen Blick, den Armanc Mêrdîn seiner Verteidigerin zugeworfen hatte.

»Aber ich sehe das nicht so. Vor dem Gericht und Frau Yıldırım habe ich immer wiederholt, was ich Ihnen jetzt auch sage: Es gibt nur zwei Dinge, die ich bereue. Erstens, dass meine kleine Nichte Roza in die Sache mit reingezogen und schwer verletzt wurde. Und zweitens, dass es mir nicht gelungen ist, Shirin zu töten. Dafür schäme ich mich. Ich habe meiner Familie noch mehr Schande gemacht.«

Man konnte hören, dass der junge Mann mit den Tränen kämpfte. Seine Stimme quälte sich durch die Sätze. Fast mitleiderregend. Man hörte den Stuhl der Verteidigerin über den Boden schieben, denn in dem Moment war sie aufgestanden, wohl, um den letzten Satz zu verhindern.

»Ich schwöre, wenn ich meine Fehler wiedergutmachen kann, ich werde es tun!«

… Rose …

Selbst wenn sie schläft, sieht sie schuldig aus.

Heute Nacht ist es warm, ungewöhnlich warm für September in diesen Breitengraden. Die Bettdecke liegt neben ihrem Körper. Das Nachthemd aus schwarzem Satin, die linke Brust sieht aus, als wäre sie aus dem Stoff herausgerutscht. Der Hof um die Warze ist weich wie ein Kissen, dunkelbraune, makellose Samthaut wie geschmolzen. Die Beine sind leicht gespreizt, eines ein Stück weit angewinkelt, das andere ausgestreckt. Entblättert wie eine Rose. Diese Blöße kann kein Versehen sein. Alles, was sie tut, geschieht mit Absicht. Aus Schamlosigkeit.

Sogar im Schlaf.

Die Gardine bläht sich leicht im Wind, der durch den Spalt im Fenster ins Zimmer zieht, weil die Tür geöffnet wurde. Draußen fahren Autos vorbei. Immer, Tag und Nacht. Das graue Musizieren der Motoren nimmt kein Ende.

Sie hat sich bei dem Lärm einen tiefen Schlaf angewöhnt.

Die Tücher sind angenehm kühl und glatt. Vier verschiedene Farben und Muster, die dazu gemacht sind, das Haupt einer Frau zu schmücken. Blumenranken und Punkte und Karos und Streifen. Neunzig mal neunzig Zentimeter. Diagonal gelegt sind sie mehr als einen Meter lang. Das reicht für einen festen Knoten.

Erst wird der Stoff um das Bettgestell geschlungen, oben und unten. Die losen Enden bilden eine Schlaufe, die sich zuzieht, wenn man daran rüttelt. Das linke Bein, der rechte Arm.

Dann wacht sie auf. Merkt aber nicht, dass sie gefesselt ist, murmelt nur, richtig bei Verstand ist sie wohl kaum. Das kann sie gar nicht sein. Das Zeug in ihrem Abendtee breitet einen Nebel im Kopf aus, der wie taub und blind macht, der die Zunge lähmt und mit Müdigkeit einlullt. Sie öffnet die Augen und lächelt. Freut sich wohl über den Besuch in ihrem Schlafzimmer.

Sie heißt jeden willkommen in ihrem Bett.

Das rechte Bein. Jetzt hat sie keine Chance mehr. Je mehr sie sich zu befreien versucht, desto fester werden die Fesseln. Der linke Arm.

Das war's.

2.

Ein Mann, der an einer evangelischen Bildungsstätte unterrichtet und sich in einem Multikulturverein engagiert, hat selbstverständlich fusseliges blondes Haar, ist schlank bis schlaksig und fährt einen dunkelblauen Skoda mit weißem Kotflügel rechts, weil er einmal jemandem die Vorfahrt genommen hat. Klischee?

Dann lieferte Peer Wasmuth, Mitte vierzig, die Vorlage par excellence für dieses Klischee. Er kroch mit sechzig über die Landstraße, wo hundert erlaubt waren. Doch sobald es eine Geschwindigkeitsbegrenzung auf der Strecke zwischen Hannover und Wunstorf gab, drückte er das Gaspedal durch, sodass das kleine Kreuz am Rückspiegel mächtig zu schaukeln begann.

Er brachte Wencke an diesem Vormittag zu ihrem Termin. Da er nur eine Dreiviertelstelle hatte, war es ihm möglich, seinen freien Tag zu opfern, damit das Gespräch mit Shirin Talabani stattfinden konnte. Er sah sich als eine Art Vermittler zwischen der Kurdin und den Behörden, sprach deren Sprache, war vertraut mit ihrer Kultur und vor allem der Vorsitzende eines Vereins, der CIFN hieß. Ausgesprochen »kiffen«, was Peer Wasmuths ausschweifenden Erzählungen selbst dann noch etwas Urkomisches gab, wenn man wusste, dass dies die Abkürzung für Christlich-Islamische-Freundschaft-Nord war.

»Ohne Kiffen würde meinem Leben eine ganz wichtige Sache fehlen.« Wenn er redete, was während der ganzen Fahrt nahezu durchgehend der Fall war, schaute er Wencke direkt in die Augen. Eigentlich eine nette Geste, wenn man nicht gerade am Steuer eines Skoda saß und eine lange Allee entlangfuhr, an deren linker Seite die tiefen Wasser des Mittellandkanals flossen. »Unser Verein hat sich beim Bundespreis für Migrationsarbeit beworben und ist tatsächlich nominiert worden! Dem Sieger winkt eine stattliche Geldsumme, fünfundzwanzigtausend Euro, außerdem ein Besuch im Kanzleramt und überregionale Presse. Nächste Woche fällt die Entscheidung. Wir sind schon ganz aufgeregt, wissen Sie. So eine Auszeichnung erhöht einfach die Spendenbereitschaft, und wir sind hinter jedem Cent her, der unsere Arbeit unterstützt.«

»Das kann ich mir denken. Ich drücke Ihnen die Daumen, dass es klappt.«

»Ich hoffe, ich kann dadurch Kiffen ein bisschen populärer machen hier im Kreis Wunstorf. Wissen Sie, es gibt so viele Mitmenschen, vor allem die älteren, die haben von Kiffen einfach noch nie was gehört oder halten es für den Untergang des christlichen Morgenlandes. Das muss ich dringend ändern.«

»Und wie wollen Sie das erreichen?«

»Wir werden sie zum nächsten Kiffen-Treff einladen. Wenn es Kaffee und Kuchen dazu gibt, probieren die Senioren auch mal was Neues aus.«

Wencke starrte aus dem Fenster und biss sich krampfhaft auf

die Unterlippe. Jetzt war nicht der richtige Moment, sich über diesen Spinner zu amüsieren, denn Peer Wasmuth spielte eine wichtige Rolle im Fall Armanc Mêrdîn. Er war fast so etwas wie ein Freund der Familie, und wenn er sich weiter so redselig gab, würde Wencke schon während der Fahrt einiges von ihm erfahren. Besser, sie nahm ihn ernst.

»Seit wann kennen Sie Shirin Talabani?«

Endlich schaute er wieder auf die Straße. »Seit mehr als zehn Jahren. Ich habe damals über das Bildungswerk meinen ersten Sprachkurs für Frauen angeboten, kostenlos. Unser Verein will die Chancen der kurdischen Frauen in Wunstorf verbessern.«

»Sie unterrichten Deutsch für Ausländer?«

»Damit habe ich mir im Studium schon ein bisschen was dazuverdient. Zweimal in der Woche nutze ich den Gemeinschaftsraum in der Wunstorfer *Aksa Camii* – der Moschee am Bahnhof. Es macht mir Spaß, ich interessiere mich für fremde Kulturen, war auch schon oft in Istanbul. Obwohl ich gläubiger Christ bin.«

»Ist das denn ein Widerspruch?«

Er schwieg verdächtig lange, und dann wechselte er das Thema. »Was genau wollen Sie eigentlich von Shirin? Doch hoffentlich nichts Unerfreuliches? Sie hat sich gerade wieder berappelt, nach dem, was vor drei Jahren geschehen ist ...«

»Ich stelle für das Landeskriminalamt Daten zu bestimmten Verbrechensarten zusammen. Reine Forschungsarbeit, wir wollen eine Art Fallstatistik erheben. Dazu brauche ich auch die Stimmen der Opfer.« Wencke sah ihn von der Seite an. Er nickte, als wäre das Ganze seine Idee gewesen. »Denken Sie denn, es wird Frau Talabani belasten, wenn sie über den Mordanschlag reden muss?«

»Sie klang zumindest nicht begeistert, als ich vorgestern unseren Besuch ankündigte.«

»Ist sie denn sehr … wie soll ich sagen … Lebt sie sehr zurückgezogen?«

Wasmuth lachte. »Nein, schüchtern ist Shirin ganz bestimmt nicht. Sie ist ein fröhlicher Mensch, sehr extrovertiert. Wollen Sie sie mal sehen?« Er fuhr ohne zu blinken rechts ran und hielt zwischen zwei Bäumen, der Wagen stand schräg, die Beifahrerseite neigte sich bedenklich Richtung Graben. Ein Traktor hinter ihnen hupte böse, doch Wasmuth schien das gar nicht zu merken. Stattdessen kramte er sein Handy heraus, drückte ein paar Tasten und hielt es Wencke freudestrahlend hin. »Das habe ich vor zwei Wochen aufgenommen. Beim CIFN-Sommerfest. Shirin hat Ayran verkauft, gemeinsam mit ihren Kindern. Schauen Sie sich diese Powerfrau an!«

Wencke betrachtete den winzigen Bildschirm, ihre Augen mussten sich erst einmal zurechtfinden, dann erkannte sie jede Menge aneinandergereihte Holztische, geschützt von bunten Sonnenschirmen. Es herrschte Gedränge vor und hinter den Verkaufsständen, auf denen sehr süß aussehendes Gebäck, etwas Obst und ein weißes Getränk aus Glaskaraffen angeboten wurden.

»Wir haben knapp zweitausend Euro eingenommen an diesem Tag«, kommentierte Wasmuth die wackeligen Videobilder. Er hatte den Wagen bereits wieder auf die Straße gelenkt, fuhr im Schneckentempo und beugte sich fast über Wenckes Schoß, um mit dem Finger auf einen knalligen Farbklecks im Hintergrund zu tippen. »Sehen Sie die Frau im roten Kleid? Gleich geht die Kamera näher dran, dann erkennen Sie Shirin genauer.«

Wencke hob das Handy. So hatte sie sich die Frau nicht vorgestellt. Aber was genau hatte sie erwartet? Eine verhuschte, verschleierte, eingeschüchterte Person im Tarnmantel? Nun, auf jeden Fall nicht so etwas: Shirin Talabani, die Frau, die von ihrem Bruder fast umgebracht worden war, platzierte ein schneeweißes Lachen in die Linse des Aufnahmegeräts. Sie warf ihre dunklen Locken nach hinten, fuhr sich noch einmal mit der Hand durch das offene Haar, dann fassten ihre lackierten Fingernägel nach einem Pappbecher, führten ihn an die Lippen, und nachdem sie einen Schluck genommen hatte, leckte eine sinnliche Zunge den Milchbart ab. Anschließend hielt sie dem Kameramann das Getränk entgegen, mit einem auffordernden Lächeln, dass man sich kaum vorstellen konnte, es sei türkischer Joghurt in dem Becher gewesen. Das war ein Champagnerlächeln.

»Erzählen Sie mir von ihr?«

»Gern!«, antwortete Wasmuth, doch dann wartete er eine ganze Weile, als lutschte er auf den ersten Sätzen herum. Konnte es sein, dass dieser brave Deutschlehrer ein bisschen verknallt war? Wencke wagte einen Blick auf seine Hände, er trug keinen Ehering. Und er war der Typ Mann, der sich von einem offenen Lächeln gefangen nehmen ließ, der es wahrscheinlich persönlich nahm, auf sich bezog und mehr hineininterpretierte, als es tatsächlich bedeutete.

Die Filmaufnahme lief weiter, zeigte Shirin von vorn, wie sie mit anderen Menschen sprach, Getränke verkaufte und ihren Charme dazu gratis verteilte. Shirin von der Seite, wenn sie Ayran aus Tetrapacks in die Glaskaraffen füllte und mit einer Papierserviette die danebengegangenen weißen Tropfen aufwischte. Shirin von hinten, als sie mit einem kleinen Jungen sprach, wahrscheinlich ihr Sohn Azad. Dann blieb das Bild stehen.

Dafür machte Wasmuth weiter. »Shirin ist in Deutschland geboren und aufgewachsen, genau wie ihre beiden jüngeren Geschwister. Die Familie Mêrdîn stammt ursprünglich aus Diyarbakir, einer Provinz in Südostanatolien.«

»Die Hochburg der Kurden, soweit ich weiß …«

»Zumindest ist es der Teil der Türkei, wo überwiegend

Kurdisch gesprochen und die kurdische Kultur gepflegt wird. Das ist nicht im ganzen Land möglich, die Unterdrückung der ethnischen Minderheiten dort ist allgegenwärtig. Erst vor ein paar Jahren standen einige minderjährige Mitglieder eines Kinderchors in Diyarbakir vor Gericht, weil sie bei einem USA-Aufenthalt kurdische Freiheitslieder gesungen hatten. Die Türken scheuen sich nicht, einen uralten Volksstamm mit allem, was dazugehört, zu assimilieren. Eine Schande ist das!«

»Aber Sie unterrichten doch auch türkische Frauen, oder nicht?«

Wasmuth schaute sie an, als verdächtige sie ihn, mit dem Teufel persönlich im Bunde zu stehen. »Ich spreche zwar auch fließend türkisch, aber nur, weil mir so der Unterricht erleichtert wird, denn die meisten Kurden wurden ja gezwungen, türkisch zu reden. Mein Augenmerk ist aber auf die kurdischen Frauen gelegt.« Die Zweideutigkeit seiner Aussage schien ihm nicht aufzufallen, und Wencke beschloss, sich ihr Grinsen besser zu verkneifen.

»Werden Kurdinnen denn stärker unterdrückt als Türkinnen?«

Er wiegte den Kopf. »Kurden sind meist sunnitischen Glaubens, und diese Moslems leben sehr traditionell. Shirin wurde schon als Mädchen dazu angehalten, im Haushalt zu helfen und sich um die jüngere Schwester und den kleinen Bruder zu kümmern, insbesondere, weil ihre Mutter früh verstorben ist. Trotzdem hat sie in der Schule gute Leistungen gebracht und nach dem Hauptschulabschluss eine Ausbildung zur Restaurantfachfrau angefangen.«

»Nur angefangen?«

»Leider ja. Der Vater war davon wenig begeistert. Die Familie nutzte den Einfluss auf das minderjährige Kind, solange es noch ging. Mit siebzehn brach sie die Lehre ab und heiratete in der Türkei einen ihr völlig unbekannten Mann. Zwangsheirat, soweit ich weiß. Moah Talabani, acht Jahre älter als sie. Er brauchte die Ehe, um nach Deutschland kommen zu dürfen. Und der Vater brauchte die Ehe, um Shirin den Weg in die Unabhängigkeit abzuschneiden. Es ist ein Jammer, sie ist so begabt ...«

»Aber warum war sie dann in Ihrer Sprachschule? Das wird sie doch kaum nötig gehabt haben.«

»Shirin ist ehrgeizig. Sie kann zwar fließend deutsch sprechen, hatte aber eine Schwäche beim Lesen und Schreiben. Das wollte sie verbessern. Damals, vor gut zehn Jahren, hatte sie überlegt, die mittlere Reife nachzumachen und dann das Fachabitur zu probieren.«

»Was ist aus den Plänen geworden?«

Wasmuth seufzte marianengrabentief. »Die wurden ihr ausgetrieben. Das glaube ich zumindest. Als Azad, der jüngere Sohn, geboren wurde, kam sie nicht mehr in den Unterricht. Meryem, die jüngere Schwester, lernte zu der Zeit bei mir. Sie hat mir erzählt, dass Shirin nach Hannover gezogen ist. Als ich sie dort besuchte, um nach dem Grund für ihr Fortbleiben zu fragen, benahm Shirin sich seltsam ablehnend und bat mich, sie in Ruhe zu lassen.«

»Und das haben Sie getan?«

»Was blieb mir anderes übrig? Stellen Sie sich vor, ich bekam sogar Besuch von ihrem Bruder und einem Cousin. Die beiden hatten schlagkräftige Argumente, dass ich mich ihrer Schwester nicht mehr nähern solle.«

»Sie haben Ihnen Gewalt angedroht?«

»Nicht direkt. Shirins Familie hat in der Wunstorfer Kurdenszene einen gewaltigen Einfluss, und sie sagten, wenn ich nicht täte, was sie wollten, dann würde es in Zukunft schwer werden, den Unterricht in den Räumen der Moschee abzuhalten. Shirins Schwester Meryem hat man den Sprachunterricht mit sofortiger Wirkung untersagt. Da musste ich klein beigeben, auch wenn es mir wirklich leidgetan hat für meine beste Schülerin.«

Was für ein Weichei, dachte Wencke. Behauptete, den kurdischen Frauen eine bessere Perspektive bieten zu wollen, und kniff, sobald es ein kleines bisschen brenzlig wurde. Ein Schönwetterprediger vor dem Herrn. Doch sie untersagte sich den spitzen Kommentar. Schließlich hatte er dieses schwierige Treffen heute ermöglicht.

Eine langgestreckte Rechtskurve, ein Backsteinhaus in einem Waldstück verborgen, danach ein Feldweg.

»Hier! Genau an dieser Stelle ist der Unfall passiert!« Er fuhr noch langsamer und zeigte auf eine Buche, die weder dicker noch größer war als die anderen Bäume links und rechts der Landstraße. »Das war ein Schock damals, mein Gott! Nie hätte ich gedacht, dass diese schreckliche Drohung wahr gemacht werden würde.«

»Haben Sie denn vorher gewusst, dass Shirin getötet werden sollte?«

»Sie hat es mir erzählt. Damals, nachdem sie ihren Mann verlassen hat, hatten wir wieder mehr Kontakt. CIFN war der Zufluchtsort für Shirin und ihre Kinder, als sie nicht mehr wusste, wohin. Sie hat sogar ein paar Tage in der Bildungsstätte gewohnt.«

Sie durchfuhren ein Dorf namens Gümmer, bogen auf eine Schnellstraße, und nach einigen sprachlosen Minuten passierten sie das Ortsschild. Was wusste Wencke über die Kleinstadt, in der sich die Tragödie der Familien Mêrdîn und Talabani abgespielt hatte? Das Landeskrankenhaus hatte eine anerkannte Psychiatrie, mit deren forensischer Abteilung würde Wencke im Zuge ihrer Arbeit bestimmt noch oft genug telefonieren. Drei dicke Militärmaschinen zogen wie überdimensionale Hummeln ihre Kreise in den Himmel und setzten zum Landeanflug auf den benachbarten Fliegerhorst an.

Wunstorf war groß genug, dass Gefahren sich im Verborgenen ausbreiten konnten, weil eben nicht jeder jeden kennt und man kaum ahnen kann, welche Dramen sich hinter den schmucken Fachwerkfassaden abspielen. Aber die Stadt war auch klein genug, dass ein solches Verbrechen, wie es sich nur wenige Kilometer vor dem Ortsschild abgespielt hatte, noch nach drei Jahren seine Narben im Miteinander hinterließ.

»Warum ist Frau Talabani nicht weiter weggezogen?«, fragte Wencke, als sie in die Straße einbogen, in der laut Aktenvermerk der Wohnsitz der alleinerziehenden Mutter war.

Wasmuth fuhr auf den kleinen Kundenparkplatz einer Videothek. Die vergilbten Aufkleber auf der Scheibe verrieten, dass der Eintritt hier erst ab achtzehn erlaubt war. Die schäbigen Plakate dahinter erklärten mit nackten Tatsachen oder blutigen Details, warum das so war.

»Ich meine, sie hätte doch ganz woanders ein neues Leben beginnen können. Schließlich hat die Familie ihr ja auch weiterhin gedroht. Man hätte sie in ein Schutzprogramm aufgenommen.«

Er lachte etwas zu besserwisserisch. »Sie scheinen sich als LKA-Frau nicht allzu gut mit den wundersamen deutschen Gesetzen auszukennen.«

Da hatte er recht, deswegen ließ Wencke seinen Spott unkommentiert.

»Shirin allein hätte sich verstecken können. Aber nur ohne die Kinder.« Er stellte den Motor ab und ließ seinen Sicherheitsgurt zurückschnallen. »Moah Talabani war in meinen Augen ein sturer Mann, der seine Frau um ihre Freiheit gebracht hat. Doch er ist nach wie vor der Vater ihrer Kinder, und Roza und Azad hat er stets auf Händen getragen, besonders den Sohn. Ergo hat er nach deutschem Scheidungsgesetz das Sorgerecht, genau wie die Mutter. Ergo ist sie verpflichtet, ihm den Aufenthaltsort der beiden zu nennen und das Umgangsrecht zu gewähren. Ergo kann Shirin nirgendwo unerkannt leben, es sei denn, sie will gegen dieses Gesetz verstoßen.«

Menschen, die »ergo« sagten, hatte Wencke noch nie leiden können. Sie war froh, endlich aussteigen zu dürfen. Wencke würde nach dem Gespräch auf weitere Chauffeurdienste verzichten und lieber mit dem Regionalzug nach Hause fahren, so viel stand fest.

Wie es aussah, wohnten Shirin Talabani und ihre Kinder zwar nicht schön, dafür aber zentral. Direkt vor dem Haus schoben sich – Stoßstange an Stoßstange – Autos, Lkws und Busse in die Enge der Innenstadt, nur wenige Schritte weiter lag die typische Fußgängerzone einer freundlichen Kleinstadt in der Mittagssonne.

Wasmuth schloss den Wagen ab. »Auf gut Deutsch: Shirin hatte keine Chance. Und wenn Sie mich fragen, die hat sie auch heute nicht.«

»Fühlt sie sich noch immer bedroht?«

»Ihr Bruder macht ja keinen Hehl daraus, dass er vollenden will, was vor drei Jahren nicht geklappt hat.«

Stimmt, so etwas in der Art hatte Armanc Mêrdîn gestern erzählt. Irgendwie hatte dieser Satz mehr auswendig gelernt geklungen, als nach einem dringenden Bedürfnis. Trotzdem: eine Drohung war eine Drohung, egal für was man sie rein intuitiv hielt, so viel hatte Wencke sowohl als Ermittlerin als auch als Fallanalytikerin bereits gelernt. »Armanc Mêrdîn hat einen Bewährungshelfer und darf sich, soweit ich informiert bin, seiner großen Schwester nicht auf hundert Meter nähern.«

»Und Sie glauben, dass ein solches Gebot einen Ehrenmörder aufhalten kann?«

Sie waren durch eine schmale Gasse auf einen Hinterhof gelangt. Schäbig gelbe Steine säumten das Karree, auf dem außer ein paar Löwenzahnflecken kein bisschen Grün zu sehen war. Eine feuchte Treppe führte in eine Souterrainwohnung. Die Tür schmückte ein kleiner, ehemals bunter Kranz aus Filz, zwei Fliegenpilze und ein Zwerg hingen bereits auf Halbmast. Die Klingel war unbeschriftet.

Wasmuth musste Wenckes Entsetzen bemerkt haben. »Das ist nicht gerade das Villenviertel von Wunstorf.«

Nein, das war es nicht. Kellerwohnungen waren ohnehin schon eine Zumutung. Aber wenn die dann auch noch feucht waren und an stark befahrenen Straßen lagen ... Die armen Kinder, die arme Frau, die ungerechte Welt.

»Aber mehr ist nun mal nicht drin. Shirin arbeitet jeden Abend in einem Restaurant, manchmal geht sie vormittags noch putzen, aber es reicht trotzdem nicht.«

»Was ist mit Unterhalt?«

Er klingelte. »Glauben Sie allen Ernstes, ein Mann, der sich von der Exfrau in seiner Ehre gekränkt sieht, zahlt regelmäßigen Unterhalt?«

»Aber das Gesetz ...«

Ein vernichtender Blick ließ Wencke verstummen. »Schön und gut, Sie sind ja quasi Gesetzeshüter, ergo müssen Sie auch an unsere Justiz glauben. Aber wenn Sie mich fragen, diese Paragrafen sind das Papier nicht wert, auf dem sie gedruckt sind. Das einzige Gericht, an dessen Gerechtigkeit ich glaube, ist das Jüngste.« Er klingelte erneut, dann schaute er auf seine Armbanduhr. »Seltsam. Wir haben exakt zwölf Uhr. Shirin ist normalerweise die Pünktlichkeit in Person.«

Doch auch nach dem dritten Klingeln blieb es still hinter der Milchglasscheibe. Wasmuth holte sein Handy heraus und tippte darauf ein, Sekunden später hörte man eine türkische Melodie aus dem Haus ertönen. Eine halbe Minute lang sang der digitale Muezzin, dann fluchte Wasmuth. »Die Mailbox? Sie hat ihr Handy immer an, wenn sie unterwegs ist. Da stimmt doch was nicht.« Fast wütend klopfte er gegen die Wohnungstür. »Shirin geht eigentlich nie ohne ihr Mobiltelefon aus dem Haus. Schon wegen der Kinder, wissen Sie? Roza und Azad sollen ihre Mutter immer erreichen können, falls mal was ist.« Er klopfte noch einmal, legte die Hände gegen das Glas und versuchte, etwas durch die blinde Scheibe zu entdecken, doch es rührte sich nichts. Resigniert ließ er die Arme sinken. »Ich verstehe das nicht. Sie hat die Uhrzeit doch selber vorgeschlagen.«

»Vielleicht schauen wir mal, ob ihr Auto da ist«, schlug Wencke vor.

»Shirin hat kein Geld für ein Auto. Aber das Fahrrad …« Er hastete die wenigen Stufen wieder hinauf und lief zu einem Holzverschlag, Wencke folgte ihm. Im Chaos, zwischen einer ausgeweideten Spülmaschine und einem Wäscheständer, klemmte ein bunt bemaltes Vehikel. »Da steht es. Sie *muss* da sein.«

»Oder sie ist eben kurz noch etwas einkaufen gegangen – zu Fuß, meine ich. Wir warten einfach im Auto auf sie.« Wencke hielt Wasmuths Aufregung für etwas übertrieben. Inzwischen hatte er begonnen, Shirins Namen zu rufen, es klang, als suche er nach einem kleinen Kind. »Shiri-hin!«

Im Hinterhaus öffnete sich ein Fenster und eine ältere Dame schob ihren mächtigen Busen über den Sims. »Da ist keiner«, gab sie ungefragt Auskunft.

Wasmuth drehte sich zu ihr herum. »Frau Hagekamp, guten Morgen.« Er lief hastig auf sie zu, schenkte ihr einen Händedruck und ein missionarisches Lächeln. »Frau Talabani und ich sind heute verabredet.«

Die Seniorin schüttelte ihre fliederfarbenen Locken. »Dann muss sie es vergessen haben. Da ist niemand. Das Licht war heute die ganze Zeit aus. Ich hab vorhin die Post aus ihrem Kasten genommen, das mache ich ja immer, wenn sie nicht da sind, damit das nicht auffällt. Einbrecher lieben Kellerwohnungen, wissen Sie.«

Doch Wasmuth gab sich nicht zufrieden. »Hat sie gesagt, wo sie ist?«

»Nein. Hat sie diesmal wohl nicht dran gedacht. Vielleicht was Kurzfristiges?«

»Und die Kinder?«

»Die sind heute Morgen ganz normal zur Schule.« Plötzlich verzog sich das Gesicht der Frau zu einer sorgenvollen Miene. »Hoffentlich ist nichts ... na ja, wenn man an damals denkt, die arme Frau ... Ihr wird doch nichts zugestoßen sein?«

Wasmuth antwortete nicht, wurde aber zusehends unruhiger. Er war ohnehin ein blasser Typ, doch allmählich wechselte seine Gesichtsfarbe ins Kalkweiße. »Ich schau mal, ob man was sehen kann.«

Hastig lief er zu einem der Hoffenster, hinter denen es dunkel war. Irgendwie war Wasmuths Sorge ansteckend. Wahrscheinlich gab es tausend Erklärungen, warum Shirin Talabani entgegen der Abmachung nicht zu Hause war. Bestimmt steckte eine Harmlosigkeit dahinter. Eine Unzuverlässigkeit oder irgendwelche kurzfristigen Dinge, die zu wichtig waren, um sie aufzuschieben, vielleicht auch einfach ein Versehen bei der Terminabsprache. Wencke wunderte sich selbst, dass eine innere Stimme partout Panik zu bereiten versuchte, während ihr Verstand dagegenhielt: Nun lass mal die Kirche im Dorf, hier ist nichts passiert, so ein Blödsinn!

Trotzdem, Wencke witterte etwas, hartnäckig. Und aus Erfahrung wusste sie, dass sie ihrem Bauch oft mehr vertrauen konnte als ihrem Verstand. Schon während ihrer Zeit als Kripofrau. Nun meldete sich die Intuition nach einer langen Auszeit das erste Mal wieder – und verhieß nichts Gutes.

Deshalb zwang sie sich, sachlich und logisch weiterzumachen. Wasmuth, der gerade durch die Fenster spähte, war schon nervös für zwei. Sie stellte sich hinter ihn. »Können Sie etwas sehen?«

Die vorgezogenen Gardinen machten den Blick nach innen unmöglich. Bunte Blumenaufkleber auf dem Glas bildeten ein fröhliches Muster. Auf der Fensterbank lagen glänzende Murmeln und drei Playmobilmännchen. Wencke kniete sich neben Wasmuth, dunkelte mit den Händen ihre Augen ab und starrte gegen den weißen Stoff. »Was ist das für ein Zimmer?«

»Dort schlafen Roza und Azad. Daneben ist die Küche, da sieht man mehr.«

Wencke stellte sich an Wasmuths Seite. Der kleine Holztisch war gedeckt, drei Frühstücksbrettchen, auf zweien lagen Krümel, das andere schien unbenutzt zu sein. In einem der Kaffeebecher war Milch. Der Käse, der in einer geöffneten Plastikverpackung lag, hatte sich am Rand nach oben gerollt. Ein paar Fliegen machten sich daran zu schaffen.

»Shirin ist total ordentlich. Sie lässt nichts herumliegen …«, gab Wasmuth zu bedenken.

»Wissen Sie, welche Schulen die Kinder besuchen?«

Er zog die Stirn kraus. »Azad ist auf der Stadtschule, Roza müsste die Berufsschule besuchen. Warum?«

Neben der Spüle lagen Butterbrotpapier und ein angebrochener Karton Trinkkakao im Minitetrapak. Ähnlich sah es bei Wencke morgens aus, nachdem sie die Pausenmahlzeit für Emil eingepackt hatte. »Ich lasse mal in den Schulen anfragen, ob die Kinder heute dort sind.«

»Glauben Sie … etwas …«

»Ich glaube erst mal nichts. Es sieht aus, als hätten die Kinder sich heute Morgen allein das Frühstück gemacht, und niemand ist bislang dazu gekommen, die Sachen wieder zurückzuräumen. Wenn die Kinder aber in den Schulen angekommen sind, müssen wir uns in dieser Richtung schon mal keine Sorgen machen.«

»Aber in anderen Richtungen, oder?« Nein, dieser Mann wollte sich einfach nicht beruhigen lassen.

»Gibt es noch mehr Fenster?«, fragte Wencke.

»Ja, Shirins Schlafzimmer liegt zur Straßenseite. Ich sehe mal nach.« Er stolperte fast über seine Beine, als er durch die kleine Gasse rannte.

Wencke holte ihr Handy aus der Jackentasche, nach dem dritten Freizeichen meldete sich Tilda Kosian. Sie war so etwas wie Wenckes Vorgesetzte, bislang hatten die beiden neuen Kolleginnen aber nicht mehr als ein halbes Dutzend Sätze gewechselt. Es hatte stets an Zeit gemangelt, an Gelegenheit und vielleicht auch an Lust. Obwohl Tilda Kosian in Wenckes Alter war, stimmte die Wellenlänge irgendwie nicht. Schon äußerlich waren sie nicht auf Augenhöhe; wenn sie voreinander standen, lagen fünfzehn Zentimeter zwischen ihnen und Wencke blickte auf den Kragen einer weißen Bluse, ein dezentes Silberkettchen und schlanke Schultern. Wollte sie Kosians Blick begegnen, musste sie zu ihr hochschauen.

»Ist es dringend? Ich bin in einer Besprechung!«

»Nur eine kleine Bitte: Könnte jemand bei der Stadt- und bei der Berufsschule in Wunstorf anrufen und fragen, ob die Talabani-Kinder dort sind?«

»Wie bitte? Warum denn das?«

»Shirin Talabani scheint verschwunden zu sein. Und vielleicht wissen die beiden …«

»Was soll denn das? Das klingt ja wie ein Einsatzkommando!« Die Empörung ließ sich bestens heraushören.

»Vielleicht ist sie in Gefahr?«

Das Lachen am anderen Ende der Verbindung klang eher wie ein Vorwurf. »Geht da vielleicht die eifrige Ermittlerin mit Ihnen durch? Darf ich Sie daran erinnern, in welcher Funktion Sie mit diesem Fall befasst sind? Wenn Sie sich Sorgen machen, dann rufen Sie die Polizei …«

»Ich bin sicher, das LKA könnte das schneller erledigen. Sie wissen doch selbst, die Polizeibereitschaft ...«

»Ich hörte schon von Ihrem Eifer, Frau Tydmers, empfehle Ihnen aber eine gewisse Zurückhaltung gegenüber den Kollegen im LKA: Wir sind hier wirklich nicht für 08/15-Aufgaben einer Polizeiwache zuständig.«

Wencke legte auf. So lief das also.

»Kommen Sie, kommen Sie, schnell!«, rief Wasmuth, der schon an der Straße stand. »Eines der Fenster steht auf Kipp!«

Tatsächlich war auf der anderen Hausseite ein Kellerfenster geöffnet. Dahinter versperrte ein heruntergelassenes Rattanrollo die Sicht.

»Nie im Leben geht Shirin aus dem Haus, ohne sich zu vergewissern, dass alles verschlossen ist!« Wasmuth lief aufgebracht hin und her, er schien vor Sorge nicht zu wissen, wohin, und war völlig neben der Rolle.

Wencke nahm das Ruder in die Hand. »Suchen Sie einen Stock oder so etwas.« Dankbar, etwas zu tun zu haben, trabte Wasmuth los. »Und fragen Sie diese Nachbarin nach einer Taschenlampe!«

Wencke schaute zur Videothek. Ein fettleibiger Glatzkopf schloss gerade die Tür auf, eine Zigarette hing ihm im Mundwinkel. Dann stellte er eine Werbetafel auf den Bürgersteig. ›Sexy Girls auf heißen Öfen‹ hieß sein neuester Film.

»Entschuldigen Sie, kennen Sie Frau Talabani?«, sprach Wencke ihn an.

»Nein«, antwortete er einsilbig und schmiss die Kippe auf den Boden.

»Sie wohnt hier in dieser Wohnung. Eine Kurdin, Anfang dreißig, zwei Kinder ...«

Nun nickte der Mann und zog die Augenbrauen hoch. »Sie meinen die Hure?«

»Die was?« Wencke blieb die Spucke weg.

»Sagt man so.«

»Wer sagt das?«

»Mein Gott, das weiß doch jeder hier in Wunstorf. Die ist nicht ohne. Alte Schlampe eben.«

»Also kennen Sie sie?«

Er wandte sich wieder ab und tat so, als sei das Platzieren seines Werbeschildes eine Aufgabe, die seine gesamte Aufmerksamkeit forderte. Während er dafür sorgte, dass der fast blanke Busen des Filmsternchens in Szene gesetzt wurde, gab er sich moralisch. »Solche Frauen will ich gar nicht kennen …«

Bevor Wencke ihre Empörung loswerden konnte, kam Wasmuth herangestürzt, in der einen Hand einen Besen, in der anderen eine Taschenlampe, die er auch aus einem Museum hätte geklaut haben können.

»Was jetzt?« Seine hellblonden, dünnen Haare standen wirr vom Kopf ab. »Soll ich das Fenster einschlagen?«

»Nein, um Himmels willen! Nehmen Sie den Besenstil und versuchen Sie, durch den Fensterspalt hindurch die Jalousie zur Seite zu schieben. Dann leuchten wir in den Raum. Sie werden sehen, es ist alles in Ordnung.«

Er kniete sich hin, seine Arme zitterten, als er Wenckes Anweisungen befolgte. Er war ein Nervenbündel. »So müsste es gehen«, rief er endlich.

Wencke kniete sich neben ihn und knipste die alte Lampe an. Der Videomann war nun auch neugierig geworden, unterbrach seine Arbeit und stellte sich breitbeinig hinter sie. »Kümmern Sie sich lieber um Ihre ›Sexy Girls auf heißen Öfen‹«, zischte Wencke. Doch er blieb, wo er war.

Der schmale Lichtkegel fiel durch die graue Scheibe, an der die Abgase aller Wunstorfer Kraftfahrzeuge zu kleben schienen. Auf einem Stuhl lagen eine Jeans und ein Pullover. Der kleine Schreibtisch neben der Zimmertür wirkte voll, aber aufgeräumt. Die Zimmerpalmen gediehen trotz der Sonnenarmut in diesem Kellerloch prächtig. Shirin Talabani schien es irgendwie geschafft zu haben, das Beste aus ihrer Wohnsituation herauszuholen.

»Was wollen Sie denn von der Frau?« Der Videomann ließ sich nicht abwimmeln, und sein Doppelkinn schwabbelte vor Aufregung.

Wencke blieb stumm. Um das Bett in der Ecke neben dem Fenster zu beleuchten, musste sie sich ziemlich verrenken. Sie presste sich gegen den Fensterrahmen und schob sich ganz nach rechts. Wasmuth drückte die hölzernen Lamellen noch weiter zur Seite. Ein Gestell mit verschnörkelten Eisenstangen, kein Doppelbett, das Laken war zerknüllt. Die Decke lag ausgebreitet über der Matratze, etwas zu weit oben, so als hätte jemand das Bett gemacht, dann aber mittendrin aufgehört. An eine Ecke war etwas Buntes geknotet.

»Soll ich mal?«, fragte Wasmuth atemlos.

Das schien ein Tuch zu sein, vielleicht ein Kopftuch. Kariertes Muster, konnte Satin sein.

»Können Sie etwas erkennen?«

Das Tuch war sonderbar verschlungen, fast geflochten, es bildete eine feste Schlaufe.

»Soll ich die Bullen rufen?«, bot der Videomann an.

»Ja, das sollten Sie tun!«, antwortete Wencke.

In der Schlaufe steckte ein Fuß.

»Was ... ist ... was ... haben Sie ...« Wasmuth drehte sich plötzlich weg und sagte kein Wort mehr. Er musste es an ihrem Gesicht abgelesen haben: Wenn Shirin Talabani die Frau war, die in diesem Bett lag, würde sie wohl nie wieder aufstehen können. Seine Hände umklammerten den Besenstiel, er holte aus und schlug gegen die Scheibe. »Verdammt!« Mehr als einen kleinen Sprung im Glas verursachte er nicht, doch der zweite Hieb brachte das Fenster zum Zerbersten. Passanten blieben stehen, den telefonierenden Softpornoverleiher hatte bereits eine kleine Gruppe Gaffer umringt. Wasmuth schien davon nichts mitzubekommen. Er riss mit bloßen Händen die zersplitterten Stücke aus dem Rahmen, griff durch das so entstandene Loch und öffnete von innen das Fenster. Seine Hand war nass vom Blut.

»Wir müssen da rein!«, schrie er unentwegt. Doch als die Öffnung groß genug war, um hindurchzusteigen, verließ ihn der Mut oder die Kraft, und er ließ sich matt auf die Pflastersteine sinken.

Wencke ahnte, es war ohnehin alles umsonst und man sollte nicht zu viele Spuren in diesem Kellerraum hinterlassen, doch sie brachte es nicht über sich, den verzweifelten Wasmuth um das letzte bisschen Hoffnung zu bringen. Und sich selbst. Hatte sie die Gefahr, die von der Familie ausging, unterschätzt? War ihr bei dem Gespräch mit Armanc Mêrdîn etwas entgangen, mit dem die Katastrophe vielleicht hätte verhindert werden können? Diese Fragen trieben sie voran, ließen Wencke unvorsichtig, vielleicht sogar unverantwortlich werden. Egal! Sie stieg, die Füße voran, durch das Fenster und betrat den Tatort. Die Scherben ritzten leicht in ihren Rücken, als sie sich über den Heizkörper schob, um langsam den sicheren Boden zu erreichen, und sie war froh über den Schutz ihrer unzerstörbaren Jeansjacke.

Im Zimmer war es stickig, trotz des geöffneten Fensters. Kein Licht brannte, alles schien an seinem Platz zu stehen, nichts deutete darauf hin, dass hier vor wenigen Stunden etwas Furchtbares geschehen war. Nichts, außer dieser Frau im Bett, deren Arme und Beine mit bunten Tüchern – Blumenranken und Punkte und Karos und Streifen – an das Gestell gefesselt waren und deren Gesicht unter der nach oben gezogenen Decke verborgen lag.

Wencke schlug das Bettzeug mit langsamer Bewegung zur

Seite. Das Gesicht, das ihr eben noch auf dem Handydisplay ein Champagnerlächeln gezeigt hatte, war nun so leblos wie eine Gipsfigur: die Augen geschlossen, der Mund halb geöffnet, die Male am Hals zeichneten sich bläulich auf der blassen Haut ab. Widerwillig berührte Wencke das Handgelenk. Doch als sie die Unbeweglichkeit und Kälte des Armes zu spüren bekam, das Grau der Haut, das Dunkel der ersten Todesflecken sah, wusste sie, ein Pulsschlag war das letzte Mal vor mindestens zwölf Stunden zu fühlen gewesen.

»Die Hure ist tot«, hörte sie von draußen eine Stimme.

Eine herannahende Polizeisirene übertönte sämtliche Reaktionen auf diesen Satz.

... tiefe ...

Wieder mal zu spät. Das Essen wartet vorwurfsvoll in der Mikrowelle. Seine Frau scheint unterwegs zu sein. Seit letzter Woche werden Begegnungen vermieden.

Auf dem Küchentisch liegt das Heft, die Tochter hat eine Fünf in Mathe.

Daneben ein Zettel: Denk an die Türklinke. Drei Ausrufezeichen dahinter. Seit einem Monat ist die Türklinke im Gästeklo locker. Wenn man nicht aufpasst, hat man das Ding in der Hand und kann nicht mehr raus. Eine Schraube festdrehen, mehr nicht.

Die Pfirsiche im Obstkorb sind matschig. Normalerweise wirft seine Frau so etwas in die Biotonne. Die Obstfliegen feiern ein Fest auf der Fensterbank.

Alles geht den Bach runter.

Im Wohnzimmer blinkt der Anrufbeantworter. Ein Anruf in Abwesenheit. Das Blinken spiegelt sich im staubfreien Vitrinenglas. Auf dem Parkett breitet sich der weiße Teppich aus. Kein einziger Fleck in der hellen Wolle.

Zweifaches Blinken. Wie ein Ruf: Schau nach, wer angerufen hat.

Die Mikrowelle klingelt. Das Essen ist jetzt zu heiß, er verbrennt sich die Zunge am Kartoffelbrei.

Frühschicht bis 13.30 Uhr. Keine Ehefrau erfreut das auf die Dauer, irgendwann zweifelt sie, so viel Arbeit, immer und immer, das ist verdächtig. Dabei stimmt es heute sogar. Dienstplanverteilung. Wer da nicht erscheint, kriegt die Wochenenden. Aber seine Frau wird misstrauisch sein. Seit letzter Woche glaubt sie ihm kein Wort.

Es ist eine Frage der Zeit, bis alles herauskommt, wirklich alles. Irgendwann geht es nicht mehr weiter bergab. Irgendwann ist man dann ganz tief unten angekommen.

Mit dem Teller in der Hand läuft er ins Wohnzimmer. Drückt die Taste.

»Sie haben – eine – neue – Nachricht.«

Er pustet ein Loch in das Püree. Jetzt müsste es gehen, mit Soße vermischt.

»Heute, 12.53 Uhr.«

Vor einer Stunde.

Auf dem Display erscheint die Nummer des Anrufers. Er kennt die Nummer.

Der Teller verrutscht in seiner Hand und dunkle Soße tropft auf den Teppich. Der erste Fleck auf dem hellen Flor.

»Hallo? Entschuldigen Sie die Störung ... Hier ist ... ähm ... könnten Sie bitte unter dieser Nummer zurückrufen? Es ist dringend.«

Das ist nicht die Stimme, die zu der Telefonnummer gehört.

Er nimmt den Hörer in die Hand.

3.

Der Muezzin sang, und es dauerte eine ganze Weile, bis Wencke begriff, dass das Gedudel aus dem Handy der Toten kam. Als keiner der anwesenden Polizisten reagierte, streifte sie sich die Handschuhe über und nahm das Gespräch an.

»Karsten Völker hier. Ich sollte zurückrufen?« Der Männerstimme war nicht anzumerken, ob sie aufgeregt war oder nicht. Er klang nur seltsam gepresst, als wäre er gehetzt oder auf der Hut. Als wollte er nicht erwischt werden.

»Wencke Tydmers, LKA. Es mag Ihnen merkwürdig erscheinen, dass ich angerufen habe, aber wir hatten Ihre Nummer auf dem Display einer …« Zu dumm, diesen Satz konnte sie kaum noch beenden, ohne dass er ahnte, worum es ging. »Kennen Sie Shirin Talabani?« Hoffentlich hatte sie die Kurve noch rechtzeitig gekriegt.

»Ihr Sohn geht bei mir zum Fußballtraining. Was ist mit ihr? Wurde ihr Handy gestohlen?«

»So etwas in der Art.« Wencke geriet ins Stocken. Zwei Männer von der Spurensicherung drängten sich im engen Flur an ihr vorbei. »Haben Sie heute Morgen mit Frau Talabani telefoniert?«

»Ich? Nein, ich hatte Dienst. Wir sind sozusagen Kollegen. POK Karsten Völker, Hannover Mitte, Raschplatz.« Er räusperte sich. »Sie können mir also ruhig sagen, weshalb Sie anrufen. Ich erfahre es spätestens morgen Vormittag auf der Dienststelle …«

Die Stimme klang zwar noch immer nervös, aber angenehm. Wencke legte eine Hand über den Hörer und beugte sich zu einem der anwesenden Polizisten. »Kennt von euch jemand zufällig einen POK Karsten Völker?« Niemand antwortete. Das war nicht verwunderlich, immerhin taten im Bereich der Polizeidirektion Hannover mehr als 3500 Kollegen ihren Dienst.

Wencke gab die Sprechmuschel wieder frei. »Sie haben recht. Es ist tatsächlich etwas passiert. Mehr kann ich am Telefon nicht sagen, das werden Sie sicher verstehen. Wenn es Ihnen nichts ausmacht, würde ich gern mal bei Ihnen vorbeischauen.«

Er nannte seine Adresse. Soweit Wencke sich in der Region bereits auskannte, lebte er in einem braven, nordwestlichen Vorort der Landeshauptstadt. Sie verabredeten sich für halb drei. Das musste zu schaffen sein, wenn Wasmuth bis dahin in der Lage war, sie zu fahren.

Seit sie vor knapp zwei Stunden das Fenster eingeschlagen, seit sie die Leiche gefunden, identifiziert und ihren Tod festgestellt hatten, saß der Mann wie weggetreten in seinem Auto. Die Polizei war angerückt, die Spurensicherung, die Presse und jede Menge Schaulustige, Peer Wasmuth hatte sich keinen Zentimeter bewegt.

Wencke hatte begonnen, sich wie eine Kriminalkommissarin zu benehmen, und sämtliche ein- und ausgehende Telefonate auf Shirin Talabanis Handy kontrolliert. Sie hatte das so professionell gemacht, die Beamten hielten sie wohl für eine unbekannte Ermittlerin. Und dass sie vom LKA kam, entsprach ja absolut der Wahrheit und erzielte die gewünschte Wirkung, wenn doch mal jemand nachgefragt hatte. Vorläufig ließ sie dieses Missverständnis besser unaufgeklärt. Warum auch nicht, sie hatte nicht vor, irgendwelche Beweise zu vernichten oder Spuren zu verwischen, sie brauchte lediglich ein paar Informationen, schließlich war der Tod von Shirin Talabani fast so etwas wie ihr Fall, wenn auch aus einer anderen Motivation heraus.

Viel telefoniert hatte die Kurdin allem Anschein nach nicht. Ein paarmal tauchte die Nummer von Peer Wasmuth auf, gespeichert waren außerdem das Restaurant, in dem sie servierte, der Kinderarzt, das Jugendamt und ein Name, der sich nach einem kurzen Anruf als der Vermieter herausstellte. Ein Reisebüro in Steinhude, mit dem Shirin Talabani vor zehn Tagen telefoniert hatte – *Sunshine Travel* – gab sich kurz angebunden, sie dürften grundsätzlich keine Auskunft über Kundendaten geben, es sei denn, eine gerichtliche Verfügung sehe das anders. Doch bis Wencke einen solchen Wisch vorweisen konnte, wären wahrscheinlich einige Stunden ins Land gegangen. Natürlich hatte Shirin Talabani regelmäßigen SMS-Kontakt zu ihrer Tochter Roza gehabt, es ging in erster Linie darum, wann diese zu Hause sein sollte und ob es noch etwas einzukaufen gab. Der Anruf auf Rozas Mobilnummer war leider erfolglos, der Teilnehmer dieses Anschlusses war zurzeit nicht erreichbar, verkündete die Blechstimme.

Mehr Glück hatte sie bei dieser letzten Festnetznummer gehabt. Eine Nummer aus Hannover, bei der am frühen Morgen von Talabanis Handy aus angerufen worden war. Vielversprechend auf den ersten Blick, doch leider handelte es sich lediglich um den Fußballtrainer des Sohnes. Egal, sie würde diesen POK Völker trotzdem besuchen, manchmal konnten gerade Außenstehende wichtige Angaben machen. Oft hatten sie genügend Abstand, um Ereignisse innerhalb einer Familie objektiv zu beobachten. Die Adresse lag ohnehin auf dem Weg nach Hannover.

Wencke notierte sämtliche Telefonnummern aus dem Speicher. Es war ein schickes Handy mit allem Firlefanz und unendlich komplizierten Tastenkombinationen, die man zu bewerkstelligen hatte, bis man das fand, was man suchte. Ein auffallend teures Telefon, wenn man bedachte, was Peer Wasmuth vorhin über die Einkommensverhältnisse der alleinerziehenden Mutter berichtet hatte. In Shirin Talabanis Kleiderschrank hingen zudem einige wenige Designerklamotten vom Feinsten, in der Schreibtischschublade lagen Schmuckteile, die auf den ersten Blick ziemlich echt und ziemlich edel aussahen. Nie hätte Wencke damit gerechnet, solche Schätze in einer Kellerwohnung zu finden. Vielleicht waren es noch Überbleibsel aus der Zeit ihrer Ehe. Dieses Handy aber war absolut neu, daran bestand kein Zweifel.

Gerade als sie nach einer Handtasche greifen wollte, an deren Griff ein fettes Chanel-Logo prangte, traf Wencke ein fragender Blick von einem der Weißkittel, und sie entschied sich, lieber zu verschwinden, bevor herauskam, dass ihre Anwesenheit alles andere als abgesprochen und gebilligt war. Sie wollte hier keine Ermittlungsarbeit sabotieren, doch eine winzig kleine Sünde beging sie, als sie einen Bilderrahmen mit dem Konterfei der Toten in ihrem Rucksack verschwinden ließ, für alle Fälle, man konnte ja nie wissen … Jetzt wurde es Zeit, sich aus dem Staub zu machen.

Was sie gesehen hatte – oder genauer gesagt: was sie nicht gesehen hatte – musste ausreichen, um sich ein Bild zu machen. Denn wer immer der hübschen Kurdin das Leben genommen hatte, war kein Getriebener gewesen, hatte ohne Hast und Druck gehandelt. Die Tür des Schlafzimmers war von außen abgeschlossen gewesen, der Schlüssel lag leicht erkennbar auf dem Türrahmen. Es gab kein Chaos, nichts war umgefallen oder vom Tisch gefegt, es musste sich also um einen leisen, bedachten Mörder handeln. Entweder hatte dieser Mensch sich absolut sicher gefühlt oder verfügte über Nerven wie Schiffstaue. Bemerkenswert. Die Spuren, die ein leichtsinniger Täter hinterließ, waren stets die ersten wichtigen Anhaltspunkte für die Ermittler. Die Tatsache, dass es an diesem Tatort nichts zu finden gab, war ein ebenso wichtiges Indiz.

Im Innenhof wartete das Bestattungsunternehmen. Die Nachbarin, Frau Hagekamp, hing noch immer über der Fensterbank und telefonierte, zu erzählen hatte sie heute sicher mehr als genug. Ein Reporter sprang auf Wencke zu, ließ sich auch durch ihr Kopfschütteln nicht abwimmeln, bis kurz nach ihr ein Polizist die Kellertreppe hinaufkam. Die Uniform war wesentlich fotogener und der Journalist verlor glücklicherweise das Interesse an der kleinen Wencke in abgewetzter Jeansjacke.

Den leichenblassen Wasmuth im Skoda beachtete niemand. Wencke öffnete die Beifahrertür und setzte sich neben ihn. Er hatte das Radio angemacht und hörte klassische Musik.

»Geht es?«

Er nickte wenig überzeugend. »Haben …« Ein Räuspern,

der Mann war am Ende. »Hat man schon etwas herausgefunden?«

»Die Experten sind dabei. Viel habe ich nicht mitbekommen. Sie wissen ja, dass ich keine Polizistin im eigentlichen Sinne bin.«

»Aber Sie haben früher bei der Kripo gearbeitet, oder?« Er blickte sie von der Seite an, seine Augen waren rot. »Ich meine, ich habe es ja selbst gesehen. Fast nackt war sie. Und der Mörder hat Arme und Beine gefesselt. Aber ihr Gesicht ... und die Zunge ...«

Das Bild, das sich ihnen im Schlafzimmer geboten hatte, war furchtbar gewesen. Selbst für Wencke. An den Anblick eines Menschen, der ganz offensichtlich eines gewaltsamen Todes gestorben war, gewöhnte man sich nie. Zudem war es ein beachtlicher Unterschied, ob man als Kriminalkommissarin zu einem Leichenfund gerufen wurde, oder ob man verabredet war, jemanden zu treffen und mit ihm zu reden, und dieser Jemand lag dann erwürgt in seinem Bett.

»Jetzt haben sie Shirin doch noch gekriegt.« Er schlug mit der flachen Hand auf das Armaturenbrett. »Nach all der Zeit, verdammt noch mal. Und ich hätte es verhindern können. Wären wir ein bisschen eher gekommen, dann ...«

»Dann hätten wir nichts geändert. Sie ist schon länger tot«, sagte Wencke. Dass Leichenstarre, Totenflecken und der bereits wahrnehmbare Verwesungsgeruch dies verraten hatten, verschwieg sie. Peer Wasmuth war kein belastbarer Mensch.

»Was passiert denn jetzt?«

»Ich habe in einer halben Stunde einen Termin in Seelze. Könnten Sie mich eventuell dort hinbringen?«

Er nickte und seine Lippen formten ein »Na klar«.

Wencke schaute auf die Uhr, es war fünf vor zwei. »Ich frage mich, wo die Kinder bleiben. Vielleicht könnten wir vorher noch bei den Schulen vorbei?«

Er startete wortlos den Wagen, fuhr rückwärts vom Parkplatz. Die Videothek hatte sich gefüllt mit Männern und Frauen, die wild gestikulierten und immer wieder auf das eingeschlagene Kellerfenster starrten. Ob sie Shirin Talabani noch immer eine Hure nannten?

Kaum bewegte der Wagen sich auf der Straße vorwärts, meldete sich Wenckes Handy.

»Kosian hier. Habe eben gehört, was passiert ist.« Besonders betroffen klang die Stimme von Wenckes Vorgesetzter jedoch nicht, eher geschäftsmäßig. »Wo sind Sie?«

»Ich fahre mit Herrn Wasmuth ...« Halt, dachte Wencke. Tilda Kosian wäre nicht begeistert, wenn sie mitbekam, wohin sie unterwegs waren. »... Richtung Hannover. Zwischendurch werde ich etwas essen, in ungefähr neunzig Minuten bin ich da.«

Ein kurzes Zögern. »Bitte melden Sie sich dann umgehend in meinem Büro.«

Das hörte sich nicht gut an. »Worum geht es?«

»Frau Tydmers, Sie sind jetzt seit zwei Wochen bei uns, und wir beide hatten noch nicht die Gelegenheit, uns konkret über Ihren Einsatzbereich auszutauschen. Ich denke, heute ist der richtige Tag dafür.«

»Soll ich Kuchen mitbringen?«, konnte Wencke sich nicht verkneifen. Doch die Verbindung war bereits beendet.

Die Stadtschule lag zwischen hohen Bäumen am Ufer der Westaue, ein moderner Klinkerbau mit dreieckigen Fensterelementen und ein paar gezielt gesetzten Farbtupfern, die dem Ganzen einen gewollt verspielten Anstrich verliehen. Doch kein einziges Kind zeigte sich auf den Klettergerüsten und die Vordertür war verschlossen. Erst auf das energische Klopfen hin öffnete eine Reinigungskraft den Eingang und führte Wencke und Peer Wasmuth über einen feucht gewischten Fliesenboden zum Lehrertrakt.

Eine ältere Pädagogin war noch anwesend, packte gerade ihre Tasche und erschrak ein wenig, als sie bemerkte, dass Besuch gekommen war.

»Entschuldigen Sie, wenn wir hier so hereinplatzen.« Wencke ging auf sie zu und grüßte mit einem verbindlichen Handschlag. So hoffte sie, sich um nähere Erklärungen zu bringen, wer sie eigentlich war und mit welcher Befugnis sie in einer Wunstorfer Grundschule Fragen stellte. »Es geht um einen Ihrer Schüler, Azad Talabani. Wissen Sie zufällig, ob er heute in der Schule war und wann er nach Hause gegangen ist?«

»Moment«, gab sie sich geschäftig und setzte eine Lesebrille auf, die bislang an einer Kette über dem flaschengrünen Pullover gebaumelt hatte. Der Finger lief über eine lange Namensliste, die an der Pinnwand hing. »Wir haben zweihundertfünfzig Kinder auf unserer Schule, da kann man nicht alles im Kopf haben.« Dann tippte sie auf eine Zeile. »Klasse 2b. Bei der Kollegin Issel-Bergemann.« Mit einer tänzerischen Bewegung drehte sie sich um neunzig Grad und nahm eine andere Liste ins Visier. »Die hatten heute um halb zwölf Schulschluss. Aber soweit ich es sehen kann, ist der Junge in der Betreuung, die geht bis Viertel vor eins.« Jetzt wandte sie sich wieder an Wencke. »Was ist denn mit ihm? Wird er vermisst?«

Im Grunde ja, dachte Wencke. Die Uhr im Lehrerzimmer zeigte Viertel nach zwei, demnach hatte Azad seit anderthalb Stunden frei, ohne zu Hause angekommen zu sein. Grund genug, sich Sorgen zu machen, die Tatsache, dass seine Mutter in der letzten Nacht ermordet worden war, kam mehr als erschwerend hinzu. Trotzdem entschied sie sich für eine ausweichende Antwort. »Es gab einen Unglücksfall in seiner Familie. Wir wollen ihn darauf vorbereiten …«

Wasmuth machte einen mutigen Schritt nach vorn. »Ich komme von Kiffen …«

Die Pädagogin schaute ihn entgeistert an.

»Das ist der Verein für christlich-islamische Freundschaft. Daher kenne ich die Familie Talabani.«

Die Frau verzog den Mund. »Wer kennt die hier in Wunstorf nicht?«

Fast unbemerkt war ein junger Mann in das Lehrerzimmer getreten. Er machte einen entspannten Eindruck, wirkte voller Tatendrang. Vom Alter und von seiner Haltung her tippte Wencke auf einen Referendar.

Er räusperte sich. »Ich krieg grad das Gespräch so mit halbem Ohr mit. Der Azad wurde heute nach der Betreuung von seiner großen Schwester abgeholt. So wie immer.«

»Kennen Sie den Jungen?«

»Ich habe ihn in Sport. Blaue Augen und keine eins vierzig hoch, aber eine Stimme wie nach drei Schachteln Zigaretten. Ein süßer kleiner kurdischer Macho, hat so einen dunklen Schulranzen mit roten Ferraris drauf, typisch Junge eben.« Der Lehrer befestigte Fahrradklammern an seiner Jeans. »Nur wenn seine Schwester ihn abholt, dann kuscht er.«

»Ist Ihnen heute irgendetwas an ihm aufgefallen?«

Nach kurzem Überlegen nickte der Mann. »Er hat erzählt, dass er heute nicht zum Fußball gehen kann, weil er seinen Vater besucht. In der Umkleidekabine habe ich dann gesehen, dass in seinem Schulranzen Zahnbürste, Schlafanzug und Teddybär steckten. Ich habe ihn gefragt, ob das wohl ein längerer Besuch werden sollte bei seinem Vater, und er sagte, seine Schwester habe gemeint, er solle das alles einpacken.« Nun wurde der Jungpädagoge etwas aufgeregter und wandte sich an seine Kollegin. »Der Vater ist doch umgangsberechtigt? Oder nicht?«

Diese zuckte die Achseln. »Bei der Familie blicke ich nicht mehr durch.«

»Wirkte der Junge denn verstört?«, hakte Wencke nach.

»Eigentlich nicht. Hatte eine große Klappe wie immer. Aber

so sind die meisten Jungen seines Kalibers. Azad ist da weder schlimmer noch besser.«

»Seines Kalibers?«

»Na ja, korrekt gesagt: mit Migrationshintergrund. Aber das klingt so pauschal.« Der junge Lehrer setzte einen Fahrradhelm auf. »Kann ich sonst noch etwas für Sie tun?«

»Vielen Dank!«

»Dann wollen wir mal hoffen, dass es nichts Schlimmes ist …« Damit war er auch schon aus dem muffigen Lehrerzimmer verschwunden.

Peer Wasmuth folgte ihm. Wencke verabschiedete sich von der Lehrerin, kritzelte ihre Telefonnummer auf einen Notizzettel und legte ihn auf einen Stapel Mathehefte, über den die Lehrerin sich zwischenzeitlich gebeugt hatte. »Wenn Ihnen oder Ihren Kollegen noch etwas einfallen sollte …« Nach einem abwesenden Nicken verließ auch Wencke den Raum.

Sie hatte ein übles Gefühl. Auf dem Küchentisch der Familie Talabani hatten drei Frühstücksbrettchen gelegen, eines davon unbenutzt. Was war heute Morgen in der kleinen Kellerwohnung geschehen, in der die tote Mutter hinter einer verschlossenen Tür gelegen hatte? Die Kinder schienen nichts von der Katastrophe bemerkt zu haben, sie machten sich selbstständig das Frühstück und gingen in die Schule. Das Brettchen, das sie für ihre Mutter gedeckt hatten, blieb unberührt. Doch wie passte es ins Bild, dass der kleine Azad seine Sachen gepackt hatte und gegen Mittag mit seiner Schwester zum Vater gegangen war? Die Kinder mussten entweder doch etwas mitbekommen haben, was schwer vorstellbar war, wenn der Junge sich ansonsten unauffällig verhalten hatte. Oder jemand hatte ihnen gesagt, was sie tun sollten. Aber wer? Vielleicht die Mutter, weil sie bei dem Gespräch mit Wencke und Peer Wasmuth ungestört sein wollte. Oder jemand aus der Familie, der Vater selbst, die Großeltern, der Onkel …

Der Täter musste unbemerkt in die Wohnung gelangt sein, denn es gab keinerlei Einbruchsspuren. Hatte Shirin Talabani ihm die Tür geöffnet? Oder war er im Besitz eines Zweitschlüssels? Alles sprach dafür, dass der Täter sich in der Wohnung auskannte oder zumindest mit deren Bewohnern vertraut war. Klar, Wencke dachte an den Bruder, an Armanc Mêrdîn, den smarten Jungen, der ihr gestern seine Geschichte erzählt hatte. Vielleicht war er in dieser Nacht aufgebrochen, um seinen geplanten Mord endlich zu vollenden. Aber hätte Shirin ihrem Bruder tatsächlich die Tür geöffnet?

»Fürchteten die Kinder sich eigentlich vor dem Rest der Familie?«, fragte Wencke, als sie vom Schulparkplatz fuhren und Wasmuth den Schildern nach Hannover folgte.

»Shirin hat immer versucht, die beiden aus dem Drama herauszuhalten. Aber Roza war ohnehin traumatisiert. Seitdem der Unfall ihr Gesicht entstellt hat, zog sie sich zurück, trug sogar den Schleier, sehr zum Missfallen ihrer Mutter …«

»Trotzdem hat sie ihren Vater besucht?«

»Natürlich. Moah Talabani hat ja mit dem Mordanschlag nichts zu tun, zumindest nicht direkt.«

»Aber ist er nicht auch in seiner Ehre gekränkt worden? Ich meine, Männer, die Mordgedanken gegen ihre Frauen hegen, weil sie von ihnen verlassen oder betrogen wurden, sind ja auch in unserem Kulturkreis zu finden. Ich hatte mal einen Fall hier ganz in der Nähe, im Teutoburger Wald. Da hat ein Mann seine Frau sogar bis ins Kurheim verfolgt, weil sie sich von ihm trennen wollte, und dieser Mann war Deutscher …«

»Ja, natürlich werden Herr Talabani und seine Familie sich gedemütigt fühlen. Aber für die Ehrverletzung, die Shirin sich hat zuschulden kommen lassen, ist ihre Ursprungsfamilie zuständig. Weil sie sich nicht so verhalten hat, wie man es von ihr erwartet, weil sie Regeln gebrochen hat und schamlos war – diese Schande wird den Eltern und Geschwistern, sogar den

Onkels und Cousins gemacht, weil sie eine solch verdorbene Frau in ihrer Mitte großgezogen haben. Sie alle werden dafür zur Verantwortung gezogen. Sehen Sie, man kann das nicht mit unseren Werten vergleichen. Die Ehre zählt bei den Kurden und Türken mehr als alles andere …«

»Mehr als das Leben?«

Er nickte. »Es gibt im Türkischen wesentlich differenziertere Begriffe für Ehre – *Şeref* ist beispielsweise das Ansehen, das sich ein Mann in einer Gemeinschaft erarbeitet hat, durch Vermögen, Arbeit oder Frömmigkeit – Frauen können diese Art von Ehre niemals erwerben, sie ist eine reine Männersache. *Saygı* steht für Respekt und Gehorsam, den man dem Familienoberhaupt, dem Patriarchen, schuldet. Was der Vater, der Onkel oder der älteste Bruder sagt, wird nicht infrage gestellt, ist unfehlbares Gesetz. *Namus* aber ist die wichtigste Form von Ehre …«

»Inwiefern?«

»*Namus* ist die einzige Ehre, die man nicht gewinnen, sondern nur verlieren kann. Und das betrifft dann die ganze Familie. Wenn ein Mitglied diese Ehre beschmutzt, so ist die ganze Verwandtschaft nichts mehr wert. Wenn eine Frau in der Hochzeitsnacht kein blutbeflecktes Laken vorzeigen kann, werden alle ihre Angehörigen mit ihr ins Chaos gestürzt.«

»Ich bitte Sie, das gilt vielleicht in Südostanatolien, aber doch nicht in einer Kleinstadt in Niedersachsen.«

»Manchmal denke ich, diese Traditionen werden strenger gehandhabt, je länger eine Familie in Deutschland lebt. Studien haben ergeben, dass die dritte Generation der hier lebenden Türken sich fundamentalistischer gibt als die Eltern und Großeltern. Fragen Sie mal einen deutschen Gynäkologen, wie oft er von verängstigten muslimischen Teenagermädchen gebeten wird, das Hymen wiederherzustellen.«

Wencke nickte zu allem, was Wasmuth referierte. Einerseits erschien ihr vieles fremd, bodenlos und schlichtweg inakzeptabel. Sie wusste, es war ganz und gar nicht einfach, sich diesem Thema zu widmen, und es bedeutete weitaus mehr, als sich nur mit Tätern und Opfern zu unterhalten.

Andererseits kam sie nicht umhin, die Grundidee unangenehm vertraut zu finden. Alles basierte auf Schemata, die es zu erfüllen galt. Und wehe, man tanzte aus der Reihe: War die Mutter Malerin, sollte die Tochter besser nicht Polizeibeamtin werden; arbeitete man als Fallanalytikerin für das LKA, hatte man seine Finger aus einer aktuellen Mordermittlung zu lassen.

Wenn man einen verheirateten Mann liebte, so war dieser Mann tabu, auch wenn er einem wöchentlich Briefe nach Amerika schickte. Alles andere brachte einem nichts als Ärger ein. Warum dachte sie ausgerechnet in diesem Moment an Axel Sanders?

Wasmuth fuhr für seine Verhältnisse schnell. Irgendwann hörte er auf zu erzählen.

Wencke registrierte das kaum. Sie war viel zu sehr damit beschäftigt, sich den Ärger auszumalen, der ab heute auf sie wartete.

Nach kurzer Suche fanden sie unter der notierten Adresse in Seelze ein typisches Einfamilienhaus mit Metallschaukel in den unvermeidlichen Elementarfarben im Garten. Wasmuth blieb im Wagen sitzen, die Fahrt hatte ihn fertiggemacht, er brauchte seine Ruhe, behauptete er. Das war Wencke nur recht.

Die Klingel ahmte Big Ben nach und POK Karsten Völker hatte schon vor dem letzten Dong die Tür geöffnet. Mit seinem mittelblonden Standard-Polizisten-Schnauzbart erinnerte er Wencke ein wenig an den Auricher Kollegen Britzke. Er trug sein marinefarbenes Uniformhemd mit kurzen Ärmeln, im

Flur stand eine gepackte Sporttasche. Wencke konnte weiter hinten eine moderne Küchenzeile ausmachen, am Fenster stand eine Frau mit Kaffeepott und schaute sich die unbenutzten Spielgeräte auf dem Rasen an. Die dicke Luft im Hause Völker atmete Wencke sofort ein.

»Ich habe mit den Kollegen telefoniert und weiß Bescheid!«, sagte der Polizist statt einer Begrüßung. »Shirin Talabani wurde ermordet.«

Er verschwieg, was er davon hielt, und nichts an ihm verriet, ob diese Sachlichkeit mühsam zur Schau gestellt war oder aus der professionellen Distanz eines Polizeibeamten resultierte. Durch seinen Informationsvorsprung hatte er Wencke um diesen kleinen Moment der Nacktheit gebracht, mit dem die Menschen sonst auf eine Todesnachricht reagierten.

»Meine Frau hat Kaffee gekocht, kann ich Sie damit begeistern?«

Wencke nickte und die Frau kam wie auf ein unhörbares Kommando mit einer dampfenden Tasse in den Flur. »Milch und Zucker?« Sie sah hübsch aus, war schlank und modisch gekleidet. Kurz, sie war die Sorte Frau, die es allen recht machte. Nur lächeln wollte sie nicht.

»Nein danke, ich trinke schwarz.« Wencke nahm den Kaffee, pustete in die dunkle Flüssigkeit und zählte innerlich bis drei, dann begann sie das Gespräch. »Haben Sie inzwischen herausgefunden, warum heute Morgen von Shirin Talabanis Nummer aus bei Ihnen angerufen wurde?«

Die Frau räusperte sich. »Kommen Sie doch mal mit ins Wohnzimmer.«

Wencke folgte in einen riesigen Raum mit angrenzendem Wintergarten. Die Gardinen passten zum Teppich, zu den Kissen, sogar zu den kleinen Deckchen, die auf dem Glastisch lagen. »Hübsch haben Sie es hier«, sagte Wencke, keinesfalls, weil sie das tatsächlich fand, sondern eher, weil dieser Raum es geradezu einforderte, gelobt zu werden. Schöner Wohnen dreidimensional. Lediglich ein brauner Fleck auf dem Teppich füllte die Lücke, die die kataloghafte Leblosigkeit klaffen ließ.

Frau Völker lächelte dünn, dann drückte sie ein paar Knöpfe auf einem kompliziert aussehenden Anrufbeantworter. »Ich habe die Nachricht erst am späteren Vormittag abgehört.«

»Alte Nachricht, heute, 7.20 Uhr«, verkündete die Blechstimme. Dann piepte es digital und man hörte ein Rauschen und Kramen. Schließlich war eine Mädchenstimme zu hören, ein wenig schüchtern, als spräche sie nur selten auf einen AB. »Azad kommt heute nicht zum Fußball. Soll ich von meiner Mutter ausrichten. Ach ja, hier spricht Roza, seine Schwester.« Sie klang jünger als sechzehn und sprach mit leichtem Akzent, Unruhe war ihr nicht anzumerken.

»War Frau Talabani um diese Zeit schon tot?«, fragte Karsten Völker, nachdem die Aufnahme durch ein erneutes Piepen beendet war. »Ich frage mich nämlich, was die Kinder mitgekriegt haben. Einerseits klingt alles so normal, andererseits muss es ja einen Grund geben, warum sie um diese Uhrzeit schon wussten, dass Azad nicht zum Fußball kommen wird. Das passt doch nicht ...«

»Vielleicht hat ihre Mutter schon am Abend gesagt, dass das Training ausfallen muss«, überlegte Wencke. »Aber warum hat sie dann nicht selbst bei Ihnen angerufen?«

»Ich habe meinen Fußballkindern gesagt, nach acht Uhr abends ist Schluss mit anrufen. Sie ahnen ja nicht, wie oft hier das Telefon klingelt, weil irgendjemand irgendwas hat oder wissen will. Und meine Frau und ich brauchen auch einmal unseren Feierabend, bei aller Liebe.«

»Welchen Verein trainieren Sie?«

»Die Kreisklassen-U8-Jugend des Forte Hannover.«

»Warum war Azad denn in einer Hannoveraner Mannschaft? Er hätte doch auch in seinem Heimatort Wunstorf spielen können.«

»Aus alter Verbundenheit. Als er noch in Hannover lebte, war er bei meinen Forte-Knirpsen. Eine Vorschulmannschaft, eher Spaß als richtiges Spiel. Aber er hat durchaus Talent und Ehrgeiz gezeigt, deswegen sind wir ganz froh, dass er uns auch nach seinem Umzug treu geblieben ist. Zudem sind in unserem Verein sehr viele kurdische Kinder, das mag auch ein Grund gewesen sein.«

»Dann kennen Sie die Familie Talabani ja schon recht lange ...«

»Sogar die Tochter Roza hat bei mir trainiert.«

»Tatsächlich?«

»Sie war gar nicht schlecht, Abwehr, es hat nicht viel gefehlt, und ich hätte sie rechtsaußen eingesetzt.«

Man merkte Karsten Völker an, dass er in seinem Element war. Doch je mehr der Feuereifer in seinem Gesicht leuchtete, desto düsterer wurde die Miene seiner Frau. Wencke ahnte, das Thema Fußball hatte etwas mit dem schlechten Klima in diesem Haus zu tun.

»Und dann?«

»Leider hat Roza sich nach ihrem schrecklichen Unfall sehr verändert. Schleier und Rock, da passt Fußball natürlich nicht mehr.« Völker hob die Achseln. »Aber nun würde mich einmal interessieren, warum das LKA sich eingeschaltet hat.«

Wencke nahm einen Schluck Kaffee, um Zeit zu gewinnen. Ihr hätte klar sein müssen, dass ein Polizist ihr Auftauchen kritischer beobachten würde als eine Grundschullehrerin. »Ich beschäftige mich derzeit mit Verbrechen dieser Art.«

»3. Dezernat? Waterlooplatz?«

»Genau.«

»Ich habe schon ein- oder zweimal mit Ihrer Kollegin, Frau Kosian, zusammengearbeitet. Ein interessanter Ansatz, diese

Operative Fallanalyse, OFA sagen wir.« Er lachte kurz. »Reimt sich auf Sofa, spotten manche. Ich dachte bislang auch, ihr macht eure Arbeit in erster Linie bequem im Sitzen, bei einer Tasse Kräutertee natürlich. Aber Sie scheinen ja ein bisschen aktiver zu sein.«

Es wurde brenzlig. »Eher eine Ausnahme. Der alte Fall von damals, wissen Sie …« Wencke schielte zur schick verchromten Wanduhr. In dreißig Minuten musste sie in Tilda Kosians Büro sitzen, selbst wenn hier vielleicht noch ein oder zwei Fragen offen blieben, es war höchste Zeit, zu gehen. Der Tag rauschte ohnehin wie auf einer Schnellstraße an ihr vorbei. »Dürfte ich vor meinem Aufbruch einmal Ihre Toilette benutzen?«

Frau Völker zeigte wortlos auf eine Tür mit Pinkelmännchen aus Kupfer, und wie Wencke erwartet hatte, roch es dahinter nach allem möglichen, nur nicht nach Klo. Die Handtücher waren flauschig, das Toilettenpapier zu einem Dreieck gefaltet, der Spiegel frei von Wasserflecken. Aber die Türklinke war locker, als Wencke danach griff, hörte sie draußen etwas zu Boden fallen und hielt ein Stück geschwungenes Messing in der Hand.

Sie klopfte gegen die Tür. »Mir ist ein Malheur passiert! Hallo?« Niemand schien sie zu hören. Das Fensterchen war so klein, dass nur ein magerer Säugling sich dadurch nach draußen retten könnte. »Kann mir mal jemand helfen? Ich kriege die Tür nicht auf.« Was für eine dämliche Entschuldigung, die sie ihrer Vorgesetzten gleich würde servieren müssen. Eingesperrt auf einem picobello Gästeklo in einem Haus, in dem sie laut Dienstvorschrift eigentlich nichts zu suchen hatte. »Hallo?«

Niemand kam. Wencke setzte sich auf den Toilettendeckel und überlegte. Die Liste mit den notierten Telefonnummern fiel ihr ein. Die paar Zahlen waren flink ins Handy getippt und fast im selben Moment erschallte ein hektisches Geklingel.

»Völker?« Die leicht gereizte Gattin hatte abgenommen.

»Wencke Tydmers hier. Es mag blöd klingen, aber ich komme nicht aus Ihrer Toilette, die Türklinke …« Das Gespräch wurde unterbrochen.

»Karsten! Ich hatte dir einen Zettel geschrieben: Mach – die – Türklinke – fest!«, hörte Wencke die schlagartig schrille Stimme der Frau durch den Flur hallen und fragte sich, zu welchem Ausdruck das so brave Gesicht in diesem Moment entglitten war. »Hundertmal hab ich dir das gesagt! Diese verdammte Türklinke! Zwei Minuten, mehr nicht! Für jeden Scheiß hast du Zeit, für Gott und die Welt, für Fußball und Türken! Aber hier zu Hause – da geht alles, alles vor die Hunde!«

Gelber, fettiger Saft tropft in die Schale, sammelt sich in den Rillen, fließt in den Auffangbehälter. Der glühende Grill bräunt den Fleischspieß von allen Seiten. Das elektrische Messer schabt dünne Scheiben ab, sie fallen in die Schüssel, zwei Portionen, perfektes Augenmaß. Das Pide wartet aufgeschnitten neben der Arbeitsfläche. Weißkraut, Rotkohl, Salat, Gurke und Saucen isst in der Türkei kein Mensch dazu, das ist eine rein deutsche Erfindung. Man hat schon mal versucht, diese Kombination als Fastfood in der Türkei einzuführen – absolut erfolglos.

Es sind die letzten Tage vom Ramadan. Bald ist der Fastenmonat vorbei, dann wird *Bayram*, das Zuckerfest, gefeiert. Doch im Grunde merkt man hier keinen Unterschied. Obwohl das Fasten zu den fünf Säulen des Islam gehört, hält sich hier in Deutschland kaum ein Moslem daran. Es ist ein Monat wie alle anderen. Die türkischen Landsleute kommen in den Laden, egal, ob man die Mondsichel sehen kann oder nicht.

Und bei der Hitze ist der Durst nicht zu ertragen. Die eiskalte Cola tut gut.

Im Radio läuft ein Privatsender, ein Moderatorenduo macht Scherze über Heidi Klums Intelligenzquotienten, danach spielen sie einen Song von Seal. *Metropol FM* wird nur eingestellt, wenn der Chef zugegen ist. Onkel Serat besteht darauf, dass in seinem Laden türkische Musik gespielt wird. Er glaubt fest daran, dass es den Umsatz steigert, weil es authentischer wirkt.

Heute ist ein ruhiger Nachmittag, außer dem Kunden, für

den die beiden Döner sind, stehen noch zwei Teenagermädchen neben dem Getränkekühlschrank und hören Musik. In der Kasse ist nicht viel Geld. Am Wochenende sitzt mehr drin, dann lohnt sich das Geschäft. Wegen der Nähe zum Bahnhof haben sie mehr Andrang, wenn gegen Abend die Pendler aus Hannover ankommen. So gegen fünf. In einer guten Stunde also. Es lohnt noch nicht, einen neuen Spieß aus dem Kühlraum zu holen.

Vor dem Imbiss hält ein Passat. In Niedersachsen fährt die Polizei Volkswagen. Jeder in Wunstorf kennt die Zivilfahrzeuge, ein dunkelroter, ein silberner und ein blauer Kombi. Zwei Männer und eine Frau steigen aus, sie scheinen es eilig zu haben. Manchmal essen die Polizisten hier in der Mittagspause Döner oder Lahmacun. Aber diese drei machen nicht den Eindruck, besonders hungrig zu sein.

Der Kunde lässt sich das Essen einpacken, bezahlt und verabschiedet sich. Er kommt mindestens einmal die Woche, arbeitet in der Bank. Kundenberater – deswegen nimmt er nie Zwiebeln und Tzaziki. Als er den Laden verlässt, treten die drei Polizisten ein und zeigen ihre Ausweise.

Die Mädchen am Getränkeautomaten setzen erschrocken die Kopfhörer ab. Vielleicht haben sie etwas angestellt und fürchten nun, dass die Ordnungshüter ihretwegen gekommen sind. Aber die Beamtin wendet sich an den Mann, der eben das Fleisch vom Spieß geschabt hat. Obwohl sie ihn vom Sehen kennt, vergewissert sie sich und fragt nach seinem Namen.

Die beiden Teenager wollen wissen, ob sie gehen dürfen, sie hätten noch Hausaufgaben zu erledigen. Die Beamten nicken ihnen zu. Selten laufen die beiden Jugendlichen in einem solchen Tempo. Sie haben ihre Cola nicht bezahlt, aber darauf kommt es jetzt nicht an.

Der Dönergrill verbreitet seine Hitze im ganzen Tresenbereich. Von vorn aus der Kühlung schafft die Kälte es nur wenige

Zentimeter in den Raum. Draußen ist es auch noch sommerlich warm. Der Angesprochene trägt nur ein T-Shirt aus Baumwolle, auf der Brust prangt das Logo der Imbissbude. Schweiß zeichnet auf dem Rücken ein Muster. Die Flecken waren vorhin noch nicht da, aber jetzt, wo die Bude voller Polizisten ist, breiten sie sich aus.

Das Lied von Seal ist zu Ende, der Übergang zu den Söhnen Mannheims ist nahtlos, als gehörten die Stücke zusammen. »Geh davon aus, dass mein Herz bricht …«

Sein Onkel Serat hat gesagt, er kann bleiben, solange er keinen Unsinn anstellt.

Er weiß, dies wird der letzte Tag sein, den er hier arbeitet.

4.

»Hatten wir nicht halb vier ausgemacht, Frau Tydmers?«

Tilda Kosian wäre vielleicht sogar hübsch – mit ihrem langen, schwarzen, glatten Haar und der makellosen Haut könnte man sie einen Schneewittchentyp nennen – wenn sie nicht so verbissen die Lippen zusammenpressen und stattdessen irgendetwas Freundliches in den Augen leuchten würde.

So wirkte sie schlicht und ergreifend: unangenehm. Wencke hatte vom ersten Moment an eine Abneigung, ja fast eine Allergie gegen ihre offizielle Vorgesetzte entwickelt: leichter Schüttelfrost überkam sie, sobald sich die Kosian in ihrer Nähe aufhielt. Zum Glück war das selten der Fall. Anders als in einem Kommissariat arbeitete im 3. Dezernat des LKA jeder für sich. Neben Wencke und Tilda Kosian gab es noch eine bislang namenlose Praktikantin und Boris Bellhorn, der um die dreißig und eigentlich ganz sympathisch war. Der Vierte im Bunde hieß Roland Kratz und war schon seit zwei Monaten wegen einer Bandscheibenoperation krankgeschrieben. Es gab nur selten Besprechungen, denn alles, was man sich mitzuteilen hatte, ließ sich wunderbar via Intranet weiterleiten. Von Zimmer zu Zimmer konnte einem der Weg sehr lang werden. Der graue, schnurgerade Flur gab die passende Kulisse für die unpersönliche Atmosphäre.

Die ermittelnden Kollegen der OFA versammelten sich im akuten Fall zwar zu intensiven, tagelangen Arbeitsgesprächen in einem recht behaglichen Zimmer – insofern hatte Karsten Völkers Spruch mit dem Sofa tatsächlich eine gewisse Berechtigung, wenngleich es keinen Kräutertee gab –, doch da Wenckes Stelle anders gestrickt war, nahm sie nicht daran teil. Sie hatte sich den alten Fällen zu widmen, von denen im Grunde niemand mehr etwas wissen wollte. Es war bestimmt kein Zufall, dass man Wencke ein Büro ganz am Ende des Ganges zugeteilt hatte.

Tilda Kosian hingegen nahm direkt nebenan zwei Zimmer in Anspruch.

»Tut mir leid. Ich hatte noch einen Termin dazwischen, der länger dauerte als …«

»Einen Termin?« Kosian zog die Augenbrauen hoch, wie zwei Neumonde standen sie über ihrem grauen Lidschatten. »Den hatten wir auch.« Sie tippte mit einem schlanken Silberstift auf einen Kalender, der vor ihr ausgebreitet lag und einen Blick auf vollgeschriebene Zeilen gewährte. »Wohin hat es Sie denn verschlagen, nachdem die fleißige Ex-Kripo-Ermittlerin den Tatort verlassen hat?«

Nein, Wencke wollte sich nicht verunsichern lassen, auch wenn Tilda Kosians Ironie so bissig daherkam wie ein Schwarm hungriger Piranhas. »Der Fußballtrainer von Shirin Talabanis Sohn …« So ein Mist, was sollte sie erzählen? Der kleine Abstecher nach Seelze hatte sich tatsächlich als relativ nutzlos herausgestellt und zudem hochnotpeinlich geendet.

»Was war denn mit diesem Fußballtrainer?«, hakte Kosian nach.

»Ich dachte, er könnte mir etwas über die Familie Talabani erzählen«, reduzierte Wencke die Tatsachen. Es machte wenig Sinn, dieser Frau gegenüber zuzugeben, dass sie einer Intuition gefolgt war, bis nach Seelze, bis in ein Haus mit weißem Teppich, keimfreier Sauberkeit, loser Türklinke und mieser Atmosphäre.

Zum Glück schien Tilda Kosian sich damit zu begnügen. »Frau Tydmers, eben erhielt ich eine ganze Reihe unangenehmer Anrufe«, seufzte sie, als habe Wencke einen Anteil daran. Dann blickte sie endlich von ihrer Schreibtischfläche auf und brannte mit ihren dunklen Augen ein Loch auf Wenckes Stirn.

»Von wem?«

»Die Polizei fragte, warum das LKA in den Mordfall eingeschaltet worden ist. Ich wusste erst gar nicht, wovon der Kollege spricht. Bis ich darauf gekommen bin, dass er Sie damit gemeint hat.«

»Ich habe die Tote gefunden, gemeinsam mit Peer Wasmuth. Wie Sie wissen, hatte ich einen Termin mit Shirin Talabani.«

»Sie haben sich als Ermittlerin aufgespielt, haben sich am Handy der Toten zu schaffen gemacht und Informationen erhalten, die nicht für Ihre Ohren und Augen bestimmt waren.« Kosian ließ ihre Stimme weich und sicher wie einen Fluss aus Honigwasser klingen.

Ein Mann hätte an ihrer Stelle gebrüllt und ein paar Flüche zwischen die Silben gesetzt. Damit konnte Wencke umgehen, doch diese subtilen Vorwürfe waren ihr unheimlich.

»Natürlich habe ich nichts angefasst, keine Spuren verwischt oder unbrauchbar gemacht …«

»Das wäre ja wohl auch noch schöner!«

»Herr Wasmuth und ich haben mehr als eine halbe Stunde unsere Aussagen zu Protokoll gegeben.«

»Und direkt danach hätten Sie gehen müssen!«

»Niemand hat mich fortgeschickt.«

»Wer sollte denn das bitte tun, wenn Sie erzählen, dass Sie vom LKA sind?« Nun wurde der Ton doch etwas schärfer. »Soweit ich weiß, war es Ihr Wunsch, diese Stelle zu übernehmen. Reine Forschungsarbeit, darauf hatten Sie sich beworben. Auch wenn Ihr Tätigkeitsbereich im Vergleich möglicherweise etwas trocken und sehr theoretisch angelegt ist, als Alleinerziehende haben Sie so relativ geregelte Arbeitszeiten. Darauf kam es Ihnen doch an, oder? Wie heißt Ihr Sohn noch mal?«

»Hugo.« Es ging diese Schlange einen Feuchten an, wie Emil hieß. »Er hat einen Platz in der International School, und die liegt hier um die Ecke. Bis 18 Uhr wird er dort betreut. Sie können sich also sicher sein, dass er kein Problem darstellen wird.«

»Habe ich das behauptet?« Sie schnalzte dreimal mit der Zunge wie eine tadelnde Gouvernante.

»Haben Sie auch Kinder?«

Kosian ließ die Frage unbeantwortet, das sagte alles. »Sie sind unsere Fachfrau für abgeschlossene Fälle und können uns mit Ihren Ergebnissen das eine oder andere Mal hilfreiche Hinweise geben. Wir sind alle sehr froh, dass diese Stelle geschaffen wurde.«

Das nehme ich dir nicht ab, dachte Wencke.

»Aber machen Sie es nicht unnötig kompliziert, indem Sie anfangen, unsere Bereiche zu vermischen. Verstehen Sie, was ich meine?«

»Ich soll Ihnen nicht ins Handwerk pfuschen …«

»Nein, so habe ich das nicht gemeint. Natürlich arbeiten wir eng zusammen.« Kosian unterstützte ihre Aussage, indem sie sich sehr weit zurücklehnte und die Arme demonstrativ vor der Brust verschränkte. Sie waren beide psychologisch genug geschult, um die Geste richtig zu deuten.

Wencke hatte mit diesen Vorwürfen gerechnet, und sie hatte die Zeit im Auto dazu genutzt, sich entsprechend zu wappnen. Dies war die erste direkte Kollision mit ihrer Chefin, und es war absehbar, es würde nicht die letzte sein. Umso wichtiger war es, hier und heute zu klären, was sie in Zukunft mit sich machen ließ, und was nicht. Früher war Wencke meist unsicher gewesen, hatte sich ständig einschüchtern lassen und bei vielen Wortduellen den Kürzeren gezogen. Heute tat sie zumindest so, als hätte sich das geändert.

Sie drückte ihren Rücken gerade. »Sie sagten vorhin am Telefon, wir sollten meinen Aufgabenbereich definieren.« Die Kosian nickte kurz. »Korrigieren Sie mich, wenn ich etwas falsch verstanden habe, aber das LKA verspricht sich von meiner aktuellen Arbeit, mehr über die Gewalttaten zu erfahren, die im Zusammenhang mit archaischen Wertvorstellungen anderer Kulturen verübt wurden, oder nicht?«

»Kommen Sie auf den Punkt!«

»Ich heiße Wencke Tydmers, bin die Tochter einer Malerin und eines Bürokraten, beide sind Deutsche. Ich wurde geprägt durch die Grundschulzeit in Worpswede und das Gymnasium Lilienthal, habe mein Studium in Hannover absolviert, danach in Ostfriesland gelebt und war bis vor Kurzem zur Weiterbildung in den USA ...«

»Ihren Lebenslauf habe ich bereits studiert, bevor Sie in meine Abteilung gekommen sind.«

»Auf gut Deutsch: Mein kosmopolitisches Wissen beschränkt sich bestenfalls auf die westliche Hemisphäre. Doch von der Welt der Kurden habe ich keine Ahnung. Was in Armanc Mêrdîn vorgeht, ist mir ein Rätsel; die Ängste seiner Schwester bleiben für mich unvorstellbar. Warum verschleiern sich die jungen Mädchen wieder? Weshalb machen ansonsten moderne, sympathische Jungen bei derart grausamen Ritualen mit?« Es gelang ihr, diese zurechtgelegten Sätze relativ locker über die Lippen zu bringen. Jetzt kam es darauf an, dass sie wirklich überzeugte. »Wenn das LKA etwas über Ehrenmorde erfahren will, etwas tiefer Gehendes als das ewige Blabla über Kulturunterschiede, dann …«

»Das hört sich mir hier ganz nach einer Forderung an.« Kosian hatte sich nach vorn gelehnt, ihre Unterarme lagen leicht verschränkt auf dem Schreibtisch. »Möchten Sie von mir eine Erlaubnis, dass Sie in die Mordermittlungen involviert werden?«

Da Wencke ahnte, gleich hagelte es eine Absage, die es in sich hatte, ließ sie die Frage besser unbeantwortet.

Kosian schnaubte. »Also erstens war von vornherein klar, dass Sie sich mit Fällen beschäftigen, die schon Jahre zurückliegen und deren juristische Akten längst geschlossen sind. Zweitens ist der Fall Shirin Talabani bei Weitem nicht das einzige Verbrechen dieser Art in Norddeutschland. Ich kann Ihnen noch je einen Ehrenmord in Hildesheim und der Nähe von Osnabrück anbieten, ein bisschen mehr Fahrerei, was für Ihren Sohn Hugo natürlich schwierig wäre, aber für Ihre Arbeit sind die Fälle ansonsten genauso gut geeignet.«

»Und drittens?«

»Muss ich drei Gründe haben? Schon ein handfester reicht aus, um Sie aus der Sache rauszuhalten.« Man konnte Tilda Kosian nicht anmerken, ob sie die Diskussion genoss, verabscheute oder lediglich gelangweilt war. Ihre Mimik spiegelte alles und nichts wider. »Dennoch gibt es tatsächlich einen weiteren Grund, der Ihre kriminalistischen Ambitionen wohl im Sande verlaufen lässt: Der Mord an Shirin Talabani ist bereits aufgeklärt.«

Wencke stutzte, die Uhr hinter Kosians Schreibtisch zeigte

kurz vor halb fünf. Gerade mal vier Stunden nach Auffinden des Opfers sollte der Täter gefasst worden sein?

Kosian lehnte sich zurück. »Armanc Mêrdîn wurde vor einer Stunde in der Dönerbude seines Onkels in der Nähe des Bahnhofs festgenommen. Ohne Widerstand übrigens.«

»Armanc Mêrdîn?«

Der lächelnde Junge?, fügte Wencke in Gedanken hinzu. Der freundliche Mann, der mehr Herzenswärme in seinem kleinen Finger hat als diese verklemmte Schraube mir gegenüber im ganzen Leib? Das konnte nicht sein und das durfte nicht sein. Ja, Shirin Talabanis Bruder hatte gesagt, dass er seine Tat vollenden, dass er für seine Familie die Schande abwenden wollte. Aber er hatte seine Schwester geliebt, das klang in jedem seiner Sätze mit. Hatte Wencke sich so täuschen können?

»Niemals«, brachte Wencke hervor.

Mit lässiger Geste drückte die Kosian eine Taste am Telefon, kurz darauf ertönte Boris Bellhorn via Freisprechfunktion durch das Büro. »Boris, du hast doch die Message von den Kollegen bekommen, die den Kurden heute geschnappt haben. Unsere neue Kollegin zweifelt daran, dass es sich dabei um ein recht einvernehmliches Unterfangen gehandelt hat.«

›Einvernehmliches Unterfangen‹, eine verdammt durchgespülte Formulierung.

»Armanc Mêrdîn hat ein umfangreiches Geständnis abgelegt, sobald sie auf der Wache angekommen waren«, bestätigte Bellhorns Blechstimme artig. Die Kosian lächelte mit dem rechten Mundwinkel.

»Trotzdem: niemals!« Und dabei blieb Wencke.

Als sie das Büro ihrer Vorgesetzten verließ, hatte sie strikte Anweisung, sich ab sofort aus dem Fall Talabani herauszuhalten. Und verspürte die ebenso strikte Gewissheit, sich dieser Anweisung zu widersetzen.

In ihrer Jackentasche fischte sie nach einer Visitenkarte, die ihr gestern mit drei kurzen Worten zugesteckt worden war. »Für alle Fälle«. Wenn sie Glück hatte, bekam sie bei der Anwältin heute noch einen Termin.

Was hatte sie zu verlieren? Entweder den Job – oder den Glauben an ihre Intuition.

Zahhak, ein verwöhnter Prinz, der schön war und sich eitel in Samt kleidete, wurde vom Bösen verführt und begann, nachdem sein Vater bei einem Unfall ums Leben gekommen war, eine Schreckensherrschaft über das Land, das in der Wüste Persiens lag.

Da Zahhak ein habgieriger, genusssüchtiger Mensch war, reichten ihm die Speisen seiner Heimat nicht mehr, die bis dahin aus Pflanzen bestanden hatten. Kein Tier hatte je getötet werden müssen für die Nahrung. Doch das Böse wollte dem neuen König einen wilden Charakter geben, deshalb bot es ihm in Gestalt eines Kochs gebratene Vögel, Schafe und Rinder an. Die ließ sich der einfältige Herrscher gern schmecken, bald darauf genoss er Eidotter und Fasan, Rosenwasser, Moschus und edlen Wein. Als Dank für diese Sinnesfreuden gewährte Zahhak seinem Koch, dass dieser ihm die Schultern küssen dürfte.

Doch kurz darauf wuchsen an genau diesen Stellen zwei Schlangen aus dem Leib des Königs, die man nicht töten oder von ihm abtrennen konnte. Kein Heilkundiger im Lande vermochte Zahhak zu helfen.

Und wieder erschien das Böse, dieses Mal in Gestalt eines Arztes, der den Rat erteilte, die Schlangen würden wieder verschwinden, wenn man sie täglich mit den Gehirnen zweier Kinder fütterte. Der Verzweifelte zögerte nicht, diesen Rat zu befolgen.

Doch es gab zwei mutige Männer im Land, die das blutrünstige Geschehen am Hof nicht länger mit ansehen konnten. Sie gaben sich als Köche aus und nutzten die Gelegenheit, als man zwei Kinder zur Tötung brachte, eines von ihnen laufen zu lassen. Damit es nicht auffiel, mischten sie Schafshirn dazu und servierten es den Schlangen. Den geretteten Jungen aber schickten sie in die Berge, damit er sich dort verstecken konnte.

Der Betrug fiel nicht auf, und so retteten die beiden mutigen Köche vielen Jungen und Mädchen das Leben.

Die Geflüchteten aber harrten in ihrem Versteck und wagten zeit ihres Lebens nicht, die kargen Berge zu verlassen. Sie blieben unter sich, sprachen miteinander in einer eigenen Sprache, gründeten ihre eigenen Familien.

Und aus diesen Menschen, die gerettet wurden vor dem grausamen Herrscher, die aus Angst vor der Welt lieber unter sich blieben irgendwo in den unwegsamen Wüsteneien Persiens, aus diesen Menschen, so erzählt es die Sage, wuchs das Volk der Kurden.

5.

Musste man wirklich bei Tyrannen anfangen, denen Monster aus den Schultern wuchsen, wenn man das Leben der Kurden verstehen wollte? Bei Gut und Böse, Tod und Leben? Wencke steckte die Broschüre ein, die sie im Wartezimmer der Anwaltskanzlei hatte liegen sehen. Die Überschrift des Heftchens klang viel versprechend: ›Kurden – Ein Volk ohne Heimat erkennt seine Wurzeln‹. Autorin war Kutgün Yıldırım, Armanc Mêrdîns Verteidigerin, der sie beim gestrigen Interview bereits begegnet war.

Die Anwaltsgehilfin, die sich als Papatya vorgestellt hatte, saß telefonierend hinter ihrem Tresen und blickte ab und zu durch die halb geöffnete Tür. Sie trug Kopftuch, genau wie ihre

Chefin. Vielleicht war das Einstellungsvoraussetzung, dachte Wencke. Obwohl an den Wänden dieser schmucken Büroetage etliche Pamphlete eingerahmt waren, die von mehr Toleranz zeugten – Frauen mit blondem und schwarzem, kurzem und langem, offenem und verschleiertem Haar, auch eine Nonne war darunter. »Eine Frau mit Kopf trägt, was sie will.« Untertitel: »Gegen das rigorose Kopftuchverbot für Lehrkräfte in Deutschland!«

Wencke wartete schon seit fast einer halben Stunde, in der sie demonstrativ auf keinem der Sessel Platz genommen hatte. Sie hatte die Gelegenheit genutzt, alles anzusehen, was an Informationen ausgehängt war. Ein Zeitungsausschnitt über das Urteil des Europäischen Gerichtshofes für Menschenrechte, das die Türkei wegen mangelnden Einsatzes gegen häusliche Gewalt verurteilte. Tabellen, auf denen verschiedene Statistiken gelistet waren, die schockierend hohe Zahl der zwangsverheirateten Minderjährigen in Deutschland oder die schockierend niedrige der Türken mit Schulabschluss. Daneben prangte eine Karikatur: Ein frustriertes Ehepaar schaut sich einen TV-Krimi an. Die Frau beschwert sich: »Toll, von den drei Verdächtigen sitzt der eine im Rollstuhl und der andere ist Ausländer.« Darauf der Mann: »Der Tatort war auch schon mal spannender.«

»Arbeiten Sie schon lange für Frau Yıldırım?«, fragte Wencke die Anwaltsgehilfin, als die gerade mal nicht telefonierte oder die langen Fingernägel über die Tasten ihres PCs springen ließ.

»Seit mehr als zehn Jahren«, antwortete Papatya nicht ohne Stolz. »Sie ist die Beste in Hannover.«

»Auf welchem Gebiet?«

»Sie macht alles, was irgendwie mit unserer Kultur zusammenhängt. Das ist ihr Thema. Von A wie Abschiebung bis Z wie Zwangsheirat, sage ich immer.« Sie zeigte mit fast tänzerischer Bewegung auf die drei Reihen Aktenordner, die auf dem Regal hinter ihr standen.

»Und was war das Spannendste, was Sie hier bislang erlebt haben?«

»Da muss ich nicht lange überlegen«, kam es pfeilschnell. »Vor zwei Jahren der Fall Kaan Badili. Davon haben Sie sicher in den Medien gehört …«

Wencke musste passen. »Ich war einige Jahre in den USA …«

»Wir hatten mal einen Asylbewerber, der in der Türkei als PKK-Aktivist verfolgt wurde, Kaan Badili war sein Name. Hätte er zurück in die Heimat gemusst, er wäre wahrscheinlich für immer hinter Gittern gelandet, und man weiß ja, wie es in türkischen Gefängnissen zugeht. Damals bei dem Abschiebungsverfahren gab es richtig Tumulte vor dem Gericht, weil unser Mandant so etwas wie ein PKK-Promi war. Das war aufregender als jeder Thriller, das können Sie mir glauben.«

»Und? Wer hat gewonnen?«

»Wir natürlich!«, grinste Papatya, dann beendete ein Anruf das kurzweilige Gespräch und Wencke musste sich wieder mit den Aushängen im Flur beschäftigen.

Auf einer Türkeikarte waren die Schätze des Landes eingezeichnet: Tabak, Tee, Mais, Oliven, Nüsse, Baumwolle, Badestrände. In Shirin Talabanis Heimat, die an der Grenze zu Syrien lag, gab es so gut wie kein Symbol. Dafür zwei Flüsse, Euphrat und Tigris, nach Überlieferungen sollte hier der Garten Eden zu finden gewesen sein. Wencke hatte keine Ahnung, wie viel Paradies davon heute noch übrig war. Im Nordosten lag der höchste Berg der Türkei, der Ararat, ein stattlicher Fünftausender, auf dessen Spitze zu biblischen Zeiten die Arche Noah hängen geblieben sein soll.

Etwas weniger als drei Stunden dauerte ein Flug von Hannover nach Istanbul. Keine weite Strecke, und doch wartete dort ein Land, das jenseits der Touristenziele fremder erschien als viele Orte, die mehr als doppelt so weit entfernt lagen.

»Frau …« Die Anwaltsgehilfin schaute zum Zettel, auf den sie sich vor dreißig Minuten Wenckes Namen notiert hatte. »… Tydmers?«

»Ja?« Na endlich. Natürlich hatte Wencke nicht damit gerechnet, dass die Juristin Zeit hatte, sie gleich zu empfangen, aber viel länger hätte sie nicht mehr warten wollen. Es war schon fast fünf. Bis sechs konnte Emil in der Schulsporthalle bleiben. Die Zeit rannte.

»Es tut mir leid, Frau Yıldırım kommt heute nicht mehr in die Kanzlei.« Wencke wollte gerade Luft holen und etwas über dreißig verlorene Minuten sagen und dass man doch schon eher hätte Bescheid geben können, da hielt ihr Papatya das Telefon entgegen. »Aber sie will sich mit Ihnen verabreden. Unbedingt!«

Die Anwältin begann zu reden, sobald Wencke den Hörer ans Ohr schob, als hätte sie es von irgendwoher beobachten können. »Entschuldigen Sie, dass man Sie warten ließ, aber ich war bis eben bei Herrn Mêrdîn, und wie Sie wissen, muss man die Handys beim Portier abgeben, wenn man eines dieser speziellen Gasthäuser betritt …« Wie schön, Kutgün Yıldırım hatte Humor, den musste sie gestern irgendwo versteckt haben. »Ich bin froh, dass Sie sich bei mir gemeldet haben, Frau Tydmers. Wir sollten uns treffen, am liebsten gleich. Geht das?«

»Wenn wir bis sechs Uhr am Maschsee sein können, ja. Ich muss meinen Sohn pünktlich abholen.«

»Internationale Schule?«

»Richtig, er ist jetzt noch beim Turnen, doch danach wird er nur ungern warten.«

Sie verabredeten sich an der Haltestelle Aegidientorplatz, die war von der Kanzlei aus zu Fuß zu erreichen und Kutgün

Yıldırım wollte ihr bei der Gelegenheit noch etwas zeigen. Nach dem unerfreulichen Tag heute schien es für Wencke endlich rund zu laufen. Zumindest in diesem klitzekleinen Augenblick.

Sie bedankte sich bei der Anwaltsgehilfin und stieg in den Fahrstuhl. Die Kanzlei war im Obergeschoss eines stattlichen Bürohauses in Innenstadtlage untergebracht. Es ließ sich anscheinend gut verdienen mit dem Spezialgebiet, das Wencke und Kutgün Yıldırım gerade verband.

Draußen lag trockene Stadtluft zwischen den Schaufensterfronten. Auf dem Rand eines Brunnens, der aus verschieden großen, grün patinierten Blättern bestand, aber trotzdem nicht im Geringsten künstlerisch wirkte, hockte eine Gruppe Obdachloser im Schatten und schaute zwei Hunden beim Herumtollen zu. Vor einem schnieken Modehaus spielte ein Bettelkind Mundharmonika. Die zwei Männer, südländisch, wahrscheinlich Türken, bemerkte Wencke erst, als sie in genau dem Moment aufbrachen und auffällig unauffällig im gleichbleibenden Abstand hinter ihr liefen. Es konnte Zufall sein, redete Wencke sich ein. Außerdem war es politisch unkorrekt, sich von den beiden verfolgt zu fühlen, bloß weil sie so »undeutsch« aussahen. Dennoch, als sie stehen blieb, um die Auslagen eines Hörgeräteladens ausgiebig zu studieren, legten die Kerle ebenfalls eine Pause ein und zündeten sich Zigaretten an.

Wencke wurde ein bisschen schneller und schaute auf die Uhr. Ihr Magen knurrte unüberhörbar. Ein Abstecher zur Markthalle wäre von hier aus ein kurzer Umnweg, doch es blieb Zeit für eine Pizza auf die Hand, zugleich … wäre es ein guter Test, ob die Männer sie tatsächlich verfolgten oder Wencke sich das alles nur einbildete.

Im »Bauch von Hannover«, so wurde die Markthalle von Einheimischen genannt, mischte sich das Italienische mit den

Gerüchen dieser Welt, Knoblauch mit Kräuterbonbon, Kohleintopf mit heißer Schokolade. Drinnen war es angenehm kühl im Vergleich zur Spätsommerhitze draußen, was nicht wenige Menschen zu schätzen schienen. Vor den Markttresen drängten sich die Kunden so dicht, dass man die Auslagen in den Vitrinen kaum erkennen konnte, fast alle Stehtische waren belegt. Stimmengewirr, Lachen und Geschirrgeklapper sammelten sich als Geräuschwolke unter den hohen Deckenstützen. Bei *Da Enzo* herrschte tatsächlich ein Hauch von Dolce Vita. Weißweingläser, an deren Rand sich kühle Tropfen sammelten, sahen verlockend aus und Wencke wünschte sich die Ruhe und Gelassenheit, mit der die anderen hier herumstehen und den Feierabend begrüßen konnten. Offiziell war auch ihr Arbeitstag zu Ende gewesen, als sie das Büro von Tilda Kosian verlassen hatte. Was sie jetzt tat, geschah ohne Auftrag, sogar ohne Genehmigung, sozusagen auf eigene Faust. Warum beschwerte sie sich?

Apropos Faust: Wenckes Hand ballte sich, als die Verfolger – ja, jetzt konnte man sie so nennen – tatsächlich eine halbe Minute später durch die Glastür traten. Wencke hatte sich so am Pizzastand postiert, dass sie den Haupteingang im Visier behielt, sich bei Bedarf jedoch schnell hinter eine Pyramide aus Pestogläsern bücken konnte. Die Männer kamen Wencke in keiner Weise bekannt vor. Der eine war etwas älter als Wencke, so knapp über vierzig, er schien nicht besonders fit zu sein, hatte Brille, Bauch und Dreitagebart. Der andere wirkte wesentlich jünger und trug einen Ausdruck im Gesicht, als ginge es um eine verdammt wichtige Sache. Es würde Wencke nicht wundern, wenn sich in einer seiner zahlreichen ausgebeulten Hosen- und Jackentaschen ein Springmesser befinden würde. Die Männer schauten sich um, sprachen kurz miteinander, dann liefen sie in verschiedene Richtungen. Es gab in der Längsrichtung drei Gänge, zwei davon waren breit, der hintere so schmal, dass es schwer werden würde, sich im Gedränge unauffällig und schnell vorwärtszubewegen.

Endlich reichte der blonde Pizzabäcker eine der quadratischen Schnitten, die er zum Aufwärmen noch kurz in den Miniofen geschoben hatte. Wencke hatte das passende Geld bereits ins Schälchen gelegt. Ihr war der Appetit vergangen, doch mit dem Stück Pizza auf dem Pappteller glaubte sie sich besser tarnen zu können.

Die Kerle entschieden sich für die geräumigen Gänge, also schlich Wencke durch die Menge in den hinteren Teil der Markthalle, vorbei an Fischbuden, Belgischen Kartoffelspezialitäten, Saftbars und Coffee-to-go-Shops. Sie musste an das andere Ende der Halle gelangen. Sobald sie dort den Ausgang erreichte, ohne entdeckt worden zu sein, würde sie einen gewaltigen Vorsprung haben.

Wie ein Blitz traf sie plötzlich der Blick des Älteren, der gut zwanzig Meter weiter stehen geblieben war. Kein Zweifel, er schaute sie anders an, als man eine von vielen Pizza essenden Frauen anschaute. Er hatte sie erkannt, machte einen hektischen Schritt nach vorn und versuchte vergeblich, dabei wahnsinnig gelassen auszusehen.

Ein echtes Spitzentalent in Sachen Beschattung. Warum blieb Wencke nicht stehen, ließ ihn an sich herankommen, und sobald er nah genug war, sprach sie ihn einfach an? Kann ich Ihnen irgendwie helfen? Könnten Sie mir mal sagen, warum Sie sich an meine Fersen heften? Seine unprofessionelle Verfolgungstaktik ließ ihn nicht gerade bedrohlich erscheinen. Doch wahrscheinlich war es besser, ihn im Glauben zu lassen, seine Methode hätte Erfolg. Allem Anschein nach wollten er und sein Kollege sie lediglich im Auge behalten. Irgendjemand musste neugierig darauf sein, was Wencke Tydmers, die LKA-Frau ohne besonderen Auftrag, nach Feierabend anstellte. Und dieser Jemand hatte dazu nicht gerade zwei Tarnkappenträger engagiert. Wenn sie herausfinden wollte, wer oder was dahintersteckte, musste Wencke sich zum Schein auf das Spiel einlassen. Wahrscheinlich würden ihre neuen Schatten ohnehin öfter auftauchen, als ihr lieb war, doch beim Treffen mit der Anwältin wollte sie sie nun wirklich nicht dabeihaben. Also musste sie sie abhängen.

Sie gab sich gelassen, biss in ihre Pizza, verbrannte sich den Gaumen am Mozzarella und tat so, als interessiere sie sich für Seifen und Kerzen aus Bienenhonig.

Als ein Pulk Schlipsträger auf den Champagnerstand zusteuerte, nutzte Wencke die Gelegenheit, duckte sich weg, schob sich zwischen zwei Kinderbuggys hindurch und erreichte unerkannt den letzten Gang. »Entschuldigen Sie«, wiederholte sie immer wieder, während sie links und rechts die Leute zur Seite schob und dafür erboste Reaktionen erntete. Ein hektischer Blick über die Schulter verriet Wencke, dass ihr Manöver funktioniert hatte. Kurz darauf warf sie ihre Pizza in den Mülleimer, drückte die Seitentür auf und ließ die Markthalle hinter sich. Bis zur nächsten Kreuzung rannte sie, dann entschied sie sich für einen kleinen Umweg über die Querstraße. Doch erst, als sie bereits Kutgün Yıldırım an der S-Bahn-Station stehen sah und bis dahin noch immer keine seltsamen Gestalten mehr hinter ihr auftauchten, war Wencke sicher, die Verfolger abgehängt zu haben. Bis zum nächsten Mal, verabschiedete sie sich im Stillen.

»Entschuldigen Sie die kleine Verspätung«, keuchte Wencke und reichte der Anwältin die Hand. Vorerst entschied sie sich, nicht von dem Erlebnis in der Markthalle zu erzählen, bis sie sicher war, dass die beiden Kerle nicht vielleicht zum Einsatzkommando der Kanzlei gehörten. Schließlich hatte sie sonst niemandem erzählt, dass sie zu Kutgün Yıldırım gehen wollte, und doch hatten die Kerle vor der Tür auf sie gewartet. Vielleicht wollte die Verteidigerin auf Nummer sicher gehen, wenn sie sich mit relativ unbekannten Personen traf? Es war allgemein bekannt, dass Yıldırım durch ihr Engagement einige Feinde hatte und deswegen eine vorsichtige Frau war.

»Sie sehen ja aus, als wären Sie gejoggt«, kommentierte Yıldırım. Sie trug ein weißes Kopftuch mit dezenter Blumenstickerei und ein dazu passendes hellblaues Kostüm aus Leinen, das bis zum Boden reichte. Trotzdem machte sie einen ganz und gar urbanen Eindruck, gepflegt und attraktiv, fast mochte man glauben, die Bedeckung des Haares sollte sie lediglich vor den Sonnenstrahlen schützen. Das Make-up, in zarten Pastelltönen gehalten, ließ sie jünger aussehen, als sie laut Biografie war.

»Ich war hungrig und habe mir noch eine Pizza gegönnt.«

»Ich sehe schon, Ihnen geht es nicht anders als mir, nie bleibt Zeit für das Überlebenswichtige. Gehen wir ein paar Schritte?«

»Sie wollten mir etwas zeigen.«

»Ja, genau.« Sie zeigte in die Richtung, aus der Wencke gerade gekommen war. »Ich dachte, wenn wir schon in der Nähe sind, werfen wir mal einen Blick auf das Geschäft und Wohnhaus von Herrn Talabani.«

»Er wohnt hier in der Innenstadt?«

»Wahrscheinlich sind Sie gerade an seiner winzigen Änderungsschneiderei vorbeigerannt …« Sie wartete, dass die Fußgängerampel Grün zeigte.

»Talabani ist Schneider? Verdient man denn so gut damit?«

»Wie kommen Sie darauf?«

»Shirin Talabani hatte einige kostspielige Accessoires in der Wohnung. Ich dachte, die hätte sie eventuell noch von ihrem Ehemann geschenkt bekommen, denn als Alleinerziehende kann sie sich so etwas eigentlich nicht leisten.«

»Keine Ahnung, woher die Sachen stammen. Moah Talabani kann sich allzu großzügige Geschenke nicht leisten, da bin ich sicher.« Das Ampelmännchen veränderte die Farbe und sie gingen los. »Aber nun würde mich doch mal interessieren, warum Sie in meine Kanzlei gekommen sind, bevor ich Sie darum bitten konnte.«

»Gegenfrage, wenn Sie erlauben: Warum wollten Sie mich darum bitten?«

Yıldırım zwinkerte ihr zu. »Aha, Sie sind auf der Hut. Daraus schließe ich, dass Ihr Besuch nur indirekt etwas mit Ihrer Forschungsarbeit zu tun hat und Sie Ärger bekommen, wenn das LKA von unserem Treffen erfährt. Ist es so?«

»Sie sind wahrscheinlich eine ziemlich gute Anwältin«, sagte Wencke. Nur wusste sie nicht, was sie von den schnellen Schlussfolgerungen halten sollte. Was, wenn die Juristin alles andere als erfreut über Wenckes außerdienstliches Engagement war?

Diese zeigte sich vorerst geschmeichelt. »Ich wollte Sie sprechen, einfach weil mich nach dem furchtbaren Ereignis, das zwischen unserem ersten Treffen gestern und heute liegt, Ihre Meinung interessiert. Mein Mandant hat Ihnen im Interview eine Menge anvertraut, ich war ganz erstaunt, so redselig ist Armanc nur selten. Und heute steht er als angeblicher Mörder vor dem Untersuchungsrichter. Was halten Sie davon?«

Sie liefen über die breite Straße, vorbei am Eingang eines großen Hotels, dann bog Yıldırım in eine Seitengasse ein.

Wencke begann, sich eine Antwort zurechtzulegen, es würde schwer sein, einer solchen Frau etwas Halbgares zu servieren, also entschied sie sich für die Wahrheit. »Ich kann mir nicht vorstellen, dass Shirin Talabani von ihrem Bruder ermordet wurde. Und ich habe Sie aufgesucht, weil ich hoffte, Sie würden mir ein weiteres Treffen mit Armanc Mêrdîn ermöglichen.«

»In Ihrer Funktion als forensische Wissenschaftlerin des LKA? Oder als außerordentliche Ermittlerin?«

»Als beides«, gab Wencke zu.

»Und aus welchem Grund zweifeln Sie am sogenannten Ehrenmord?«

»Es passt nicht. Da Sie als Anwältin bereits Akteneinsicht bekommen haben, können wir ja Klartext reden: Shirin Talabani ist – so würde ich es auf den ersten Blick vermuten – erwürgt worden. Das ist eine sehr unmittelbare Mordmethode, verstehen Sie? Näher kann ein Mörder seinem Opfer kaum kommen. Er muss ihm dabei direkt in die Augen schauen, und der Todeskampf dauert schrecklich lange …«

»Und das trauen Sie dem Bruder der Toten nicht zu?«

»Dem Töten durch Erwürgen liegt normalerweise entweder ein besonders kaltblütiges oder ein besonders leidenschaftliches Motiv zugrunde. Für kaltblütig halte ich Armanc Mêrdîn keinesfalls. Und für die nötige Leidenschaft ist einfach zu viel Zeit verstrichen: es ist drei Jahre her, seit seine Schwester die Ehre der Familie beschmutzt hat!«

»Aber nach dem Gespräch mit Ihnen war er wieder sehr aufgeregt«, gab Yıldırım zu bedenken. »Vielleicht war das der Auslöser?«

»Das hoffe ich nicht!« Zugegeben, darüber nachgedacht hatte Wencke auch schon. »Davon abgesehen passt der Mord nicht zu der Tötungsart, die er bei seinem missglückten Versuch vor drei Jahren gewählt hat. Da saß er im Auto, gemeinsam mit einem Cousin, der ihn zusätzlich angestachelt hat. Es war eine Menge Abstand zwischen ihm und seiner geliebten Schwester und er konnte das Unglück noch irgendwie als Fahrfehler oder Unfall abtun. Aber wenn man eine schlafende Person fesselt und ihr dann mit bloßen Händen den Hals zudrückt, ist das eine ganz andere Liga.«

»Das habe ich auch so gesehen. Trotzdem hat Armanc ein umfassendes Geständnis abgelegt, ich konnte ihn nicht daran hindern.«

»Mit allen Details?«

Yıldırım nickte. »Er konnte sogar die Farbe der Tücher beschreiben, mit denen er Arme und Beine fixiert hatte.«

Wencke atmete scharf aus. Wenn ein Verdächtiger die Einzelheiten in einem Fall wusste, dann stand er für die Kripo als Täter felsenfest, das wusste sie aus eigener Erfahrung. Warum sollte nun noch jemand zweifeln, dass Armanc Mêrdîn der Mörder war? Und umgekehrt: Warum war es ihr selbst unmöglich, daran zu glauben?

Sie blieben vor einem grauen Mietshaus stehen. Erst auf den zweiten Blick erkannte Wencke, dass sich hinter den Schaufenstern im Erdgeschoss eine Änderungsschneiderei befand. Das Ladenlokal war dunkel, schmucklos und menschenleer. An der Tür klebte ein Blatt Papier. »Wegen Trauerfall geschlossen«, darunter ein weiterer Satz, wahrscheinlich dasselbe auf Türkisch. Die Tür neben dem Bügelautomaten war angelehnt und durch einen bunten Perlenvorhang fiel dämmriges Licht.

»Die Talabanis wohnen in den Hinterzimmern. Moah Talabani, außerdem seine verwitwete Schwester mit zwei fast erwachsenen Kindern. Soweit ich es einschätzen kann, auf knapp hundert Quadratmetern ohne Garten und Balkon. Zudem haben sie eigentlich ständig Besuch aus der Heimat. Und bis vor drei Jahren hat Shirin mit Azad und Roza auch noch hier gelebt. Wäre er wohlhabend, wie Sie vermuten, dann hätte er sich längst eine andere Bleibe gesucht.« Sie klingelte.

»Wir gehen zu ihnen?«

»Ja, warum nicht?«

»Weil …« Wencke fühlte sich ein wenig überrumpelt und fehl am Platz. Sie hatte eher damit gerechnet, heimlich durch die Fenster zu schielen und Mutmaßungen anzustellen. Aber gleich in die Höhle des Löwen? »Sie sind die Angehörigen des Opfers – und Sie vertreten den vermeintlichen Täter!«

»Das war schon damals, beim ersten Verfahren, kein Grund,

sich aus dem Weg zu gehen. Ich kenne die Familie Talabani recht gut. Genau genommen kennen sich hier in Hannover und Umgebung alle Kurden. Gerade wenn ich derzeit juristisch eher auf der Gegenseite stehe, bin ich einen Trauerbesuch schuldig.«

»Sollen wir da wirklich reinplatzen? Ich meine, das Schild an der Tür …«

»Wir Kurden trauern anders. In Deutschland ist es üblich, dass die Menschen, die einen nahen Angehörigen verloren haben, sich zurückziehen und in Ruhe gelassen werden. Bei uns geschieht genau das Gegenteil: Alle finden zusammen, reden und weinen miteinander. Und wenn nicht gerade Ramadan ist, so wie jetzt, dann wird auch gegessen und getrunken.«

»Fällt das bei Ehrenmorden nicht aus?«

»Die Familie Talabani ist anders gestrickt als die der Mêrdîns. Als Shirin damals mit ihrer Tochter verunglückte, war Moah fassungslos und hat sich auch offiziell gegen diese barbarische Sitte ausgesprochen. Nicht nur, weil seine Tochter Roza als Unschuldige das Schlimmste abgekriegt hat, sondern auch, weil er die Gewalt gegen seine Exfrau verabscheute.«

»Ich dachte, er wäre ein Tyrann!«

Yıldırım blickte sie verwundert an. »Wer hat Ihnen das denn erzählt?«

Peer Wasmuth, wollte Wencke antworten, obwohl sie gar nicht genau wusste, ob das stimmte oder ob sie selbst auf das Klischee der dominanten Zwangsehemänner zurückgegriffen hatte. Doch dann stockte ihr der Atem, denn die Tür zum Wohnbereich öffnete sich und zum Vorschein kam der Mann mit Brille und Bartstoppeln, vor dem sie wenige Minuten zuvor geflüchtet war. Es kostete sie einige Mühe, ein unverbindliches Gesicht zur Schau zu tragen. »Wer ist das?«

»Moah Talabani.« Yıldırım senkte ihre Stimme. »Vergessen Sie das Bild, das Sie sich aus welchen Gründen auch immer bislang von ihm gemacht haben, er ist ein freundlicher Mensch. Ein gottesfürchtiger Muslim, aber kein Radikaler. Vielleicht mit etwas unzeitgemäßen Ansichten über die Rolle der Frau, aber das kann man ihm nicht übel nehmen. Er hat die meiste Zeit seines Lebens in Südostanatolien verbracht, und da werden keine Fragen nach Gleichberechtigung oder weiblicher Selbstbestimmung gestellt. Dafür ist er erstaunlich aufgeschlossen, finde ich.«

Die Ladentür wurde von zitternden Händen geöffnet. Das Begrüßungslächeln wirkte, als würde ihm jemand eine Waffe in den Rücken drücken. »Hûn bi xêr hatin ne!« Dann traute Moah Talabani sich endlich, auch Wencke anzuschauen. »Willkommen! Treten Sie doch ein!«

Warum hatte Shirins Exmann sie beschattet? Wencke konnte sich beim besten Willen keinen Reim darauf machen, und das trug wesentlich dazu bei, dass sie sich in diesem Moment alles andere als wohl in ihrer Haut fühlte.

Kutgün Yıldırım sprach ein paar kurdische Sätze, aus denen Wencke so etwas wie Beileidsbekundungen herauszuhören glaubte. Eine ältere Frau mit verweinten Augen kam ebenfalls in den Laden, trug ein Tablett mit Süßgebäck in der Hand, das sie den Neuankömmlingen fast unter die Nase hielt.

»Was ist mit dem Ramadan?«, fragte Wencke etwas hilflos.

Yıldırım lächelte. »Man sieht Ihnen an, dass Sie keine Muslima sind. Und da die Talabanis eine tolerante Familie sind, bieten Sie Ihnen selbstverständlich etwas an, auch wenn sie selbst bis zum Abendgebet warten müssen.«

Wencke lehnte mit einem Kopfschütteln ab, sie war nicht im Geringsten hungrig. Direkt hinter ihr stellten sich zwei Halbstarke in die Tür und redeten miteinander, ob deutsch oder kurdisch konnte man nicht verstehen, denn das Gemurmel und Heulen aus dem Hinterraum übertönte sie.

Auf den ersten Blick mochte man das Ganze für ein freundliches Empfangskommando halten, ein Familientreffen nach unbekannten Traditionen, doch auf den zweiten Blick wirkte es mehr als befremdlich. Fast wie ein Ablenkungsmanöver.

»Was erwarten die von mir?«, flüsterte Wencke der Anwältin zu.

»Gar nichts! Bei den Kurden ist Gastfreundschaft so etwas wie eine Pflicht, die man als ehrenhafter Muslim zu erfüllen hat.« Während sie sprach, streifte sie ihre Schuhe von den Füßen. Es sah ganz danach aus, als seien bereits mehr als ein Dutzend Besucher angekommen. Halbschuhe, Pumps, Kindersandalen standen in dichten Reihen an der Wand. Ob auch das Schuhwerk von Roza und Azad darunter war? Wencke zog ihre Turnschuhe aus, obwohl sie das Gefühl nicht loswurde, es sei besser, möglichst schnell von hier weglaufen zu können. »Gibt es nur diesen einen Eingang?«, fragte sie leise.

»Was ist los? Machen wir Ihnen Angst?«

»Nein, es ist nur …« Sie konnte es nicht benennen.

»*Baklava!*«, sagte die Frau. »Süß! Bitte?« Das Tablett wurde ihr nun fast in die Rippen gestoßen, zögerlich griff Wencke nach einem der klebrigen Gebäckstücke, die in der Mitte eine Nussfüllung hatten, in Honig schwammen und aussahen, als ersetze ihr Nährwert eine komplette Mahlzeit.

Kutgün Yıldırım machte ein paar Schritte auf die Tür zu, keineswegs forsch, sie schien ohnehin alles andere als aufgeregt zu sein, doch Wencke entging nicht, dass im selben Moment zwei weitere Personen dazutraten, um den Durchgang zu versperren. Moah Talabani begann zu reden, laut, durchdringend, lebhaft gestikulierend, auf Kurdisch.

»Ja, Armanc hat gesagt, dass er es war«, antwortete die Anwältin und Wencke wusste, sie wechselte ihr zuliebe ins Deutsche.

»Er hat noch mehr Blut vergossen. Unsere Familie steht in einem See aus Trauer. In meinen Tränen Armanc soll ertrinken.« Die theatralischen Sätze klangen mehr nach einem Lied als nach einem Fluch. Schon immer war Wencke die bildhafte Sprache einiger fremder Kulturen fast unangenehm gewesen, auch wenn sie wusste, dass Türken und Kurden ihre Gefühle ganz anders zum Ausdruck brachten. Süß und klebrig wie *Baklava*. Die Emotionen der Deutschen wirkten dagegen wie ein Brötchen vom Vortag.

Talabani heulte. »Meine armen Kinder, ihre Herzen haben verloren die Mutter für immer.«

»Wie geht es den beiden?«, fragte Wencke. »Ich würde Roza und Azad gern ein paar Fragen stellen, wenn Sie erlauben.«

»Sind Sie Polizei?« Talabani machte große Augen.

Das weißt du doch ganz genau, dachte Wencke, rein zufällig und ganz ohne Grund wirst du mir eben nicht hinterherspioniert haben. Doch sie sprach es nicht aus, brauchte sie auch nicht, denn Yıldırım sprang für sie in die Bresche.

»Frau Tydmers ist eine Expertin für unser Problem.«

Der schlichte Satz schien Wencke alles andere als angemessen, doch ihr Gastgeber begnügte sich damit. Es war nicht zu übersehen, dass die Anwältin seinen Respekt genoss, doch auch nicht, dass ihn ihre Gegenwart ziemlich aufregte. Dauernd lief Talabani um einen Nähmaschinentisch, sammelte sinnlos kleine Stoffschnipsel vom Boden, als sei genau dieser Moment der richtige, mal wieder aufzuräumen. In seiner Hektik stieß er der Frau, die anscheinend seine verwitwete Schwester war, das Tablett aus der Hand, Nuss- und Gebäckkrümel verteilten sich auf dem Linoleum.

»Kann ich mit Ihren Kindern sprechen?«, bohrte Wencke nach.

Hinter ihnen ging mit einem Ruck die Ladentür auf. Wencke war nur mäßig verwundert, als sich der jüngere ihrer Verfolger dort breitmachte. Seine Kaumuskeln bewegten sich, als er seine Verbissenheit zur Schau stellte. Die Luft stand unter Hochspannung, und die kleinste Bewegung konnte Funken schlagen, befürchtete Wencke. Auch Kutgün Yıldırım legte ihr vertrauenerweckendes Lächeln ab. Hektisch schaute sie von Talabani zu Wencke, und ihr Kopftuch verrutschte leicht.

»Roza und Azad sind nicht hier«, antwortete Talabani endlich, und es klang wie ein Übungssatz aus dem Deutschkurs.

»In der Schule haben die Kinder den Lehrern gesagt, sie würden zu Ihnen gehen …«

»Sie sind nicht hier!«

»Wo sind sie dann?«

»Jedenfalls nicht hier …« Talabani schaute Wencke direkt an. Ohne ein Lächeln und ohne jeglichen Groll. Selten hatte Wencke in so schwarze Augen geschaut, zu unergründlich, um darin irgendetwas zu erkennen. Beunruhigt wegen des Verbleibens seiner Kinder schien Talabani jedenfalls nicht zu sein.

Gerade das fand Wencke alarmierend. »Darf ich mal nachschauen?«, fragte sie und überging die Antwort, von der sie ohnehin wusste, wie sie lauten würde. Die drei Schritte zur Hintertür waren schnell, die Griffe, mit denen sie die dort postierten Jungen auseinanderdrängte, gekonnt, sie schob sich durch die glitzernden Schnüre des Vorhangs. Dann blieben nur wenige Sekunden. Der Raum, in den sie stürzte, war nur von einigen Kerzen spärlich beleuchtet und so voller Menschen, dass man von den Einrichtungsgegenständen nicht viel sehen konnte. Wie in einem Zelt saß die Trauergemeinde zusammen, es roch nach orientalischen Gewürzen und Schweiß. Die Frauen, allesamt verschleiert und in einer separaten Ecke versammelt, schrien kurz auf, als wären sie bei etwas Unsittlichem ertappt worden. Die Stimmen der Männer schwollen zu einem Donnerwetter. Eine Kerze auf dem Ecktisch fiel um, als einer der Erwachsenen sich erhob. Wencke spürte schon feste Arme an ihren Ellenbogen, die sie mehr als unsanft zurückzogen. Im Augenwinkel entdeckte sie die zugezogene Gardine, der rote Stoff hatte sich auf der Fensterbank verfangen und ein Zipfel hing nach draußen. Es war nicht zu übersehen, dass vor Kurzem jemand hektisch das Zimmer verlassen haben musste: in Ermangelung einer Tür hatte das Fenster als Ausgang gedient. Vielleicht war es der junge Verfolger gewesen, der sich dann ums Haus herum nach vorn zur Ladentür geschlichen hatte. Doch direkt neben der Heizung, als wäre er als Stufe zum Hinausklettern genutzt worden, stand ein Schulranzen, dunkelblau mit roten Rennwagen darauf. Genau so einen hatte Azads Lehrer beschrieben.

Wäre Wencke nur einen Augenblick früher losgeprescht, sie hätte den Jungen noch erwischt! Verflucht knapp, der Ärger darüber verlieh Wencke die Kraft, sich aus der Umklammerung zu lösen und wieder in den Laden zu gelangen. Alle riefen durcheinander. Halt und Stopp und kurdische Befehle, die wahrscheinlich dasselbe bedeuteten. Doch Wencke dachte nicht daran, stehen zu bleiben.

Und Schuhe brauchte sie auch nicht. Die Ladentür stand offen, der Kerl, der sie zuvor in Beschlag genommen hatte, stieg gerade in ein Auto, das abfahrbereit vor dem Laden wartete. Wencke stolperte über die Türschwelle, fing sich notdürftig auf, die Schrammen an den Handflächen brannten, doch ihre Beine hatten sich längst in Bewegung gesetzt und liefen auf das Auto zu. Der Motor heulte und die Räder drehten durch.

Es gelang Wencke, nach dem Türgriff zu fassen, doch das Auto war von innen verriegelt. Der Blick durch die Scheiben brachte nichts, die Fenster der Rückbank waren getönt. Man erkannte lediglich, dass dort jemand saß, eine Silhouette, die sich gegen die Lehne presste, als der Wagen anfuhr. Wenckes Hand wurde rabiat zurückgeschleudert. Sie rannte los, barfuß über den schmutzigen Gehsteig der Innenstadt, nicht schnell und trotzdem entschlossen. Erst als sie sich vor dem großen Hoteleingang wiederfand, kaum noch Luft bekam und sich der Schmerz nicht entscheiden konnte, ob er an den Händen oder Fußsohlen Alarm schlagen sollte, erst da gab Wencke auf. Das Auto, ein weißer BMW aus den späten Neunzigern, war längst verschwunden.

Zum Fluchen fehlte Wencke die Puste. Sie setzte sich auf den Rand eines Blumenkübels und versuchte, einen klaren Gedanken zu fassen, was nach diesen letzten Minuten nicht ganz leicht war. Woher wusste der Exmann von Shirin Talabani eigentlich, dass sie sich in der Kanzlei aufgehalten hatte, und warum hatte er sie von dort aus verfolgt? Zudem war es absolut seltsam, dass er seine Kinder vor ihr zu verstecken schien. War es Misstrauen oder hatte die Familie etwas zu verbergen? Nun, einen Vorteil hatte es, dass sie und Kutgün Yıldırım in diese merkwürdige Familienversammlung geplatzt waren: Immerhin lag es nahe, dass die Anwältin dann mit der Verfolgung zuvor nichts zu tun haben konnte, sonst hätte sie diese Begegnung wohl eher verhindert. Es musste jemand anderes dahinterstecken.

Langsam ging Wencke zur Änderungsschneiderei zurück. Der Laden war voll mit Menschen, die jammerten und schimpften, sogar Kutgün Yıldırım begegnete ihr ohne die Spur eines Lächelns. Es war ihr egal, wenn sie sauer waren, Wencke wollte nur ihre Schuhe schnappen und dann verschwinden. Sie war sogar heilfroh, so schnell wie möglich wegzukommen. Verdammt, sie konnte sich auf nichts einen Reim machen. Es war, als würden die anderen auf einer exklusiven Ebene kommunizieren, die für Wencke ganz und gar unzugänglich war. Für einen Moment warf sie sämtliche Political Correctness über Bord und gestand sich ein, dass ihr dies alles fremd, wenn nicht sogar beunruhigend erschien. Klar, sie war Deutsche und das waren Kurden. Sie redeten in einer anderen Sprache, sie hatten andere Werte, sie sangen blumige Lieder über ihre Gefühle. Sie stammten von Kindern ab, die vor einem König mit Schlangenarmen geflüchtet waren.

Niemals im Leben hatte Wencke sich so deutsch gefühlt. Und dieses Gefühl hatte nichts mit Überlegenheit zu tun, rein gar nichts.

Sie verabschiedete sich von niemandem, sondern ging mit hochgezogenen Schultern Richtung Maschsee. Es war kurz vor sechs und Emil wollte abgeholt werden.

Sobald sie außer Sichtweite war, nahm Wencke das Handy aus der Tasche. Zum Glück gab es Menschen, die ihr helfen konnten. Auf die Verlass war, wenn es darauf ankam. Die einem zur Seite standen, auch wenn man sich seit drei Jahren nicht bei ihnen gemeldet hatte.

Freizeichen.

Irgendwo in Aurich und Umgebung klingelte nun ein Telefon. Irgendwo in einem Raum der Polizeibehörde, an einem Tatort auf dem flachen Land, in den Dünen einer Insel oder im Privatleben einer kleinen, jungen Familie, irgendwo eben. Axel Sanders trug sein Handy immer in der Brusttasche seines Jacketts.

»Wencke? Deine Nummer auf meinem Display … Du bist es doch, oder?«

»Ja.«

»Was …?«

»Kannst du mir einen Gefallen tun?«

… Liebestaube …

»Kannst du mir einen Gefallen tun?«

Noch fünfzehn Kilometer, zeigt der Navigator.

Neben der Autobahn macht sich der Flugplatz breit. Riesige Maschinen erheben sich in den Himmel, der schon dunkel wird. Hannover Airport ist ein Ort, an dem man viele Ziele haben kann. Fast die ganze Welt ist via Luftlinie mit diesem Flecken in der norddeutschen Tiefebene verbunden.

Doch eine Fahrt von Aurich nach Hannover kann auch eine Weltreise sein. Nicht wegen der Kilometer. Sondern eher, wenn der Grund für diese Fahrt eine einschneidende Bedeutung hat, sodass man beim Aufbruch noch ein anderer ist als der, der drei Stunden später ankommt. Nie hat er seine Frau angelogen. Und seine freien Tage sind normalerweise heilig. Aber heute hat er etwas von kurzfristigen Verpflichtungen gefaselt, geheime Ermittlung, selbst die Auricher Kollegen wüssten nicht Bescheid, er könne sich doch auf ihre Diskretion verlassen? Und die vier freien Tage würde er sich ein anderes Mal nehmen. Kerstin hat kaum nachgefragt, sie ist nicht skeptisch und macht ihm das Leben und den Job nicht schwer. Genau deswegen ist das, was er hier macht, ein starkes Stück. Eine handfeste Lüge.

»Kannst du mir einen Gefallen tun?« Diese Frage.

Von mehr als fünfzig Briefen keinen beantwortet zu bekommen ist grausam. Der Absender weiß nicht, ob die Kuverts angekommen sind, ob die Briefe geöffnet und die Zeilen gelesen wurden. Nichts weiß er.

Er fühlt sich, wie Noah sich damals gefühlt haben mochte, als die Arche auf dem Gipfel des Ararat festsaß und er den

Raben fliegen ließ, um zu wissen, ob schon irgendwo Land zu finden war. Doch der schwarze Vogel kehrte nicht zurück. Das konnte alles bedeuten. Vielleicht hatte das Tier einen Ort gefunden, an dem es so schön und grün und trocken war, dass es einfach keine Lust hatte, zur Arche zurückzufliegen. Oder der Rabe war abgestürzt, hatte sich die Flügel gebrochen, war zur Mahlzeit eines Raubtieres geworden. Noah erfuhr es nicht. Ihm blieb nichts als zu warten, voller Sehnsucht nach festem Boden unter den Füßen und einem Beweis, dass die Erde wiederhergestellt war.

Dann, eine Woche später, hatte Noah die Taube losgeschickt. Und sie trug am Abend bei ihrer Rückkehr einen frischen Olivenzweig im Schnabel. Noahs Erleichterung muss grenzenlos gewesen sein.

Der Anruf an diesem Abend ist wie ein Olivenzweig. Ein Lebenszeichen vom Rest der Welt.

Also ist er losgefahren. Auf eine Weltreise von Aurich nach Hannover.

Nur wegen dieser Frage.

»Kannst du mir einen Gefallen tun?«

6.

Kurzschlussreaktionen waren Wenckes Spezialität. Sie war Meisterin darin, aus dem Bauch heraus irgendwelche Maßnahmen zu ergreifen, von denen sie sich die rasche Verbesserung einer brenzligen Lage versprach – und die ihr nur wenige Stunden später jede Menge Magenschmerzen bereiteten.

Was in Dreiteufelsnamen hatte sie sich dabei gedacht, ausgerechnet Axel Sanders anzurufen? Erhoffte sie wirklich nicht mehr als ein paar polizeiinterne Informationen aus seinem

Munde? War sie denn tatsächlich aufgeschmissen in diesem Fall, brauchte sie wirklich seine Hilfe? Nein, wenn sie ehrlich war, wollte sie ihn wiedersehen. Obwohl sie sich davor fürchtete. Sie hatte fast mehr auf eine Absage gehofft, doch den Gefallen hatte er ihr nicht getan.

Wer hatte damit rechnen können, dass Axel nichts Dringenderes vorhatte, als direkt ins Auto zu steigen und Richtung Hannover zu fahren? Das war nicht geplant gewesen, noch dazu war es ihr ein Rätsel, wie er das wohl seiner Frau gegenüber hingedreht hatte.

Emil schlief seit einer Stunde. Wencke hatte ihrem Sohn nichts vom anstehenden Besuch erzählt, sonst wäre er vor lauter Vorfreude kaum zur Ruhe gekommen. Vor fünf Jahren hatten sie eine Zeit lang zu dritt in einer Zweck-Wohngemeinschaft gelebt und Axel war seitdem so etwas wie ein väterlicher Freund für Emil, dessen biologischer Erzeuger nie groß in Erscheinung getreten war. Und auch wenn sie sich drei Jahre nicht gesehen hatten, konnte ihr Sohn sich noch daran erinnern, wie schön es mit Axel gewesen war. Er erzählte noch immer davon, wie sie gemeinsam am Deich die Schafe gejagt hatten und von dem Gewitter, in das sie danach geraten waren. Axel war der Mensch, den Emil in Amerika am meisten vermisst hatte.

Zugegeben, bei Wencke verhielt es sich nicht viel anders. Aber bei ihr war die Sache ungleich komplizierter. Seit knapp zehn Jahren ahnte sie, dass Axel mehr für sie war als ein Kollege, Mitbewohner oder Freund. Trotz der Gegensätze, die sie bildeten, trotz aller Streitereien, die sie deswegen bereits ausgefochten hatten. Doch als sie endlich bereit gewesen war, sich ihr Herzklopfen einzugestehen, hatte eine andere Frau das Rennen gemacht. Und diese Frau war unantastbar. Nicht nur, weil sie schön war – schön und klug und schlank und freundlich –, sondern in erster Linie, weil sie blind war. Durch einen Unfall, an dem auch Wencke ihren Anteil gehabt hatte. Und

Axel war kein Mensch, der eine behinderte Frau sitzen ließ. So sah es aus, das waren die Tatsachen.

Wann kam er endlich?

Seit einer halben Stunde stand Wencke nun schon am Fenster und schaute hinaus. Man konnte die Straße nicht sehr weit einsehen. Vielleicht parkte er auch etwas weiter vorn, es war nicht so leicht, hier einen Platz für das Auto zu finden. Ob er sich wohl verändert hatte? Schlips und Sakko und gründlich rasiert, ein Gang wie ein Jurastudent mit Einserabi, so würde er gleich durch das Gartentor treten. Und vielleicht nach oben schauen. Sie hatte ihm erzählt, dass sie im Dachgeschoss wohnte.

Warum hatte sie ihm eigentlich auf keinen seiner Briefe geantwortet? Danach würde er früher oder später zweifelsohne fragen. Es machte Wencke nervös, wenn sie daran dachte. Die Antwort war so lapidar – weil sie ihn vergessen wollte –, da war es eindeutig besser zu schweigen. Gott, ihr war übel.

Überhaupt hatte der Tag ihr mächtig zugesetzt. Leichenfund und Verfolgungsjagden, dazu ein handfester Streit mit der neuen Chefin und nun diese Warterei. Alles für sich genommen schon heftig genug, alles zusammen in zwölf Stunden fast unerträglich. Wenckes Hände und Füße waren aufgeschürft wie bei Emil, wenn der mal wieder ohne Rücksicht auf Verluste auf dem Spielplatz getobt hatte. Zudem hatte sie gerade eben unter der Dusche bemerkt, dass die Glassplitter ihr beim Klettern durch Shirin Talabanis Schlafzimmerfenster durch die Jeansjacke hindurch Linien auf die Haut gezeichnet hatten – ihre Rückenansicht glich dem U-Bahn-Netz von Berlin.

Frische Luft, dachte sie. In der Abenddämmerung war das Klima wunderbar, sie würde nur ein paar Schritte vor das Haus machen müssen, um sich dann mit einem Glas Wein auf die verrottete Bank im Vorgarten zu setzen, den zugewucherten

Seitenkanal in Sichtweite, ein paar Mücken auf dem Unterarm. Das würde auch einen netten Anblick geben, wenn Axel endlich kam. Besser jedenfalls, als wenn er sie dabei erwischte, wie sie ungeduldig hinter den Gardinen nach ihm Ausschau hielt.

Vorsichtig schob sie ihre schmerzenden Füße in die Turnschuhe, die sie nach ihrem Besuch im Hause Talabani nicht mehr angezogen hatte, auch wenn sie als Barfuß-Frau ein Hingucker für die anderen Straßenbahnfahrer und eine ziemlich peinliche Angelegenheit für Emil gewesen war. Erst dachte sie, die Einlegesohle hätte sich verschoben, und sie stocherte im Inneren des Schuhs herum, bis sich ein zusammengefalteter Zettel zwischen ihre Zehen schob. Wencke holte das Fundstück hervor. Ein Brief? Jemand hatte ihr eine Nachricht zukommen lassen, als sie ohne Schuhe hinter dem Auto her gerannt war. Eine kleine, heimliche Botschaft von jemandem, der sich nicht getraut hatte, ihr etwas direkt zu sagen. Das konnte ein gutes oder auch ein sehr schlechtes Zeichen sein. Gerade, als sie das mehrfach geknickte Papier in die Hand nahm, gab die Klingel einen langen, kreischenden Ton von sich, fast wie ein Hilfeschrei, und erst jetzt fiel Wencke auf, dass dies das erste Mal war, dass an ihrer Tür geschellt wurde.

Sie stand auf, den einen Fuß im Schuh, den anderen nicht, in der Hand einen ungeöffneten Brief. So stolperte sie die Treppe hinunter, da es in diesem Haus keinen elektrischen Türöffner gab. »Hallo!«

Er war nicht merklich älter geworden, was waren schon drei Jahre für einen Mann, der regelmäßig joggte und den besten Friseur Ostfrieslands besuchte? Aber er schien dünner zu sein, oder nicht? Ein weißes Hemd, eine dunkelblaue Jeans, sonst hatte er nur Stoffhosen getragen, wollte er etwa jünger wirken? Und der Ring aus mattem Silber, der war definitiv neu an seiner Hand, soweit sie wusste, hatte er erst vor einem Jahr geheiratet.

Er hatte einen Blumenstrauß mitgebracht, und das war gut so. Die weißen Rosen wirkten wie ein Airbag, hätten sie sich nicht zwischen ihnen ausgebreitet, wäre Wencke ihm womöglich in die Arme gefallen. Nie hätte sie vermutet, dass das Wiedersehen sie so glücklich machen würde.

»Hallo, Wencke!«

»Komm doch rein oder wir setzen uns noch ein bisschen auf die Bank da, wenn du ausgepackt hast, frisch machen kannst du dich im Bad, Emil schläft schon, ich stelle die Blumen in die Vase, die sind aber schön …«

»Ich freue mich auch, dich zu sehen«, unterbrach er sie, dann ließ er den Strauß sinken, machte einen Schritt auf sie zu, nahm ihren Kopf in die Hände und küsste sie. Auf den Mund, ohne viel Brimborium.

Wencke schwankte zwischen Ohnmacht und Tatendrang und entschied sich für Letzteres.

»Also gut, erst mal Wasser für die Blumen und Wein für uns!«

Sie gingen die Treppe hinauf. Es fühlte sich seltsam an, Axel durch die neue Wohnung zu führen, als wären sie beide in eine Zeitmaschine geraten und er wie durch ein Wunder drei Jahre weiter zu ihr katapultiert worden. Die Tür zum Kinderzimmer war nur angelehnt und ihr entging nicht der Blick, den Axel auf den schlafenden Emil warf. Damals hatte er ihn oft ins Bett gebracht und mit ihm hundertmal die Feuerwehr-Bilderbücher durchblättert. Ob er mit seiner neuen Tochter auch so …?

Später setzten sie sich tatsächlich noch auf die Gartenbank, obwohl es inzwischen schon dunkel und etwas kühl geworden war. Wencke zog die Beine an ihren Körper und nippte an ihrem Wein, während Axel von den Kollegen erzählte, von Britzke, Greven, Pal und dem Rechtsmediziner Riemer. Grüße bestellte er nicht, klar, niemand wusste, dass er hier war. Sie hatte sich nicht getraut, ihn zu fragen, wo seine Frau ihn heute

Abend wähnte. Es wäre ihr wie eine Grenzüberschreitung vorgekommen, denn über sein Privatleben hüllte er sich offensichtlich ganz bewusst in Schweigen, was immer das zu bedeuten hatte. Nur auf Nachfrage erzählte er, dass Kerstin Anfang des nächsten Jahres noch einmal operiert werden würde und die Hoffnung bestand, dass sie danach zumindest Hell und Dunkel würde unterscheiden können.

Dann holte er tief Luft, legte den Arm um Wencke, zog sie leicht an sich und fragte: »Aber nun komm endlich zur Sache. Ich will wissen, welchen Umständen ich zu verdanken habe, dass du dich endlich bei mir gemeldet hast.«

Wencke seufzte. Von ihr aus hätte das seichte Plaudern noch eine Weile dauern können. Es passte alles so gut zusammen, das Wasser im Kanal plätscherte gemütlich vor sich hin, aus einer der unteren Wohnungen drang leiser Jazz und die Berührung auf ihren Schultern war das Allerbeste. Wie gern hätte sie den Rest des Tages einfach nur vergessen.

»Ich bin mit einem Fall von sogenanntem Ehrenmord beschäftigt. Ein Bruder hat vor drei Jahren versucht, seine Schwester zu ermorden und ich soll die genauen Tatumstände analysieren. Doch jetzt sieht alles anders aus …«

»Ich habe im Radio davon gehört: Der Bruder hat nach der Haftentlassung direkt da weitergemacht, wo er damals gescheitert ist. Das ist wirklich unglaublich!«

»Eben«, bestätigte Wencke. »Ich glaube das tatsächlich nicht.«

»Lass mich raten: Dein Bauchgefühl schlägt mal wieder Alarm?«

Wencke nickte und erwiderte sein Lächeln nicht. Er kannte sie gut, oft genug waren sie sich in die Quere gekommen, wenn ihre Intuition seiner Sachlichkeit widersprach. Doch er musste zugeben, dass sie bislang immer, na ja, meistens, richtig gelegen hatte. »Ich habe Kontakt zu seiner Verteidigerin aufgenommen, sie hat mich zu der Familie der Ermordeten geschleppt, und ich könnte schwören, die haben da irgendwas vertuscht. Der Exmann des Opfers hat mich zudem kurz vorher in der Stadt verfolgt, warum auch immer, und die Kinder sind wie vom Erdboden verschluckt …«

»Jetzt mal halblang. Du redest ja, als wärst du dabei, diesen Mord aufklären zu wollen. Was sagt denn das LKA dazu?«

»Meine Chefin ist wenig begeistert, milde ausgedrückt.«

»Und du mischst trotzdem mit?«

Sie nickte.

»Gott sei Dank, du hast dich nicht verändert.« Er streichelte ihr sanft den Oberarm. »Handelst dir Ärger ein, wenn du es ganz bequem haben könntest. Gehst Dingen auf den Grund, die dich nichts angehen. Wahrscheinlich fühlst du dich noch auf irgendeine Weise schuldig an dem Mord …?«

Ertappt. »Gestern habe ich mit Armanc Mêrdîn gesprochen, zwei Stunden lang, und ich hatte nicht den Eindruck, dass eine Gefahr von ihm ausging. Und heute sitzt er in Untersuchungshaft, hat ein umfassendes Geständnis abgelegt und seine Anwältin ist sich nicht ganz sicher, ob eventuell mein Interview den jungen Kurden so aufgewühlt hat.«

»Und deswegen willst du nun auf eigene Faust beweisen, dass dem nicht so ist. Um dich selbst zu beruhigen …« Er trank einen Schluck, dachte nach, dann setzte er leise fort: »Und dafür brauchst du mich. Weil ich besser an die Polizeidaten herankomme.«

»Ich habe dich nur um einen Gefallen gebeten, du musst nicht zusagen …«

Sie blickte ihn von der Seite an und war sich auf einmal nicht mehr sicher, ob er wirklich mitmachen würde. Warum sollte er? Sie hatte sich drei Jahre lang nicht bei ihm gemeldet, und dann verlangte sie etwas von ihm, das haarscharf am Rande der Dienstvorschriften lag. Nein, er würde ihr ganz sicher einen

Korb verpassen. Axel kannte die Regeln, er hielt sich daran, er war korrekt und unbestechlich, manchmal sogar stur und verbohrt. Trotzdem war er sofort gekommen, hatte Rosen mitgebracht und sie auf den Mund geküsst, obwohl in Ostfriesland seine blinde Ehefrau saß und womöglich glaubte, er sei auf einer Fortbildung. Hatte er sich etwa verändert?

Sein Schweigen dauerte unerträglich lang.

Wenckes Zehen wurden langsam kalt, kein Wunder, sie war noch immer nicht dazu gekommen, sich etwas über den rechten Fuß zu ziehen. Der Zettel, den hatte sie fast vergessen, er lag ungeöffnet auf dem Gartentisch. Wencke faltete ihn auseinander und las. Eine unbeholfene Handschrift machte sich quer über einem Abholschein der Schneiderei breit. Kugelschreiber, Druckbuchstaben, Rechtschreibfehler. »Kinder wichtik! Shnell finden« Leider ohne Unterschrift. Das hätte die Frau mit dem Süßgebäck geschrieben haben können, aber auch Moah Talabani selbst, einer der Jugendlichen, der Springmesser-Typ, ein Klageweib, ach, einfach jeder könnte der Absender sein, selbst Kutgün Yıldırım. Aber was hatte es zu bedeuten?

»Ich soll die Kinder suchen.« Wencke reichte Axel den seltsamen Zettel. »Das hat mir jemand im Haus der trauernden Familie in den Schuh gesteckt.«

»Die Kinder der Toten?«

Wencke nickte.

»Okay«, sagte Axel plötzlich. »Ich helfe dir. Aber frag mich bitte nicht, warum!« Dann trank er das Glas Wein in einem Zug, stand auf und ging ins Haus. Als Wencke wenig später in ihre Wohnung kam, war ihr Besucher bereits im Gästezimmer verschwunden.

... gurrend ...

In dieser Nacht bricht das Unglück herein. Wie ein Meteorit taucht es am sternenklaren Himmel auf, rast auf die Erde zu, auf Europa, auf Deutschland, auf Niedersachsen, auf Hannover, auf Seelze, auf ein kleines, noch lange nicht abbezahltes Einfamilienhaus mit Garten. Es durchbricht das Dach, knallt in die obere Etage, in der die Tochter schläft und von alledem nichts mitbekommt, zerschmettert die Decke des Wohnzimmers und landet genau auf dem Teppich, aus dem erst vor wenigen Stunden mit Mühe und Not dunkelbraune Soßenflecken entfernt worden sind.

Der Mann sitzt auf dem Sessel. Die Frau hat die Beine in eine Kuscheldecke geschlagen. Auf dem Tisch stehen Käsestangen, ein Bier in der Flasche, das Weißweinglas ist schon leer. Mister Tagesthemen wünscht allen Zuschauern einen schönen Abend und kündigt eine Reportage an, in der es um illegalen Handel von Zebrafellen geht. Keiner von beiden stellt den Fernseher ab, obwohl sich das Ehepaar nicht im Geringsten für den Tierschutz interessiert.

Das Unglück hat schon längst zwischen ihnen Platz genommen, es macht sich in ihrem Leben breit, plustert sich auf wie eine gurrende Straßentaube, bringt genauso viele Fremdkörper mit sich, Bazillen, Viren, Parasiten, verseucht die Sauberkeit in den vier Wänden. Tut so, als wäre nichts dabei. Und stinkt bestialisch.

»Ich weiß es inzwischen«, sagt die Frau und beobachtet auf der Mattscheibe einen Eingeborenen, der stolz einen blutigen Pfeil zeigt, mit dem er zuvor ein schwarz-weißes Tier getötet hat.

»Seit wann?«, antwortet der Mann.

»Seit gestern.«

Vorhin, als sie in der Tagesschau über die tote Kurdin berichtet hatten, als das Bild von Shirin Talabani gezeigt wurde, auf dem sie hübsch und fröhlich aussah, da hatte keiner von ihnen etwas gesagt. Und jetzt häuteten sie irgendwo in Afrika ein Zebra und die Worte kamen wie von selbst.

Und mit ihnen das Unglück.

»Woher weißt du es?«

»Das werde ich dir ganz bestimmt nicht auf die Nase binden.«

»Und wo warst du letzte Nacht?«, fragt der Mann.

Die Frau nimmt das leere Glas und wirft es gegen den Flachbildschirm. Die Scherben verteilen sich im Umkreis von zwei Metern. Die müssen bis morgen weg sein, sonst schneidet sich die Tochter in den Fuß, nie trägt sie Hausschuhe.

7.

»Shirin Talabani ist mit bloßen Händen erwürgt worden.«

Das Büro von Kutgün Yıldırım wurde von der Morgensonne großzügig illuminiert, da es statt einer Außenwand über bodentiefe Fenster verfügte, die gen Osten zeigten. Richtung Mekka, dachte Wencke kurz und sah in eine Ecke gerollt den Gebetsteppich liegen. Doch das war auch das einzig Orientalische, ansonsten verströmte der Arbeitsplatz der kurdischen Star-Advokatin den bürokratischen Charme einer oberen Finanzbehörde. An der Wand hinter ihrem Schreibtisch hingen ein paar eingerahmte Zeitungsausschnitte, Kutgün Yıldırım schien ein Faible dafür zu haben, die Wände ihrer Kanzlei auf diese Weise zu tapezieren. Auf Augenhöhe waren auch überregionale Presseberichte zu sehen, die ›FAZ‹, die ›Süddeutsche‹, sogar die ›Bild‹ hatte sich mit dem Fall des Kurden Kaan Badili beschäftigt, von dem auch die Anwaltsgehilfin Papatya erzählt hatte. *Wie weit geht deutsche Gastfreundschaft?– Muss Deutschland kurdischen Terroristen Unterschlupf gewähren? – Der zweifelhafte Sieg einer engagierten kurdischen Anwältin sorgt für Diskussionsstoff …*

Diese engagierte Anwältin hatte heute Morgen Wencke zu sich bestellt, kaum dass die vorläufigen Ergebnisse der Obduktion vorlagen. Und das war um halb acht gewesen. Seitdem waren neunzig Minuten vergangen. Wencke hatte auf ein Frühstück mit Axel und Emil verzichten müssen und war auch noch nicht beim LKA aufgetaucht, so dringend hatte Yıldırım die Sache gemacht.

»Da das Opfer an Armen und Beinen gefesselt war, konnte es sich nicht wehren. Zudem war Shirin Talabani am Abend zuvor ein Opiat verabreicht worden, kein hartes Zeug, jedoch eindeutig überdosiert. *Tramadol* heißt das Medikament, und es steht im Arzneischrank der Familie, da die Tochter nach dem Unfall immer wieder heftige Schmerzphasen durchlitten hat. Nebenwirkungen sind unter anderem Verwirrtheit und Schläfrigkeit. Es sieht danach aus, dass Shirin Talabani die Medizin am späten Abend in den Tee gerührt worden ist. Die leere Verpackung hat man im Mülleimer der Küche gefunden, sie wird auf Spuren untersucht.«

»So etwas müssten die Kinder doch mitbekommen haben!«, fiel Wencke dazwischen.

Yıldırım nickte. »Das würde erklären, warum sie bislang von ihrem Vater versteckt wurden. Wahrscheinlich sollen sie nichts ausplaudern, ehe der Familienrat tagt.« Sie räusperte sich kurz. »Es tut mir leid, wenn ich gestern den Eindruck erweckt habe, Sie bei unserem Besuch in der Änderungsschneiderei irgendwie hängen zu lassen. Das war doch so, oder?«

»Zugegeben, ja.«

»Wissen Sie, ich bin heilfroh, dass Moah Talabani Vertrauen zu mir hat. Das erleichtert die Verteidigung enorm, und als Anwältin darf nur dies oberste Priorität haben. Doch ich musste mich zusammenreißen, um nicht ebenso loszurennen wie Sie, das können Sie mir glauben! Es war offensichtlich, dass man uns mit voller Absicht die Kinder vorenthalten hatte. Dennoch …«

»Talabani und einer seiner Bekannten haben mich nur wenige Minuten zuvor durch die Stadt verfolgt, von Ihrer Kanzlei bis kurz vor unserem Treffpunkt am Aegi. Tut mir leid, mein Vertrauen zu ihm hält sich in Grenzen.«

Yıldırım wirkte glaubhaft überrascht. »Damit habe ich aber nun wirklich nichts zu tun. Das ist … ich bin ehrlich geschockt, ich kann mir da absolut keinen Reim drauf machen.«

»Es ist okay!«, unterbrach Wencke. »Ich hatte auch nicht ernsthaft angenommen, dass Sie dahinterstecken. Und ich werde sicher bald herausbekommen, wie das alles zusammenhängt, glauben Sie mir. Aber jetzt interessiert mich mehr, was die Rechtsmedizin weiter herausgefunden hat.«

Yıldırım sortierte die Blätter – und wahrscheinlich auch ihre Gedanken. »Die Experten gehen davon aus, dass der Täter nicht besonders stark ist. Zungenbein und Kehlkopf sind unversehrt, bei großem Kraftaufwand wäre das anders.«

»Eine Frau?«

»Eventuell. Oder ein eher schmächtiger Mann.«

»Oder ein Mann, der sich zurückgehalten hat«, ergänzte Wencke.

»Es wurden beide Hände benutzt, und zwar eher seitlich angesetzt. Der Mörder wird also neben dem Bett gestanden haben. Der Tod trat nicht durch Erstickung, sondern durch die Blutstauung im Gehirn ein. Shirin Talabanis Kampf muss eine ganze Weile gedauert haben.«

»Das hatte ich mir gedacht. Die Punktblutungen rings um das Auge, das verfärbte Gesicht …«

Würgemale gaben recht detailliert Auskunft über den Menschen, der sie dem Opfer beigebracht hatte, so hatte Wencke es in den USA gelernt. Wenn der Mord seitlich und ohne viel Kraftaufwand geschieht, dann wird der Blutrückfluss vom Hirn auf diese Weise gestoppt. Bis die komplette Zirkulation zum Stillstand kommt, dauert es weit mehr als drei Minuten. In dieser Zeitspanne müssen die Hände gnadenlos den Hals zuschnüren. Es gibt also mehr als zweihundert Herzschläge lang die Chance, es sich anders zu überlegen. Doch der Mörder von Shirin Talabani hat diese Möglichkeit nicht ergriffen. Er muss mit Bedacht vorgegangen sein – Beruhigungsmittel im Tee, seidene Fesseln zur Sicherheit – aber auch voller Entschlossenheit. Wenckes Lehrbücher sahen derlei Fallcharakteristika in erster Linie für Rachemorde vor. Die Wut, die angestaute Aggression einer erlittenen Niederlage oder Demütigung schwelt lang genug, um dann endlich im Mord eine Lösung zu erfahren. Rachemörder erleben dabei nicht selten ein befreiendes Gefühl, ein Gefühl, das alle anderen Emotionen überflügelt. Ja, ein solches Motiv musste auch in diesem Fall vorgelegen haben, anders ließ sich diese Mischung aus fehlendem Mitleid und Unmittelbarkeit nicht erklären. Zudem sprachen alle Hinweise dafür, dass Täter und Opfer sich gut gekannt haben mussten. Wen also hatte Shirin Talabani so sehr verletzt, dass sie auf diese Weise sterben musste? War es tatsächlich ihr Bruder gewesen?

»Das ist schon alles ganz furchtbar«, flötete die Anwältin seltsam unbekümmert. »Aber für meinen Mandanten wiederum ist es gut!«

Jetzt verstand Wencke. »Sie meinen, wenn es Armanc Mêrdîns Hände gewesen wären, hätte das ganze anders ausgesehen?«

»Immerhin hat er während seiner Haftzeit täglich den Fitnessraum besucht.«

Wencke zeigte sich skeptisch. »Wenn bei einem Verbrechen ein großer Kraftaufwand nötig ist, schränkt das den Täterkreis ein. Umgekehrt bedeutet eine eher kraftlose Tat nicht zwangsläufig, dass man es mit einem Schwächling zu tun hat. Leider lassen sich aufgrund von Würgemalen nur schwer Rückschlüsse auf die Gestalt des Täters schließen. Was sagt denn die Polizei dazu?«

»Was sollen diese Beamten schon sagen? Solange mein Mandant Stein und Bein darauf schwört, dass er der Täter ist, haben sie keinen Anlass, die Indizien allzu kritisch unter die Lupe zu nehmen.« Sie zuckte die Achseln, fast wirkte sie resigniert.

»Aber hatte Armanc nach all den Jahren denn noch immer eine solche Wut?«

Sie seufzte. »In unserem Kulturkreis verhält es sich anders mit der Zeit, müssen Sie wissen. Der Druck, eine Ehrverletzung zu rächen, wird immer gewaltiger, je länger das Ereignis zurückliegt. Sie haben recht, der Zorn auf die Schwester mochte schon lange verraucht sein. Doch das hat nichts mit dem unbedingten Willen zu tun, die Ehre der Familie wiederherzustellen. Die Mêrdîns leiden noch immer darunter, dass Shirin eine Ehebrecherin ist. Es fühlt sich für sie an wie …« Yıldırım musste ihre Hände zu Hilfe nehmen, um das Unerklärliche zu erklären. »… wie ein Riss im Fundament, auf dem ihr Leben aufgebaut ist. Jeder Tag erscheint ihnen bodenlos. Es ist ihnen unmöglich, weiterzuleben, als wenn nichts geschehen wäre. Und diese Erschütterung ihrer Existenz zieht immer weitere Kreise, wirkt sich immer verheerender aus.« Inzwischen bewegte die Anwältin sich, als wolle sie einen dicken Gymnastikball umarmen. »Nur das Blut der Unehrenhaften kann diese Kluft kitten und die Stabilität wiederherstellen.«

Wencke schwieg eine ganze Weile, schaute aus dem Fenster, beobachtete die Autos, die sich viele Meter weiter unten auf die Suche nach einer Haltegelegenheit machten. VWs und BMWs und Mercedes und Opel. Eine urdeutsche Szene, Parkplatzsuche in der Innenstadt. Und die Frau ihr gegenüber erzählte gleichzeitig etwas über Blut und Ehre und Wut und Wunden. Es kam Wencke vor, als befänden sie sich nicht bloß im dritten Stock, sondern unendliche Meilen weit von dem Leben da unten entfernt. Das deutsche Rechtssystem und die kurdischen Werte hatten so viel miteinander zu tun wie ein Jahreswagen mit einem fliegenden Teppich. Wie sollte sie in diesem Fall jemals auch nur ein kleines bisschen begreifen?

»Kapitulieren Sie?«, erriet Yıldırım ihre Gedanken. »Ich kann Sie irgendwie verstehen. Und Sie fragen sich wahrscheinlich, warum eine Frau wie ich einen sogenannten Ehrenmörder verteidigen kann.«

»Und warum?«

»Ich glaube nicht, dass wir Verbrechen wie diese in den Griff bekommen, wenn wir die Täter hart bestrafen und auf die mangelnde Integration der Türken schimpfen. Ein solches Vorgehen wird die Distanz zwischen den Kulturen nur vergrößern. Man kann Gesetze, die seit mehr als tausend Jahren praktiziert werden, nicht abschaffen, indem man einfach behauptet, sie seien falsch. Wahrscheinlich macht man damit alles nur noch schlimmer. Armanc glaubt, die westlichen Sitten hätten die Ehrbarkeit seiner Schwester zerstört. Warum sollte er also einen Cent auf die deutschen Paragrafen geben, wenn diese doch die Ursache für sein Dilemma sind?«

»Es leuchtet mir nicht ein, wie ein junger, intelligenter Mann, der in Deutschland aufgewachsen ist, sich trotzdem so stark von diesen archaischen Bräuchen gedrängt fühlt. Was ist denn nun mit Integration?«

Yıldırım schüttelte den Kopf. »Der Zug ist abgefahren. Es

gibt die Kurden und Türken schon zu lange, wir sind zu viele, es ist unrealistisch, hier eine einseitige Annäherung zu erwarten.«

»Sie meinen, die Deutschen sollten sich auch integrieren?«

»So könnte man es ausdrücken. Solange ich auf der Straße noch angestarrt, sogar angefeindet werde, nur weil ich ein Kopftuch trage, werde ich mich in diesem Land nicht integrieren, auch wenn ich hier seit meiner Jugend lebe, hier studiert habe und einen deutschen Doktortitel trage. Es kann doch nicht alles an einem Stück Stoff auf dem Scheitel scheitern.« Sie lachte kurz und etwas bitter.

»Und Sie glauben, Ihre Verteidigung kann da etwas besser machen?«

»Armanc ist ein lieber Junge, und er hat getan, was er tun musste, wenn es nach seiner Wertvorstellung geht. Ich wollte die Richter davon überzeugen, dass die niedrigen Beweggründe, die ihm in der Anklageschrift unterstellt wurden, in seinen Augen genau das Gegenteil sind. Er hatte das Gefühl, seiner Familie etwas Gutes zu tun. Wenn es niedrige Beweggründe gibt, dann sind diese nicht beim Einzelnen, sondern im Gesamtgefüge zu finden. Das milde Urteil hat mir recht gegeben.«

»Und vielleicht dazu geführt, dass seine Schwester nun doch sterben musste.«

»Was wir beide nicht glauben, oder, Frau Tydmers?« Zum Glück erwartete Yıldırım keine wirkliche Antwort.

»Wie hat eigentlich die Familie Ihres Mandanten reagiert? Welches Gefühl überwiegt bei ihnen: Stolz auf den Sohn, der die Familienehre gerettet hat, oder Trauer um die verstorbene Tochter und Schwester?«

»Die Eltern sind ja inzwischen beide verstorben, doch die Onkels und Cousins werden Armanc wahrscheinlich Respekt zollen und ihn in seiner Rolle als vollwertigen Mann bestätigen. Uns erscheint das herzlos, aber so ist nun mal die Tradition.«

»Und die Schwester? Es gab doch noch eine Tochter, die als mittleres Kind geboren wurde. Meryem, soweit ich mich erinnern kann.«

»Stimmt. Ich habe keine Ahnung, ob sie bereits informiert wurde. Sie lebt seit einigen Jahren in der Türkei.«

»Sie ist zurückgegangen?«

»Ja, als sie Mitte zwanzig war, hat sie sich dafür entschieden. Eine engagierte Frau, sehr intelligent. Wäre sie bei ihrer Familie geblieben, hätte es sicher auch bald Probleme gegeben.«

»Also hat Ihr Mandant nun keine Eltern und keine Schwestern mehr, hockt im Gefängnis und wartet auf eine lebenslange Strafe, die er nicht verdient hat. Er muss zerrissen sein von seinen Gefühlen.«

»Wenn Sie mögen, können wir heute Nachmittag gemeinsam zu Armanc gehen. Ich nehme Sie als Fallanalytikerin mit, dieses Recht habe ich als seine Anwältin.«

Wencke nickte, gleichzeitig verdrängte sie den Gedanken, was Tilda Kosian dazu sagen würde. Immerhin arbeitete sie dann sozusagen für die Gegenseite. Shirin Talabanis Bruder war der Hauptverdächtige, und zwar aus gutem Grund. Es lag auf der Hand, dass eine Menge Ärger auf sie wartete, wenn sie sich mit seiner Anwältin im Untersuchungsgefängnis blicken ließ. »Ist es Ihnen recht, wenn ein Kollege mitkommt?«

»Aus dem LKA?«

»Nein, er ist ein ehemaliger Kollege, Polizeidienststelle Aurich, mein Nachfolger als Hauptkommissar und ein guter Freund. Axel Sanders ist sein Name.«

»Warum soll er dabei sein?«

»Er besucht mich derzeit. Und damals, als wir noch ein Team waren, haben sich unsere Vorgehensweisen immer recht gut ergänzt.«

»Vorgehensweisen?«

»Er denkt mit dem Kopf. Und ich mit dem Bauch.«

Das schien überzeugend zu sein, Yıldırım notierte sich gleich ein paar Stichworte. »Gut, ich versuche, eine Genehmigung für Sie beide zu bekommen.« Sie klappte die Akte der Rechtsmedizin gerade zu, als ihr noch etwas einfiel. »Ich hätte das Wichtigste fast vergessen, Frau Tydmers.« Yıldırıms lackierter Fingernagel tippte auf einen Absatz am Ende des Gutachtens. »Shirin Talabani war schwanger. Im fünften Monat.«

»Was? Von wem?«

»Es stand kein Absender auf dem Fötus.« Ein solcher Sarkasmus war ungewöhnlich für die Frau, die sich stets so kontrolliert und sachlich gab, und sie schien sich tatsächlich für ihren verbalen Ausrutscher zu schämen, denn sie schob verlegen einige Papiere zusammen. »Im Ernst, Shirin Talabani hatte, soweit ich informiert bin, einige gute Bekannte, die dafür in Frage kämen. Sie war eine emanzipierte Frau, in jeder Hinsicht …«

»Was wollen Sie damit andeuten?«

»Bitte, Frau Tydmers, hören Sie auf, dieser Frau einen Heiligenschein aufzusetzen, nur weil sie zum Opfer geworden ist. Damit werden Sie nicht weit kommen.«

»Ein bisschen klingt das so, als würden auch Sie Shirin Talabani vorwerfen, dass sie sich für ein freies Leben entschieden hat.«

»Ich sehe es nur, wie es ist«, entgegnete die Anwältin trocken. »Sie hat keinen Pfifferling auf die Familienehre gegeben. Es war ihr egal, wenn sie andere mit ihrem Verhalten verletzt hat. Sie hat provoziert, ohne Rücksicht auf Verluste.«

Wencke war fassungslos. »Denken Sie, Shirin Talabani ist selbst schuld an ihrem Tod?«

»Was ich denke, tut hier nichts zur Sache. Ich bin Anwältin und überzeugt, dass mein Mandant zumindest keine Schuld trägt. Das ist alles, was für mich zählt.« Ein demonstrativer Blick auf die Uhr signalisierte das Ende des Gesprächs. »Die

Schwangerschaft könnte natürlich ein ganz neues Motiv für den Mord sein, was sich entlastend auf Herrn Mêrdîn auswirken würde. Doch ich habe heute Vormittag zwei Verhandlungen im Landgericht und kann diese Sache beim besten Willen nicht verfolgen. Aber vielleicht fällt Ihnen ja etwas ein ...«

Wencke musste nicht lange nachdenken, ihr fiel etwas ein.

Peer Wasmuth fiel ihr ein.

… weiches …

Nicht Nein sagen können. Nicht fordern können. Nicht hart bleiben können.

Kein Mann sein.

Stattdessen lieben und schwärmen und singen und helfen.

Nur will niemand einen solchen Mann.

Dann bleibt er übrig. Sonderposten. Grabbeltisch. Im Prinzip reicht es aus, nur eine einzige Schulter zu sein, mehr nicht, ohne Anhang, eine Schulter, an der eine verzweifelte Frau sich ausheulen kann.

Kein Mund, der sich an einem anderen festsaugen darf. Keine Hände, die sich in weiche Haut krallen wollen. Kein Schwanz, verdammt, auf keinen Fall.

Der Entschluss, sich für den Bundespreis für Migrationsarbeit zu bewerben, hat nicht unbedingt etwas mit politischem Interesse zu tun. Auch nicht mit selbstlosem Engagement für eine wichtige Sache. In erster Linie ist es ein Versuch, sich selbst zu einem neuen Image zu verhelfen. Jemand anders zu sein als beispielsweise der engagierte Pädagoge.

Zwei Vereinsflyer zeigen einen Mann Mitte vierzig, dem die Blässe aus dem Gesicht geschminkt wurde, faseriger Seitenscheitel, Cordsakko und Lesebrille. Der Schriftzug ist in leicht lesbaren Lettern gehalten, hellgrün, das soll laut Designer frisch wirken.

Der Spruch macht sich quer über dem Brustkorb breit. Es gibt zwei verschiedene.

Erstens: *CIFN – Ein Verein, der das Gespräch sucht.*

Zweitens: *CIFN – Ein Verein, der die Gemeinschaft kennt.*

Beide Male sind im Hintergrund, eher farblos gehalten,

fröhliche Menschen abgebildet. Es sind Blonde und Dunkelhaarige, soweit man es erkennen kann, denn die Frauen tragen größtenteils Kopftuch. Die Menschen schauen in die Kamera. Das wirkt, als hätten sie Vertrauen in den Menschen im Vordergrund.

Die Bewerbungsmappe ist in ähnlichem Design gehalten. Dreißig Seiten über die Arbeit, die er seit Jahren verrichtet. Auf dem Titelblatt propagiert die Überschrift: ›Der bunte Dialog in Wunstorf – wir haben den Preis verdient‹.

Doch kein Verein hat je eine Auszeichnung aufgrund einer gelungenen Flyersammlung gewonnen. Es kommt immer darauf an, ob man den Vorsitzenden ernst nimmt, ihn achtet. Und da ist es besser, der Vorsitzende hat eine Frau an der Seite. Auf Empfängen werden dann immer zwei Plätze reserviert, und niemand spekuliert, ob man vielleicht mit dem anderen Geschlecht nichts anfangen kann oder sonst wie merkwürdig ist. Die Sache ist klarer, wenn man verheiratet ist. Am besten auch noch Kinder hat.

Zudem wollen die Menschen Taten sehen. Sie werden einem Verein ihre Spendengelder nur geben, wenn sie überzeugt sind, dass der Vorsitzende die Ärmel hochkrempeln kann, wenn es darauf ankommt. Sie wollen eine Leitfigur, die nicht zögert, wenn es darum geht, Missstände zu beseitigen.

Mit dieser Frau, dieser einen geliebten Frau, hätte er all das haben können. Doch das Schicksal wollte es anders. Oder hat Gott selbst ihm einen Strich durch die Rechnung gemacht? Es kostet viel Kraft, nicht mit dem Glauben an die Gerechtigkeit zu hadern. Und diese Kraft findet er nur in der Gewissheit, dass der Verzicht sich lohnt, dass alles einen tieferen Sinn hat, den man jetzt nur noch nicht versteht.

Doch dies sind die Tage, an denen es darauf ankommt. Alles spitzt sich zu.

»Guten Morgen«, sagt er zu den Frauen, und er spricht

langsam und sehr deutlich. »Heute wollen wir uns mit Frage und Antwort beschäftigen.« Die Frauen lächeln ihn an.

Im Großen und Ganzen ist es für die Welt nicht wichtig.

Im Kleinen ist es für einen die Welt.

8.

»Wencke, was versprichst du dir davon? Deine Chefin springt im Dreieck, wenn sie erfährt, was du hier abziehst.« Axel konnte kaum Schritt halten. Beide nagten sie an pappigen Croissants und tranken dazu milchigen Kaffee aus Plastikbechern, während sie über das Wunstorfer Bahnhofsgelände hasteten, an dessen Rand die Moschee *Aksa Camii* lag. Das Frühstück hatte Axel sich bestimmt anders vorgestellt.

»Ich habe meine Jobbeschreibung gestern Nacht im Bett noch einmal eingehend studiert. Meine Arbeit besteht darin, Verbrechen auf den Grund zu gehen. Wenn mein Auftrag lautet: ›Analysieren Sie den sogenannten Ehrenmord, und zwar so, dass wir Kriminologen ihn verstehen‹, dann kann die Kosian doch wohl das *Wo* und *Wie* nicht bestimmen.«

»Aber der Mord …«

»Nirgendwo steht geschrieben, dass ich mich zurückziehen muss, wenn sich die aktuelle Lage ändert.« Sie nahm einen letzten Schluck und warf den Kaffeebecher in einen Mülleimer am Straßenrand, ohne dabei einen Schritt langsamer zu werden. Axel hatte seinen Wagen etwas weiter Richtung Innenstadt geparkt, weil er meinte, ein paar Schritte an der Morgenluft würden Wenckes erhitztes Gemüt abkühlen. Das Gegenteil war der Fall. Wencke glaubte explodieren zu müssen vor Tatendrang. Die Nachricht von Shirin Talabanis Schwangerschaft hatte alles umgeworfen.

»Du darfst den Kollegen nicht ins Handwerk pfuschen. Stell dir doch mal vor, damals in Aurich wäre dir jemand vom LKA in die Quere gekommen …«

»Ich komme denen nicht in die Quere, weil sie auf der falschen Fährte sind. Für die Polizei steht schon lange fest, dass es der Bruder war.«

»Und wer war es deiner Meinung nach?«

Wencke wusste nicht, ob sie sich freuen oder ärgern sollte, dass Axel und sie nach weniger als zwölf Stunden schon wieder da angelangt waren, wo sie damals aufgehört hatten. Er versuchte, sie zu bremsen, und sie preschte umso schneller voran. Jetzt begriff sie, dass genau dieser Kick gestern noch gefehlt hatte. Eine Antwort blieb sie ihm trotzdem schuldig. Stattdessen stieß sie die etwas schief in den Angeln hängende Gartenpforte auf, die den Zutritt in den tristen Vorgarten der Moschee gewährte. Das Gebäude sah – bis auf die giftgrüne Farbe – nicht im Geringsten exotisch aus. Die Wunstorfer Moslems beteten in einem kantigen Kasten, der zuvor wohl eher als Mehrfamilienhaus genutzt worden war. Kein Minarett, keine İznik-Fliesen, und nur ein unscheinbares Schild verriet, dass man hier richtig war – wenn auch erst auf den dritten Blick.

Wencke und Axel traten durch die nur angelehnte Tür. Aus dem Zimmer links schallte mit übersteuertem Ton ein Fernsehgerät, es war kein Wort zu verstehen, wahrscheinlich eine türkische Telenovela. »Moment mal!«, rief eine Frau, sie kam von rechts, trug ein Kopftuch und schien eine Art Gemeindesekretärin zu sein. Es ergoss sich eine Blätterflut aus ihrem Ordner, als sie die Verfolgung aufnahm. »Sie können hier nicht einfach so reinspazieren, dies ist eine Moschee …«

Die Hinweisschilder waren meist in arabischer Schrift verfasst, die zwar wunderbare Muster bildete, Wencke jedoch nicht wirklich weiterhalf. »Entschuldigen Sie, wir suchen Herrn Wasmuth, er unterrichtet hier.«

Sie schien sich gleich zu beruhigen. »Ach so. Folgen Sie mir.« Die Sekretärin führte Wencke und Axel zu einem Zimmer im hinteren Teil des Hauses, klopfte resolut an, sagte »Bitte schön« und verschwand.

Zehn Augenpaare hefteten sich auf Wencke und Axel, als sie atemlos einen guten Morgen wünschten. Die meisten der Schülerinnen schienen schon weit über dreißig zu sein, nur ein Drittel trug Kopftuch, komisch, dass Wencke diese Tatsache fast automatisch einscannte.

An der Wand neben dem obligatorischen Porträt von Atatürk hingen zwei CIFN-Flyer, auf deren Titelbild Peer Wasmuth schmallippig in die Gegend lächelte. Es war schon eine Unverschämtheit, wie schlecht manche PR-Berater ihren Job machten. Die hellgrüne Schrift erinnerte an Apfelshampoo aus den späten Siebzigern, das beige Cordjackett an die dazu passende Badezimmerkeramik. Wenn Wasmuth auf diese Weise die Großzügigkeit der Wunstorfer beeinflussen wollte, konnte er höchstens mit den Spenden von Blinden rechnen – aber auch nur dann, wenn die sich von seinen langweiligen Slogans beeindrucken ließen.

Der CIFN-Vereinsvorsitzende stand auf, kam auf sie zu und machte irgendwie den Eindruck, als fühlte er sich nicht wohl in seiner käsigen Haut. »Frau Tydmers! Und Herr …?«

»Sanders. Ein Kollege von der Polizei. Herr Wasmuth, könnten wir Sie einen Moment sprechen?«

Er zögerte kurz, dann wandte er sich an seine Schülerinnen: »Bitte arbeiten Sie schon mal gemeinsam die Fragen durch, die sich aus dem Text ergeben!« Er schnappte sich sein Jackett, es war dasselbe wie auf dem Plakat, und führte Wencke und Axel durch eine Terrassentür in den schmalen Garten, der hinter dem Schulgebäude lag. Der Rasen war fransig und grau, eine Gartenbank rostete traurig vor sich hin, und die mannshohe Mauer ringsherum machte die allerletzte Idee von Natur zunichte. Wenige Meter weiter hörte man einen Zug über die Gleise rattern. Sie setzten sich auf eine Sitzgruppe aus Plastikmöbeln, Wasmuth faltete die Hände, als wäre dies ein seelsorgerisches Gespräch.

»Was kann ich für Sie tun? Gibt es etwas Neues?«

Wencke hatte sich vorgenommen, nicht zu früh aus der Deckung zu kommen. Erst einmal wollte sie ihrer gestrigen Intuition nachgehen. Wie war das Verhältnis zwischen dem engagierten Deutschlehrer und der Kurdin wirklich gewesen? Zwar konnte Wencke sich nicht vorstellen, dass Shirin Talabani auf Männer wie Wasmuth flog, aber irgendjemand musste schließlich der Vater ihres ungeborenen Kindes sein, und irgendwo musste sie mit der Suche anfangen. »Ganz ehrlich, Herr Wasmuth, was war da zwischen Ihnen und Frau Talabani?«

Sein Teint konnte sich zwischen leichenblass und schamrot nicht entscheiden und so konkurrierten beide Farben als hektische Flecken im Gesicht. »Sie … Ich … Wir …« Atemlosigkeit.

»Gab es denn ein *Wir*?«

Zweimal schnappte er nach Luft. Alles sah nach einer Punktlandung aus, und Wencke konnte ihr Glück kaum fassen, dass ihr Bauch mal wieder bestens navigiert hatte. Schließlich stöhnte er auf: »Nein, gab es nicht.«

Wäre ja auch zu einfach gewesen, seufzte Wencke innerlich. Axel hielt sich zurück, wahrscheinlich ratterte er in Gedanken gerade die Dienstvorschriften durch, gegen die er in diesem Augenblick verstieß.

»Sie sprechen auf die Schwangerschaft an, stimmt's?«, führte Wasmuth das Gespräch fort.

»Wenn Sie es wussten, warum haben Sie mir gestern nichts davon erzählt?«

»Shirin hat es mir vor zwei Wochen gesagt, im Vertrauen. Es

wäre mir wie ein Verrat erschienen, dieses Geheimnis auszuplaudern. Auch wenn Shirin tot ist und mir deswegen nicht mehr böse sein kann …« Er fasste nach dem Zweig einer spindeldürren Tanne und zupfte die weichen Nadeln ab. »Das Kind ist nicht von mir, falls Sie das denken.«

Hab ich nicht wirklich, hätte Wencke geantwortet, wäre sie weniger sensibel gewesen. Stattdessen schwieg sie. Natürlich könnte sie nun auch voranpreschen, ihn löchern, ob er wüsste, mit wem Shirin Talabani vor gut vier Monaten liiert gewesen war. Wasmuth hatte diese Frau sicher gründlich genug beobachtet, um zumindest einen Verdacht zu hegen. Aber er würde von allein darauf zu sprechen kommen, Wasmuth schien schon jetzt zu zerbersten von ungesagten Sätzen.

»Ich hätte es wie mein eigenes behandelt«, brachte er schließlich hervor.

»Wäre der leibliche Vater denn nicht dagegen gewesen?«

Er zuckte die Achseln. »Das weiß ich nicht, wirklich nicht! Vielleicht hat er gar keine Ahnung von der Schwangerschaft. Shirin hat mir nicht viel über ihn erzählt, da kann ich nicht weiterhelfen, ich weiß nur, dass er zu keiner offiziellen Beziehung bereit war. Wahrscheinlich ist der Kerl verheiratet …«

Und du bist es nicht, dachte Wencke, und das macht dich fertig. Dass ein anderer alles hat, mehr als genug, und du bleibst außen vor. Noch nicht mal als Ersatzpapa bist du gewollt. Warst du wütend auf Shirin? Hast du mehr von ihr erwartet?

Sie hatte keine Probleme, sich Wasmuth als Freund des Hauses vorzustellen, eine Tasse Kaffee in der Hand und den Kopf schief gelegt, wenn er ein offenes Ohr für alle Probleme demonstrieren wollte. Aber wie sah er aus, wenn es ihm zu viel wurde? Griffen dann diese schmalen Hände ins Arzneischränkchen, zu bunten Tüchern, nach dem Hals einer wehrlosen Frau?

»Glauben Sie, dass Shirins Familie bereits von der Sache wusste?«

Er atmete, als habe er einen Marathon hinter sich, und genauso schwitzte er auch. Es war, als suche sich eine verdrängte Wahrheit den Weg nach draußen, und wenn sie nicht ausgesprochen wurde, kam sie eben durch die vielen großen und kleinen Körperöffnungen gekrochen, als Schweiß, als Tränen, als Spucke und Rotz. »Mein Gott, ich … verdammt!« Nein, das reichte nicht, er suppte weiter vor sich hin, als wollte er zerfließen. Und Wencke machte es ihm nicht leicht, hakte nicht nach, gab kein Stichwort. »Ich habe versucht, Shirin klarzumachen, dass sie die Sache nicht länger geheim halten kann. Es war eine Frage von Wochen, bis man es hätte sehen können. Azad und Roza hätten bald gemerkt, dass mit ihrer Mutter etwas nicht stimmt. Sie war es ihren Kindern schuldig, etwas zu sagen, bevor …« Jetzt heulte er fast. Rieb sich Zeigefinger und Daumen tief in die Augen und schlug die andere Hand auf die Lippen, um deren Zittern zu verbergen »Gefleht habe ich: Sag ihnen einfach, es ist unser Kind. Wir können heiraten. Wir können eine ganz normale Familie sein. Dann wird niemand es mehr wagen, dich für eine ehrlose Person zu halten. Für eine … für eine …«

»Ein Nachbar nannte Frau Talabani eine Hure. Haben Sie das auch von ihr gedacht?«

Er schüttelte den Kopf, dann nickte er, dann machte er beides auf einmal.

»Aber Shirin hat Ihr Angebot nicht angenommen. Sie wollte lieber die Schande ertragen, ein uneheliches Kind zu bekommen, als Sie zum Alibimann zu nehmen.«

Wie ein kleiner Junge schluchzte er und Wencke rückte von ihm ab aus Sorge, er könne sich ihr an den Hals schmeißen, um getröstet zu werden.

Axel warf Wencke einen konsternierten Blick zu. Wahrscheinlich bereute er spätestens jetzt, hierhergekommen zu sein. Gefühlsausbrüche waren ohnehin nicht sein Ding. Man sah ihm an, dass er nach Sätzen suchte, die die Peinlichkeit des Moments erträglicher machten. »Darf ich mal zusammenfassen, Herr Wasmuth: Frau Talabani hat sich nur Ihnen anvertraut und jegliche Unterstützung sowie die Einbeziehung der Familie abgelehnt. Warum, glauben Sie, hat sie so gehandelt?«

Wasmuth schneuzte sich in ein griffbereites Tempo, schluckte zweimal, dann hatte er sich zum Glück wieder etwas gefangen. »Sie wollte, dass ich sie bei den Behördengängen unterstütze. Schließlich hätte ein drittes Kind ihr das Arbeiten unmöglich gemacht. Ich sollte mich erkundigen, welche Sozialleistungen sie für sich beanspruchen kann.«

Kein Wunder, dass er sich so elend fühlte. Die Frau seines Herzens hatte in ihm nicht mehr als einen bürokratischen Handlanger gesehen. »Sobald alles geklärt gewesen wäre, wollte sie es ihren Kindern erzählen. Sie hat darüber nachgedacht, nach Hannover zu ziehen, weil ihr Exmann dort lebt, der auf die Großen aufpassen könnte, und weil es ein größeres Angebot an Tagesmüttern gibt. Shirin hat sich das alles sehr einfach vorgestellt.«

»Haben Sie ihr das gesagt?«

»Ja. Ich wollte nicht, dass sie in ihr Unglück rennt.«

»Über einen Schwangerschaftsabbruch hat sie nicht nachgedacht?«

»Das weiß ich nicht. Wir hatten seit Ende Juni kaum Kontakt. Sie hat sich ziemlich zurückgezogen, warum auch immer. Als sie mir dann vor zwei Wochen alles erzählt hat, war die Zwölf-Wochen-Frist bereits abgelaufen. Aber ich hätte ihr davon abgeraten; auch wenn ich nicht katholisch bin, eine Abtreibung erscheint mir immer die allerschlechteste Lösung bei einem solchen Problem zu sein.«

Wencke fielen Shirins kleine Luxusartikel ein, die so fremd in der engen Wohnung gewirkt hatten. »Haben Sie Shirin Geschenke gemacht?«

Er blickte verwundert auf. »Geschenke?«

»Sie hat ein ziemlich teures Handy, eine Chanel-Tasche, drei Kostüme von Escada, Jil Sander und noch so einem Nobelschneider. Ich kenne mich da nicht so gut aus, aber dass der Kaufpreis Shirins Gehalt als Kellnerin bei Weitem übersteigt, da bin ich mir sicher. Und von ihrem Mann hat sie nichts dergleichen bekommen.«

Wasmuth schüttelte den Kopf. »Ich habe ihr mal einen Strauß Blumen mitgebracht, eine Tafel Schokolade für die Kinder ... aber doch nicht so etwas!«

»Woher hat sie es dann?«

»Vielleicht vom Erzeuger ihres Kindes ... Ich habe keine Ahnung!«

»Herr Wasmuth, haben Sie Shirin Talabani geliebt?«

Er blickte auf, ehrlich erstaunt, als hielte er diese Möglichkeit für absolut abwegig. »Wie bitte? Liebe?«

Das konnte alles und nichts bedeuten. Eher nichts.

Eine Frau trat aus dem Klassenraum und lächelte schüchtern »Entschuldigung ...?«

Wasmuth wischte sich mit dem Cordärmel die letzten Tränen aus dem Gesicht und fand sein salbungsvolles Lächeln wieder. »Derya, was gibt's?«

»Die Stunde ist vorbei, mein Mann wartet schon auf dem Flur.« Man merkte der erwachsenen Schülerin an, wie sehr sie bemüht war, Grammatik und Aussprache fehlerlos zu gestalten.

Der Lehrer erhob sich. »Ich muss zurück, Sie sehen ja selbst ...«

»Eine Frage noch, Herr Wasmuth«, hielt Wencke ihn auf. »Sie haben das letzte Mal zwei Tage vor ihrem Tod mit Shirin gesprochen. Was ist da passiert? Gab es Streit?«

Kraftlos hob er die Schultern. »Streit? Nein, so würde ich es nicht nennen ...«

»Sondern?«

»Sie … sie wollte nichts mehr mit mir zu tun haben. Nie wieder. Endgültig, hat sie gesagt.«

»Und warum?«

»Wenn ich das bloß wüsste …«

Wencke und Axel ließen ihn gehen. Er schlurfte über den traurigen Rasen, als habe ihm jemand Blei in die Schuhsohlen gesteckt.

»Glaubst du ihm?«, fragte Axel.

»Jein. Aus seiner Sicht erzählt er uns vielleicht die Wahrheit. Nur bezweifle ich, dass seine Sicht für unsere Zwecke objektiv genug ist.« Eine versteckte Gartenpforte führte direkt auf die Straße, sie konnten sich also eine weitere Begegnung mit der aufgeregten Sekretärin ersparen. Doch schon durch die dichten Blätter des Kirschlorbeers konnte Wencke einen Mann auf dem schräg gegenüberliegenden Parkplatz ausmachen, der mit den Händen in den Hosentaschen neben einem vereinsamten Zigarettenautomaten lungerte und zum Haupteingang der Moschee schielte. Nein, es war weder Moah Talabani noch der Springmesser-Typ. Dieser hier schien um die dreißig zu sein, hatte buttergelbe Haarsträhnchen und sah sehr ungesund aus. Offensichtlich kein Türke. Aber die pseudogeheimnisvolle Art, ganz zufällig herumzustehen, war schablonengleich. Der Strähnchenkopf spuckte ein Kaugummi auf den Bürgersteig und schaute dabei in Wenckes Richtung. Vor Schreck misslang sein Manöver und der weiße Klecks landete auf dem Schuh. Er sagte etwas, Wencke konnte nur die Lippenbewegung sehen, aber sie wettete, er hatte soeben Scheiße gesagt, in welcher Sprache auch immer.

»Was ist das denn für ein Clown?«, flüsterte Axel.

»Mein neuer Schatten.«

»Seit wann leidest du denn unter Verfolgungswahn?«

Wencke ignorierte Axels Kommentar und ging schnurgerade auf den Unbekannten los. Dieses Mal würde sie die Sache nicht auf sich beruhen lassen. Das hier war kein Spiel und sie hatte nicht die geringste Lust, in den nächsten Tagen oder Wochen an jeder Ecke beobachtet zu werden. Wer immer sich dafür interessierte, wo sie war und mit wem sie sprach, sie würde ihm den Spaß daran gründlich verderben.

Der Parkplatz war bis auf den kleinsten Winkel mit Pendlerwagen vollgestellt, trotzdem waren noch weitere Autofahrer damit beschäftigt, sich in eine der wenigen engen Lücken zu quetschen, sie manövrierten vorwärts und rückwärts und waren sichtlich genervt. Ein Lieferwagen versperrte zudem die Sicht zum Zigarettenautomaten. Wencke gab dem Fahrer ein Zeichen und lief quer über die Straße; ein Hupen und das obligatorische Tippen an die Stirn waren seine Antwort. Erst das Bremsenquietschen machte Wencke darauf aufmerksam, dass sie sehr knapp vor einem schrottreifen Kleinwagen zum Stehen gekommen war. Spätestens jetzt musste der Kerl auf sie aufmerksam geworden sein.

»Willst du dich umbringen?«, schrie Axel von hinten. Sie drehte sich nicht um. Zwei Radfahrer, die eilig unterwegs waren, mussten große Bögen fahren, um Wencke nicht zu überrollen. »Bekloppt?«, fragte einer von ihnen.

Ja, wahrscheinlich war Wencke bekloppt. Der Typ hatte sich beeilt und das Parkplatzchaos war sein Vorteil gewesen. Zwar rannte er nicht, wahrscheinlich hoffte er noch immer, unerkannt geblieben zu sein, und wollte sich nicht durch eine allzu hastige Flucht verraten. Doch sein schneller Gang hatte ihm sicher schon dreißig Meter Vorsprung verschafft.

»Hey«, rief Wencke. »Bleib mal stehen!«

Er kletterte flink über einen Zaun und nahm den verbotenen Weg quer über die Gleise.

Rote Lichter blinkten, man hörte das Pfeifen eines herannahenden Zuges. Der Butterblonde schaute sich um, das höhnische Grinsen war unübersehbar. Die Schienen gaben ein zeterndes Geräusch von sich, als litten sie unter dem herannahenden Gewicht des Regionalzuges, aber der Typ ließ es darauf ankommen, sprintete los, blieb vom energischen Alarm des Zugführers unbeeindruckt. Kaum hatte er das rettende Ufer jenseits der Gleise erreicht, schlüpfte er durch eine zerfranste Hecke. Es war sinnlos, hinterherzurennen, denn sieben sich in den Bahnhof schiebende Doppeldeckerwaggons versperrten nun den Weg.

Wencke kickte einen Stein gegen den Zaun. »Dämlicher Möchtegerndetektiv, und ich blöde Kuh bin nicht in der Lage, ihn zu erwischen!«

Axel stellte sich neben sie. »Wie kommst du darauf, dass er unseretwegen hier war?«

»Warum wäre er denn sonst abgehauen?«

»Vielleicht ein lausiger Dealer oder so. Sah mir nach Drogenszene aus. Die rennen doch vor jedem weg, der ihnen länger als nötig in die Augen schaut.«

»Das glaube ich nicht. Der hat uns beobachtet. Ganz sicher.«

Axel schüttelte den Kopf. »Hör auf. Du siehst Gespenster. Komm mit zum Auto, Wencke. Wir haben einen Termin in der JVA.«

Doch sie blieb stehen, noch einen kurzen Moment, starrte auf die Stelle jenseits der Gleise, wo der Buttergelbe verschwunden war. Und wurde ihr ungutes Gefühl nicht los. Mal wieder nicht.

… Federwölkchen …

Da draußen, hinter den Gitterstäben und vor der Unendlichkeit des Himmels, zieht das Flugzeug einen schnurgeraden Kondensstreifen ins Blau. Kurz blitzt eine winzige Reflexion des Sonnenlichts, die Strahlen haben eines der Fenster getroffen. Dahinter sitzt ein Passagier und macht sich keine Gedanken darüber, wie klein die Welt sein kann, wenn man in einem Haftraum sitzt, sechs Quadratmeter und ein Blick nach draußen, kaum größer als DIN-A4-Format.

Der Flieger ist Richtung Süden unterwegs. Schon weit in der Luft. Wahrscheinlich in Hamburg gestartet. Wahrscheinlich wird er nicht in der Türkei landen. Wahrscheinlich hatte dieser stählerne Vogel nichts zu bedeuten für die Familie, niemand saß darin, um das Begräbnis vorzubereiten oder zu fliehen vor den deutschen Gesetzen, die keiner verstand. Ein völlig fremdes Flugzeug.

Als er klein war, hat er seine große Schwester gefragt, was diese weißen Streifen da oben zu bedeuten hätten. Ein Kreidestrich Allahs?

Shirin fand das lustig.

Dann erklärte sie, es sei ein Flugzeug, ganz weit oben, auf dem Weg sonstwohin, vielleicht in die Türkei, darin säßen Menschen, die könnten auf unsere Stadt gucken und ihnen käme es vor wie ein Spielzeugland und dann lehnten sie sich zurück und tränken Tomatensaft. So hätte sie das zumindest mal im Fernsehen gesehen.

Der kleine Bruder hatte alles verstanden und weiter in den Himmel gestarrt.

Ein Flugzeug. Der weiße Strich ist ein Flugzeug.

Irgendwann wird das Wölkchen dünner, zerfranst zu einer faserigen Schnur, zu zerfetzten Flocken, zu nichts.

Als er klein war, dachte er immer, jetzt stürzten die Leute ab, weil das Flugzeug sich aufgelöst hatte. Und er sah die Menschen fallen. Mit ihren Tomatensäften in den Händen rasten sie auf die Erde zu und begegneten sorgenfrei dem Spielzeugland, bis sie erkannten, dass es die echte Welt war und sie gleich am Boden zerschmettern würden.

Irgendwann fällt mir so ein Mensch vor die Füße, hatte der kleine Junge gedacht, so ein Passagier aus dem Wolkenflugzeug.

Als Meryem, seine zweite Schwester, damals in die Türkei geflogen ist, endgültig und für immer, da hatte er sogar gehofft, sie würde abstürzen. Alles ist besser, als das Leben, für das sie sich entschieden hatte. Nie wieder hat er von ihr gehört. Aber er weiß, irgendwo in dieser Heimat, die keine ist, irgendwo da kämpft Meryem, wenn sie nicht schon längst getötet worden ist.

Seine Schwestern haben alles falsch gemacht. Sie haben nichts verstanden. Es ist gut, dass beide aus seinem Leben verschwunden sind.

Und es tut weh.

Der Schlüssel dreht sich im Schloss.

Der Vollzugsbeamte sagt, seine Anwältin sei gekommen und er würde ihn nun ins Besprechungszimmer führen.

Als er einen letzten Blick aus dem Fenster wirft, sieht das Ende des Kondensstreifens aus wie ein Fragezeichen.

9.

»Was will diese Frau hier?«, fauchte Armanc Mêrdîn und starrte Wencke an, als hätte sie ihn bei ihrer letzten Begegnung mindestens grün und blau geschlagen. Dabei war das Gegenteil der Fall gewesen, sie hatte zumindest den Eindruck gehabt, dass der junge Kurde ihr Gespräch in guter Erinnerung behalten würde. Warum er ihr nun plötzlich so feindselig begegnete, war Wencke schleierhaft. Axel Sanders hingegen nahm er gar nicht zur Kenntnis, wahrscheinlich hielt er ihn für Yıldırıms Begleitung.

»Ich habe Frau Tydmers gebeten, bei unserem Gespräch anwesend zu sein, da sie wie ich Zweifel daran hegt, dass Sie vorletzte Nacht Ihre Schwester ermordet haben.« Die Anwältin stellte ihren Aktenkoffer auf den Tisch, dem anzusehen war, dass auf seiner abgewetzten Oberfläche oft Aktenkoffer abgestellt wurden, ließ die Scharniere schnappen und griff nach Mappe, Notizblock und Stift. Sie hatte sich umgezogen, trug nun ein weißes Sommerkleid aus Leinen, luftig trotz der langen Ärmel und dem bodentiefen Saum, auf ihrem Kopftuch brachten gelbe und rote Rosen ein wenig Farbe in das triste Besprechungszimmer, wahrscheinlich hatte sie genau deswegen diesen Stoff gewählt.

»Dann irren Sie sich eben beide«, brummte Mêrdîn. »Ich habe der Polizei alles gesagt. Und die haben mir geglaubt. Das muss reichen!« Er sah müde aus, unglücklich und gleichzeitig wütend. Sein borstiges Haar stand zu allen Seiten ab und die vorgestern noch so lebendigen Augen lagen wie schlammige Pfützen auf seiner unrasierten Haut. Er wirkte wie ausgewechselt, von dem netten jungen Mann war in den letzten vierundzwanzig Stunden nicht viel übrig geblieben. »Haben Sie mir Klamotten mitgebracht? Ich trage immer noch die Sachen von gestern und rieche wie ein Döner nach drei Tagen im Schaufenster ...«

»Die Vollzugsbeamten kontrollieren die Tasche und bringen die Kleidung dann auf Ihre Zelle.« Yıldırım legte ihre Hand auf seinen Unterarm, als wäre sie seine Krankenschwester. »Wie sind Sie untergebracht?«

»Ist okay.« Mehr sagte er nicht. Dass er keine Nacht im Luxushotel hinter sich hatte, sah man ihm ohnehin an. Das Untersuchungsgefängnis war ein kantiges Gebäude auf dem riesigen Gelände der JVA Hannover, überall Stein, Beton und Metall in gnadenlos rechten Winkeln. Seine Unterkunft im Jugendstrafvollzug Hameln mochte im Vergleich hierzu die reinste Waldorfschulen-Atmosphäre ausgestrahlt haben. Doch sollte Armanc Mêrdîn verzweifelt über seine Lage sein, so war er wild entschlossen, sich das nicht anmerken zu lassen.

»Und was machen Sie den ganzen Tag?«

»Eben habe ich an meine Schwester gedacht ...«

»An Shirin?«, fragte Yıldırım mit sanfter Stimme. »Das ist gut, wenn Sie an sie denken, damit die Trauer ...«

»Nein, an Meryem. Meine andere Schwester.«

Die Anwältin stutzte kurz.

»Ist sie nicht vor ein paar Jahren in die Türkei gegangen?«, wollte Wencke wissen, denn es war nicht zu übersehen, dass die Erwähnung dieser Person eine seltsame Reaktion ausgelöst hatte.

Als Mêrdîn keine Anstalten machte, darauf zu antworten, fragte Wencke weiter: »Ist Meryem dort verheiratet?«

»Nein, sie hat sich für einen anderen Weg entschieden.«

Diese Information reichte Wencke nicht. »Was heißt das?«

Mêrdîn seufzte. »Meryem ist Mitglied bei der *kesîbtîya mewcûdbûna Kurdistanê*.«

»Wo?«

»Übersetzt: Kampf um das Dasein Kurdistans«, erklärte

Yıldırım an seiner Stelle. »Eine radikale Truppe kurdischer Freiheitskämpfer, auf der EU-Liste wird diese Untergrundorganisation als terroristische Vereinigung geführt. Sie zeichnen sich verantwortlich für die meisten Anschläge der neueren Zeit. Explosionen in Antalya, Bomben in Izmir, Sprengsätze in Istanbul ...«

»Und da macht Ihre Schwester mit?« Wencke fiel aus allen Wolken. »Warum habe ich davon nichts erfahren?«

»Warum sollten Sie?«, blaffte Mêrdîn zurück.

»Wenn ein Familienmitglied einer extremistischen politischen oder sogar terroristischen Vereinigung angehört, hat das unter Umständen durchaus Auswirkungen auf die Angehörigen, denke ich. Und das wäre für meine Arbeit vielleicht nicht ganz unerheblich zu wissen.«

»Meryem gehört nicht mehr zur Familie.« Er betrachtete seine Fingernägel. »Frau Yıldırım, können Sie dafür sorgen, dass diese Frau mich in Ruhe lässt?«

»Herr Mêrdîn, ich kann ja verstehen, dass Sie heute etwas gereizt sind, aber ...«

»Ich will, dass diese Psychofrau sofort geht!«

»Warum wollen Sie das?«, mischte Wencke sich direkt ein. Sie hatte keine Lust, dass über sie geredet wurde, als wäre sie das unzumutbare Mitbringsel einer übereifrigen Verteidigerin. »Ich könnte Ihnen helfen!«

»Arbeiten Sie nicht eigentlich für die Gegenseite?« Er zog eine Augenbraue hoch. Das wirkte wie mühsam einstudiert.

»Tatsächlich riskiere ich in diesem Moment mächtigen Ärger. Nur weil ich ziemlich sicher bin, dass Sie unschuldig sind und die Strafverfolgung eigentlich jemand anderen ins Visier nehmen sollte, gehe ich das Risiko ein.«

»Darum habe ich Sie aber nicht gebeten. Hauen Sie ab, dann haben wir beide ein Problem weniger.« Er lehnte sich zurück, bis die harte Lehne knarrte.

Wencke beugte sich vor, so leicht wollte sie ihm den Rückzug nicht machen. »Es geht nicht nur um das, was Sie wollen, Herr Mêrdîn. Während Sie unschuldig in U-Haft sitzen, läuft da draußen noch ein Mörder frei herum. Wollen Sie jemanden decken?«

»Ich habe Ihnen doch schon vor zwei Tagen gesagt, dass ich Shirin töten werde. Und dann habe ich es getan. Warum glauben Sie jetzt, dass es anders war?«

»Wie war es denn?«

Er zuckte kurz. Nur eine winzige Bewegung, die auch durch eine Fliege auf der Haut, einen schrillen Ton oder kühlen Windhauch hätte ausgelöst werden können. Doch in diesem Fall hatte Wenckes konkrete Frage den Reflex bewirkt. Mêrdîn konnte ihr erzählen, was er wollte, dieses Zucken hatte mehr verraten, als er sich bewusst war.

»Ich habe meine Schwester am Abend besucht.«

»Aber Sie hatten doch ein striktes Verbot, sich ihr bis auf hundert Meter zu nähern.«

Verächtlich stieß er die Luft aus. »Glauben Sie echt, die stellen Wachhunde auf, um mich zu überprüfen? Ich durfte mich eben nur nicht erwischen lassen.«

»Und Shirin hat keine Hilfe geholt?«

»Sie ist meine große Schwester. Sie liebt mich! Ich habe einfach meinen netten Blick aufgesetzt, den kennen Sie doch auch schon.« Er zeigte sein Sahnekaramellgesicht. »Da hatte sie keine Angst mehr vor mir. Sind ja auch ein paar Jahre vergangen seit damals …« Eine fadenscheinige Erklärung, fand Wencke, auch wenn sie selbst sich bereits von seinem Charme hatte einwickeln lassen. Aber bei Shirin hatte immerhin eine Todesdrohung vorgelegen, Wencke bezweifelte, dass sie sich so arglos verhalten hätte.

Mêrdîn wartete allem Anschein nach auf weitere Fragen. Als diese ausblieben, wurden seine Sätze weit lustloser. »Ich musste warten, bis die Kinder schliefen, damit sie mich nicht sehen. Es war ungefähr neun Uhr.«

»Roza auch?«, hakte Wencke nach. »Ich kenne kein sechzehnjähriges Mädchen, das so früh schlafen geht.«

»Roza geht es nicht gut, sie braucht viel Schlaf«, knurrte Mêrdîn. »Ich habe diese Tropfen aus dem Arzneischrank geholt. *Tramadol,* meine Nichte nimmt es gegen Schmerzen, und das habe ich Shirin in den Tee getan, als sie gerade nicht hinschaute. Weil sie müde wurde von dem Zeug, hat sie sich ins Bett gelegt. Sobald ich sicher sein konnte, dass sie schläft, bin ich in ihr Zimmer, habe sie gefesselt mit den bunten Tüchern, die Roza als Kopfbedeckung trägt. Kariert und mit Blumenranken und so. Shirin ist nicht richtig wach geworden. Ich habe sie mit meinen Händen gewürgt, bis sie tot war. Dann bin ich aus dem Zimmer gegangen, habe hinter mir abgeschlossen und den Schlüssel auf den Türrahmen gelegt. Niemand hat mich bemerkt.« Als er seine auswendig gelernte Geschichte zu Ende aufgesagt hatte, zeigte sich auf seinem Gesicht ein fast stolzer Ausdruck. Aber es war nicht der Stolz eines Sohnes, der die zweifelhafte Familienehre wiederhergestellt hatte, sondern erinnerte eher an einen Konfirmanden, der es gelernt hatte, das Glaubensbekenntnis fehlerlos herunterzurattern. Eine miese Vorstellung. Wencke konnte sich nicht erklären, weshalb die Polizei ihm diese Geschichte abgenommen hatte. Irgendwann grinste er unbeholfen. »Noch Fragen?«

»Warum?«

»Warum ich Shirin getötet habe? Aber das habe ich doch vorgestern schon ...«

»Nein. Ich will etwas anderes wissen. Warum haben Sie es so ausgeführt? Auf diese Art?«

Er zuckte mit den Schultern. »Irgendwie musste ich es doch machen ...« Er schaute sich fast hilfesuchend um. Yıldırım machte Anstalten, das Wort zu ergreifen, doch Wencke warf der Anwältin einen unmissverständlichen Blick zu. Nein, das sollte Armanc Mêrdîn schön alleine ausbaden. Denn dass er auf einmal ins Schwimmen geriet, war nicht zu übersehen.

»Den Sinn meiner Arbeit habe ich Ihnen ja bei unserem letzten Gespräch bereits erklärt. Ich bin spezialisiert auf die psychologischen Aspekte von Gewalttaten. Meine Ausbildung fand in den USA statt, in Quentico, man könnte sagen, eine bessere Schule gibt es für dieses Fachgebiet nicht.« Wencke atmete dreimal langsam ein und aus. Ruhiges Durchatmen konnte Menschen nervöser machen als alles andere, vorausgesetzt, sie hielten mit etwas hinter dem Berg. »Und wissen Sie, welchen Satz ich in meiner allerersten Vorlesung beigebracht bekam?«

»Keine Ahnung.« Eine kleine Schweißperle löste sich von seinem Haaransatz.

»Niemand tut etwas ohne Grund.«

Als er nickte, fiel der Tropfen auf seine dichten Wimpern, er wischte unbeholfen mit der Hand darüber.

»Warum haben Sie zum Beispiel nach der Tat die Tür abgeschlossen?«

»Verdammt, keine Ahnung! Der Schlüssel steckte und ich bin da raus und dann …« Jetzt klarte sein Gesicht auf, wie von einem Geistesblitz erhellt. »Genau, jetzt erinnere ich mich. Ich wollte nicht, dass die Kinder ihre Mutter so sehen, am nächsten Morgen nach dem Aufstehen, dass sie da reingehen und einen Schock kriegen, ist doch klar! Kinderseelen sind so empfindlich …«

»Kinderseelen?« Wencke schnaubte. »Wäre es Ihnen darum gegangen, dann hätten sie den geplanten Mord gleich ganz woanders ausgeführt. Hätten sich unter einem Vorwand irgendwo mit Shirin getroffen. Dann wären Sie gar nicht Gefahr gelaufen, Azad und Roza mit dem Anblick der toten Mutter zu konfrontieren.«

»Erzählen Sie nicht so einen verdammten Psychokram! Sie sind Deutsche und ich bin Kurde. Nie im Leben wird es Ihnen gelingen, mich zu verstehen. Wir ticken nun mal anders als ihr!«

»Ihr seid Menschen. Wir sind Menschen. Es mag Unterschiede geben. Männer morden anders als Frauen. Reiche anders als Arme. Kranke anders als Gesunde. Aber der Grundsatz, dass niemand etwas ohne Grund tut, gilt für alle Menschen, unabhängig von ihrem Kulturkreis.« Sie schenkte ihm ein kurzes Lächeln. »Warum haben Sie es so getan und nicht anders?«

»Ich …«, hektisches Trommeln der Finger auf dem Metallgestell des Stuhls. »Beim ersten Mal, mit dem Auto auf der Straße, da hat es nicht geklappt. Dieses Mal wollte ich sicher sein, dass Shirin stirbt.«

»Wenn Sie sicher sein wollten, warum haben Sie Ihre Schwester dann nicht erschlagen? Oder erschossen?«

»Das wäre zu laut gewesen. Man hätte mich doch gekriegt …« Er schien mit seiner Antwort zufrieden zu sein, schaffte sogar ein Lächeln in Yıldırıms Richtung.

»Man hat Sie ehrlich gesagt ziemlich umstandslos gekriegt. Soweit ich informiert bin, haben Sie keinerlei Anstrengung unternommen, die Tat zu leugnen. Wenn Sie der Mörder gewesen wären, hätte die Angst vor dem Erwischtwerden Ihre Tat nicht beeinflusst.«

»Na, dann erzählen Sie mir doch mal, warum ich es gemacht habe, wenn Sie sich so toll auskennen im Kopf eines Mörders!« Seine ironische Aufforderung misslang gründlich, denn er schwitzte dabei mitleiderregend.

Wencke beschloss, ihm ihre Schlussfolgerungen nicht vorzuenthalten. Er sollte wissen, wie schlecht seine Vorstellung gewesen war. Vielleicht konnte sie ihn dann von seinem Kamikazeflug abbringen. Denn dass er sich den Folgen seiner

Falschaussage bewusst war, stand außer Frage. Er war wortgewandt, aufgeweckt und auf der Hut, ihm musste klar sein, dass er eine Haftstrafe riskierte, deren Länge sein bisheriges Lebensalter überschritt. Denn wenn er sich weiterhin unbelehrbar gab, drohte zum Lebenslänglich noch die anschließende Sicherheitsverwahrung. Er ruinierte sich seine Zukunft und ließ jemand anderen frei herumlaufen, der es verdient hätte, hinter Gittern den Mord an Shirin Talabani zu sühnen. Man musste Armanc Mêrdîn von diesem Wahnsinn abbringen.

»Erst einmal steht nicht fest, ob der Mörder die Tabletten zur Betäubung oder mit Tötungsabsicht verabreicht hat. Laut Spurensicherung war die Packung leer und die Dosis, die Shirin verabreicht bekommen hatte, reichte nicht für den Exitus.«

Axel Sanders räusperte sich so ergiebig, dass klar war, er hatte keinen Frosch im Hals, sondern etwas Dringendes auf der Zunge. Er beugte sich zu Wenckes Ohr. »Bist du verrückt? Du kannst ihm doch nicht alle Details verraten. Er ist dringend tatverdächtig. Wenn rauskommt, wie du der Verteidigung zuarbeitest, bist du deinen Job los!« Sein Flüstern klang so aufgeregt, dass Mêrdîn aufhorchte.

»Wer ist dieser Kerl eigentlich?«, wollte er von seiner Anwältin wissen.

»Er arbeitet mit Frau Tydmers zusammen«, verschleierte Yıldırım die Wahrheit.

Wencke ließ sich nicht beeindrucken von Axels Sorge. »Man geht im Allgemeinen davon aus, dass ein Mörder, der zuvor sein Opfer betäubt, zwei Motive haben kann. Entweder hat er Mitleid und will bei der Tötung Schmerzen verhindern …«

Aufgeregt erhob Mêrdîn sich von seinem Platz. »Ja, genau das wollte ich! Ich habe meine Schwester doch geliebt, habe ich immer gesagt! Sie sollte nicht leiden!« Der Vollzugsbeamte drückte ihn sanft aber bestimmt auf seinen Stuhl zurück.

»Aber dazu passt wiederum nicht das langsame, qualvolle und mit großer Todesangst einhergehende Erwürgen mit bloßen Händen«, ergänzte Wencke und der Kurde schien in sich zusammenzusinken. »Die zweite Möglichkeit ist, dass der Mörder freie Hand haben wollte. Er wollte durch das Opiat verhindern, dass Shirin sich gegen seinen Angriff wehrt.«

»Und aus welchem Grund?«, fragte Yıldırım, die Wenckes Ausführungen fasziniert lauschte und sich so viele Notizen gemacht hatte, dass das erste Blatt ihres Notizblocks bereits vollgeschrieben war.

»Auch hier gibt es mehrere Deutungen. Es kann ihm um Macht gegangen sein, die er auf das wehrlose Opfer ausübt. Oder er war ihr einfach nicht gewachsen, war schwächer, kleiner oder sonst wie unterlegen.«

Der U-Häftling sagte nichts mehr, fast beleidigt wandte er sich zur Tür und begann wieder mit dem nervtötenden Fingertrommeln.

»Sie sehen schon, Herr Mêrdîn, so einfach ist es nicht, sich als Mörder auszugeben, wenn man keiner ist. Was mich nun interessieren würde: Warum machen Sie das? Geht es dabei um *Namus*? Um diese Ehre, die man nur verlieren und bestenfalls wiederherstellen kann? Oder war Shirins Tod letztlich gar kein sogenannter Ehrenmord, sondern etwas ganz anderes? Und Sie wollen es durch Ihr falsches Geständnis nur so aussehen lassen, als ob?«

Nun verschränkte Mêrdîn die Arme vor der Brust, das Imbiss-Logo auf dem T-Shirt wölbte sich zu einer Falte. »Sie können mir nichts beweisen. Gar nichts!«

»Und Sie können mir nichts vormachen! Als Sie vorhin dieses Medikament nannten, dieses ...« Wencke wartete ab.

»*Tramadol*«, half er ihr auf die Sprünge.

»Genau das wollte ich hören!« Sie stand auf und stellte sich vor ihn. »Woher kennen Sie den Namen von dem Zeug?«

»Meine Nichte Roza nimmt es seit dem Unfall, wegen der Schmerzen …«

»Aber in der Zeit haben Sie doch in Jugendhaft gesessen. Und bis zu Ihrer angeblichen Begegnung gestern sind Sie nicht einmal mit Ihrer Schwester oder deren Kinder in Kontakt getreten, Ihre Bewährungsauflagen haben das strengstens verboten. Woher wussten Sie also, dass es diese Pillen gibt, wo sie stehen, was sie bewirken? Und wie haben Sie sich diesen Namen merken können? *Tramadingsbums* – ich bitte Sie, dieser Begriff rieselt bei mir schon durchs Kurzzeitgedächtnis, kaum dass ich ihn gehört habe. Und Sie wollen ihn sich eingeprägt haben, während Sie damit beschäftigt waren, Ihre Schwester zu töten?« Sie lachte kurz. »Wenn Sie in Hameln Ihre Haftstrafe nicht gerade dazu genutzt haben, Pharmazie zu studieren, nehme ich Ihnen das einfach nicht ab.«

»Sondern?«

»Jemand muss Ihnen erzählt haben, wie es passiert ist. Haarklein, mit allen Details. Die Pillen, das Muster der Tücher, der Schlüssel auf dem Türrahmen …«

»Und warum?«

»Damit Sie die Sache auf sich nehmen können. Hätte ja auch klappen können. Wenn Sie nicht das Pech – oder Glück – gehabt hätten, dass eine Psychofrau wie ich sich in die Sache einmischt und anfängt, in Ihren Dickkopf schauen zu wollen. Die Polizei freut sich über schnelle Aufklärung. Ich nicht – ich freue mich mehr über die Wahrheit!«

Nun machte Armanc Mêrdîn endgültig dicht. Seine zusammengepressten Lippen, die verkniffenen Augen, die beinahe verknoteten Arme und Beine verrieten, dass aus ihm kein Wort mehr herauszukriegen war. Tragisch war das nicht. Wencke war sicher, wenn die rechtsmedizinische Auswertung in den nächsten Tagen bestätigte, dass es am Tatort keine DNA-Spuren von diesem Mann gegeben hatte, obwohl er sich dort nach eigener Aussage mehrere Stunden lang aufgehalten haben wollte, dann fiel seine Falschaussage ohnehin wie ein Kartenhaus in sich zusammen. Und dann würde die Polizei endlich aufwachen und die vielen anderen Möglichkeiten in Betracht ziehen, wer eine hübsche, selbstbewusste und schwangere Frau ermordet haben könnte.

Sie selbst, Wencke, würde keine Sekunde mehr ungenutzt lassen, also stand sie auf, verabschiedete sich knapp und ließ sich gemeinsam mit Axel wieder die Tür zur Freiheit aufschließen.

Kaum hatten sie die Ausfahrt passiert und die Schulenburger Landstraße Richtung Innenstadt eingeschlagen, überkam Wencke das seltsame Gefühl, als klebe dieser aufgemotzte Kleinwagen hinter ihnen nicht ganz zufällig an ihrer Stoßstange.

»Die Typen im Rückspiegel, Axel, siehst du die?«

Doch Axel schien verstimmt zu sein, er hatte unmissverständlich klargemacht, dass er von Wenckes Vorgehensweise nicht überzeugt war. »Zufall«, nuschelte er, gab aber trotzdem nach der nächsten Rotphase mehr Gas als nötig. Der schwarze Golf zog ebenfalls an.

»Zufall oder Paranoia?«, fragte Wencke. Die zwei Typen mit rasierten Mustern im schwarzen Haar guckten so anständig, dass es unheimlich war. Nicht einmal Nonnen schauten derart unschuldig. »Oder vielleicht doch Tatsache?«

Axel nutzte eine kleine Lücke auf der Linksabbiegerspur, schob sich dazwischen, mit seinem Auricher Kennzeichen konnte er sich das ohne Weiteres erlauben, die Großstädter waren ostfriesischen Autofahrern gegenüber für gewöhnlich sehr kulant. Erst als sich der schwarze Wagen ebenfalls für einen Spurwechsel entschied, wurde gehupt.

»Okay, wahrscheinlich Tatsache«, gab Axel jetzt zu.

Sie folgten Axels Navigator durch ein Wohngebiet bis zur Vahrenwalder Straße, hinter ihnen stets das Röhren des tiefer gelegten Golfs.

Wencke schaute Axel von der Seite an, er hatte trotz Klimaanlage leicht zu schwitzen begonnen und schlug mit beiden Händen auf das Lenkrad. »Mein Gott, die betreiben einen Aufwand, als verteidigten sie mindestens die Weltherrschaft. Ein ganzes Arsenal an dumpfbackigen Verfolgern scheinen die parat zu haben. Geht es hier wirklich nur um die Rettung der Familienehre?«

»Das glaube ich schon lange nicht mehr. Vielleicht sind wir durch das Klischee des Ehrenmordes geblendet. Es könnte ja auch um etwas ganz anderes gehen ...«

»Und um was, bitte schön?«

»Wenn die Schwester tatsächlich bei diesen kurdischen Terroristen mitmischt?«

»Welches Interesse haben Freiheitskämpfer im fernen Anatolien daran, eine alleinerziehende Mutter in Wunstorf zu ermorden? Ich bitte dich, Wencke, jetzt geht echt deine Phantasie mit dir durch!«

Axel hatte jedes Recht, gereizt zu sein. Er begleitete sie seit Tagesbeginn zu fast jedem ihrer Treffen, er ließ sie reden und gab ab und zu ein paar Widerworte, die dann auch angebracht waren. Wencke war froh, dass er hier war, allein hätte sie vielleicht schon aufgegeben. »Axel?«

»Was ist?«

»Hältst du mich für ... überdreht? Oder durchgeknallt? Oder meinetwegen unvernünftig?«

Seine Antwort ließ nicht lange auf sich warten. »Ja!«

»Und warum machst du das dann alles mit?«

Nun dehnte sich die Redepause etwas länger. Axel versuchte, den Eindruck zu vermitteln, als läge es am Straßenverkehr, an den missverständlichen Ansagen des Navigators oder den kurzen Ampelphasen. Sie war sich sicher, er suchte nach Worten.

Erst als sie sich endlich in sicherer Obhut eines innerstädtischen Parkhauses befanden, vor dem die Verfolger etwas unschlüssig stehen geblieben waren, war Axel in der Lage, die Frage zu beantworten. »Du kannst dir gar nicht vorstellen, wie sehr ich das vermisst habe.«

»Was?«

»Frag nicht so mädchenhaft. Deine Überdrehtheit. Dein Durchgeknalltsein. Vernünftig waren wir anderen zur Genüge. Aber du hast gefehlt.«

Es gab viel, das sie darauf hätte erwidern können, aber ihr fehlte der Mut.

Schweigend stiegen sie aus dem Wagen, verließen das Parkhaus und taten so, als würden sie die beiden Kerle mit den scheußlichen Frisuren, die neben dem Golf standen, nicht bemerken. Was blieb ihnen anderes übrig?

»Ein Nachbar in Wunstorf hat Shirin Talabani eine Hure genannt«, wechselte Wencke schließlich das Thema. »Ein Softpornoverleiher. Ich dachte erst, der hat zu viel von seinen Filmchen geguckt und sein Vokabular angeglichen, aber was ist, wenn unser Opfer wirklich eine war?«

Axel schnaubte. »Du glaubst, diese Kurdin ist anschaffen gegangen?«

»Sie hatte diese ziemlich teuren Klamotten in ihrem Schrank, den aufwendigen Schmuck, das Angeberhandy. Obwohl sie auf staatliche Unterstützung angewiesen war.« Sie bogen in die Karmarschstraße ein, von hier waren es nur noch ein paar Schritte bis zu Talabanis Schneiderei. »Mal ehrlich, Axel, wenn sie Deutsche wäre, hätten wir diesen Schluss schon längst gezogen.«

Axel zuckte die Achseln. Zu ihrer Linken lag eine Schaufensterfront von beachtlicher Länge. Der Boden war mit feinstem

Terrazzo ausgelegt, der Hintergrund mit weißem Lack bespannt, große Buchstaben in Gold verrieten, dass man sich hier die neueste Kollektion von Escada präsentieren ließ. Daneben trugen die streng schauenden Plastik-Mannequins Seide und Leinen und Merinowolle von Chanel, im Vordergrund waren Tücher, Schmuck und andere Accessoires dekoriert. Wencke blieb abrupt stehen.

»Keine Zeit zum Shoppen«, scherzte Axel. »Zudem entsprechen diese Auslagen weder deinem Stil noch deinem Einkommen. Lass uns morgen zu H&M gehen …«

»Diese Handtasche!« Wencke zeigte auf ein Teil aus schwarzem Lackleder, an der Öffnung des Beutels baumelten zwei ineinander verschlungene Cs.

»Seit ich dich kenne, hast du deinen zerschlissenen Rucksack, und ich denke, bis du den weggibst, müsste schon einiges passieren. Solltest du so ein Ding über der Schulter tragen, würde ich dich wahrscheinlich gar nicht mehr erkennen …«

Wencke hatte keine Lust, auf seine Witze einzugehen, stattdessen nahm sie seine Hand und zerrte ihn durch die Eingangstür des Modehauses. Axel hatte natürlich recht, dieser Laden hier war nicht die Art von Bekleidungsgeschäft, das sie normalerweise betreten würde, sie selbst kaufte ausschließlich Jeans und T-Shirts, deren Preisetiketten keine dreistellige Summe vor dem Komma aufwiesen. Doch die Handtasche im Schaufenster hatte sie schon einmal gesehen, gestern, im kleinen, dunklen Kellerzimmer, in dem auch eine Tote gelegen hatte. Natürlich hatte sie das Teil für eine Fälschung gehalten, eine Chanel-Tasche vom türkischen Bazar. Aber inzwischen war sie sich nicht mehr so sicher.

Das Modehaus hatte insgesamt vier Stockwerke, je höher man kam, desto utopischer wurden die Preise. Und während die Kunden im Erdgeschoss wahrscheinlich eine ganze Weile nach einer Fachverkäuferin suchen mussten, kamen hier oben geschätzte fünf Modeexpertinnen auf eine kaufwillige Person. Wencke steuerte zielstrebig auf die Abteilung der französischen Edelmarke zu. Zwei gertenschlanke Verkäuferinnen in Etuikleidern lächelten dünn und versuchten sich nicht anmerken zu lassen, was sie von Wenckes Outfit hielten: Eine fast zehn Jahre alte Jeansjacke, ausgetretene Turnschuhe, und ihr grünes T-Shirt hatte auch schon mal bessere Tage gesehen. »Ich bin hier, weil ich im Schaufenster diese schwarze Lacktasche gesehen habe.«

»*Coco's Tabas,* ja ja ...«, seufzte die blondere der beiden. »Der It-Bag der Saison!«

Wencke gab es gleich auf, sich als Kundin auszugeben, das machte überhaupt keinen Spaß. »Ich gehe mal davon aus, das Ding ist so teuer, dass Sie davon nicht jeden Tag dutzendweise verkaufen, oder?«

»Seit Kate Moss sich damit zeigt, ist die Nachfrage enorm gestiegen«, empörte sich die Schwarzhaarige.

»Das heißt wie viel pro Woche?«, hakte Wencke nach.

»Zugegeben, der Unterschied zwischen den Interessierten und den tatsächlichen Käufern ist groß. Ich glaube, seit Saisonbeginn haben wir *Coco's Tabas* fünfmal verkauft. Wieso möchten Sie das eigentlich wissen?« Die beiden Damen hatten bereits die Hände in die schmalen Hüften gestemmt und ihre mascarabepinselten Augen zu Schlitzen werden lassen.

Es war Zeit für Konkretes. »Ich bin vom LKA und wir haben eine solche Tasche im Rahmen von Ermittlungen in einem Todesfall gefunden. Können Sie sich erinnern, ob diese Frau hier ...« Wencke holte den Bilderrahmen aus ihrem Rucksack, den sie aus der Wohnung hatte mitgehen lassen und der die Fotografie von Shirin im luftigen Sommerkleid einfasste. »... ob sie eine der fünf Käuferinnen der Kate-Moss-Einkaufstüte war?«

Die beiden Verkäuferinnen schauten erst das Bild, dann sich

und dann Wencke an. Die Dunkelhaarige sagte: »Ja«, und die Blonde fragte nach einem Dienstausweis, wahrscheinlich sah sie ab und zu einen Krimi im Fernsehen und wusste Bescheid.

Axel war wunderbar, er zückte ohne Zögern seinen Dienstausweis, aber wahrscheinlich hätte es auch eine Bahncard getan, denn keine der Damen schaute genauer hin. Sie waren nun sichtlich aufgeregt. Kein Wunder, wahrscheinlich bestand die Hauptaktion des Tages sonst darin, die Abstände zwischen den Kleiderbügeln auf akkuratem Abstand zu halten.

Die Blonde lächelte nun etwas entspannter. »Ganz ehrlich, an diese Frau kann sich jeder hier erinnern. Wir haben auf unserer Exklusiv-Etage ja unsere Stammkundinnen, die kommen mehrmals im Jahr und kaufen sich ihre Garderobe für die Saison. Aber diese Dame hat noch nie jemand gesehen. Sie war keine Stammkundin. Nicht typisch für unser Haus eben.«

»Inwiefern?«

»Nicht, weil sie Ausländerin ist, falls Sie das denken. Zu uns kommen oft die reichen Teppichhändler mit ihren Gattinnen. Das war bei der betreffenden Dame nicht der Fall. Sie kam allein, ließ sich nur wenig Zeit, kaufte bei uns und bei den Kolleginnen von Escada und Jil Sander.«

Nun mischte sich die zweite Verkäuferin ein: »Super Figur, konnte alles so von der Stange tragen, keine Änderungen. Eine total hübsche Frau. Und sehr nett.«

»Wie hat sie bezahlt?«, fragte Axel, ganz Polizeibeamter.

»In bar. Das passiert allerdings öfter. Wir haben viele Geschäftsleute, verstehen Sie, was ich meine? Die bezahlen die Luxusartikel gern mal mit den Scheinen aus ihrem Tresor …«

Das war herzlich indiskret und Wencke stellte erleichtert fest, dass sich hinter den blasierten Make-up-Spezialistinnen wohl doch zwei stinknormale junge Frauen verbargen, die wussten, dass der Sinn des Lebens nicht in einer Handtasche von Coco Chanel bestand.

»Wann hat dieser denkwürdige Einkaufsbummel stattgefunden?«

Sie berieten sich kurz, jonglierten mit Urlaubs- und Krankheitszeiten, terminierten mit Hilfe von Modenschauen und Betriebsratsversammlungen, und einigten sich schließlich darauf, dass Shirin Talabani wohl im Juni bei ihnen gewesen war. Die Höhe der Gesamtsumme schätzten sie – nach Rücksprache mit den anderen Kolleginnen – auf einen fünfstelligen Betrag im unteren Bereich, wahrscheinlich so um die zwölftausend Euro.

Das war eine gewaltige Menge Geld, so gewaltig, dass Wencke und Axel sprachlos waren, bis sie wieder auf der Straße standen und Richtung Schneiderei liefen. Die beiden Verfolger standen hundert Meter weiter hinter einer Garageneinfahrt und schienen zu telefonieren. Sie waren die Abziehbilder von Bösewichten, mehr nicht – schweigend kamen Wencke und Axel überein, sie bis auf Weiteres zu ignorieren.

»Wenn Shirin Talabani so viel Geld hatte, warum hat sie für sich und die Kinder keine größere Wohnung gesucht? Wenn das Baby erst auf der Welt gewesen wäre, hätte kein Kanarienvogel mehr in das winzige Kellerloch gepasst …«

Axel rechnete nach. »Im Juni hat sie von der Schwangerschaft wahrscheinlich gerade erst erfahren.«

»Und wenige Wochen später bittet sie Wasmuth, ihr bei den Behördengängen behilflich zu sein, damit sie finanziell über die Runden kommt. Wie passt das denn?«

»Vielleicht hat sie nur kurzfristig so viel Geld gehabt. Nur für ein paar Tage oder Stunden. Und kaum hatte sie angefangen, sich ein paar Träume zu verwirklichen, da war es schon wieder vorbei mit dem Reichtum …«

Axel hatte recht, so könnte es gewesen sein. »Aber das spricht dann gegen meine Theorie, dass Shirin tatsächlich als Hure gearbeitet hat.«

»Diese Idee hat mich von Anfang an nicht so richtig überzeugt«, gab Axel zurück.

Ein Piepen ihres Handys machte Wencke auf einen Anruf in Abwesenheit aufmerksam, im Modehaus war der Empfang wahrscheinlich gestört gewesen. Die Wunstorfer Nummer war ihr unbekannt, sie wählte den Rückruf. »Ingeborg Hainke. Sie hatten mir doch gestern in der Schule Ihre Telefonnummer auf den Schreibtisch gelegt.«

Dass die alte Lehrerin sich noch einmal melden würde, damit hatte Wencke nicht gerechnet. »Ja?«

»Ich habe eben erfahren, dass Azad Talabani heute unentschuldigt gefehlt hat. Vielleicht ist das für Sie auch nicht mehr aktuell, und inzwischen habe ich natürlich auch schon von diesem schrecklichen Mord gehört. Wahrscheinlich war der arme Junge deswegen nicht hier, ist ja verständlich. Aber ich dachte mir, ich sage Ihnen einfach mal Bescheid, man weiß ja nie …«

»Ich danke Ihnen sehr für diese Information«, bedankte Wencke sich und legte auf. Ihr war klar, sie sollte sich dringend um die Aufforderung kümmern, die ihr gestern jemand in den Schuh gesteckt hatte. »Kinder wichtik! Shnell finden!«

Ja, das hatte allerhöchste Priorität. Azad und Roza mussten etwas mitbekommen haben. Vielleicht kannten sie sogar die ganze Wahrheit, man versteckte sie sicher nicht ohne Grund.

»Wir sollten jetzt erst mal sehen, dass wir die Kinder finden, und sie fragen, was in der Nacht geschehen ist, und du wirst sehen, zwischen Armancs Lügen, dem kurzfristigen Reichtum Shirins und unseren hartnäckigen Verfolgern gibt es einen Zusammenhang. Irgendjemand macht sich richtig Mühe, uns vom wahren Täter abzulenken …«

»Wie machst du das nur?«, fragte Axel und lächelte sie an. »Warum klingen aus deinem Mund die wildesten Verschwörungstheorien immer irgendwie nach einer plausiblen Erklärung?«

… hütest noch …

Am Raschplatz gab es noch vor zehn Jahren Stellen, da standen die Fixer wie an der Supermarktkasse Schlange, um sich beim Dealer ihres Vertrauens den nötigen Schuss zu besorgen. Immer schön der Reihe nach. Alte, magere, bleiche Langzeitjunkies, die sich bei der Währungsunion von »Hastmalnemark?« auf »Hastmalneuro?« umstellen mussten.

Heute ist es anders. Heroin ist nicht mehr die Droge Nr. 1. Die Fixerszene gibt es noch, aber sie ist älter geworden. Junkies leben jetzt länger. Sie treffen sich im Café Connection oder im Fixpunkt, kriegen saubere Spritzen, Beratung und was Warmes zu essen.

Sie fürchten sich nicht vor der Polizei. Sie verstecken sich noch nicht einmal vor ihr. Im Gegenteil, man kennt die Vornamen und manchmal weiß man sogar die Lebensgeschichte. Und wenn dann doch einer nicht mehr auftaucht und erzählt wird, der hat seinen letzten Trip gemacht, dann ist man davon sogar ein wenig betroffen.

Ein seltsames Miteinander. Eine Grauzone der Exekutive. Drogenbesitz ist verboten, Handel sowieso. Aber die Süchtigen sollen nach Möglichkeit nicht allzu kriminalisiert sein.

Jegliche Versuche, die Drogenszenen zu zersplittern, hatten sich als Fehlschläge erwiesen. Und bevor man die Pillen und Pülverchen am anderen Ende des Bahnhofs vertickt, womöglich in den schicken Passagen, die Namen wie »Ernst August-Carree« oder »Galerie Luise« tragen, ist es den Hannoveranern lieber, wenn die unschönen Geschäfte im gewohnt schmierigen Umfeld zwischen ZOB und Bhagwan-Disco abgewickelt werden.

Also schauen die Wachmänner geflissentlich weg – auch wenn das keiner so offen zugibt – und verbringen einen Großteil ihrer Schicht damit, betrunkene Teenager zu ihren Eltern zu kutschieren oder anzurücken, wenn die Security einen Handtaschendiebstahl meldet oder die Bahnhofsmission ihnen einen geistig verwirrten Passanten überstellen will.

Man nennt sie auch »die Kellerkinder«, denn das triste Revier befindet sich unterirdisch, das Tageslicht hat die Polizeidienststelle am Raschplatz noch nie gesehen. Wenn gefragt wird, wo man arbeitet, heißt es: »Ich bin unten«, dann wissen die Kollegen Bescheid. An den Wänden hängen abgewetzte Plakate, die über die Gefahr von Drogen aufklären sollen. Ein bisschen lächerlich, wer hier ankommt, weiß selbst, dass es keine gute Idee war, zu dem Zeug zu greifen. Gegenüber der Wartebank sieht man das Vorher-Nachher-Porträt einer Frau, die es ein Jahr mit Crystal Meth probiert hat. Daneben prangt der Paragraf 31 des Betäubungsmittelgesetzes. Der hängt auch noch mal in der Zelle, die von oben bis unten gefliest ist. Während der Leibesvisitation kann der Verdächtige sich hier noch mal überlegen, ob er nicht einen Komplizen verpfeift, der in der Rangliste über ihm steht. Auf diese Weise kann er auf gnädige Richter hoffen. Und auf ungnädige Kumpels.

Es soll schöner hier werden, verspricht die Stadt. Der Bauzaun ringsherum und der ewige Lärm der Presslufthammer lässt hoffen. Die junge Truppe, die statt Uniform weite Sweatshirts und Cargohosen trägt, um nicht aufzufallen, stimmt auch ein kleines bisschen optimistisch.

Doch im Grunde hat die Tristesse die Oberhand. Die Frage, ob das hier, dieser Job, dieses Wegschauen, ob es das ist, was man sich zu Beginn der Polizeikarriere gewünscht hat, ob das reicht, bei dem Hungerlohn, ob das wirklich zufrieden macht – diese Frage muss jeder mit sich selbst klären. Das Einzige, was die Ordnungshüter am Raschplatz beschützen dürfen, sind Gewohnheit und Alltag der Subkulturen.

Es bleibt zwischendurch Zeit, beim LKA anzurufen, um sich über allzu eifrige Mitarbeiter zu beschweren. Oder Menschen anzusprechen, die man kennt durch irgendeine Sache von früher und von denen man sich mal eine kleine Gegenleistung erhofft.

»POK Völker hier. --- Wie? --- Sie hat es gemerkt? --- Ist es denn so schwer, eine Frau unauffällig zu beobachten? --- Wie bitte? Sie steht vor Talabanis Geschäft? Jetzt, in diesem Moment? --- Ich schicke jemanden vorbei!«

10.

»Ich möchte gern mit Ihren Kindern sprechen, Herr Talabani!«

»Nein!«

»Roza und Azad müssen etwas mitbekommen haben in der Nacht. Es sollte doch auch in Ihrem Interesse sein, dass man erfährt, wer Ihre Exfrau – die Mutter Ihrer Kinder – ermordet hat.«

»Ich habe die beiden gefragt. Sie haben niemanden in Wohnung kommen sehen, das schwöre ich bei Allah!« Talabani machte dabei ein so ernsthaftes Gesicht, dass Wencke ihm einfach Glauben schenken musste. Ein Mann wie er schwor kaum mir nichts dir nichts auf seinen Gott. »Shirin wird morgen früh in Türkei gebracht. Dort sie wird in Heimatstadt in Diyarbakir nach muslimische Tradition bestattet. Und dann ich will diese Sache ist zu Ende. Will meine Ruhe und Ruhe für Roza und Azad. Verstehen Sie?«

Er hatte sich breit in die Tür gestellt, an deren Scheibe kein Plakat mehr den Trauerfall verkündete. Im Laden hinter ihm verfolgten zwei Kundinnen mit riesigen Augen die Gebärden des Änderungsschneiders.

»Wenn es Ihnen um Ruhe geht, warum hetzen Sie mir dann Ihre Familie auf den Hals?«

»Wie?«

»Sie denken doch nicht im Ernst, dass Sie und Ihr Spürhund gestern in der Markthalle unbemerkt geblieben sind!« Er blickte verlegen zu Boden, Wencke fasste nach: »Und gerade haben uns schon wieder zwei komische Typen im Auto verfolgt, von der JVA bis hierher.«

»Damit habe ich nichts zu tun!«

»Und der Kerl heute Vormittag in Wunstorf? Ein Bekannter von Ihnen?«

»Ich habe keine Ahnung, was Sie meinen! Gestern, ja, stimmt, da haben meine Neffe und ich ... Aber heute? Ich schwöre bei Allah, das ist nicht ...«

»Sie schwören sich heute noch um Kopf und Kragen«, unterbrach Wencke barsch. Immer kam dieser Mann mit seiner Religion daher und entwaffnete sie derart. Wer sollte die Verfolgung veranlasst haben, wenn nicht Talabani?

Axels Blick war streng, als er in die Innenseite seines Sakkos griff und seinen Dienstausweis hervorzog. Wencke wurde erst jetzt richtig bewusst, wie wertvoll so ein Stück laminiertes Papier mit Stempel sein konnte. »Axel Sanders, Polizei. Herr Talabani, wir können die Sache auch unnötig dramatisieren und einen Gerichtsbeschluss erwirken, damit die Kinder zu einer Aussage gezwungen werden. Und glauben Sie mir, dass hat dann mit Ruhe rein gar nichts mehr zu tun!«

Dafür hätte Wencke ihn küssen können.

Talabani schien es anders zu gehen. Er wurde merklich schmaler. »Die Polizei? Ich verstehe nicht, die Polizei ist doch raus. Herr Völker ist doch ...« Er verstummte etwas zu plötzlich.

»Was hat Kommissar Völker damit zu tun?«

»Er ist ein Freund der Familie. Fußballtrainer von Azad, wissen Sie …«

»Und er hat gesagt, dass die Polizei sich zurückgezogen hat? Da hat er Ihnen aber wohl nicht ganz die Wahrheit erzählt!« Wencke nutzte den Augenblick und zwängte sich an Talabani vorbei in den Laden. Die Kundinnen wichen zurück, als erwarteten sie Schreckliches von ihr. Talabanis Schwester, die sich hinter einer Nähmaschine zu tarnen versuchte, nickte Wencke fast unmerklich zu. Konnte es sein, dass sie der Absender der Zettelbotschaft gewesen war?

»Wo sind die Kinder?«, flüsterte Wencke und registrierte eine minimale Kopfbewegung Richtung Hintertür. Bevor Talabani begriff, sprang sie die drei Stufen hinauf und tauchte durch die bunten Perlenschnüre des Vorhangs. Dahinter war es noch immer so dunkel wie gestern, die Gardinen waren zugezogen und türkische Musik drang aus einem schuhkartongroßen Radio. Doch die Trauergäste waren verschwunden, die zahlreichen Stühle unbesetzt. Nur in einem der dunkelroten Sessel saß ein kleiner Junge und spielte mit dem Gameboy. Auf den ersten Blick hätte man ihn glatt für Emil halten können, bis auf die dunkle Haarfarbe und die igelartige Frisur, doch Größe, Haltung und Gesichtsausdruck passten schon mal. Und seine Augen – ebenso hellblau wie die von Wenckes Sohn – wurden von Wimpern umrahmt, um deren Länge ihn so manche Frau innig beneiden würde. Er schaute nicht auf, als Wencke sich auf die Lehne setzte.

»Azad?«

»Ja?«

Die tiefe, heisere Stimme, die dem schmalen Kinderkörper entstammte, wirkte wie schlecht synchronisiert, als hätte ein Lkw-Fahrer Peter Pan seine Stimme geliehen. Auf dem Bildschirm seines Gameboys sprang gerade ein quietschgelber

Comic-Schwamm in eine Seifenblase. Das schien weit interessanter zu sein als der Besuch einer fremden Frau.

»Wo ist Roza?«

Er zuckte mit den schmalen Schultern. Entspannt lümmelte er sich tiefer in die Polster, seine Augen, die das Abenteuer der Zeichentrickfigur gebannt verfolgten, sahen nicht verweint aus. »Weißt du, wo deine Mutter ist?«, probierte es Wencke.

»Verreist.«

»Seit wann?«

Azad antwortete nicht, was aber wohl eher an den Fingerübungen auf dem Gameboy als an irgendetwas anderem lag. Wencke wiederholte die Frage eindringlicher.

»Die ist seit gestern weg.«

»Wohin ist sie denn gefahren?«

Der Heldenschwamm sammelte Quallen ein und kassierte jede Menge Punkte, ein pinkfarbener Seestern freute sich darüber. »Türkei.«

»Was macht sie da?«

»Morgen ist doch *Bayram.*«

»*Bayram*?«

»Das Zuckerfest«, ergänzte Azad in einem Tonfall, als wäre er der Klassenlehrer und Wencke seine Schülerin, die das Einmaleins nicht beherrschte. »Drei Tage lang wird gefeiert. Und es gibt Süßigkeiten.«

»Was feiern sie?«

»Das Ende der Fastenzeit.« Eine nervtötende Musik zeigte an, dass Azads Schwamm wohl irgendein neues Level erreicht hatte, endlich schaute der Junge auf, und seine hellen Augen musterten verwundert, wer in der echten Welt im Wohnzimmer seines Vaters zu Besuch gekommen war. »Was ist denn?«

Talabani, der sich inzwischen merklich eingeschüchtert im Wohnzimmer eingefunden hatte, zog Wencke in eine Nische neben der Küchentür und sein Flüstern hatte einen flehenden

Unterton. »Ich bitte Sie, sagen Sie ihm nichts. Er weiß nicht, was ist passiert.«

»Gerade eben haben Sie noch geschworen, er hätte gesagt, dass er keinen Menschen in die Wohnung hat kommen sehen. Also muss er wissen, dass etwas passiert ist …« Wencke schaute ihn direkt an. »Es sei denn, Ihr Schwur war nur so dahingesagt.«

Sie hatte Talabani ertappt, verlegen rieb er sich die Hände über das Gesicht. »Es war halbe Wahrheit. Seine Schwester weiß Bescheid, sie hat gesagt, dass kein Mensch war da. Aber Azad ist doch noch kleiner Junge, bitte!«

Wencke hatte nicht vor, den armen Knirps aus der Welt zu katapultieren. Nicht zuletzt, weil er so viel Ähnlichkeit mit Emil hatte – sie mochte sich nicht vorstellen, wie ihr Sohn reagieren würde, wenn jemand ihm vom Tod der Mama berichtete. Sie nickte Talabani beruhigend zu und wandte sich wieder an Azad. »Wir suchen deine Schwester.«

»Ach so. Die ist weg. Weiß nicht, wo …« Er drückte auf einen Knopf und ein kreischender Tusch gratulierte ihm zu einer Bonusrunde. Azad grinste fröhlich.

»Wann ist Roza weggegangen?«

»Keine Ahnung.« Er überlegte trotzdem. »Ich glaube, so um neun.«

»War sie denn nicht in der Schule?«, fragte Axel.

»Wir haben Ferien. Wegen dem Zuckerfest. Da kriegt man frei.«

»Weiß deine Lehrerin davon?«

Er wirkte jetzt total gelangweilt. »Kümmert sich Mama drum.« Azad drehte sich zu seinem Vater und stellte ihm eine Frage auf Kurdisch. Nach dem Nicken sprang er auf, schnappte sich seinen Gameboy und verschwand durch den Laden nach draußen, verfolgt von den ratlosen Blicken der Erwachsenen.

Wencke überlegte kurz, ob sie ihm hinterherlaufen sollte, doch irgendwie war klar, mehr war für diesen Moment nicht zu erreichen. Solange Azad nicht wusste, dass seine Mutter ermordet worden war, kam sie bei ihm nicht weiter.

»Wie lange wollen Sie die Wahrheit vor Ihrem Sohn verbergen?« Es gelang ihr nicht, einen vorwurfsvollen Ton zu unterdrücken, warum auch? »Sie erzählen ihm, seine Mutter wäre in die Heimat geflogen, um das Zuckerfest zu feiern, und in Wirklichkeit reist sie morgen in einer Holzkiste Richtung Istanbul ...«

»Ich weiß, ich weiß ...« Talabani wirkte ziemlich kleinlaut.

»Ist das der Grund, warum Sie die Kinder vor uns versteckt haben? Sie haben Angst davor, Azad zu erzählen, was passiert ist?«

Er nickte. »Ich ... ich wollte es meinem Sohn heute Abend sagen. Ganz bestimmt.«

Axel räusperte sich. »Was haben Sie eigentlich vor, Herr Talabani? Sie dürfen die Kinder nicht außer Landes bringen, solange die Ermittlungen laufen und man eventuell die Aussagen der beiden braucht.«

»Ich weiß nicht, was Sie wollen«, rief Talabani aus. Die große Geste, die seine Arme vollführten, sollte wohl einschüchternd wirken, verstärkte aber eher den Eindruck seiner Hilflosigkeit. »Es war mein Schwager! Armanc hat sie getötet. Was suchen Sie noch bei mir?«

Wencke hatte nicht wenig Lust, diesen Mann an den Schultern zu packen und wachzurütteln. Es schien fast so, als glaubte er selbst an seine Lügengeschichten. Ob er wusste, wie seine Exfrau im Juni zu kurzfristigem Reichtum gekommen war? Vermutlich hatte er zumindest eine Ahnung. Und was wüsste er wohl über die radikale Schwägerin zu berichten, die in den kurdischen Untergrund gegangen war? Ob ihm zu alledem auch noch irgendetwas Unverfängliches einfiel? Doch gerade, als Wencke sich ihre Worte zurechtgelegt hatte, klang die Ladenglocke bis in die Privaträume, und eine schneidende Stimme erkundigte sich nach einer Frau Tydmers – eine Stimme, die nölend und unerbittlich klang und die Wencke hier als Allerletztes zu hören erwartet hätte.

»Ich glaub es nicht!«, raunte sie Axel zu.

Doch keine Sekunde später schob Tilda Kosian den Perlenvorhang energisch zur Seite, die Haut so weiß wie Schnee, die Lippen rot wie Blut und das Haar schwarz wie Ebenholz. »Keine zwei Wochen im Amt, Frau Tydmers, und schon ein saftiges Disziplinarverfahren in Aussicht«, zischte das LKA-Schneewittchen, und Wencke beschloss, diesen Satz als Kompliment zu werten.

»Und Sie müssen Axel Sanders sein.« Kosians Eisaugen musterten Axel von oben bis unten. »Soweit ich informiert bin, haben Sie sich in der JVA mit einem Dienstausweis Zutritt verschafft, der in diesem Fall nicht mehr Bedeutung hat als ein abgelaufenes Monatsticket der Stadtbahn, auch wenn die Anwältin Yıldırım es anders sehen mag. Sie ahnen, welchen Ärger Sie sich hier einhandeln?«

Axel Sanders hatte schon immer das Talent besessen, sich in Situationen wie dieser mit überheblicher Sachlichkeit zu retten. Auch jetzt knickte er nicht ein, zum Glück. »Wie schön, wenn Sie die Dienstvorschriften so genau studiert haben, Frau … wie war noch gleich Ihr Name?«

Wunderbar, Axels Selbstbewusstsein schien die Kosian scheibchenweise schrumpfen zu lassen. Sie versuchte es mit einem hochgereckten Kinn. »Tilda Kosian, Abteilungsleiterin des LKA Dezernat 3. Ich bin die Vorgesetzte von Frau Tydmers.«

»Schön«, Axels Stimme war herrlich nasal. »Natürlich haben Sie recht, die Kripo Aurich darf nicht grundlos in der Gegend herumermitteln. Wenn jedoch die Situation es verlangt, wenn die Verfolgung eines Straftäters über die Zuständigkeitsgrenzen hinausgeht und ein Einsatz dringend erforderlich ist, dann wird von einem Polizeibeamten erwartet, dass er, an welchem Ort auch immer, seinem Diensteid Rechnung trägt.«

»Aha?« Kosians Augenbrauen stießen beinahe an den Haaransatz. Wahrscheinlich forschte sie in ihrer Erinnerung, ob sie von einem solchen Paragrafen je etwas gehört hatte, und Wencke war sich gar nicht sicher, ob der Gesetzestext nicht soeben erst in Axels Hirn entstanden war.

»Und welche Strafverfolgung bedarf Ihrer Meinung nach eines dringenden Einsatzes? Den Mörder von Shirin Talabani haben wir bereits in Gewahrsam, Sie haben Armanc Mêrdîn doch vorhin in der U-Haft besucht.«

»Er war es nicht«, mischte Wencke sich ein. »Die Polizei versteift sich auf den Falschen und lässt dem wahren Mörder genug Zeit zu verschwinden.«

Die Kosian seufzte gereizt. »Aber Mêrdîn hat gestanden.«

»Aus psychologischer Sicht passt in dieser Geschichte nichts, aber auch gar nichts zusammen.« Wencke blieb gelassen, auch wenn sie wusste, dass solche Argumente in Kosians Ohren substanzlos klangen. »Axel Sanders ist bemüht, den Schaden der allzu schnellen Vorverurteilung in Grenzen zu halten. Er ist hier zur richtigen Stelle am richtigen Ort. Bald werden Sie dankbar dafür sein, dass er in Hannover seinen Dienstausweis gezückt hat.«

»So, so …« Es war Wenckes Chefin deutlich anzumerken, dass dieser Schlagabtausch unter ihrem Niveau lag. Sie atmete tief ein. »In einer Stunde können wir mit den ersten Berichten der Spurensicherung rechnen. Dann sind wir alle ein bisschen schlauer.«

»In einer Stunde muss ich meinen Sohn von der Schule abholen …«

»Frau Tydmers, vielleicht sollten Sie sich irgendwann entscheiden, welche Rolle Sie eigentlich spielen möchten: die der verantwortungsvollen Mutter, die sich um einen klar begrenzten Bürojob beworben hat, um für ihren Sohn da zu sein – oder die der halsbrecherischen Einzelkämpferin mit Hang zur Selbstzerstörung ...«

»Was wollen Sie damit sagen?«

»Sollten sich am Tatort tatsächlich keine Spuren von Mêrdîn finden lassen, keine DNA, keine Fingerabdrücke, keine Fasern, einfach gar nichts, dann bin ich bereit, Ihnen Glauben zu schenken, und werde Sie sogar bei Ihrer Arbeit unterstützen.« Es gelang ihr beinahe ein huldvolles Lächeln.

»Und wenn eine Spur zu finden ist, sind wir suspendiert?«, vervollständigte Wencke den seltsamen Kuhhandel.

»Dann sind wir uns ja einig«, zischte die Kosian.

Der Junge fühlt den Ball schon auf seinem Fuß, bevor die Flanke bei ihm angekommen ist. Es kribbelt an der Innenseite seines Ballens. Damit will er das runde Leder treffen. So nah am Tor, er muss nur eine halbe Drehung mit dem Körper machen und den Schuss lang mit sich ziehen, dann hat er es geschafft. Zwei Jungs hinter ihm rufen seinen Namen.

»Du hast ihn! Hau ihn rein! Hau ihn rein!«

Seine Zunge sitzt zwischen den Zähnen. Drei Schritte vorwärts. Alles kein Problem. Richard zwischen den Pfosten macht große Augen. Den kriegt er nie, das weiß er. Unhaltbar!

Philipp Lahm will er sein. Schnell und treffsicher und ein Ass im Team.

Ein fremder Schuh schiebt sich dazwischen. Rotes Leder, kein Sportschuh. Ziemlich weit oben stoppt dieses Bein, das aus dem Nichts aufgetaucht sein muss, den Flug des Balles. Wenn der Junge genauso groß wäre, dann würde er das auch schaffen, in dieser Höhe abzuwehren. Aber er ist erst sechs. Ein Meter dreißig, mehr nicht. Keine Chance. Das ist unfair.

»Scheiße«, ruft einer seiner Kumpels. »Wer ist das denn?«

Der Ball fliegt ins Aus. Das Spiel gerät aus dem Fluss. War sowieso nur Spaß. Ein bisschen bolzen auf dem Platz an der Schule, bis die Eltern einen abholen. Die anderen bleiben stehen und schauen, wer ihm das Tor vermasselt hat.

Sie ist schon fast erwachsen. Man kann die roten Schuhe nicht mehr sehen, denn der Rock reicht bis zum Boden. Ihr Haar ist von einem Tuch bedeckt. Ein schwarzes Tuch. Die muss schwitzen darunter.

Sie dreht sich um. Das Gesicht liegt im Schatten ihrer Kopfbedeckung. Nur eine kleine Stelle am Kinn wird von der Sonne beschienen. Die Haut sieht aus wie Mettwurst. Der Mundwinkel endet in drei Furchen. Ob sie sich freut über den Sahneschuss, oder ob sie wütend ist oder böse, man kann es nicht sehen. Die drei Mundwinkel zeigen nach oben, zur Mitte, nach unten. Unter dem Schleier versteckt sich ein Monster, ganz klar. Eines von der Sorte, vor dem der Junge sich fürchtet, wenn er schlecht träumt. Vielleicht ist das hier ja wirklich nur ein Traum … In echt gibt es keine türkischen Mädchen, die Fußball spielen können.

Er rennt zum Spielfeldrand und schnappt sich den Ball. Keiner hat mehr Lust zu bolzen. Sie gehen vom Platz.

So ein bescheuerter Tag. Zum Glück ist es bald fünf. Er freut sich auf zu Hause. Sie haben Besuch. Er hatte schon ganz vergessen, wie Axel aussieht. Heute wollen sie zusammen Pizza essen gehen. In einer Stunde kommt seine Mutter und holt ihn ab.

Das komische Mädchen steht allein auf dem Rasen und schaut in seine Richtung.

Was will sie von ihm?

11.

Es dauerte ewig. Eine Stunde Wartezeit hatte sich – natürlich – als utopisch herausgestellt. Doch Wencke war fest entschlossen, nicht eher Feierabend zu machen, bis die Untersuchungsergebnisse vorlagen. Sie nutzte die Gelegenheit, alle Unterlagen in ihrem Büro noch einmal ausgiebig zu sichten. Nebenan hörte sie das aggressive Klappern von Tilda Kosians Computertastatur. Diese Frau war genauso stur wie sie. Nun kam es einzig und allein darauf an, wer von ihnen durch den Bericht der Spurensicherung recht bekam.

Zum Glück hatte Axel sich bereit erklärt, Emil abzuholen, falls es später werden würde. Wer zuerst an der Schule war, sollte nicht länger auf den anderen warten, sondern schon mal mit dem Kind nach Hause fahren, so hatten sie es vereinbart. Und da Axel sich bislang noch nicht gemeldet hatte, war davon auszugehen, dass es reibungslos geklappt hatte. Immerhin war es nun schon Viertel nach sechs.

Wencke ging noch einmal die vom Handy der Toten notierten Nummern durch. Gestern schon hatte sie alle abtelefoniert und wenig Interessantes erfahren. Heute fiel ihr Blick noch einmal auf die Nummer des Steinhuder Reisebüros, das am Vortag keine Auskunft geben wollte. Vielleicht hatte Shirin dort tatsächlich einen Flug nach Istanbul gebucht, damit sie mit den Kindern in der Heimat das Ende der Fastenzeit, dieses Zuckerfest, feiern durfte.

Aber ohne Befugnis würde Wencke auch heute bei *Sunshine Travel* eine Abfuhr bekommen. Und eine Reisebestätigung war ihres Wissens nicht in der Tatwohnung gefunden worden. Der Flug sollte morgen sein, hatte Azad erzählt. Es war gut möglich, dass die Unterlagen dazu recht kurzfristig zugeschickt wurden. Was, wenn die Tickets noch in der Post waren? Oder in sicherer Obhut der fliederhaarigen Nachbarin, wie hieß sie noch?

Das dicke Telefonbuch lag im Regal wie frisch aus der Druckerei geliefert, Wencke hatte noch nicht einmal darin geblättert. Wunstorf. Der Name fing mit H an, irgendwas mit Hagel ... Hagekamp, Penelope – was für ein seltsamer Vorname – aber die Adresse stimmte, Südstraße, kein Zweifel. Sie wählte, nach dem dritten Piep meldete sich die Frauenstimme, wahrscheinlich saß Penelope Hagekamp den ganzen Tag neben dem Telefon, um ihren Bekannten immer das Aktuellste über die benachbarte Mordwohnung zu berichten.

»Hier ist Wencke Tydmers, erinnern Sie sich? Ich war gestern mit Peer Wasmuth bei Ihnen, wir haben Frau Talabani gefunden.«

»Aber ja, schlimme Sache, schlimme Sache ...«

»Sie sagten doch, dass Sie die Post für Ihre Nachbarin aus dem Kasten genommen haben ...«

»Wegen der Einbrecher, ja.«

»Haben Sie die Briefe noch?«

»Gott, ja, die habe ich in der Aufregung ganz vergessen. Was soll ich denn damit machen? Der Polizei geben?«

»Sobald sie dazu aufgefordert werden, sollten Sie das tun. Aber ich habe eine dringende Bitte, die wir auch jetzt am Telefon erledigen können. Würden Sie mal nachschauen, ob ein Brief von einem Reisebüro namens *Sunshine Travel* dabei ist?«

»Einen Moment.« Man hörte Frau Hagekamps mühsame Schritte, die nach Pantoffeln auf Resopal klangen, dann ein Rascheln, schließlich nahm sie den Telefonhörer wieder in die Hand. »Da ist tatsächlich einer.«

»Öffnen Sie ihn bitte?«

Die Dame knurrte leicht. »Ist das denn erlaubt?«

»Ich bin vom Landeskriminalamt!«

»Ach so ...« Wieder das Rascheln von Papier, dann murmelte Frau Hagekamp irgendetwas Unverständliches vor sich hin.

»Ich kann Sie schlecht verstehen.«

»Ach so, entschuldigen Sie, ich bin nur etwas ...«

»Flugtickets nach Istanbul?«

»So etwas Ähnliches, soweit ich das sehe.« Sie ächzte, als müsse sie etwas Schweres tragen. »Eine Reisebestätigung. Malediven, vierzehn Tage all inclusive.« Die letzten beiden Worte formulierte sie in reinstem Englisch, wahrscheinlich schaute sie um diese Zeit immer Reise-Werbe-Sendungen im Fernsehen. »Und das Hotel – ach Mensch, den Namen kann ich beim besten Willen nicht richtig aussprechen, aber es hat fünf Sterne, vom Feinsten.«

»Auf welchen Namen ist die Reise denn gebucht?«

»Shirin Talabani.« Es klang wie ein Trompetenstoß. »Das ist ja echt ein Ding!«

»Ist die Reise nur für eine Person?«

»Moment, dafür muss ich umblättern ... Da ist ein Anschreiben, soll ich vorlesen?«

»Das wäre nett!«

»Sonst schnüffle ich aber nicht in der Post meiner Nachbarn!«

»Das habe ich keine Sekunde geglaubt.«

»Also ... Sehr verehrte Frau Talabani, heute schicken wir Ihnen Ihr Ticket in die Sonne ... Dann stehen da noch mal die Flugdaten. Meine Güte, morgen sollte es losgehen ...«

»Wann wurde die Reise gebucht?«

»Moment ... Im Juni, soweit ich das sehe.«

War das Zufall? Genau zur selben Zeit hatte Shirin ein kleines Vermögen in Hannovers Nobelkaufhaus ausgegeben, dachte Wencke.

»Ach, Frau Kriminalinspektorin, da, ganz am Ende, nach der Unterschrift, da steht noch: ›Wunschgemäß gehen die Reiseunterlagen und Flugtickets an das von Ihnen angegebene Postfach 387628 in der Poststelle am Weidendamm in Hannover‹.« Man konnte förmlich hören, wie sie ungläubig ihren Kopf schüttelte, dass die fliederfarbenen Locken nur so flogen. »Postfach! Begleitung! Malediven!«

Wencke bat, das Postfach noch einmal zum Mitschreiben diktiert zu bekommen, ebenso die Buchungsnummer. Frau Hagekamp nannte alles folgsam, dann schien sie völlig erledigt zu sein. »Ich fasse das alles nicht. Auf so eine Palmeninsel fahren nur Millionäre. Aber doch nicht die Frau Talabani.«

Nachdem Wencke die alte Dame beruhigt und um Verschwiegenheit gebeten hatte, legte sie auf. Sie wusste genauso wenig wie die sonst gut informierte Nachbarin, was es mit dieser Luxusreise in den Indischen Ozean auf sich hatte. Vor allem: wer sollte Shirin begleiten? Natürlich hatte *Sunshine Travel* um diese Uhrzeit schon längst geschlossen, zumindest meldete sich niemand mehr am Telefon. Wencke legte die Notizen auf die Tastatur, morgen würde sie dieser Sache nachgehen.

»N' Feierabend«, wünschte Boris Bellhorn, dessen Blick durch die angelehnte Bürotür Wenckes Augen begegnet war und der somit nicht – wie sonst seine Art – wortlos an ihrem Raum vorbeihasten konnte. Eigentlich war er ein netter Kollege, noch sehr jung, etwas schüchtern, immer sehr modern gekleidet, dazu eine fransige Fönfrisur, die wilder aussah, als es seinem Charakter entsprach. Hätte die Kosian ihn nicht gnadenlos an der Kandare, dann könnte Wencke sich vorstellen, mit ihm auch mal ein paar persönliche Sätze zu wechseln. Doch meist huschte er davon, wenn Wencke auftauchte, und schlug die Augen nieder, wenn sie grüßte. Sobald dieser Fall halbwegs erledigt wäre, würde Zeit sein, herauszufinden, was in dieser seltsamen Abteilung eigentlich vor sich ging. Wencke sehnte sich fast nach den Zankereien und Kaffeegelagen der Auricher Mordkommission, nach Britzkes Klugscheißereien, Pals schrägen Haarschnitten, und nach Axel sowieso.

Zwanzig vor sieben. Verdammt noch mal.

Schließlich überwand Wencke sich, stand auf, packte ihren Rucksack und ging zu Kosians Tür. »Ja, bitte?«, erwiderte diese das Klopfen.

Wencke steckte den Kopf durch den Türspalt. »Noch immer nichts?« Sie bekam sogar ein Lächeln hin, von dem sie hoffte, es würde halbwegs kollegial rüberkommen: Wir beide hier um diese Uhrzeit, so was Dummes aber auch, warum müssen die Laborratten auch immer so furchtbar langsam arbeiten?

Kosian stieg darauf gar nicht erst ein. »Ach, stimmt, Sie warten ja noch …«, murmelte sie, tippte auf ein paar Tasten, griff nach der Maus und klickte. »Vor zehn Minuten ist etwas gekommen.«

Einerseits ärgerte Wencke sich, dass ihre Vorgesetzte es nicht für nötig befunden hatte, umgehend Bescheid zu geben. Andererseits konnte das nur bedeuten, dass das Ergebnis zu Wenckes Gunsten ausgefallen war, sonst hätte die Kosian nicht eine Sekunde gezögert, ihr die Suspendierung mitzuteilen.

»Es gibt keine Hinweise, dass Armanc Mêrdîn in der Wohnung gewesen ist«, fasste die Kosian sich kurz.

»Sag ich doch.« Na also. Damit konnte sie arbeiten. Und hatte Tilda Kosian ihr unter diesen Bedingungen nicht die absolute Unterstützung zugesagt? »Ich gehe dann mal. Es wäre nett, wenn ich morgen mal einen Blick in die Strafregister der anderen Familienmitglieder nehmen könnte. Wussten Sie, dass die Schwester der Toten in einer kurdischen Extremistengruppe ist?« Nein, das wusste Tilda Kosian nicht, versuchte aber, es sich nicht anmerken zu lassen. »Und dann würde ich gern die DNA des Fötus mit der einiger Beteiligter vergleichen lassen …«

Die Schneewittchenaugen funkelten. »Dass wir keine Spuren gefunden haben, heißt noch lange nicht, dass der Bruder nicht doch der Täter ist …«

»Ach, lassen wir das doch einfach«, stoppte Wencke bestens gelaunt. »Stattdessen könnten Sie mir lieber mal verraten, wer Ihnen erzählt hat, dass Axel Sanders und ich im Hause Talabani waren.«

Kosian verschränkte die Arme. »Es gab eine Beschwerde. Nicht zu Unrecht, darüber sind wir uns doch wohl einig.«

Mit einem Mal fiel Wencke etwas ein, eine seltsame Bemerkung, die Moah Talabani in seiner Wohnung hatte fallen lassen. Etwas, das sie hatte aufhorchen lassen. »Die Beschwerde kam nicht zufällig von POK Karsten Völker?«

Ein Zucken der Mundwinkel verriet, dass die Kosian sich über Wenckes Scharfsinn zu ärgern begann. »Der Hinweis kam von einem Kollegen, da liegen Sie richtig.«

»Dann wäre es gut, wenn wir diesen speziellen Kollegen doch mal genauer unter die Lupe nähmen. Sein Interesse scheint mir etwas über das berufliche Interesse hinauszugehen.«

»Er kannte die Tote privat, wie Sie wissen …«

»Eben. Und privat kann so ziemlich alles bedeuten.« Wencke schulterte den Rucksack. »Ach ja, könnte ich morgen eine Genehmigung für eine Postfachöffnung bekommen? Das dürfte für Sie ja kein größeres Problem darstellen.«

»Ein Postfach? Was soll denn das schon wieder?«

»Erkläre ich Ihnen morgen, Frau Kosian. Ich gehe jetzt erst mal nach Hause, mein Sohn wartet schon!« Wieder war da ein kaum wahrnehmbares Zucken auf dem ansonsten versteinerten Gesicht. Doch warum auch immer Tilda Kosian sich nun schon wieder ärgerte, es war Wencke bestenfalls egal.

Die Aussicht auf einen ruhigen Abend mit Emil und Axel ließ Wencke fast zur U-Bahn rennen. Sie könnten sich gleich am Imbiss was zu essen holen, eine Currywurst vielleicht. Am besten, sie bereitete die Männer schon mal telefonisch auf ihr Kommen vor. Was die beiden wohl gerade machten? Fußball im Garten? Quatschen am Kanalufer? Die Vorfreude blähte sich wie ein Luftballon zwischen Herz und Seele. Doch das Tippen von Axels Handynummer wurde von einem eingehenden Anruf unterbrochen.

»Kutgün Yıldırım!« Die Stimme der Anwältin klang atemlos.

»Ja, ich habe schon gehört, die Spurensicherung hat keinerlei …«

»Ich habe einen Informanten. Brandheiß. Er will sich mit mir treffen. Jetzt, sofort!«

»Einen Informanten? Wer genau …«

»Seinen Namen hat er nicht genannt. Aber er sagt, er weiß, warum Shirins Familie unbedingt meinen Mandanten als Schuldigen darstellen will. Beweise liefert er mir in genau zwanzig Minuten.«

»Wo und wie?«

»Zugegeben, der Ort ist schon etwas skurril – er hat die Blaue Lagune vorgeschlagen. Ein See, der sich in einer alten Mergelgrube gebildet hat, unweit von Misburg. Schönes Fleckchen zum Spazierengehen, menschenleer …«

Wenckes Schritte wurden unwillkürlich langsamer. »Das klingt mehr nach Agententhriller als nach seriöser Zuarbeit.«

Yıldırım schnaufte in den Hörer, sie schien während des Gesprächs eilig unterwegs zu sein. »Ja, das kommt mir auch etwas zwielichtig vor. Andererseits kennt unter den Kurden in Hannover wirklich jeder jeden. Wenn dieser Mann einfach zu mir in die Kanzlei kommt, ist die Gefahr, dass er dabei beobachtet wird, nicht zu unterschätzen. Und dass ihm dann eine Menge Ärger blüht, ist einleuchtend.«

»Glauben Sie denn, er ist ein Landsmann von Mêrdîn?«

»Das weiß ich nicht, der Anrufer sprach lupenreines Deutsch, begrüßt hat er mich aber auf Kurdisch. Das kann im Prinzip alles bedeuten.«

»Vielleicht sollten Sie bis morgen warten, dann kann ich Sie begleiten.«

»Jede Nacht imGefängnis ist für Armanc eine Nacht zu viel. Ich mache mir Sorgen um ihn, das Gespräch vorhin hat ihn völlig aus der Bahn geworfen. Außerdem kann der Informant es sich bis morgen anders überlegt haben.« Nun machte Yıldırım Geräusche, als steige sie eine Treppe hinauf, ihre Worte holperten ins Telefon.

»Wo sind Sie jetzt?«

»Mein Auto habe ich eben vor einem Firmengebäude abgestellt, bis zum See kommt man nur zu Fuß.« Sie schnaufte. »Neben mir verläuft eine Bahntrasse. Ach, da hinten ist ein Schild. Am Ahltener Weg, wenn ich es richtig entziffern kann.«

»Frau Yıldırım, soll ich kommen?«

»Haben Sie denn einen Wagen?«

»Mein Bekannter hat einen. Warten Sie einfach, wo Sie gerade sind. Ich versuche, so schnell wie möglich bei Ihnen zu sein!«

Nun lachte Yıldırım. »Ich schaffe das auch allein. Bislang konnte mir noch niemand Angst einjagen. Ich wollte Sie einfach nur in Kenntnis setzen, Ihnen aber nicht den Feierabend verderben!«

»Ich könnte mich aber wesentlich besser entspannen, wenn ich Sie in Sicherheit weiß. Den ganzen Tag über wurde ich von seltsamen Gestalten verfolgt, dann hat man versucht, mir das Leben mit einer Suspendierung zu versauen ... Glauben Sie, es gibt genügend Gründe, beunruhigt zu sein!«

»Gut, dann geben Sie doch der Polizei Bescheid, dass die in einer guten halben Stunde mal unauffällig hier vorbeischauen soll.«

»Leider nehme ich an, dass die Polizei in der Sache eine unschöne Rolle spielt. Es ist besser, ich komme selbst. Warten Sie bitte auf mich, Frau Yıldırım?«

Sie antwortete nicht direkt, sondern lachte einmal mehr gekonnt sorgenfrei. Wencke hoffte nur, dass diese stolze Anwältin sich an ihre Empfehlung hielt.

Wieder wählte sie Axels Handynummer. Am besten wäre es, wenn er zu dieser Blauen Lagune fahren würde. Eventuell hatte er ja sogar seine Dienstwaffe dabei, für alle Fälle.

Das Besetztzeichen piepte in Wenckes Ohr. Sie versuchte es mit der Festnetznummer, doch weder Axel noch Emil gingen an den Apparat. Vielleicht waren die beiden schon selbst auf die Idee gekommen, sich auf den Weg zum Imbiss zu machen, weil ihre Mägen genauso knurrten wie Wenckes. Zu mehr als einem Croissant am Morgen und einem Müsliriegel zwischendurch hatte es auch heute mal wieder nicht gereicht. Ein weiterer Versuch auf dem Handy, doch Axels Leitung war noch immer belegt. Danach machte der U-Bahn-Schacht jegliches Telefonieren unmöglich.

Wencke hatte keine Ruhe, einen Sitzplatz zu nehmen. Ihr Kopf dröhnte, ihre Zunge war pelzig und sie lechzte nach einem kalten Getränk und irgendetwas Essbarem. Zum Glück stieg sie nur wenige Stationen weiter am Hauptbahnhof um. Hier gab es genug, was sie vor dem spontanen Zusammenbruch aller lebenswichtigen Organe bewahren konnte. Sie drängte sich durch die hektischen Menschenmassen, die sich zwischen Zugabfahrten, Stadtbahnnetz und Fressständen bewegten, ergatterte einen Obstsalat im Plastikbecher und eine Flasche stilles Mineralwasser.

Als sie ein unförmiges Stück Honigmelone mit den Lippen auffangen wollte, stutzte sie kurz. Inmitten der rasenden Leute meinte sie einen Menschen erkannt zu haben. Ein verlebtes Gesicht, grau und ungesund, mit buttergelbem Haar. Kein Zweifel, es war der Kerl, der ihr heute Morgen in Wunstorf entkommen war. Dieses Mal sah es aber nicht so aus, als habe er sie im Visier, denn er trank Bier, quatschte entspannt mit drei anderen Typen und schob einem graufilzigen Schäferhund eine Bratwurst ins Maul. Er sah aus wie ein typischer Bahnhofspenner, fast kam es Wencke vor, als habe sie ihn hier schon hunderte Male stehen sehen. Nur heute Morgen am Wunstorfer Bahnhof, außerhalb seiner üblichen Umgebung, war er ihr aufgefallen. Am liebsten wäre sie schnurstracks auf ihn zugegangen und hätte ihn zur Rede gestellt, doch dafür fehlte verdammt noch mal die Zeit. Aber morgen, morgen …

Sie nahm einen Schluck Wasser und ärgerte sich, dass Axel jetzt, da der Ruf wieder rausging, das Gespräch nicht annahm. »Geh ran, bitte!« Mit einem Auge studierte sie bereits das S-Bahn-Netz. Nach Misburg gingen zwei Linien, die nächste in zwei Minuten. »Mist!« Sie legte auf.

Hastig kramte Wencke ihr letztes Kleingeld zusammen, zog sich eine Fahrkarte aus dem Automaten und stürzte die Treppe zum Gleis 14 hinauf, wo die S-Bahn schon abfahrbereit stand.

Die Passagiere, überwiegend Pendler mit abgekämpften Mienen, ahnten alle nichts von dem Chaos, das in Wencke herrschte, als die Waggons sich Richtung Nordosten in Bewegung setzten. Die meisten starrten aus den Fenstern, ließen die Hinterhöfe der Mietshäuser an sich vorbeiziehen, flogen mit müdem Blick an den immer schäbiger werdenden Gewerbegebieten entlang, erfreuten sich vielleicht am Farbspiel der Abendsonne, zerbrachen sich den Kopf über eine ausgebliebene Gehaltserhöhung oder drohende Zeitarbeit. In Hannover gab es viele Firmen, die sich auf eine lange Tradition beriefen, aber nun, spätestens seit der Wirtschaftskrise, wenig optimistisch in die Zukunft blickten. Continental und Pelikan und TUI und Bahlsen: die Firmenlogos prangten auf jeder zweiten Jacke, auf Tüten und Schirmmützen. Wie lange würde es dauern, bis Wencke sich hier heimisch fühlte? Sie gehörte nicht dazu, grenzte sich aus, war spürbar anders als die anderen, bestenfalls eine Hannoveranerin mit Migrationshintergrund. So deplatziert hatte sie sich noch nicht einmal in den Staaten gefühlt. Man brauchte kein Kopftuch, um fremd zu sein.

Wencke hatte das Gefühl, explodieren zu müssen, weil es keinen Zeitbeschleuniger gab, der die Untätigkeit, zu der sie hier in dieser überfüllten Bahn verdammt war, auf der Stelle beendete. Zweimal versuchte sie vergeblich, Axel zu erreichen. Dass sie ihn immer noch nicht ans Handy bekam, steigerte ihre Nervosität.

Endlich hielt die Bahn in Anderten-Misburg, glücklicherweise stand auch ein Taxi auf der Straße vor dem Bahnhof.

»Können Sie mich so schnell wie möglich zur Blauen Lagune fahren?«

Die Fahrerin, die rauchend an einem Touran gelehnt und ihre tätowierten Schultern in die Sonne gehalten hatte, schnipste die Kippe in den Rinnstein. »Welche Seite denn?«

»An der Bahntrasse.«

»Da kann man nicht direkt ran.«

»Ich weiß.« Wencke schob sich auf den Beifahrersitz und musste sich schwer zusammenreißen, um nicht vor lauter Ungeduld schon mal den Wagenschlüssel umzudrehen. Sie schaute auf die Uhr, es waren fünfunfzwanzig Minuten vergangen, seit sie mit Kutgün Yıldırım telefoniert hatte. Der seltsame Informant musste schon längst dort sein. Hoffentlich hatte die Anwältin sich vernünftig verhalten. Diese Frau war außerordentlich engagiert und würde für ihren Mandanten wahrscheinlich so ziemlich jedes Risiko eingehen. »Bitte, können wir losfahren?«

Die Fahrerin schaute skeptisch, startete aber den Wagen und steuerte – gottlob in rasantem Tempo – Richtung Ortsrand. Ewige Getreidefelder, graue Türme der Zementindustrie und immer wieder trostlose Mergelbrüche hinter Zäunen, die zu hoch zum Drüberklettern waren. An manchen Stellen hatte Hannovers Umland den Charme des Grand Canyon, nur eben im Miniaturformat und in weniger spektakulärem Beige-Braun des bröckeligen Gesteins.

»Gottverlassene Gegend«, kommentierte die Taxifrau. »Hab ich noch nie jemanden hinfahren müssen. Aber heute scheint da ja richtig was los zu sein. Ein Kollege musste vorhin auch einen Fahrgast dort abliefern. Hab ich über Funk gehört …«

Wencke horchte auf. Da Kutgün Yıldırım mit dem eigenen

Wagen gekommen war, könnte es sich bei diesem Taxikunden tatsächlich um den seltsamen Informanten handeln. »Das war dann vielleicht ein … ein Kollege von mir.«

»Kollege? Dann sind Sie wahrscheinlich auch so eine von dieser Umweltplanungssache, die hier einen Naturpark draus machen wollen …«

»Ja, so in der Art«, log Wencke.

»Naherholungsgebiet, hier, in dieser Pampa … Kann ich mir nicht so richtig vorstellen.«

»Könnten Sie den Taxifahrer fragen, ob er noch dort ist?«

»Kein Problem!« Sie fingerte routiniert am Funkgerät und setzte sich ein modernes Headset auf die stickeligblonde Frisur. »Horst, Iris hier. Sag mal, du hattest doch eben eine Tour zur Lagune. Bist du noch da? Ende.«

Sie wartete, grinste schief, wahrscheinlich hatte ihr Kollege etwas Anzügliches durch den Kopfhörer geschickt. »Du bist mir einer …« Wencke interessierte es einen feuchten Dreck, was dieser Horst für einer war, sie wollte nur zu gern wissen, ob er sich noch in der Nähe des Sees aufhielt. Doch die Taxifrau schüttelte den Kopf und wandte sich an Wencke: »Nee, mein Kollege ist schon wieder in der Stadt unterwegs.«

»Können Sie ihn fragen, wie sein Passagier aussah?«

»Was ist das denn für eine Frage? Haben Sie ein Blinddate, oder was?«

»So könnte man es nennen.«

Taxi-Iris plänkelte weiter über Funk mit ihrem Horst. »Sag mal, war dein Passagier auch so ein attraktiver Typ wie du?« Sie hustete ein Lachen hinterher. »Im Ernst jetzt, kannst du mir sagen, wie er aussah? Hab hier 'ne Frau, die sich mit ihm treffen will.« Sie lauschte wieder, verzog den Mund, riss kurz die Augen auf. »Sicher, Horst?« Dreimaliges Nicken. »Dank dir. Tschüssikowsky und Ende!«

»Und …?«

Das Taxi fuhr auf den Parkplatz eines Baustoffhändlers, der allem Anschein nach nicht mehr geöffnet hatte, denn nur ein weiterer Wagen – wahrscheinlich war das Yıldırıms BMW Cabriolet – stand vor den verschlossenen Türen. »Da sind wir! Macht sieben Euro zwanzig.«

Wencke kramte das Geld zusammen. »Was hat Ihr Kollege denn nun gesagt?«

»Ihr neuer Bekannter … ist sozusagen ein alter Bekannter von uns. Viel Vergnügen bei Ihrem Rendezvous.« Die muffige Ironie war nicht zu überhören.

»Kennen Sie seinen Namen?«

»Nee, das nicht. Aber seinen schlechten Ruf. Er …«, sie musterte Wencke von der Seite, als ob sie abschätzen wollte, wie viel ihrem Fahrgast zuzumuten war. »Na ja, nicht, dass ich ausländerfeindlich bin, habe ja genug Türken und Polen als Kollegen, aber der Kerl ist mir echt eine Nummer zu hart.«

»Zu hart?«

»So einer, na ja, den man nicht gerne im Flugzeug neben sich sitzen haben würde. Stechender Blick und so, irgendwie gefährlich … Genau kann ich Ihnen das nicht erklären.« Sie kurbelte das Fenster runter, zündete sich noch im Sitzen eine Zigarette an, nahm das Geld entgegen, ohne zu zählen, und machte Wencke unmissverständlich klar, dass ihr Geschäftsverhältnis in diesem Moment beendet war.

Kaum hatte Wencke die Tür hinter sich zu fallen lassen, rauschte Taxi-Iris davon, und hinter ihrem Touran breitete sich eine Staubwolke aus, wie der Regisseur eines zünftigen Roadmovies sie sich nicht eindrucksvoller hätte wünschen können.

Und tatsächlich fühlte Wencke sich wie im falschen Film, wie in einem dieser alten Winnetou-Streifen, die sie als Kind gemeinsam mit ihrem Bruder geschaut hatte, wahrscheinlich würde sie gleich auf eine Herde Wildpferde stoßen. Die verwaschenen Farben der Abenddämmerung ringsherum, und die Stille kam ihr vor, als habe jemand den Ton abgestellt. Nur ihr galoppierendes Herz und das Blut, das durch Wenckes Ohren rauschte, holten sie wieder in die Realität zurück.

»Frau Yıldırım?«, rief Wencke. Doch obwohl sie fast schon gebrüllt hatte, verhallten die Worte im Nichts, irgendwo zwischen den Steinen der verlassenen Baustoffhandlung, den aschigen Büschen und der Bahntrasse. Wo war überhaupt dieser See?

Wencke ging links am Haus vorbei, folgte dem schmalen Weg, der so steinig war, dass nur ein Fakir hier barfuß gelaufen wäre. Zur Rechten fiel ein Hang ab, sie blickte vorsichtig über den Rand und erkannte, dass sie sich oberhalb eines Trichters befand. In dunkelgrünen, etwas eintönigen Flecken war die Flora dabei, das Gebiet zu erobern. Wenige Schritte weiter konnte man schließlich tiefer unten das Wasser türkis schimmern sehen, wie der Pool eines Touristenhotels funkelte die Blaue Lagune von Misburg fast kitschig in der Dämmerung.

Wencke schob sich vorsichtig einen Abhang hinunter, links und rechts bekam sie immer ein paar Zweige zu fassen, die sie am zu schnellen Abgleiten hinderten. Es war verdammt steil hier, und die verschiedenen Ebenen hatten bis zu fünf Meter Höhenunterschied. Ein schmaler Vorsprung erlaubte eine Verschnaufpause, sie presste sich an die Wand und sah sich um, konnte aber niemanden entdecken. Keine Frau mit buntem Kopftuch und keinen Mann mit stechendem Blick.

War das Treffen bereits beendet? Hatte er die Beweise überbracht? Aber dann hätte auf dem Parkplatz nicht mehr der BMW gestanden. Obwohl, wer sagte ihr, dass dies wirklich der Sportflitzer der Anwältin war?

»Frau Yıldırım?«, rief Wencke noch mal etwas lauter. Doch es war nur ihr eigenes Echo, das antwortete.

Unter Wenckes Sohle löste sich ein Brocken und rollte in

immer kleiner zerbröselnden Stücken ins Tal. Ihr Fuß trat ins Nichts, ganz plötzlich, es blieb noch nicht einmal Zeit für einen Schrecken. Sie hielt sich instinktiv an der Steinwand fest, doch die Fläche war rau und porös und bot überhaupt keinen Halt, sie rutschte ab, zu schnell, um noch reagieren zu können. Wenige Sekunden später fand Wencke sich um einiges tiefer wieder, so verdreht, dass sie im ersten Moment nicht ausmachen konnte, welches Gliedmaß überhaupt noch zu ihr gehörte und ob es noch funktionstüchtig war. »Verdammt!«

Sie klopfte den Schmutz von der Kleidung und wischte mit dem Ärmel ihrer Jacke über die Schürfwunde, die sich auf dem Knie breitmachte. Dann erst suchte sie den Rucksack, entdeckte ihn noch zwei Armlängen weiter unten und angelte vorsichtig danach, denn sie hatte keine Lust mehr, einen weiteren Abstieg in diesem Tempo zu riskieren. Ihr Handy klingelte im Stoffsack, bestimmt war es Axel, der endlich ihre zahlreichen Anrufversuche bemerkt hatte, Gott sei Dank. Doch das Teil war nicht so einfach zu erreichen, egal, wie sehr sie sich streckte. Der Boden ringsherum sah wenig vertrauenswürdig aus, also legte sie sich flach auf die Steine und schob sich mit dem Kopf voran nach unten. Zum Glück schien der Anrufer geduldig zu sein, endlich fühlten ihre Fingerspitzen den Rucksack, nur noch zehn Zentimeter, und sie würde ihn zu packen kriegen. Wencke ächzte und griff mit der rechten Hand nach einer Wurzel, die zur Not als Haltegriff taugen musste. Inzwischen staute sich das Blut in ihren Schläfen, kopfüber hing sie im Staub und hoffte, dass der Klingelton, den sie eben hörte, nicht der letzte sein würde.

»Ja!« Sie jubelte fast, als sie den Schulterriemen zwischen die Finger bekam und das ganze Stoffteil nach oben ziehen konnte. Die untere Seite war aufgerissen, der Sturz musste eine der fadenscheinigen Nähte vollends gelöst haben. Vorsichtig balancierte sie das Gewicht in die andere Seite des Rucksacks, was schwieriger war als gedacht. In dem Moment, in dem sie hartes Plastik auf Stein treffen hörte und das Handyklingeln merklich leiser wurde, hätte sie am liebsten in den Felsen gebissen. »Scheiße!« Sie sah ein paar Einkaufszettel langsam nach unten segeln, folgte ihrem Flug und machte das Telefon aus, es war in eine schmale Spalte gerutscht, unerreichbar weit unten, und leuchtete und klingelte noch immer wie zum Hohn. »So ein Mist!«

Sie setzte sich auf das Geröll, versuchte erst einmal, Atem zu holen. Dann riskierte sie einen erneuten Blick zum inzwischen verstummten Mobilgerät, als ob es sich nach dieser kurzen Weile von selbst aus seiner verzwickten Lage hätte befreien können. Doch sie musste einsehen, es war sinnlos, danach zu fischen. Die knappe Lücke zwischen den Steinen klaffte höchstens zehn Zentimeter weit, war aber so tief, dass man das Handy, nachdem das Display die Beleuchtung eingestellt hatte, nicht mehr sehen konnte. Nein, Wencke hing nicht an dem Ding, es war so altmodisch, dass es bei manchen Jugendlichen eine verblüffte Miene hervorgerufen hatte, weil man mit so etwas überhaupt telefonieren konnte. Doch jetzt und heute hätte sie es gebraucht, dringend!

Sie fluchte, rappelte sich auf und erstarrte. Eine Bewegung, kaum wahrnehmbar, ein Farbklecks dort unten im Wasser, der sich von allem ringsherum abhob, zu rot und zu gelb war für diese Gegend. Wencke erkannte den Stoff, die Rosen auf Satin, sie erinnerte sich, was sie gedacht hatte, als sie dieses Tuch vor wenigen Stunden auf dem Kopf der Anwältin gesehen hatte. Es hatte so fröhlich gewirkt. Dass es nun auf der Oberfläche der Blauen Lagune schwamm, erstickte jeden Anflug von Optimismus im Keim.

Wencke schulterte ihren lädierten Rucksack und rannte los – oder besser, sie versuchte, so schnell wie möglich näher an das Wasser zu kommen, von Rennen konnte keine Rede sein. Sie stolperte, rutschte aus, fing sich auf, um gleich wieder zu straucheln. Das letzte Stück bis zum See fiel immer steiler ab, doch sie konnte sich keine Vorsicht erlauben, insbesondere nicht, weil sie inzwischen auch etwas weiter in der Mitte des Gewässers eine Gestalt zu erkennen glaubte. Ein Körper, umschwommen von weißem Leinen und schwarzem Haar, ob er sich bewegte, war kaum zu erkennen. Aber dass es sich um Kutgün Yıldırım handelte, daran bestand kein Zweifel.

Wencke hatte einmal gehört, dass nur wenige muslimische Frauen der älteren Generation schwimmen gelernt haben, da sich der Unterricht nicht mit den Kleidungsvorschriften vereinbaren ließ. Es war nicht anzunehmen, dass die Anwältin sich freiwillig in das Gewässer begeben hatte, entweder war sie gefallen – oder jemand hatte sie gestoßen. War sie verletzt? War sie überhaupt noch am Leben? Wenn es noch eine Chance gab, musste Wencke sich beeilen. Das Steinplateau, auf dem sie inzwischen einigermaßen sicher gelandet war, ragte ein Stück über das Wasser. Das glasklare Blau ließ erkennen, dass der See an dieser Stelle tief genug war. Von hier aus konnte sie einen Sprung wagen. Sie setzte den Rucksack ab.

Was war die Alternative? Wenn Wencke vom Ufer aus losschwimmen wollte, dann müsste sie noch gut fünfhundert Meter weiter laufen, ein Weg voller Geröll, Hindernissen, Unebenheiten. Oder sie nahm allen Mut zusammen …

Wencke war niemals feige gewesen. Eher neigte sie zu übertriebener Risikobereitschaft. In Situationen wie dieser ganz besonders. Und es war ja auch niemand da, der sie an ihrer Unvernunft hätte hindern können. Sie musste dieser Frau helfen. Also: Hirn ausschalten, Augen schließen, den Bauch navigieren lassen.

Und Sprung!

Bevor sie überhaupt nachdenken konnte, war sie bereits tief in diesem anderen Element; umfangen vom Türkisblau, tauchte sie tiefer und tiefer ins Unbekannte, bis die Luft in ihren Lungen sie wieder an die Oberfläche brachte und ihr die Orientierung zurückgab. Das Wasser war zwar nicht so kalt wie befürchtet, dafür hatte Wencke aber das Gewicht der vollgesogenen Kleidung unterschätzt. Nachdem sie Atem geholt hatte, streifte sie rasch die Jeansjacke ab und ließ sie auf den Grund des Sees sinken, um schneller zu sein, denn die Gestalt, die sie erreichen musste, war noch viel zu weit entfernt, und auf ihrem Weg dorthin konnte sie keinerlei Ballast gebrauchen.

Sie fixierte ihr Ziel, dann legte sie das Gesicht ins Wasser und schwamm los, links und rechts schob Wencke die Arme am Körper entlang, um sie dann immer abwechselnd vor dem Kopf wie Schaufeln einzutauchen, bei jedem zweiten Mal holte sie Luft. Auf den Rhythmus kommt es an, erinnerte sich Wencke an die Schwimmübungen ihrer Schulzeit. Nur regelmäßige Bewegungen lassen einen effektiv vorwärtskommen. Die Kraft kontrollieren, die Luft kontrollieren. Das Wasser schmeckte kalkig und brannte in den Augen. Noch fünfzig Meter. Vielleicht auch mehr. Die Muskeln schmerzten und weigerten sich, diese ungewohnte Arbeit weiter zu verrichten. Bloß kein Krampf jetzt, schoss es Wencke in den Sinn. Sie würde es nicht zum Ufer schaffen, mit Yıldırım im Schlepptau schon gar nicht, wahrscheinlich noch nicht einmal allein. Wie hatte sie sich nur so überschätzen können? Warum ließ sie sich schon wieder auf so ein Himmelfahrtskommando ein? Immer wieder diese kleinen Pokerspiele mit dem Tod.

Ihre Schultern knackten, und die rechte Wade fühlte sich an wie ein Klumpen Metall. Sie verschluckte sich. Am liebsten hätte sie um Hilfe gerufen, doch dazu fehlte ihr die Luft – und wer hätte sie hier schon hören können.

Als ihre müden Arme auf einmal an etwas Weiches stießen, erschrak Wencke. Sie hatte gar nicht gemerkt, dass sie bereits so weit vorwärtsgekommen war, und musste nun aufpassen, sich nicht in den Stoffbahnen des weißen Kleides zu verfangen.

Yıldırım schwamm Gott sei Dank mit dem Gesicht nach oben, doch sie wirkte leblos, ihre Arme und Beine bewegten sich schlaff, als wäre sie eine Puppe. Dass sie sich überhaupt noch an der Oberfläche hielt, hatte sie ihrem Kleid zu verdanken, unter dessen dichtem Gewebe sich Luftblasen in verschiedenen Größen gebildet hatten, die ihr Auftrieb verliehen. Auf der Stirn konnte Wencke dünne Rinnsale aus Blut erkennen, sie hoben sich von der wächsernen Haut ab wie Schnüre roter Wolle. Eine Wunde war nicht auszumachen, vielleicht verbarg sich die Verletzung am Hinterkopf, war versteckt vom dichten Haar.

Atmete sie überhaupt nocht? Das war kaum auszumachen. Doch so reglos, wie sie im Wasser trieb, sah sie aus wie eine Tote. Hatte das Wasser bereits den Weg in die Lungen der Bewusstlosen gefunden? War Wencke zu spät gekommen? Wencke verscheuchte diesen Gedanken aus ihrem Kopf; schließlich bestand immerhin die Möglichkeit, diese kleine, winzige, mikroskopische Möglichkeit, dass sie vielleicht doch noch gerettet werden könnte. Es gab doch immer wieder diese Fälle, in denen man Ertrunkene erfolgreich wiederbelebt hatte. Außerdem war es gar nicht einzusehen, warum ausgerechnet diese Frau sterben sollte: Sie hatte sich allein ihrem Mandanten zuliebe in eine derartige Situation gebracht, sie war so verdammt mutig, um das Leben eines anderen zu retten, dann war es doch jetzt wohl an Wencke, alles für diese Frau zu tun.

Aber wie? Wencke hatte keine Ahnung, wie sie das schaffen sollte. Ihr Blick war verschwommen, und sie spürte, wie sich ihre Sinne nach und nach aufzulösen schienen, ihr Bewusstsein schwamm davon. Selbst wenn sie die Augen zusammenkniff, war vom Ufer nichts mehr zu erkennen. War es vielleicht nur wenige Schwimmzüge entfernt – oder unerreichbar?

Es war egal, sie musste es drauf ankommen lassen. Schon in dem Moment, als sie den waghalsigen Sprung gemacht hatte, war ihr bewusst gewesen: Entweder schaffen wir es beide, oder keine von uns.

Alles, was Wencke über Rettungsschwimmer wusste, hatte sie in den Neunzigerjahren bei ›Bay Watch‹ gesehen. Sie griff Yıldırım um den Unterkiefer, keilte deren Kopf in ihre Armbeuge, legte sich zurück, holte noch einmal tief Luft, und dann schwamm sie los. Zum Glück erforderte das Rückenschwimmen andere Bewegungen als das Kraulen, sie fand noch ein paar Kraftreserven und wusste, zumindest die nächsten zehn Meter würden sie beide an der Oberfläche bleiben. Das war doch schon mal was. Es gab keinen Punkt, den sie hätte fixieren und an dem sie hätte abschätzen können, wie schnell sie überhaupt vorankam. Sie starrte nur nach oben, in diesen wolkenlosen Septemberhimmel, der inzwischen altrosa schimmerte und an dem sich kein Flugzeug, kein Vogel, noch nicht einmal irgendeine blöde Mücke zeigte. Alle ließen sie allein. Und sie spürte, wie ihre Kraft schwand.

Der Frauenkörper in ihrem Arm wurde immer schwerer, und langsam stieg die Wut in Wencke auf: »Verdammt, mach doch mal mit, du Walross, warum hilfst du denn nicht mit?«, hätte sie am liebsten geschrien, aber selbst dafür fehlte ihr die Kraft. Und plötzlich war da dieser Gedanke: Was, wenn sie den Griff einfach löste, es wäre so leicht, so einfach. Und doch war es – unmöglich. Also weiter. Atmen und schaufeln, atmen und schaufeln. Irgendwann ging es wie von selbst, der Schmerz der Anstrengung machte sie zwar lethargisch, aber sie funktionierte. Atmen und schaufeln.

Als ihre Schultern plötzlich unsanft gegen eine scharfe Kante stießen und sich felsige Splitter in ihren Rücken bohrten, konnte Wencke es kaum fassen: Sie hatte es geschafft! Das Ufer war höher als der Rand eines Pools, aber die Aussicht auf festen Boden, auf Ausruhen und Kraft schöpfen, verschaffte Wencke noch ein klein wenig Energie. Sie wuchtete sich nach oben, zog Yıldırım im Wasser noch ein Stück weiter, bis ihr ein paar holprige Steinstufen erlaubten, die Leblose an Land zu ziehen.

Mechanisch begann Wencke mit der Mund-zu-Nase-Beatmung, immer wieder, und als ihre Finger einen flachen Puls am kalten Handgelenk ertasteten, hätte sie gejubelt, wenn sie nicht zu erschöpft gewesen wäre. Sie konzentrierte sich darauf, ihren Atem zu spenden, immer wieder, immer wieder, die Zeit schien sich ins Endlose zu dehnen. Aber es war doch sowieso alles egal. Ihr Handy klemmte in der verdammten Felsspalte. Kein Mensch war zu sehen. Außer der Taxifahrerin wusste niemand, dass sie überhaupt hier war. Die Sonne verschwand in diesem Augenblick hinter den Hängen des Mergelbruchs.

Es war egal. Irgendwann würde man sich Sorgen machen um sie. Oder um Yıldırım.

Oder der Zufall käme zu Hilfe. Ein Wanderer vielleicht … irgendwann …

Bis dahin atmete sie einfach ein und aus. Ein und aus.

... Lass ...

Der Mann, der die Mülleimer leert, ist ein Türke. Die Unterschrift auf dem Toilettenreinigungsplan verrät einen kurdischen Namen. In der Schlange vor dem Check-in stehen mehr dunkelhaarige Menschen als blonde. Sie geben keine schnieken Koffer auf, sondern Pappkartons, Tüten und mit Klebeband verschnürte Sofadecken. Es gibt Streit, weil eine Frau ihren Küchenhäcksler nicht im Handgepäck transportieren darf. Fünf Männer mischen sich ein, es wird laut am Schalter.

Da fallen die beiden Kinder nicht auf.

Der Junge sitzt im Buggy, obwohl er eigentlich schon zu groß dafür ist, aber er wirkt müde, fast apathisch, viel zu schwach zum Laufen. Er lässt alles mit sich machen. Seine blauen Augen schauen sich, wenn er sie mal für wenige Sekunden offen hält, in den riesigen Hallen um, furchtsam, fast verschreckt. Die Augen des Mädchens starren auf den Boden. Sie blickt nur selten geradeaus. Heute schon gar nicht.

Aber man hat ihr gesagt, wann sie wohin gehen muss. Keine Minute zu früh. Sie hat einige tausend Schritte zurückzulegen, um den passenden Flugsteig zu finden. Vorbei an Duty-free-Shops, wartenden Passagieren und Kaffeestationen. Die großen Flugzeuge sieht man nur manchmal. Sie landen und starten hinter dem dicken Glas. Das Licht der Bahnen blinkt in der Dunkelheit. Menschen nehmen ihr Handgepäck. Bunte Reisetaschen, praktische Rücksäcke, teure Etuis, lederne Aktenkoffer, Plastiktüten.

Die Kinder haben gar nichts in der Hand. Über dem Schalter blinkt es schon. Das Boarding hat bereits begonnen. Letzter Aufruf.

»Die Passagiere Roza und Azad Talabani bitte umgehend zum Flugsteig 17, letzter Aufruf, die Passagiere Roza und Azad Talabani …«

Die Stewardess begrüßt sie mit einem Lächeln. »Der Buggy muss jetzt aber hierbleiben, den könnt ihr nicht mit an Bord nehmen. Bei der Ankunft bekommt ihr ihn zurück.«

Sie streichelt dem Jungen über den dunklen Scheitel. Es könnte sein, dass sie das große Mädchen für seine Mutter hält. Der Samtschleier verdeckt alle Jugendlichkeit, und die Narben haben die Haut alterslos werden lassen. Der Blick in den Pass ist nur oberflächlich.

Beim Kauf der Flugtickets war die Sorge, dass etwas nicht klappt, größer gewesen, obwohl da der Onkel noch dabei war und alles geregelt hat.

»Kann der Kleine das kurze Stück laufen?«, fragt die hübsche Flugbegleiterin nun.

Wortlos nimmt das Mädchen den Jungen auf den Arm. So schwer ist er nicht.

Die Schläfrigkeit des Jungen kommentiert die Stewardess mit einem Lächeln ihrer rot geschminkten Lippen: »Ja, es ist schon spät. Ich bringe dir gleich ein paar Kissen , dann kannst du dich ausschlafen, bis wir in Istanbul sind.«

»Istanbul?«, fragt der Junge und weint. »Ich will da nicht hin!«

Jetzt stutzt die Flugbegleiterin und schaut fragend das große Mädchen an.

»Er feiert in Istanbul seine *Sünnet* …«, sagt Roza.

»Ach so«, lacht die Stewardess wieder. »Dann kann ich verstehen, dass du nicht so gern nach Istanbul willst. Aber hab keine Angst, kleiner Mann, es ist nicht so schlimm, wie alle erzählen. Ein kleiner Schnitt, und danach gibt es ein großes Fest nur für dich allein!«

Sie händigt die Bordkarten aus. »Mein kleiner Bruder hatte

auch Angst vor der Beschneidung, und hinterher war er der stolzeste Junge weit und breit.«

Die Kinder laufen durch den grauen Schlauch bis zum Bauch des Flugzeugs.

»Viel Spaß auf dem Zuckerfest!«, ruft die Stewardess noch hinterher.

12.

Es war reiner Zufall gewesen.

Doch die Rettung war nicht in Gestalt eines Wanderers dahergekommen, sondern in Form von Taxi-Iris. Die hatte sich wohl auf der Rückfahrt noch einmal über Funk mit Horst unterhalten, und der erzählte ihr dann von den zitternden Händen seines Fahrgastes. Die Blondierte konnte sich wohl keinen Reim darauf machen, warum eine Frau wie Wencke sich mit diesem hochgradig nervösen Ausländer traf, der offensichtlich etwas im Schilde führte. Und dieser stechende Blick! Ob nun Sorge oder Neugierde sie getrieben hatte, war nicht ganz klar, aber irgendein Impuls hatte sie umkehren lassen, und aus der Ferne hatte sie die Rettungsaktion beobachtet und geistesgegenwärtig Polizei und Notarzt alarmiert.

Wencke hätte sich gern bei der Frau bedankt, doch dazu gab es gar keine Gelegenheit. Als man Kutgün Yıldırım in die Medizinische Hochschule gebracht und Wencke zu den wichtigsten Dingen polizeilich befragt hatte, war Taxi-Iris längst wieder auf der Straße unterwegs und ärgerte sich über ihre Fahrgäste.

In der kleinen Polizeidienststelle Misburg zeigte sich die zuständige, schon etwas ältere Kollegin, Polizeiobermeisterin Ursula Liebrecht, fürsorglich, lobte Wenckes Mut und Geistesgegenwart, bot ihr eine Gelegenheit zum Duschen, eine ausrangierte, trockene Uniform aus dem Schrank und eine Tasse Kaffee an. Als sich endlich die erste Gelegenheit ergab, zu Hause anzurufen, war es schon halb zehn und die Sonne längst untergegangen. Emil schlief hoffentlich tief und fest und Axel vertrieb sich wahrscheinlich die Zeit damit, ihre Wohnung zu inspizieren – oder zu bereuen, dass er überhaupt hergekommen war. Er setzte so viel aufs Spiel und sie ließ ihn warten. Natürlich war er sauer. Jedenfalls ging er nicht an den Festnetz-Apparat, obwohl sie es bis zum Ende durchklingeln ließ. Wencke fluchte leise.

»Keine Handynummer?«, fragte die nette POM Liebrecht, die vorhin Wenckes Aussage aufgenommen und dann eine Suchaktion nach diesem seltsamen Informanten in die Wege geleitet hatte – bislang jedoch ohne Erfolg.

»Die sitzt felsenfest im Mergelbruch. Ich hatte sie nur im Apparat gespeichert, nicht im Kopf ...«

»Wir könnten ins Telefonbuch schauen ...«

»Mein Bekannter ist Polizist – deshalb hat er natürlich eine Geheimnummer«, seufzte Wencke.

»Kann ich verstehen, hab ich auch. Aber vielleicht kennen Sie jemanden, der seine Handynummer weiß?«

Wencke nickte und wählte die wenigen noch im Gedächtnis verhafteten Nummern ihrer ehemaligen Kollegen aus Aurich. Fehlanzeige bei Pal und Britzke, es meldete sich nur der AB. Schließlich erreichte sie Greven, der sich freute, ihre Stimme zu hören, nach all den Jahren, sie aber in puncto Handynummer enttäuschen musste, die hätte er nicht griffbereit, die läge im Büro, zu dumm.

Wencke rieb sich mit den Händen über das Gesicht, sie hatte das Gefühl, sich selbst wach halten, ermutigen zu müssen. »Ich könnte seine Frau anrufen, aber da müsste ich die Festnetznummer erst heraussuchen.«

Die freundliche Uniformierte räumte bereitwillig ihren Platz vor dem Bildschirm. Wencke zögerte, bevor sie den Namen als Suchbegriff beim Online-Telefonbuch eingab. Was würde passieren, wenn sie Kerstin in der Leitung hatte? Was sollte sie fragen? Bislang hatten Axel und sie keine Silbe über diese Frau, über die Hochzeit und die neue Familie gesprochen, sie hatte keine Ahnung, wie das Verhältnis zwischen den beiden gestrickt war. Wusste Kerstin, wo ihr Mann gerade steckte? War sie wütend darüber? Oder freute sie sich für Axel, dass er eine alte Kollegin wiedertraf? Es war müßig, sich den Kopf darüber zu zerbrechen. Fakt war, sie musste irgendwie an Axels Handynummer gelangen, damit er wusste, wo sie steckte.

Und damit er sie beruhigte, dass zu Hause alles in Ordnung war.

»Spangemann-Sanders?« Kerstins Stimme war noch immer so aufgeräumt, klar und weiblich wie damals. Irgendwie hatte Wencke gedacht, man könnte ihr anhören, was in der Zwischenzeit geschehen war. Doch natürlich war das Quatsch, Blinde verloren ihr Sehvermögen, aber nicht die Fähigkeit, in einem angenehmen Ton zu telefonieren. »Wer ist denn da?«

Wencke räusperte sich. »Wencke.« Verdammt, sie kiekste und krächzte wie ein heiserer Chorknabe im Stimmbruch.

»Ach, dich gibt es auch noch?« Sie hatte also keine Ahnung, wohin ihr Mann gefahren war.

Es folgten Sekunden wie Gummi. »Unkraut vergeht nicht.« Wie dämlich.

»Axel ist nicht da. Auswärtige Ermittlungen.« Wieder eine lange Pause. »Ich gehe mal davon aus, dass du ihn und nicht mich sprechen willst.«

»Ich habe seine Handynummer nicht mehr. Könntest du mal nachsehen ...« So ein Mist ... nachsehen ... wie konnte sie nur so dämlich sein. »Sorry!«

»Hast du was zum Schreiben? Ich glaub, die Nummer hab ich im Kopf.«

Wenckes Hand zitterte, als sie die Nummer notierte. »Danke, Kerstin!«

»Ist alles in Ordnung mit dir? Du bist wieder in Deutschland, hörte ich. Wie geht es Emil?«

»Alles okay«, schaffte sie gerade noch, dann legte sie auf, völlig unhöflich und ohne Verabschiedungsfloskel, ohne nach Kerstins Befinden oder nach ihrer Tochter gefragt zu haben, ohne ein geheucheltes »Ich melde mich ein andermal, wenn mehr Zeit zum Plaudern ist.« Sie legte einfach auf, atmete tief durch und schaute die Polizistin fragend an. »Darf ich noch ein Gespräch führen?«

»Na klar!«, kam grinsend die Antwort. Wencke hatte das Gefühl, als durchschaue diese Frau die ganze Peinlichkeit der Situation, obwohl das natürlich unwahrscheinlich war.

Und – endlich! – hatte sie Axel am Apparat, sofort, das erste Freizeichen war kaum verklungen.

Er keuchte. »Wencke, meine Güte! Wo steckst du? Ich habe … verdammt noch mal … tausendmal, aber dein Handy … Emil ist doch bei dir?«

»Bei mir?« Ihre Erleichterung zersplitterte in tausend Stücke. Sie hätte es ahnen müssen, nichts war gut, nur weil sie eine Frau vor dem Ertrinken gerettet hatte, denn der Fall, in den sie verwickelt war, hatte sie fest im Griff. Sie schaffte es kaum, Luft zu holen. »Du hast ihn doch abgeholt! Wir haben verabredet …! Emil ist bei dir!«

»Nein, Wencke, ist er nicht! Ich war pünktlich in der Schule, aber Emil war nicht mehr da. Die sagten, er wäre bereits abgeholt worden …«

Wencke stand auf, auch wenn ihre Beine wie aus Butter waren. »Wer hat das gesagt?«

»Ein Mitschüler, glaube ich. Ein Türke, etwas älter, so um die zwölf. Er sagte, Emil wäre mit seiner Mama los. Da dachte ich, bei dir wäre es schneller gegangen als gedacht und bin mit dem Auto los. Als ihr dann nicht in der Wohnung wart, habe ich mir auch noch keine Sorgen gemacht, ich dachte, ihr kauft noch was ein oder so. So gegen sieben wurde ich ungeduldig und habe versucht, dich zu erreichen. Bis eben habe ich gedacht, Emil ist mit dir gegangen ...«

»Moment mal, Moment mal!«, schrie Wencke. »Er ist aber nicht mit mir gegangen. Und er ist nicht bei mir!« Ihr wurde so schlecht, sie hatte das Gefühl, ihr gesamtes Inneres wollte sich nach außen stülpen. »Wo ist Emil?«

Die Polizistin sprang auf, stellte sich an Wenckes Seite und legte ihr die Hände auf die Schultern. »Was ist passiert?«

»Mein Sohn! Er ist ... verdammt noch mal, ich hab keine Ahnung, aber vielleicht ist er ... entführt worden!«

Sie hörte Axel in den Telefonhörer rufen, aber ihr Arm war kraftlos nach unten gesackt, der einzige Muskel, der in diesem Moment funktionierte, war das Herz, und das schlug wie ein Presslufthammer, dröhnte durch ihren Körper, ließ sie bis in die Fingerspitzen vibrieren.

Die Polizistin nahm ihr das Telefon ab. »Hallo? Hier ist Polizeiobermeisterin Ursula Liebrecht, Misburg. Hören Sie? Ihre Bekannte, Wencke Tydmers, wurde in einen Unfall verwickelt, deswegen ist sie bei uns auf der Dienststelle. Können Sie vorbeikommen – Waldstraße in Misburg, mit 'nem Navi gut zu finden ... Ja, wunderbar, das ist prima! Klar, um die Sache mit dem Sohn kümmern wir uns von hier aus, keine Sorge! Aber es wäre wichtig, dass Sie sofort kämen.« Sie blickte auf die zitternde Wencke. »Sie werden gebraucht.« Die Gelassenheit der Polizistin wirkte fast tröstlich, ihr freundliches Lächeln half Wencke dabei, langsam wieder einen halbwegs klaren Gedanken zu fassen. »Ihr Freund ist schon unterwegs«, sagte sie, während sie den Hörer zur Seite legte. »Und in der Zwischenzeit könnten wir schon mal überlegen, was mit ihrem Sohn passiert sein könnte. Wie heißt er?«

»Emil.«

»Wie alt?«

»Sechs Jahre.« Wencke zitterte. »Mein Gott, was ist … Ich muss sofort …«

»Hören Sie. Jetzt und sofort können wir nur Fehler machen. Lassen Sie uns ruhig und überlegt an die Sache herangehen.« Als Wenckes Hände noch immer zuckten, als stünden sie unter Strom, legte die Polizistin die ihren darauf, drückte sie sanft, aber mit Nachdruck. »Erinnern Sie sich, was er heute Morgen anhatte, als er aus dem Haus gegangen ist?«

Erinnerte Wencke sich? Heute Morgen, da war sie mit ihren Gedanken schon auf dem Weg in die Anwaltskanzlei gewesen, alles musste schnell gehen. Die Zeit hatte noch nicht einmal dafür gereicht, dass Emil und Axel sich anständig begrüßen konnten. Aber was hatte ihr Sohn angehabt? »Auf jeden Fall seine Sommerjacke, khaki, mit einem Tatoomuster auf dem Rücken. Und dunkelblaue Stoffschuhe … Jeans? Ja, seine Jeans mit rotem Flicken auf dem rechten Knie.«

»Mütze? Ranzen?«

Wencke beschrieb alles so genau wie möglich, sah Emil vor sich, wie er sich auf dem Weg zum Schulgebäude noch einmal umgedreht und ihr zugewunken hatte. Bis heute Abend, Mama …

»Ein weißes T-Shirt, auf dem I LOVE COLORADO steht.«

Und sonst? Ein eher kleiner Junge, eher dünn, eher unscheinbar. Blaue Augen, halblange Fransenfrisur, fast zu lang für einen Jungen, straßenköterblondes Haar, so wie ihres, wenn sie es nicht regelmäßig rot färben würde. Wencke fühlte sich wie in der Mitte durchgerissen, auseinandergefallen, sie fing an zu heulen. So war es, wenn man sich nicht zusammennehmen konnte. Der Rotz lief ihr aus der Nase.

Liebrecht reichte ihr ein Tempo. »Wir werden Emil finden, vertrauen Sie mir. Sie wissen doch selbst: die Kinder verschwinden normalerweise aus den harmlosesten Gründen ...«

Wencke dachte an einige Fälle in ihrer Vergangenheit, wo die Suche nach einem vermissten Kind alles andere als gut geendet hatte. Die beiden Mädchen damals an der Küste, beide zwölf Jahre alt ... Diese Frau erzählte, was man Eltern erzählen sollte, um sie zu beruhigen. Aber Wencke wusste natürlich nur zu gut, dass diese Floskeln nicht immer der Wahrheit entsprachen.

Trotzdem zwang sie sich, daran zu glauben. Sollte sie die Nerven verlieren, würde es alles nur noch schlimmer machen. Es ging um Emil. Seit drei Stunden war er schon verschwunden. Was war sie nur für eine Mutter, dass sie davon nichts mitbekommen hatte? Gab es nicht diese Alarmsignale, die sich unabhängig von Zeit und Raum bemerkbar machten? Liebenden Eltern lief doch ein Schauer über den Rücken, wenn ihrem Kind irgendwo in der Welt Unheil drohte – war das nicht so? Und sie? Sie hatte nichts gespürt. Hatte sich ablenken lassen von einem Fall, der ihr wichtiger erschienen war als der pünktliche Feierabend mit ihrem Sohn.

»Frau Tydmers, es nutzt niemandem etwas, wenn sie sich selbst zerfleischen.« Die Stimme der Polizistin wurde immer ruhiger, je aufgebrachter Wencke war. Kein Zweifel, die Misburger Ordnungshüterin machte ihren Job gut und gewissenhaft. »Die erste Suchmeldung ist raus, die Kollegen halten die Augen offen!«

»Danke«, brachte Wencke zustande.

»Und Ihr Freund, mit dem ich gerade telefoniert habe, ist der Vater?«

Wencke schüttelte den Kopf. »Nein, aber so ähnlich.«

»Und der leibliche Vater?«

»Der hat damit nichts zu tun. Er hat kein Interesse an Emil.« Himmel, warum passierte nichts!, dachte Wencke, warum musste sie hier sitzen und Rede und Antwort stehen, während Emil ... »Ich glaube eher, dass sein Verschwinden etwas mit dem Fall zu tun hat, den ich gerade bearbeite.«

»Gut, wenn Sie meinen ...« POM Liebrecht schob Tastatur und Papierkram zur Seite und wandte sich nun ausschließlich Wencke zu. »Dann erzählen Sie mir mal, worum es in diesem Fall genau geht.«

»Ehrenmord, die Sache in Wunstorf ...«

Die sachlichen, knapp vorgebrachten Fragen der Polizistin lenkten Wencke nach und nach wieder in ruhigeres Fahrwasser. Sie erzählte, erst stockend, dann immer kontinuierlicher, die ganze Geschichte. Die tote Shirin Talabani – ja, davon hatte POM Liebrecht bereits gehört –, ein geständiger Bruder, ein abgewiesener Verehrer, die versteckten Kinder und ungezählte seltsame Verfolger, dazu Meinungsverschiedenheiten und Kompetenzgerangel im LKA, nebulöse Verbindungen zu Terrorgruppen, ein Informant an der Blauen Lagune, eine halbtote Anwältin mitten im See. Und nun war Wenckes Sohn verschwunden, weil ein türkischer Junge eine falsche Behauptung gemacht hatte. Der Zusammenhang war offensichtlich, Emil musste entführt worden sein, damit man Wencke ausbremsen konnte – genau wie man Kutgün Yıldırım zum Schweigen hatte bringen wollen, dort im Mergelbruch. Wer immer hinter all dem steckte, war ohne Skrupel und wild entschlossen.

Der Kräutertee, den die Polizistin ihr nun statt eines Kaffees aus einer Thermoskanne einschenkte, tat gut. »Johanniskraut und Melisse wirkt tatsächlich beruhigend«, verriet sie. »Ist mein privates Heißgetränk. Kaffee vertrage ich bei der Arbeit schon lange nicht mehr, der Job ist aufputschend genug.« Sie führte Wencke zu einer schon etwas fadenscheinigen Sitzgarnitur in der Ecke des Vernehmungszimmers und setzte sich neben sie. »Aber warum haben Sie denn nicht die Polizei eingeschaltet? Als ehemalige Kollegin müssen Sie doch gewusst haben, dass es nicht ungefährlich ist, sich mit anonymen Informanten zu treffen.«

Wencke zuckte die Achseln. »Ich hatte ein ungutes Gefühl, was die Polizei angeht …«

POM Liebrecht verzichtete auf einen Kommentar, machte auch kein skeptisches Gesicht, und das war der Grund, warum Wencke sich entschied, an dieser Stelle konkreter zu werden, auch wenn die Angst um Emil es ihr fast unmöglich machte, einen vollständigen Satz zustande zu kriegen. »Ich habe die Vermutung, dass ein Kollege aus Hannover irgendwie in die Sache involviert ist. Die Tote hatte einen uns unbekannten Liebhaber, von dem sie ein Kind erwartete. Und ein Polizist, den ich am Anfang eher zufällig mit der Sache in Verbindung gebracht hatte, scheint sich mehr für die Sache zu interessieren, als angezeigt wäre.«

»Sie halten ihn für den namenlosen Geliebten?«

»Eventuell. Als ich bei ihm zu Hause war, hatte ich das Gefühl, dass dort etwas ziemlich schiefläuft. Warum, kann ich nicht genau benennen. Ungute Schwingungen zwischen Mann und Frau, viel Unausgesprochenes.« Die Zuhörerin nickte, sie verstand sofort, dass es hier nichts gab, was man formal hätte belegen können, und sie schien es auch nicht zu erwarten. »Dann habe ich erfahren, dass dieser Polizeioberkommissar die Familie des Opfers über die Ermittlungen auf dem Laufenden hält. Das ist wohl eher unüblich, oder? Außerdem hat er mich bei meiner Vorgesetzten angeschwärzt, weil ich nach seinem Verständnis meine Kompetenzen überschritten habe.« Wencke nahm einen Schluck Tee. »Ich gebe ja zu, das klingt alles etwas wirr, aber ich habe mich schon oft genug auf meinen Bauch verlassen müssen, und irgendwie habe ich das Gefühl …« Das konnte sie dann doch nicht beim Namen nennen, stattdessen schwieg sie. Sie stellte die Tasse wieder auf den Tisch und erschrak, als sie ihre eigenen Hände zittern sah.

»Hat der Kollege etwas mit den Ermittlungen im Fall Talabani zu tun?«

»Nein, eben nicht. Er arbeitet am Raschplatz, sein Wirkungskreis beschränkt sich auf die Drogenszene …«

POM Liebrecht setzte sich aufrechter hin, schien mit einem Mal noch mehr bei der Sache zu sein. »Wissen Sie, ob dieser Polizist und das Opfer sich kannten?«

»Ja, er ist der Fußballtrainer der beiden Kinder …«

Liebrecht schlug sich mit beiden Händen auf die Oberschenkel und lehnte sich zurück. »Jetzt sagen Sie aber nicht, wir reden gerade über POK Karsten Völker …«

Wencke fuhr hoch. »Treffer!«

Man sah der Polizistin an, dass sie mit sich rang, dass sie etwas loswerden wollte, was nicht hierhingehörte. Plötzlich sprang sie auf, schob einen USB-Stick, den sie in der Uniformjacke getragen hatte, in den PC und tippte auf ihre Tastatur. Dann beugte sie sich zu Wencke hinüber. »Sie entschuldigen mich, ich muss kurz auf die Toilette, fünf Minuten. Ich brauche Sie ja als ehemalige Kollegin nicht zu ermahnen, dass Sie hier nichts anfassen oder anschauen dürfen, weil alles dem Datenschutz unterliegt, oder?« Ohne ein weiteres Wort verließ sie den Raum.

Wencke saß da wie erstarrt.

Nein, eigentlich war sie nicht in der Lage, sich nur einen Zentimeter zu bewegen, denn sobald sie an Emil dachte, hatte sie das Gefühl, die Erdanziehungskraft wäre um ein Dreifaches stärker geworden. Doch der letzte Satz der Polizistin war eine offensichtliche Einladung zum Schnüffeln gewesen, wenn auch auf eigenes Risiko. Und sobald Wencke es auf den Stuhl vor dem PC geschafft hatte, begriff sie, warum. POM Ursula Liebrecht hatte auf ihrem privaten USB-Stick einen ganzen Ordner nach dem seltsamen Kollegen aus Hannover benannt. Die Unterdateien von ›Karsten Völker‹ hießen ›beweise.doc‹, ›briefe.doc‹, ›chronologie.doc‹ und ›versetzung.doc‹.

Wencke versuchte, ihren Verstand zu fokussieren, indem sie sich jeglichen Gedanken an Emil verbot – es klappte nicht im Geringsten. Sie musste schnell sein und versprach sich von der Chronologie die effektivsten Informationen. Doppelklick. Auf dem Bildschirm öffnete sich ein Dokument von mehr als dreißig Seiten, die von einer Tabelle ausgefüllt waren. Es blieb nur wenig Zeit, die Daten zu überfliegen, Verfasserin war Ursula Liebrecht, die ersten Aufzeichnungen stammten aus einem Zeitraum, der rund drei Jahre zurücklag. Wencke wünschte sich, sie wäre ein wenig ruhiger, ein bisschen konzentrierter, um zu begreifen, was hier aufgelistet war. Doch nach und nach erschloss sich ihr das Ganze. Sie wagte noch einen kurzen Blick in die anderen Dateien, zuckte aber zusammen, sobald sie draußen im Flur Schritte oder Stimmen hörte. Wenn jemand sie hier beim Schnüffeln erwischte, wäre sie endgültig erledigt. Die Wanduhr zeigte, dass die fünf Minuten bereits um waren, zu knapp, so ein Mist.

Wenn sie das Gelesene richtig zusammenreimte, dann war die Misburger Polizistin bis vor zwei Jahren noch am Raschplatz im Einsatz gewesen, kannte also Karsten Völker beruflich. Bei irgendeinem Fall, den die beiden vor drei Jahren gemeinsam bearbeitet hatten, waren ihr Ungereimtheiten aufgefallen. Polizeiberichte waren gefälscht worden, Zeugen hatten ihre Aussage zurückgezogen, einen verdächtigen Großdealer hatte man laufen lassen müssen. Erst hatte das wie eine Verkettung unglücklicher Umstände ausgesehen, bis kurze Zeit später – wieder bei einem Delikt, dessen Ermittlungsakten von Völker unterschrieben worden waren – ganz ähnliche Missstände auftauchten. Diese Auffälligkeiten hatte POM Ursula Liebrecht dann auch pflichtbewusst erst im Team besprochen, danach sogar an die Interne Ermittlung weitergeleitet. Mit dem Erfolg, dass sie nur wenig später nach Misburg versetzt worden war, obwohl sie sich mit Händen und Füßen dagegen gewehrt hatte. Wegen angeblich unüberbrückbarer Differenzen im Team. Das war die Essenz aus Wenckes hektischer Schnüffelei. Man konnte nur ahnen, warum Liebrecht den USB-Stick immer griffbereit in ihrer Jackentasche trug: Für sie war die Angelegenheit noch nicht abgeschlossen. Sie suchte wahrscheinlich noch immer nach einer Möglichkeit, den Kollegen Völker der Korruption zu überführen. Und nun glaubte sie, eine neue Gelegenheit aufgetan zu haben.

Aber was bedeutete das für Wencke? Und vor allem für Emil? War ihr Sohn durch die Ermittlungen in einen Fall hineingeraten, dessen Ausmaße in diesem Augenblick niemand erahnen konnte? Hinter dem sogenannten Ehrenmord an Shirin Talabani könnte auch etwas ganz anderes stecken. Vielleicht hatte man es hier gar nicht mit einer klassischen Familientragödie zu tun, einem Racheakt an einer emanzipierten Kurdin, vielleicht ging es ja gar nicht um verletzte Gefühle und archaische Traditionen – vielleicht war alles viel banaler und drehte sich lediglich um einen Skandal in Polizeikreisen? Das konnte bedeuten, dass Wencke sich – ohne es geahnt zu haben – noch mehr Feinde gemacht hatte, als bislang vermutet. Das hieß, ihr Gegner war weitaus gefährlicher, weitaus stärker, als bislang gedacht. Sie konnte sich auf niemanden verlassen, wusste nicht, wer auf welcher Seite stand. Es war durchaus möglich, dass auch im LKA Menschen saßen, die Karsten Völker schützen wollten, mit ihm gemeinsame Sache machten. Tilda Kosian? Boris Bellhorn? Auszuschließen war das sicher nicht.

Sie alle dort wussten, dass Wencke einen Sohn hat, wo er zur Schule geht, wann er abgeholt werden muss. Und dass Wencke alles, alles machen würde, damit Emil nichts geschah.

Als die Liebrecht wieder ins Zimmer kam, hatte Wencke die verräterischen Dateien bereits geschlossen und stand am Fenster. Axel Sanders raste mit seinem Wagen vor, stieg eilig aus, fing ihren Blick auf. Ihm ging es nicht besser als ihr.

Seit Jahren verspürte Wencke zum ersten Mal wieder den Drang, eine Zigarette zu rauchen. Und einen Schnaps würde sie jetzt in einem Zug hinunterstürzen.

»Ich habe schreckliche Angst«, sagte sie zu der Polizistin, die sich wortlos neben sie gestellt hatte.

»Das kann ich verstehen«, antwortete die.

… mit …

Das Kind hat sie bei ihren Eltern untergebracht, als sie merkte, es spitzt sich zu.

Jetzt packt sie die Koffer.

Oder besser: Sie steht schon seit Stunden vor ihren beiden Reisetaschen und überlegt, was ihr wichtig ist im Leben. Sie muss sich entscheiden.

Ihre Kleider? Die Fotoalben? Wichtige Konto- und Versicherungsbelege? Das Wasserbett? Der Dampfgarer? Die kompletten Brockhaus-Bände? Das silberne Fischbesteck?

Wenn sie feige ist, reicht ein Koffer.

Wenn sie sich traut, alles das einzupacken, woran ihr Herz hängt, braucht sie einen Umzugswagen.

Mitten in der Nacht wird sie keinen Lkw ordern können.

Und morgen früh hat sie vielleicht der Mut zum Verlassen verlassen.

Dies ist die letzte Gelegenheit. Zuvor hat sie schon zu viele verstreichen lassen.

Diese Vorwürfe wegen Korruption hatte sie als Zickenterror einer unzufriedenen Kollegin abgetan. Ihr Mann sollte käuflich sein? Niemals!

Als sie von seinem Vorgesetzten – mehr zufällig – erfuhr, dass er gar keine Spätschicht hatte an dem Tag, als sie händeringend einen Kindersitter brauchte, um zum Elternabend gehen zu können, glaubte sie noch an ein Missverständnis.

Als sie zum Fußballspiel ging, was sie sonst nie tat, und die Blicke dieser fremden Frau auffing wie einen Ball, der versehentlich ins Aus geschossen worden war – und seinen Schrecken dazu –, kam sie sich wie eine Schnüfflerin vor.

Als dann kein Geld mehr da war für die neue Spülmaschine und sie dazuverdienen musste, nach all den Jahren zu Hause – und dann kommt ein Brief von einer Autovermietung, ein Foto von ihrem Mann im Sportwagen, in dem er mit 30 km/h zu viel auf der Strecke zwischen Wunstorf und Seelze geblitzt worden war – ist sie wütend geworden.

Wozu ein Porsche, hat sie gefragt. Ich spüle seit Wochen von Hand und du leihst dir einen Porsche, mit dem du in der Gegend herumrast wie ein James Dean für Arme. Warum? Die dürftige Antwort reichte ihr nach drei durchwachten Nächten dann doch: Ein Mann braucht auch mal seinen Spaß.

Doch seit zwei Tagen ist es so schmerzhaft offensichtlich, dass es keine Möglichkeit mehr gibt, irgendetwas schönzureden.

Die Quittung steckte miserabel versteckt in seinem Sakko. Eine Übernachtung im *Sheraton Pelikan*. Zwei Personen. Barzahlung – auch die Flasche Champagner, die der Zimmerservice gebracht hat. Laut Kassenbon um 12 Uhr mittags. Es gibt nur eine Gelegenheit, bei der man tagsüber in Luxushotels Champagner trinkt.

Zum selben Zeitpunkt – sie erinnerte sich genau an den Tag Anfang Juni – hatte sie gerade bei ihrer Tochter am Krankenbett gesessen, weil sie den Blinddarm herausbekommen hatte. Nein, dein Papa kann nicht kommen. Er muss arbeiten, das weißt du doch.

Und in Wirklichkeit hat er wahrscheinlich gerade Schaumwein aus dem Nabel seiner Geliebten geschlürft.

Diese Erkenntnis trifft sie mit der Wucht einer Abrissbirne. Sie hat aus ihr etwas herausgebrochen, von dem sie keine Ahnung hatte, dass es in ihr schlummerte. Unbändige Wut. Ungezähmte Aggressionen. Unverfälschter Zorn.

Am liebsten hätte sie die Welt zertrümmert, mit einem Hieb, es kommt ihr vor, als könne sie das. Zerschmettern, alles, einfach so.

Er ist ein Schwein.

Sie muss gehen. Es hat einfach keinen Zweck mehr.

Er wird sich nicht ändern. Niemals.

Ich werde nicht erlauben, dass du mich verlässt – wie oft hat er schon so gedroht?

Dabei hat sie nicht vor, ihn mit Dreck zu bewerfen. Sie will ihm nichts wegnehmen, auch nicht das Kind, das kann man doch alles regeln. Vielleicht liebt sie ihn sogar noch. Vielleicht gibt es sogar noch eine Chance.

Nur so will sie einfach nicht mehr weitermachen. Sich nicht mehr verletzen lassen. Immer wieder.

Gleich ist das Training vorbei. Bis dahin muss sie weg sein. Sonst wird er sie daran hindern. Notfalls mit Gewalt.

13.

Alles hatte Wencke erwartet. Aber nicht das:

Karsten Völker saß auf der Schaukel im Garten und heulte. Er hatte sämtliche Lichter angeknipst, zwei Fackeln brannten neben der Terrasse, eine Laternenkette verbreitete Kindergeburtstagscharme, nur war niemand da, um Spaß zu haben. Der Polizeioberkommissar kauerte mutterseelenallein auf dem Spielgerät, dessen Scharniere jaulten wie eine Katze, und weinte sich die Augen aus dem Kopf.

Das rettete ihn davor, von Wencke direkt an der Gurgel gepackt zu werden. Die Wut und die Verzweiflung hatten sich in ihrem Magen zu einem konzentrierten Knoten verfestigt, der Wencke handlungsunfähig machte. Sie hatte irgendwie gehofft, er würde sich lösen, sobald sie diesem Karsten Völker ins Gesicht schreien konnte. Er musste ihr unverzüglich sagen, wo Emil steckte, jetzt, um diese Uhrzeit, es ging immerhin schon auf Mitternacht zu, und Wencke verlor gleich vor Sorgen den Verstand. Ihre einzige Hoffnung war gewesen, dieses korrupte Arschloch so lange anzubrüllen, bis er alles erzählte.

Und das war nun gar nicht möglich.

Wencke fühlte sich, als renne sie mit voller Wucht gegen eine Wand. Karsten Völker war unfähig, überhaupt etwas zu registrieren. Am Gerüst lehnte eine Flasche Tequila, nur noch einen Finger breit stand die hochprozentige Flüssigkeit darin. Der Zustand des Mannes ließ darauf schließen, dass das vor kurzer Zeit noch ganz anders ausgesehen hatte. Er war besoffen, Speichel zog sich in langen Fäden von seinen Mundwinkeln bis runter zum Schuh, ein Sportschuh, er musste direkt vom Training hierhergekommen sein und dann gesoffen haben wie ein Loch.

»Was haben Sie wirklich mit Shirin Talabani zu tun gehabt?«, versuchte sie es trotzdem. »Waren Sie ihr Geliebter und wollten, dass Ihr Name aus der Sache rausbleibt?«

Völker nahm einen Schluck aus der Flasche und schwieg, als sei er noch immer allein im Garten. Wenckes und Axels Anwesenheit hatte er überhaupt noch nicht zur Kenntnis genommen.

»Ich wette, Sie sind es, der uns ständig diese heruntergekommenen Typen auf den Hals hetzt! Ihre Freunde aus der Drogenszene sollen uns im Auge behalten, ist das so? Der Kerl am Hauptbahnhof heute kam mir nicht von ungefähr so bekannt vor: Ich hab ihn in Wunstorf leider nicht erwischt, da ist er über die Bahngleise geflüchtet, nachdem er sich mit seiner Anfänger-Spionage ziemlich lächerlich gemacht hat. Auch ein alter Stammgast in Ihrer Dienststelle, stimmt's?«

»Verdammte Scheiße«, kam es von ihm statt einer Antwort. Seine Aussprache war so feucht, dass Wencke darauf verzichtete, ihn am Kragen zu packen.

»Hören Sie: Mein Sohn ist verschwunden, heute am frühen Abend. Und Sie sagen mir jetzt alles, was Sie darüber wissen!«

»Ich … nichts … was …« Sein Kopf fiel zur Seite, als er versuchte, Wencke in die Augen zu schauen. Wenigstens zeigte er minimale Reaktionen. »Lassen Sie mich einfach …«

»Ja, das kann ich mir vorstellen, dass Sie Ihre Ruhe haben möchten«, fauchte Wencke. »Aber ich sage Ihnen was, Herr Völker: Wir wissen mehr, als Sie glauben.«

»Marina hat mich verlassen«, lallte er.

Wencke verstand sofort, was passiert war. Frau Völker, Marina Völker, hatte kurzen Prozess gemacht. Durch den Tod von Shirin Talabani war auch in dieser Familie etwas zerbrochen, und die heile Spießerwelt ging gerade den Bach herunter. Bye bye, Schöner Wohnen.

»Warum ist Ihre Frau gegangen?«, fragte Axel, der zum Glück in diesem ganzen Chaos immer noch so etwas wie die Übersicht behielt. »Hat es etwas mit unserem Fall zu tun?«

Als Völker nicht antwortete, packte Axel ihn an beiden Schultern und schüttelte ihn. »Hey, Kollege, sieh zu, dass du wieder auf der Erde landest. Wir haben eine Menge Fragen an dich.« Bevor der Kerl irgendetwas sagen konnte, ergoss sich erst mal sein Mageninhalt auf den Rasen. Axel hatte sich gerade noch so wegducken können, wandte sich angeekelt und resigniert ab und sah Wencke an: »Mein Gott, ist das widerlich. Und absolut zwecklos, fürchte ich.«

Wencke ging energischen Schritts durch die sperrangelweit offen stehende Terrassentür ins Wohnzimmer, blieb abrupt stehen: Der Raum war kaum wiederzuerkennen. Der ehemals schneeweiße Teppich war übersät von Scherben und Schmutzflecken in allen Farben des Regenbogens, hier schienen einige Gläser, Flaschen und Vasen zu Bruch gegangen zu sein. Über das Glas des riesigen Flachbildschirms verlief eine Kratzspur, die Familienbilder in ihren silbernen Antikrahmen hatte jemand vom Vertiko geschleudert. Ein Vorhang hing schief in der Schiene, die eine Hälfte reichte bis zum Boden. Und die dunklen Tropfen auf dem Küchenfußboden – Wencke ging näher heran – ja, hier war auch Blut geflossen. Einzelne Tropfen nur, nicht besorgniserregend, vorausgesetzt, das war alles, und man fand nicht irgendwo eine weitere rote Lache.

Sie rief Karsten Völker zu: »Wohin ist Ihre Frau gegangen? War sie verletzt?«

Doch er war schon wieder damit beschäftigt, die Rosenbeete mit Erbrochenem zu düngen.

Wencke nahm ein Küchentuch, legte es vorsichtig um ihre Finger, um keine Spuren zu verwischen, dann griff sie nach dem Telefon und drückte die Wahlwiederholung – von diesem Apparat aus war keine Notrufnummer gewählt worden. Der letzte Anruf war ein Ortsgespräch. Es klingelte ewig.

»Ja?«, meldete sich eine verschlafene Männerstimme.

Wencke räusperte sich. »Hier ist Wencke Tydmers, LKA. Wir sind in der Wohnung von Karsten Völker und ich habe die Wahlwiederholung betätigt, um zu sehen, mit wem er telefoniert hat.«

»Ich bin der Vater von Marina Völker. Einen Moment mal, bitte.« Man hörte das Rascheln von Bettwäsche, das Knarzen einer Matratze. »LKA? Was ist denn passiert?«

»Das wollten wir Sie fragen. Ist Ihre Tochter bei Ihnen?«

»Marina ist nicht hier, nur unser Enkelkind. Unsere Tochter hat das Kind am Nachmittag zum Übernachten vorbeigebracht, sie sagte, es könne am Abend etwas lauter werden im Haus.« Man merkte ihm an, dass er zu müde war, seine Gedanken zu sortieren. Erst nach und nach schlich sich die Aufregung in seine Stimme. »Was ist denn los? Was machen Sie da?«

»Alles in Ordnung«, beschwichtigte Wencke. »Nur ein Besuch unter Kollegen. Und wir vermissen die Dame des Hauses, mehr nicht.«

»Mal wieder eine Party«, fragte der verschlafene Großvater genervt.

»So in der Art, ja. Entschuldigen Sie bitte die späte Störung.« Wencke hoffte, nicht noch mehr Unruhe verbreitet zu haben, und legte auf.

Axel stand neben ihr, umfasste sie von hinten, und sie sträubte sich nicht. Sie trug noch immer die ausrangierte grüne Uniform, die sie in Misburg gegen die durchnässten Klamotten eingetauscht hatte. Diese kratzige Hose und den viel zu warmen Pullover würde sie noch eine Weile anbehalten, denn sie hatte nicht vor, nach Hause zu gehen, bevor sie nicht wusste, wo Emil steckte. Auch wenn sie mit ihrer Nervosität wahrscheinlich alles nur noch schlimmer machte, Wencke war klar: sie würde jetzt auf keinen Fall daheim vom Kinderzimmer in die Küche tigern und auf den erlösenden Anruf warten können. Sie musste etwas tun, um ihre Nerven in den Griff zu bekommen. Und ihre Angst. Man würde sie ja sofort über alles informieren: Falls man Emil fand, hatten die Polizeistationen Axels Handynummer notiert.

Also versuchte sie sich jetzt wieder auf dieses Haus zu konzentrieren. Und auf die Spuren, die bereits einen Teil der Geschichte erzählten. Sie begann, sich intensiver umzusehen. Ein Stapel Briefe lag in der Küche, sie überflog die Adressen, doch es schien nichts Interessantes dabei zu sein. Der Familienkalender war eng beschrieben, vor allem in der Zeile, die mit »Papa« betitelt war, ballten sich die Termine. Frühschicht, Spätschicht, Fußballtraining, Skat bei Reiner, TÜV – nichts Ungewöhnliches.

»Völker hat jedenfalls keinen Urlaub und wohl auch keinen Flug auf die Malediven geplant«, stellte Axel fest.

»Axel, überleg doch mal: Wenn er tatsächlich mit seiner Geliebten vierzehn Tage am Strand kuscheln will, während seine Ehefrau sich in Seelze mit Elternsprechtagen, Kreditverlängerungen und Frauenarzt-Kontrolluntersuchungen herumschlagen muss – meinst du, das würde er im Kalender notieren?«

»Du meinst, er hat all diese Termine aus dem Hut gezaubert, um seinen Liebesurlaub zu verheimlichen?«

»Und dann ist Marina Völker dahintergekommen und hat ihn heute Nacht verlassen.«

Axel schien noch nicht überzeugt. »Warum ist er dann so verzweifelt? Immerhin hatte er nach deiner Theorie eine Geliebte, die womöglich sogar schwanger von ihm war. Dass Shirin tot ist, weiß er schon seit gestern. Die Sache ist zwangsläufig zu Ende. Und wenn seine Frau dahintergekommen ist, dann, na ja, manchmal ist es vielleicht ja auch eine Erleichterung, wenn das Ganze dann endlich rauskommt und die Heimlichkeiten ein Ende finden.« Axel blickte in den Garten, wo Karsten Völker sich mit seinem Trikotärmel den Mund abwischte, ein Häufchen Elend, vollgekotzt und wundgeheult, nachdem er hier im Haus zuvor getobt haben musste wie ein Germanenstamm. »Ich verstehe nicht, warum er so fertig ist.«

»Der Punkt ist: Sie hat ihn verlassen. Egal, ob sie einen triftigen Grund dazu hatte oder nicht, er ist in seiner Ehre gekränkt.«

»Schon wieder diese verdammte Ehre«, kommentierte Axel. »So unterschiedlich sind die Kulturen dann wahrscheinlich doch nicht.«

»Ich sehe da trotzdem keinen wirklichen Zusammenhang zwischen dem Fall Shirin Talabani, den Korruptionsvorwürfen und diesem Chaos hier. Und was in Gottes Namen hat Emil denn mit all dem zu tun?« Sie kaute so lange auf ihrer Unterlippe, bis sie das Gefühl hatte, ihre Tränen zurückgepfiffen zu haben. Dann atmete sie tief durch und öffnete eine Schublade. Exakt geordnet lag das Besteck in seinen Fächern. Im Regal waren die Kochbücher alphabetisch geordnet – ›Afrikanische Küche‹ bis ›Zubereitung im Dampfgarer leicht gemacht‹. Die Müllbehälter waren ausgeleert und sauber. Im herausziehbaren Gewürzbord herrschte ebenfalls vorbildliche Ordnung. Wencke musste sich zusammenreißen, nicht alles auf den Boden zu fegen, ihre Nerven lagen blank.

»Du kannst hier nicht die Wohnung auf den Kopf stellen«, mahnte Axel. »Dazu fehlt uns erstens die richterliche Befugnis, zweitens glaube ich nicht, dass es uns irgendwie weiterbringt. Wir kommen morgen wieder, wenn Völker nüchtern ist.«

Wencke durchforstete unbeirrt die Gummibandsammlung auf dem Fensterbrett, schob die Kaffeetassen auseinander. »Ich bin mir sicher, dass uns hier irgendetwas ...« In einer Ecke waren Schreibutensilien in einem Plastikset sortiert, Stifte, Anspitzer, Radiergummi und Notizblock, alles an seinem Platz. In einem Ablagefach darunter lagen lose Zettel, Wencke nahm sie heraus. Es waren kleine Botschaften, wie man sie sich in einer gut organisierten Familie als Erinnerung oder Mitteilung auf einen bestimmten Platz legte. Auf dem obersten stand *Denk an die Türklinke !!!*

Bin Getränke kaufen – Mathe-Nachhilfe erst morgen – Karsten, kannst du bitte die Türklinke im Gästeklo reparieren! – Dustin P. kommt nicht zum Training wegen Magen-Darm – Termin beim TÜV ausmachen ...

Komme heute erst spät, wartet nicht auf mich, Essen ist in der Mikrowelle – Marina.

Der letzte Zettel wog schwerer als die anderen, denn unter den Namen hatte die Verfasserin noch das Datum gekritzelt: Marina war vorgestern Abend später gekommen. Am Abend des Mordes.

»Jetzt verstehe ich!« Wencke rannte in den Garten, griff dem inzwischen eingenickten Karsten Völker unter das versiffte Kinn und hielt ihm die Notiz vor die Augen. »Sie glauben, dass Ihre Frau die Mörderin ist, stimmt das? Sie betreiben den ganzen Aufwand, um diesen Verdacht zu vertuschen. Ihre Affäre mit Shirin Talabani ist aufgeflogen, und dann verschwindet Ihre Frau einen ganzen Abend lang – ungewöhnlich für sie. Marina hat ihre Nebenbuhlerin besucht ... und ermordet!«

»Sie hat mich verlassen«, jammerte Völker.

»Hat Sie Ihnen gegenüber die Tat gestanden?« Wencke musste sich beherrschen, ihm nicht an die Kehle zu gehen. Sie hatte das Gefühl, durch diesen kleinen Zettel, sechs mal sechs Zentimeter, einen Schritt weitergekommen zu sein. Und dieser Scheißtyp mauerte.

»Verdammte Weiber ... «

»Jetzt passen Sie mal auf, Kollege. Wenn Sie nicht in der Lage sind, einen klaren Gedanken zu fassen, dann ... « Sie packte Völker unter den Armen, und er ließ sich – kaum widerstrebend und auf Gummibeinen – vorantreiben. In der Ecke unter dem Ablauf der Dachrinne stand eine Regenwassertonne. Auf der glatten Wasseroberfläche schwammen braune Blätter und ein paar verendete Insekten. »Luft holen!«, befahl Wencke, dann tauchte sie Karsten Völkers Kopf in die Brühe, nur kurz, das musste reichen. »Besser jetzt?«

»Was ... was machen ... ?«

»Hat Ihre Frau Shirin Talabani ermordet?«

»Keine Ahnung!« Seine Augenlider hingen noch immer auf Halbmast.

Der nächste Tauchgang fiel ein wenig länger aus.

»Bist du wahnsinnig?«, schrie Axel, der jetzt auch auf der Terrasse stand. »Wir sind hier nicht in Abu Ghureib!«

Wencke lockerte den Griff, sodass Völker wieder Atem holen konnte. »Wenn mein Sohn Emil wegen der verkorksten Familiengeschichte eines fremdvögelnden Arschlochs heute Nacht leiden muss, dann ist mir das gelinde gesagt scheißegal!« Sie zog ihn an den Haaren nach oben. »Haben Sie mich verstanden? Sie sagen mir jetzt auf der Stelle, wo mein Sohn ist. Hören Sie? Ich will meinen Sohn! Jetzt! Sofort!«

»Ich habe keine Ahnung, wovon Sie reden«, stöhnte Völker, und tatsächlich schien er jetzt wieder einigermaßen bei Verstand zu sein. Schwer ließ er sich fallen, lehnte sich gegen die Regentonne und griff mit den Händen in sein triefendes Haar. »Was hat denn Ihr Sohn …? Bitte, ich habe damit nichts zu tun!«

Wencke hätte ihn am liebsten immer und immer wieder in die Regentonne getaucht, aber was würde das bringen? Wenn Völker etwas zu sagen gehabt hätte, dann hätte er es längst verraten. Der Mann war am Ende, da war nichts zu machen.

Der winzige Hoffnungsschimmer, der Wencke gerade noch angetrieben hatte, war erloschen. Doch sie musste weiterkommen. Sie musste!

»Ich … ja, es, es kann sein, dass meine Frau … Sie ist oft sehr … impulsiv. Sie haben das Chaos da drinnen ja gesehen. Geht auf Marinas Konto. Auch meine Schnittwunde hier …« Er zeigte seinen Handballen, um den er bislang ein Geschirrtuch geknotet hatte. Eine tiefe Kerbe in der Haut ließ die Vermutung zu, dass das Blut auf den Bodenfliesen von ihm stammen könnte. »Wenn meine Frau wütend ist, hat sie sich oft einfach nicht im Griff!«

»Und sie wäre dann sogar imstande, einen Mord zu begehen?« Wencke ließ sich neben ihm auf dem Boden nieder. »Es kam Ihnen ganz gelegen, dass Armanc Mêrdîn ein Geständnis abgelegt hat.«

Völker nickte schwach.

»Und dann kamen die Anwältin Yıldırım und ich Ihnen gewaltig in die Quere, weil wir diese Tatversion nicht akzeptieren konnten und weiter nachgeforscht haben.«

»Shirins Bruder hat doch alles zugegeben, warum reicht das nicht? Er wollte diesen Mord begehen, früher oder später hätte er es sicher gemacht, wenn er es nicht ohnehin gewesen ist. Im Prinzip ist er also auf jeden Fall schuldig …«

Wencke schüttelte den Kopf. »Nein, das ist er nicht, davon bin ich überzeugt! Und dafür gibt es mehr als genug Indizien, die unter anderem durch das rechtsmedizinische Gutachten gestützt sind.«

»Und diese Indizien führen direkt zu meiner Frau?« Völker spuckte aus.

»Die rechtsmedizinische Untersuchung hat zum Beispiel den Schluss nahegelegt, dass es sich beim Täter um eine körperlich eher schwache und nicht gerade große Person handelt. Auch unter psychologischen Gesichtspunkten weisen viele Aspekte in Richtung eines Täters, der seine Tat kaltblütig und wahrscheinlich aus eher emotionalen Gründen heraus begangen hat.«

»Ich gebe einen Dreck auf diesen Psychokram. Es spricht doch alles gegen den Bruder, das muss reichen.«

»Wenn Sie da so sicher sind, warum haben Sie dann versucht, meine Arbeit zu behindern, haben mich verfolgen lassen, meine Vorgesetzte über angebliche Überschreitungen der Dienstkompetenz informiert ...«

»Die hätten mich ausgeweidet! Es gibt da ein paar Kollegen, die warten nur darauf, mich rauszukicken. Sie wissen ja sicher schon über diese Sache ...«

»Ein Fünkchen Wahrheit scheint an dem Korruptionsgerücht ja dran zu sein«, kommentierte Axel. »Warum sonst hat die gesamte Szene rund um den Hauptbahnhof sich von Ihnen als Amateur-Schnüffler einspannen lassen?«

»Die Sache mit der Korruption, das ist Jahre her ... Und man konnte mir damals gar nichts beweisen. Das war in erster Linie das Hirngespinst einer Kollegin. Mit diesem Fall hat das aber sowieso nichts zu tun.«

»Womit hat es denn etwas zu tun?«

»Die Sache mit Shirin und mir durfte einfach nicht öffentlich werden. Sie kennen meine Frau nicht.« Er machte eine verzweifelte Geste. »Marina hat es nicht verdient, als Verdächtige zu enden. Ich habe das alles verbockt. Ich bin ein lausiger Ehemann, ein …«

»Stimmt«, pflichtete Wencke ihm bei. »Aber jetzt hören Sie mal auf mit Ihrer Selbstmitleidsschiene! Wenn Sie Ihre Frau vor dem Mordverdacht schützen wollten, okay, das kann ich vielleicht noch verstehen. Aber Sie sind zu weit gegangen! Viel zu weit …«

Axel hatte bereits sein Handy hervorgeholt. »Ich werde die Kollegen jetzt hierherbestellen. Ich denke, Sie werden Ihren Schlafplatz heute Nacht in eine Arrestzelle verlegen.«

Wie ein kleiner, schuldbewusster Junge, den Kopf zwischen den Schultern geduckt, hockte er da, halbwegs nüchtern, halbwegs ernst zu nehmend. »Ich kann nicht mehr. Meine Frau ist weg, mein Leben im Arsch. Bitte, wir können morgen reden …«

Wenn Wencke nicht vor Angst um Emil fast wahnsinnig gewesen wäre, hätte sie sicher laut aufgelacht. Aber das Lachen war ihr seit diesem Abend abhanden gekommen. »Sie sind der Letzte, der hier um Rücksicht betteln sollte. Kutgün Yıldırım wäre heute Abend um ein Haar ertrunken. In der Medizinischen Hochschule kämpfen die Ärzte in diesen Minuten um das Leben der Frau. Einer Ihrer Meisterspione hat sie im Mergelbruch Schwimmen geschickt. Ihr Glück, dass die Anwältin mir zuvor von diesem seltsamen Informanten erzählt hat und ich ihr gefolgt bin, sonst wäre sie jetzt tot! Und Sie würden noch tiefer drinstecken, als Sie es ohnehin schon tun!«

»Was? Wovon reden Sie?«

»Hören Sie auf mit dem Theater! Sie sagen mir jetzt auf der Stelle, wo ich meinen Sohn abholen kann, dann …«

»Was hab ich denn mit Ihrem Sohn zu tun!?«

Verdammt, sein Blick war offen, unbeirrt, zumindest für

seine Verhältnisse. Wenckes Bauch entschied, dass er die Wahrheit sagte, auch wenn ihr Verstand zu gern etwas anderes geglaubt hätte. Eine weitere Welle der Panik stieg in ihr hoch. Aber wie konnte das sein?

Er druckste herum. »Stimmt, ich habe Herrn Talabani Bescheid gegeben, dass er Sie ein wenig beobachten soll, weil Sie in seinen Familienverhältnissen schnüffeln und so weiter.«

»Warum, um Himmels willen?«

»Talabani hat mich angerufen, als er die Todesnachricht erfahren hat. Er war völlig fertig, und er hatte Angst, dass die Kinder in die Sache reingezogen werden. Da habe ich ihm den Tipp gegeben, Ihnen doch mal genauer auf die Finger zu schauen.«

»In Wirklichkeit haben Sie ihn dazu benutzt, mehr über meine Ermittlungen zu erfahren, damit Sie sich und Ihre Frau früh genug in Sicherheit bringen konnten, sobald der Verdacht auf Sie gefallen wäre.«

Völker wand sich wie ein Aal. »Verdammt, ja, ich wollte wissen, was läuft. Als Sie Talabani dann persönlich kennenlernten, ging das nicht mehr und ich habe ein paar Szeneleute um einen Gefallen gebeten. Man kennt sich halt. Man weiß, was man aneinander hat. Es war doch nur zur Sicherheit …«

»Das wird Sie den Job kosten«, prophezeite Axel.

»Sei 's drum. War ja eh alles für die Katz!«

»Und der Informant an der Mergelgrube?«, ließ Wencke nicht locker.

Völker zuckte die Achseln. »Keine Ahnung! Wirklich nicht!«

»Die Taxifahrerin hielt ihn für einen etwas undurchsichtigen Typen. Vielleicht auch einer Ihrer alten Bekannten, die Ihnen einen Gefallen schuldeten …«

»Nein! Und wie kommen Sie darauf, dass ich Ihren Sohn entführt haben könnte?« Er hob die Hände wie ein zu Unrecht Angeklagter, der seinen Hals vor der Schlinge retten musste. »Wenn es so wäre, gäbe es doch jetzt gar keinen Grund mehr, es zu leugnen. Ist doch ohnehin alles rausgekommen.«

Er schluchzte wieder, doch da biss er bei Wencke auf Granit. »Der Einzige, um den es Ihnen leidtut, sind Sie selbst. Trauern Sie eigentlich um Ihre Geliebte?«

»Es war aus mit Shirin.«

»Und das Kind, Ihr gemeinsames Kind?«

Er schnaubte. »Ich habe den Autopsiebericht gelesen und erst da von ihrer Schwangerschaft erfahren. Aber wer sagt, dass es mein Kind ist? Wir haben immer Gummis benutzt. So blöd bin ich doch auch nicht ...«

»Wie lange waren Sie ein heimliches Paar?«

Er ließ einen trockenen Lacher hören. »Heimliches Paar? Wir kannten uns vom Training und kamen uns näher, als die Tochter Roza mit dem Fußballspielen aufhören wollte. Shirin war eine wahnsinnig attraktive Frau, also hatten wir Sex. Meine Güte, sie hatte Lust, ich hatte Lust. Immer mal wieder war das der Fall, ungefähr zwei Jahre lang. Aber deshalb waren wir doch kein ›heimliches Paar‹!«

Wencke dachte an die Luxuskleider im Schrank der Kurdin. »Haben Sie ihr Geld gezahlt? Viel Geld?«

Er lachte fast hysterisch. »Wie kommen Sie denn darauf? Ich habe keinen müden Cent übrig. Dieses hübsche Haus hier frisst mein Gehalt Monat für Monat. Da bezahle ich doch keine Frau, wenn sie es mir auch umsonst macht.«

Axel sah aus, als würde er Völker am liebsten die Fäuste spüren lassen. »Wir haben erfahren, dass Sie neben der Staatskasse noch einen anderen Geldgeber haben. Und von Schmiergeldern lassen sich Baukredite schlecht abzahlen, das muss man schon für andere Spielsachen ausgeben, oder nicht?«

»Schwachsinn!«

»Wann war denn Ihre Affäre beendet?«

»Ende Juni hat Shirin Schluss gemacht. Aus heiterem Himmel.«

Wieder der Juni. Auch Wasmuth hatte erzählt, dass Shirin sich zu dieser Zeit für eine Weile zurückgezogen hatte. Dieser Monat muss das Leben der Shirin Talabani umgeworfen haben. Was war zehn Wochen zuvor passiert, dass Shirin Talabani seitdem die Männer an ihrer Seite zum Teufel jagte? »Hat Shirin vielleicht erfahren, dass Ihre Affäre aufgeflogen ist?«

»Was weiß ich …«

»Daraufhin ist Ihre betrogene Gattin vorgestern Nacht losgefahren, um sich zu rächen …« Wencke rückte neben ihn, so nah es trotz des unangenehmen Geruchs möglich war. »Oder waren Sie es selbst, der Shirin diesen späten Besuch mit fatalen Folgen abstattete? Um zu vermeiden, dass sie plaudert?«

»Ich? Nein! Ich habe ein Alibi! Ich würde so etwas … Was denken Sie sich für einen Mist aus? Ich bin immerhin Polizist!«

»Eben! Und würden Sie an meiner Stelle nicht genau dieselben Fragen stellen?«

»Trotz Tequila bin ich aber noch nüchtern genug, um zu wissen, dass ich nicht antworten muss, wenn ich damit mich selbst oder Marina in irgendeiner Weise belaste …« Sein überlegenes Grinsen fiel nach wenigen Sekunden in sich zusammen.

Noch bevor er anfangen konnte zu schwören, zu winseln und das ganze Register zu ziehen, ließ Wencke diesen triefend nassen Kerl sitzen. Heute Nacht war es ihr egal, wer Shirin Talabani ermordet hatte, und auch warum. Sie wollte Emil finden.

Und dass sie hier höchstwahrscheinlich an der falschen Adresse war, hatte sie inzwischen verstanden. Sie musste weitersuchen. Sofort.

Vor dem Haus fuhren zwei Streifenwagen vor. Axel übernahm die Aufgabe, den Beamten zu erzählen, was geschehen war. Wencke ließ sich inzwischen auf den Beifahrersitz seines Wagens gleiten und schloss die Augen. Der saure Gestank nach Angst und versoffener Spucke, der noch an ihrer Uniform haftete, war mit eingestiegen. Am liebsten hätte sie sich entkleidet. Am liebsten ...

Wencke schloss die Augen. Müdigkeit stülpte sich wie eine Haube über ihren Körper. Ob Emil jetzt schlief? Irgendwo, bei irgendjemandem, der hoffentlich nicht zu verzweifelt, zu skrupellos oder auch zu gleichgültig war, um zu bemerken, was für ein wunderbarer Mensch ihr Sohn war, dem man nicht wehtun durfte, nicht eine Sekunde lang. Die Angst, die in Wencke wucherte,von ihr Besitz ergriff, sie vollends in Beschlag nahm – Wencke musste sie wegschieben, sofort, damit sie handlungsfähig blieb.

»Fahr uns zu Talabani«, forderte sie Axel auf, kaum dass er hinter dem Steuer Platz genommen hatte.

Er fragte nicht nach und beschwerte sich mit keiner Silbe. Das Einzige, was er tat, außer den Wagen Richtung Innenstadt zu lenken, war, ihr eine Hand auf den Oberschenkel zu legen, sanft, nicht die geringste Spur aufdringlich. Es war diese kleine Geste, die Wencke zur Ruhe kommen ließ, damit sie ein paar Minuten Schlaf fand in dieser Nacht, von der sie jetzt schon wusste, dass es die längste ihres Lebens werden würde.

… allen …

Das regelmäßige Piepen hat etwas Beruhigendes. Es ist das Erste, was sie wahrnimmt. Noch fehlt ihr die Kraft, die Augen zu öffnen. Das ist nicht schlimm. Das Piepen reicht. Es verrät ihr, dass sie lebt.

Trockene Kleidung. Der Kopf fühlt sich kühl an. Kein Tuch.

Kurz reißt die Ohnmacht sie noch einmal in die Nische zwischen Leben und Nichtleben, ein Ort, an dem man nicht denken muss. Aber dann erreicht das Geräusch wieder ihr Ohr.

Da waren das Wasser und der Felsen, sie ist gefallen, von weit oben. Und sie hatte Angst.

Das ist eine Erinnerung, merkt sie. Ich muss sie mir merken, sie ist wichtig. Wenn ich stark genug bin, die Augen zu öffnen, dann dauert es nicht mehr lang, und ich werde reden können, und dafür brauche ich die Erinnerung.

Wasser, Felsen, freier Fall, Angst.

Haare auf dem Unterarm. Stimmt, ganz viele, schwarze Haare. Ein Mann.

Jemand sagt ihren Namen, das ist keine Erinnerung, das ist Gegenwart. Frau Yıldırım, können Sie mich hören?

Sie kann hören. Das Piepen wird ein bisschen schneller.

Sie reagiert, sagt die Stimme. Es ist Papatya. Treue Seele.

Kann aber auch Zufall sein, sagt ein Mann. Gehirnaktivität normal. Mein Gott, eine zähe Person, Ihre Chefin.

Das ist sie.

Wasser, Felsen, freier Fall, Angst, schwarze Haare auf dem Arm, ein bekanntes Gesicht. Sie kennt den Mann. Doch die Erinnerung an eine Erinnerung ist nichts wert. Aber sie kennt den Mann gut.

Zu anstrengend, kleine Pause, jemand wischt ihr etwas Feuchtes über das Gesicht, ein Lappen, sie wird gewaschen.

Sie will sich an alles erinnern. An alles.

In der richtigen Reihenfolge. Ein bekanntes Gesicht, schwarze Haare auf dem Unterarm, sein Name, sie kommt nicht drauf ... oder doch? Kaan ... Ja! Kaan Badili! Wasser, ... nein, erst Felsen, dann Angst, dann Fallen, dann Wasser, dann nichts mehr.

Da fehlt was. Das war nicht alles.

Eine zähe Person, diese Anwältin.

Das Piepen ist weg. Kommt wieder. Ist weg.

Das Herz macht Probleme, sagt die Stimme. Das kann vorkommen, ist normal, war ja eine ganze Weile so gut wie weg, das Herz. Muss sich erst mal wieder an das Schlagen gewöhnen.

Das Piepen ist da.

Was fehlt in der Erinnerung? Schnell, schnell ...

Kaan Badili, Gesicht, Haare, Felsen, Angst, freier Fall, Wasser, Nichts. Da ist noch ein Mann. Ja. Den kennt sie nicht. Blond. Angst. Stimmt. Der blonde Mann kommt vor der Angst.

Ja.

Das Piepen ist weg.

14.

Die Änderungsschneiderei lag in völliger Dunkelheit, nicht ungewöhnlich um diese Uhrzeit, es war bereits halb zwei. Doch Wenckes Instinkt verriet, was das ausdauernde Klopfen gegen die Scheiben bestätigte: Die Familie Talabani war nicht da.

Wencke, durch die frische Nachtluft und den Sekundenschlaf wieder einigermaßen auf der Höhe, suchte sich den Weg ums Haus. Axel folgte ihr, nicht ohne sich zu vergewissern, dass sie unbeobachtet waren. Ringsherum schienen in erster Linie Bürogebäude zu liegen, Licht brannte in keinem der Häuser.

Die schweren roten Vorhänge in Talabanis Wohnung waren zugezogen, man konnte nur durch einen zentimeterschmalen Schlitz spähen. »Die sind abgehauen. So ein Mist, ich habe von Anfang an gewusst, dass diese Familie etwas zu verbergen hat. Ich hätte mehr Druck machen und mich nicht für dumm verkaufen lassen sollen.«

Axel hatte, statt zu fluchen und zu schimpfen, die anderen Fenster kontrolliert. »Aber sie waren so unvernünftig, die Wohnung nicht richtig zu verschließen«, bemerkte er grinsend. Ein Fensterflügel stand auf Kipp. »Hast du mit der schicken Uniform auch eine Krawatte geliefert bekommen?«

Sie klopfte ihre Polizeijacke ab, und tatsächlich, in einer Innentasche lag ein zusammengerollter, olivfarbener Schlips, dessen Kunstfasern knisterten, als Wencke den Stofflappen weiterreichte.

»Jetzt zeig ich dir mal, wozu diese Dinger noch gut sind, außer Schwiegermütter zu beeindrucken.« Er band eine lockere Schlaufe, ließ diese durch die obere Öffnung nach innen fallen und angelte mit bewundernswerter Gelassenheit nach dem Fenstergriff, dann zog er am anderen Ende die Schlinge fest.

Ein Hund bellte auf der Straße, Schritte näherten sich dem Durchgang, blieben kurz stehen, marschierten weiter.

»Du weißt schon, dass du gerade in eine Wohnung einbrichst?«

»Ich glaube, dass die letzten vierundzwanzig Stunden mehr als genug hergegeben haben für eine doppelte Suspendierung, da macht das hier auch nichts mehr aus.« Er senkte die Stimme. »Außerdem tue ich es für Emil.«

Wieder durchfuhr Wencke beim Gedanken an ihren Sohn der Blitz, ihr Leib krampfte sich zusammen und sie ließ sich auf einen Mauervorsprung sinken. »Hier wird er wohl kaum sein …«

»Aber vielleicht finden wir einen Hinweis.« Axel hockte sich vor sie und nahm sie kurz in den Arm. Es fiel ihr schwer, ihm seinen Optimismus abzukaufen. Er erhob sich wieder und schob das Fenster zu, zog vorsichtig am Ende der Krawatte und beobachtete durch die Scheibe, wie sich der Hebel nach oben bewegte. Es dauerte keine Minute, und der sonst so korrekte Provinzpolizist konnte seinen Fuß durch das jetzt weit geöffnete Fenster in eine fremde Wohnung setzen. Er reichte Wencke die Hand und zog sie ebenfalls ins Zimmer.

Sie befanden sich im stockdunklen Wohnraum, nur schemenhaft waren die Umrisse der Möbel zu erkennen, und prompt stolperte Axel über irgendetwas, das auf dem Boden lag. Gleichzeitig stieß er im Fallen eine Vase herunter. Glas zerbrach, Axel fluchte, der Lärm hätte einen Schwerhörigen aus dem Tiefschlaf gerissen. Ohne eine minimale Bewegung verharrten sie beide und warteten ab. Weit entfernt gab ein Auto kräftig Gas, irgendwo tickte eine Uhr, doch das Malheur schien unbemerkt geblieben zu sein.

»Ohne Licht macht das keinen Sinn«, flüsterte Wencke, auch wenn inzwischen klar war, dass sie sich genauso gut in normaler Lautstärke unterhalten konnten.

»Zu gefährlich, wenn dann jemand von draußen was durchscheinen sieht …«

»Soweit ich mich erinnere, standen auf den Ecktischen ein paar Kerzen.« Wencke versuchte sich ins Gedächtnis zu rufen, was sie bei den kurzen Besuchen in dieser Wohnung gesehen hatte, und tastete sich vorsichtig voran. Die Sofalehne, ein Kissen, daneben der kleine Holztisch, dann hielt sie eine Kerze in der Hand, schon recht heruntergebrannt, aber besser als nichts. Glücklicherweise lagen die Streichhölzer griffbereit daneben, sie riss eines an.

Der orange Schein des Feuers verschaffte ihr einen kurzen Überblick, sie entzündete für Axel einen weiteren Wachsstumpen, dann sahen sie sich um. Das Nintendogerät des Jungen lag griffbereit auf dem Sofa, und kurz hielt Wencke dies für ein Indiz, dass doch noch jemand im Haus war. Jungen in seinem Alter ließen nur sehr selten ihr Nintendogerät im Stich. Auch Emil hätte seines sicher eingesteckt, aber man hatte ihm keine Zeit zum Kofferpacken gelassen …

Das Chaos ringsherum verriet hingegen, dass hier ein hektischer Aufbruch stattgefunden hatte, bei dem in kürzester Zeit entschieden werden musste, was benötigt wurde: Kleidungsstücke jeder Größe bedeckten die Sitzgarnitur und einen Großteil des Fußbodens. Zwei kleine Koffer, halb gepackt, standen zwischen Fernseher und Tisch.

Im hinteren Teil der Wohnung waren drei Türen, hinter zweien lagen die Schlafzimmer, bis auf den letzten Zentimeter mit Möbeln vollgestellt. Insgesamt acht Betten zählte Wencke, in keinem davon wurde heute Nacht geschlafen. Das Bad lag zwischen den Schlafräumen und war ein dunkler, feuchter Raum, in dem es intensiv nach Putzmitteln und glücklicherweise etwas dezenter nach Urinstein roch. Die Waschbecken waren leer geräumt, in den Zahnputzbechern fehlten die Bürsten.

Die Tür hinter dem Perlenvorhang, die in den Laden führte, stand offen. Ein Blick in die Schneiderei zeugte von einem überstürzten Aufbruch: Ein Kleid lag unter der Nähmaschine, das winzige Lämpchen über der Nadel beleuchtete eine unvollendete Naht. Die Bügelmaschine gab ein leises, zischendes Geräusch von sich, auch hier war keine Zeit gewesen, den

Aus-Knopf zu betätigen. Wie ausgefegt wirkten die Fächer der offen stehenden Kasse, weder Scheine noch Kleingeld lagen darin.

»Wencke, komm mal her«, rief Axel aus einem benachbarten Raum, in dem sich die große Wohnküche befand. Auf dem Tisch stapelten sich Papiere fast bis unter die Hängelampe. Einige waren in vergilbten Aktenordnern verstaut, andere schoben sich kreuz und quer und übereinander. Urkunden, Zeugnisse, Heirats- und Scheidungspapiere, Hausratsversicherungen – ein Sammelsurium wichtiger Unterlagen, aus denen offensichtlich das Notwendigste herausgesucht worden war. »Es fehlen die Pässe«, erkannte Wencke auf den zweiten Blick.

Axel bückte sich. »Nein, auf dem Boden liegt ein türkischer Pass.« Er schlug das noch recht unberührt wirkende Dokument mit dem Stern und der Mondsichel auf dem Kuvert auf. »Es ist der Ausweis von Roza.«. Das Foto im Inneren musste schon älter als drei Jahre sein, denn das Gesicht von Shirin Talabanis Tochter war noch ebenmäßig und makellos, es war das Porträt eines hübschen Teenagermädchens.

»Als Tochter türkischstämmiger Eltern wird sie zwei Ausweise haben, mit dem deutschen ist Roza dann wahrscheinlich gerade unterwegs.« Axel legte den Pass wieder zurück und durchwühlte die Blätterberge. »Aber den türkischen Pass ihres Bruders kann ich nicht entdecken. Den muss er mitgenommen haben.«

Plötzlich stockte er, zog eine Fotografie aus dem Stapel und hielt es näher an die Kerzenflamme. »Kein Zweifel, das ist der Knirps, der mir gesagt hat, dass Emil schon von seiner Mutter abgeholt worden sei.« Er reichte Wencke das Bild, es zeigte Azad, den kleinen Jungen mit den blauen Augen und borstenkurzem schwarzem Haar. Wieder erinnerte das Kindergesicht Wencke an ihren Sohn, aber dieses Mal war das Erkennen mit einem kurzen Stich in der Herzgegend verbunden. Neben

Azad strahlte ein anderer Junge in die Kamera, um einiges älter. Den hatte sie auch schon einmal gesehen, Wencke versuchte sich zu konzentrieren, genau, bei ihrem ersten Besuch in dieser Wohnung hatte er ihr den Durchgang in das Hinterzimmer versperrt.

»Ein Cousin oder so. Das beweist zumindest schon mal, dass ich recht hatte und die ganze Familie mit drinsteckt.« Mit einer unwirschen Handbewegung stieß sie einen gesonderten Stapel über die Tischkante, ein Dutzend Hochzeitsmagazine glitten auf die Fliesen. Wencke hob die Zeitschriften auf, von den Titelseiten lächelten üppig verschleierte Bräute, die Ausgaben waren aktuell, alle in den letzten Monaten erschienen.

»Wollte Talabani wieder heiraten?«, fragte Axel.

»Das kann ich mir nicht vorstellen. Aber vielleicht eine der Cousinen oder Tanten. Die Familie ist ja ziemlich groß ...« Nun stockte Wencke. In ihren Händen lag ein Lieferschein, adressiert an Moah Talabani, es ging um ein Brautkleid Größe 36 mit Schleier, Diadem, Schuhen und Handschuh. »Roza!«, fiel es ihr ein.

»Wie alt ist das Mädchen noch mal?«

»Sechzehn ...« Das konnte nicht wahr sein, das durfte nicht ... »Jetzt verstehe ich. Die Kinder sollten nicht wegen dieses Zuckerfestes nach Istanbul fliegen, sondern weil eine Hochzeit anstand. Sechzehn ist bei den traditionsverbundenen Kurden ein durchaus normales Heiratsalter. Der Bräutigam ist wahrscheinlich ein Mann aus der Türkei, den Roza noch nie zuvor gesehen hat. Es ist genau wie bei ihrer Mutter, genau wie Shirin es damals erlebt hatte.«

Axel starrte sie an. »Du denkst, Shirin Talabani hatte die Hochzeit ihrer Tochter verhindern wollen, weil sie ihr dasselbe Schicksal ersparen wollte? Und deswegen musste sie sterben?«

Dachte Wencke das? »Es würde passen. Aber es würde

nichts ändern. Als Täter käme dann immer noch an erster Stelle der Bruder – also Armanc Mêrdîn – infrage. Oder Moah Talabani, aber der hat ein Alibi, soweit ich weiß. Und es erklärt uns noch immer nicht, warum Shirin zumindest im Juni über so viel Geld verfügt hat, dass sie sich eine Reise auf die Malediven und einen gefüllten Kleiderschrank leisten konnte.«

»Gibt es bei den Türken nicht auch eine Art Mitgift? Vielleicht hat Shirin das Geld für die Aussteuer ihrer Tochter auf den Kopf gehauen. Um so die Hochzeit zu verhindern …«

»Die Talabanis waren keine reichen Leute. Immerhin geht es hier um einen fünfstelligen Betrag … Moment mal!« Wencke hielt ein aufgerissenes Kuvert in der Hand, es war aus einem der Hochzeitszeitungen gerutscht und in etwas unbeholfenen Druckbuchstaben adressiert an Moah Talabani, abgestempelt in der Türkei. Die Zeilen im Inneren waren jedoch in einer für sie unverständlichen Sprache verfasst. »Der wird nicht zufällig hier zwischen den Brautkleidern stecken. Ich wette, das ist ein Brief vom Bräutigam. Würde mich interessieren, was er so schreibt.«

»Gib mal her!« Axel gähnte. Man sah ihm an, dass er inzwischen mehr als müde war, blass und mit hängenden Schultern versuchte er, dem Schreiben irgendeinen Sinn abzuringen – aber natürlich konnte auch er es nicht entziffern. »Wencke, es sieht nicht so aus, als ob wir hier weiterkämen. Besser, wir hauen ab, bevor uns doch noch jemand erwischt. Wir hatten bisher mehr Glück als Verstand.«

Es fiel Wencke schwer, ihm recht zu geben. Sie konnten doch nicht aufgeben! Sie war so sicher gewesen, dass die Familie Talabani etwas mit Emils Verschwinden zu tun hatte. Und nun stand sie mitten in der Nacht in einer fremden verlassenen Wohnung und musste sich eingestehen, dass sie nichts, aber auch gar nichts gefunden hatte, was sie ihrem Sohn auch nur ein kleines Stück nähergebracht hätte.

Doch solange ihr Einbruch hier unentdeckt blieb, hatten sie wenigstens nicht das Problem, die Katastrophe noch um juristischen Ärger anzureichern. »Ich werde mir im Bad ein bisschen kaltes Wasser ins Gesicht werfen, dann können wir meinetwegen aufbrechen.«

Sie wagte den Slalom durch das Wohnzimmer, Kerzenwachs tropfte ihr auf die Hand, ließ sie kurz fluchen. Im Bad entschied sie sich, die Deckenleuchte anzuknipsen, schließlich war der Raum fensterlos und niemand würde die Helligkeit bemerken. Die Kühle des Wassers tat gut, der Blick in den Spiegel weniger, sie rieb ihre Wangen. Wenn sie Axel eben noch die Müdigkeit angesehen hatte, von ihrem Aussehen war sie schockiert: Dunkle Ränder unter geröteten Augen, die Schürfwunden an den Händen stammten von ihrem Einsatz in der Blauen Lagune. Sie sah aus, als wäre sie geradewegs durch die Hölle marschiert. Und war sie das nicht tatsächlich?

Sie wischte sich das Gesicht am Uniformärmel trocken, fuhr sich noch einmal mit feuchten Fingern durch das rote Haar, dann hielt sie inne: In der Badewanne zeichneten sich seltsam dunkle Flecken auf der weißen Keramik ab. Wie nachlässig gewischte Schmutzrückstände. Aber wer war denn so schmutzig, dass er die halbe Badewanne versaute? Sie beugte sich herunter, der Geruch kam ihr bekannt vor, chemisch, irgendwie nach Salmiak. Sie fuhr herum, lief zum kleinen Mülleimer, klappte den Deckel hoch. Ein Plastikschälchen, verschmierte Handschuhe, ein Pinsel, eine Flasche, eine Tube und der zerknüllte Zettel, aus dem Skizzen von Frauenköpfen zu erkennen waren: Hier hatte sich vor Kurzem jemand die Haare schwarz gefärbt! Wencke schüttete den Mülleimer aus, verteilte den aggressiv stinkenden Inhalt auf den Fliesen.

»Axel, komm her! Komm sofort her!«

Er stürzte zur Tür herein. Wencke saß am Boden, und er sah irritiert in das Gesicht eines Menschen, dessen Welt soeben in zwei Teile zerbrochen war. Er beugte sich zu ihr herunter, entdeckte das schwarz befleckte T-Shirt, auf dem I LOVE COLORADO stand, und erkannte sofort die dünnen, dunkelblonden Haare, die Wencke in ihren Händen hielt. Dann begann sie, den Namen ihres Sohnes zu rufen. Als ob ihn das zurückbringen würde.

… Schleiern …

Das Faxgerät spuckt zwei Seiten aus. Kurdische Sätze. Mitten in der Nacht, wenn's geht sofort. Wieder kann er nicht Nein sagen. Will er auch nicht.

Erstens hilft er gern, auch um drei Uhr morgens. Zweitens ist es ein Brief, in dem es um die Familie der Frau geht, die er noch immer liebt. Er will wissen, was der Mann aus Istanbul schreibt.

In der Bildungsstätte ist kein Mensch. Er legt das Fax auf den Schreibtisch, das Wörterbuch daneben, dann holt er ein weißes Blatt Papier aus der Schublade, öffnet seinen Füllfederhalter und beginnt mit der Übersetzung. Wort für Wort, Satz für Satz. Und was er liest, macht ihm Angst.

Ich grüße dich, Moah, mein Onkel und Schwiegervater!

Und dir, liebe Braut, möchte ich all meine Ehre überbringen! Diesen Brief habe ich meiner Mutter diktiert, die ihn für mich aufgeschrieben hat.

Es freut mich zu hören, dass du dich voller Eifer auf unseren Tag vorbereitest und nach einem Kleid Ausschau hältst, welches deine Schönheit noch unterstreichen wird. Denn glaube mir, du bist für mich die Schönste unter der Sonne, meine Augen können nicht erwarten, dich zu sehen, wenn ich dein Gesicht von seinen Schleiern befreit habe.

Doch nun zu dem, was meine Familie hier in Istanbul für euch vorbereitet, denn es ist eine Freude, dass alles so kommen wird, wie mein Onkel, dein Vater und ich es bei unserem letzten Treffen besprochen haben. Am ersten Tag des Zuckerfestes treffen wir uns auf dem Platz vor der Sultan Ahmet Camii (Anmerkung Wasmuth: bei Touristen bekannter als Blaue Moschee). Es wird die größte

Hochzeit werden, die es in Istanbul je gab. So viele tausend Menschen, wenn wir uns das Jawort geben. Und Allah unser Zeuge ist.

Bis dahin freue ich mich über jede Stunde, die vergeht und uns einander näherbringt.

In freudiger Erwartung grüßt euer Neffe und Bräutigam

Rafet

Das darf doch nicht wahr sein. Das Zuckerfest ist übermorgen.

Dann also wird die Katastrophe passieren.

Und er steckt mittendrin.

15.

»Wie sehen Sie denn aus?« Boris Bellhorn blieb stehen, stellte seine Fahrradtasche auf den Boden des frisch gewischten Flurs und blickte verlegen durch die offene Tür, als habe er Wencke aus Versehen beim Auskleiden entdeckt.

Schutzlos fühlte sie sich tatsächlich. Ihre Augen brannten vor Müdigkeit und Sorge, das rote Haar klebte auf der Stirn und die verschwitzte Uniform kratzte an allen erdenklichen Stellen. In diesem Zustand würde sie unter Karsten Völkers Hilfstrupp vom Hauptbahnhof überhaupt nicht auffallen.

Den Rest dieser entsetzlichen Nacht hatte Wencke hier in ihrem Büro verbracht, erst wartend vor dem Faxgerät, aus dem gegen fünf Uhr dann Wasmuths Übersetzung des Briefs gerauscht war. Schließlich hatte sie zwei Stühle zusammengeschoben, die Beine hochgelegt und sich den Kopf zermartert, wie die Dinge zusammenhingen, warum sie nicht auf die Lösung kam und was sie verdammt noch mal unternehmen sollte. Bis auf schmerzende Knochen und pochende Schläfen hatte es aber nichts gebracht. Und so sehr sie seit gestern Abend versucht hatte, jeden Gedanken an Emil möglichst weit, weit von sich wegzuschieben, um sich von ihrer Angst nicht überwältigen zu lassen, so kontinuierlich hatten diese Gedanken im Hintergrund wie Sägen an ihrer Verfassung gewirkt, hatten die Nerven dünner und dünner werden lassen, es fehlte nicht viel, und sie würden zerreißen.

»Kann ich Ihnen helfen?« Bellhorn blieb in der Tür stehen. »Stress mit der Kosian?«

»Guten Morgen, Boris«, antwortete diese statt Wencke und beugte sich vor, sodass Boris Bellhorn sie auf dem Stuhl gegenüber des Schreibtischs sitzen sehen konnte. Wenckes Vorgesetzte war schon seit einer halben Stunde im Dezernat, sie war gleich losgeeilt, als sie telefonisch von den Vorfällen der Nacht erfahren hatte. Trösten war zwar nicht gerade ihre Stärke, doch die Geschäftigkeit, mit der die Kosian dieses Defizit zu überspielen versuchte, war Wencke bei Weitem angenehmer, als bemitleidet zu werden. Kosian rutschte ein zynisches Lachen über die Lippen. »Stress mit der Kosian, den hatte unsere Kollegin Tydmers vielleicht bis gestern. Jetzt ist sie in größten Schwierigkeiten.«

»Was ist passiert?« Bellhorn wagte sich jetzt ganz herein, etwas schüchtern, wie es seine Art war, und setzte sich auf die Schreibtischkante.

»Mein Sohn Emil ist verschwunden. Seit vierzehn Stunden. Wir haben alles, aber auch alles versucht, ihn zu finden. Aber er ist weg.« Die Tränen, die Wencke über das Gesicht liefen, bemerkte sie kaum noch, während sie ihrem Kollegen mit zunehmend brüchiger Stimme erzählte, was seit seinem Feierabendgruß gestern Abend passiert war.

»Mein Gott. Und was jetzt?«, fragte Bellhorn, nachdem seine anfängliche Ungläubigkeit in Entsetzen umgeschlagen war.

Kosian übernahm für Wencke. »Die Kollegen von der Vermisstenabteilung tun selbstverständlich, was sie können. Sie stehen in Kontakt mit den Fluggesellschaften. Tatsächlich sind die Kinder Roza und Azad Talabani gestern Abend mit Turkish Airlines von Hannover nach Istanbul geflogen. Weitere Nachforschungen haben jedoch ergeben, dass Moah Talabani mit seiner Schwester einen Airberlin-Flug ab Hamburg genommen hat, ebenfalls in Begleitung eines Jungen namens Azad Talabani.«

»Wie bitte?«

»Es gibt dafür nur eine Erklärung: der Junge hat als gebürtiger Deutscher und Kind türkischstämmiger Eltern zwei Staatsangehörigkeiten. Also auch zwei Pässe. Und da die Flieger nahezu zeitgleich unterwegs waren und die Speicherung der Personalien immer etwas verzögert ins Zentralnetz geht, gab es bei der Passkontrolle keine Auffälligkeiten.«

»Und Sie denken, dass ein Azad Talabani in Wirklichkeit Ihr Sohn …«

Wencke nickte. »Das T-Shirt im Haus der Talabanis, das Haarfärbemittel, die abgeschnittenen Strähnen, dazu die Unordnung, wahrscheinlich hatte man in aller Eile nach Azads zweitem Pass gesucht … Es passt alles zusammen, und ich wüsste nicht, welchen anderen Schluss man ziehen sollte.« Sie musste sich gewaltig zusammennehmen, um halbwegs ruhig zu bleiben. Wencke hatte diese Geschichte in der Nacht schon so viele Male erzählen müssen, dass sie wie ausgeleiert war. Jetzt konnte und wollte sie einfach nicht mehr, auch wenn sie spürte, dass Bellhorn und Kosian ihr ganz offensichtlich nicht nur professionelles Interesse entgegenbrachten, sondern aufrichtiges Mitgefühl. Wencke war davon tatsächlich ein wenig gerührt.

Es war kein Problem gewesen, sofort einen Sonderurlaub auf unbestimmte Zeit genehmigt zu bekommen, selbst wenn Wencke erst seit zwei Wochen hier arbeitete und zugegebenermaßen nicht gerade ein sonderlich freundschaftliches Verhältnis zum Rest des Teams aufgebaut hatte. Die Startschwierigkeiten schienen vergessen, alle Abteilungen des LKA legten sich ins Zeug, wenn es um eine Kollegin ging, egal, wie lange sie schon dazugehörte.

Man sah Bellhorn an, dass er ehrlich schockiert war. Trotzdem versuchte er sofort, mit klarem Kopf an die Sache heranzugehen. »Haben Sie denn irgendeine Ahnung, wer oder was dahinterstecken könnte? Eine Forderung wie beim klassischen Kidnapping ist ja noch nicht eingegangen, oder?«

»Die brauchen mir nichts mitzuteilen, ich kenne die Forderung: Sie wollen verhindern, dass an dem Fall Shirin Talabani weiter gerüttelt wird.«

»Und? Was werden Sie tun?«

Ja, was sollte sie tun? Das war die quälende Frage, über die sie sich den Kopf zerbrochen hatte – so lange, dass es sich jetzt anfühlte, als bestünde ihr Schädel aus einem einzigen Scherbenmosaik. »Ich werde nach Istanbul fliegen. Um halb zwölf.«

Die Kosian stieß die Luft aus. »Und wo wollen Sie anfangen zu suchen? Vielleicht machen Sie sich falsche Vorstellungen von dieser Metropole. Ich war vor drei Jahren das letzte Mal dort. Istanbul hat fast so viele Einwohner wie London, Paris und Berlin zusammen. Und da glauben Sie ernsthaft, einen kleinen Jungen zu finden?«

Wencke ließ die Bemerkungen, aus denen eine Mischung aus Spott und Mitleid klang, so gut es ging an sich abtropfen. Wenn sie jetzt und hier schon begann, die Hoffnung zu begraben, wie sollte sie dann in der Türkei noch die Kraft aufbringen, weiterzumachen? »Es wird diese Hochzeit in der *Sultan Ahmet Camii,* der Blauen Moschee, geben. Insofern besteht eine realistische Möglichkeit, Zeitpunkt und Ort einer Begegnung mit der Familie einzukreisen. Ehrlich gesagt: es ist die einzige Chance, die ich habe.«

»Frau Tydmers. Wir sind ganz und gar auf Ihrer Seite und

unterstützen Sie nach Kräften. Aber ich bitte Sie: Tun Sie nichts Unüberlegtes. Ich weiß, dass ich Sie nicht zum Däumchendrehen verdammen kann, aber Sie müssen das Ganze mit möglichst klarem Kopf angehen«, gab die Kosian zu bedenken.

»Wie wollen Sie sich verständigen? Auch wenn Istanbul eine sehr moderne Stadt ist, nicht jeder spricht Deutsch oder Englisch.«

»Peer Wasmuth wird mich begleiten.«

»Wasmuth?«

»Der Mann von Kiffen.« Wencke registrierte die Irritation ihrer Kollegen. »Christlich-Islamische-Freundschaft-Nord. Ein Bekannter des Mordopfers. Er kennt sich aus mit Land und Leuten, spricht fließend Türkisch und Kurdisch, und er hat sofort zugesagt.«

»Also dann. Ich drücke Ihnen die Daumen«, sagte die Kosian und schüttelte den Kopf. Dieser Satz klang zwar noch immer etwas blutleer, aber Wencke glaubte zu spüren, dass er doch von Herzen kam, falls diese Frau eines hatte. »Wir bleiben zu jeder Zeit in Verbindung und unterstützen Sie nach Maßgabe. Ich kümmere mich jetzt erst einmal um die Vorwürfe gegen den unfeinen POK Völker. Sollte der Vorwurf der Korruption und der versuchten Manipulation Ihrer Ermittlungen zutreffen, sieht es sehr finster für ihn aus. Halten Sie mich über alles andere auf dem Laufenden.«

Wencke nickte und war ihrer Vorgesetzten fast ein wenig dankbar. »Ist seine Frau inzwischen wieder aufgetaucht?«, fragte sie dann, ohne dass die Antwort sie in diesem Moment wirklich interessiert hätte.

»Sie hat sich heute früh zurückgemeldet. Nach einem Streit mit ihrem Mann hat sie bei einer Freundin übernachtet. Wie übrigens angeblich auch in der Mordnacht. Ob das Alibi wasserdicht ist, werden wir bald erfahren. Derzeit wird Marina Völker bei den Kollegen der Mordkommission in die Zange genommen.« Tilda Kosian stand auf, packte die Notizen zusammen, die sie während des Gesprächs gemacht hatte und ließ noch einmal ihren unvergleichlichen Befehlston hören. »Frau Tydmers, Sie werden in Istanbul ständig erreichbar sein und Bericht erstatten, hören Sie? Keine Alleingänge. Haben Sie inzwischen ein Ersatzhandy?«

»Mein Bekannter … mein Freund Axel Sanders wird mir bis zum Abflug irgendein Gerät mit Prepaidkarte besorgen.«

»Gut! Dann melden Sie sich, sobald Sie angekommen sind und bevor Sie fliegen, hinterlassen Sie Ihre neue Rufnummer, verstanden?«

Als sie außer Hörweite war, hob Bellhorn mit hilfloser Geste die Arme. »Vielleicht wäre sie beim Militär auch ganz gut aufgehoben gewesen …«

»Schon okay. Heute finde ich ihre resolute Art geradezu wohltuend.«

»Wenn ich Ihnen irgendetwas abnehmen kann …« Man sah ihm an, dass er bemüht war, sich nicht aufzudrängen. »Ich könnte schon mal dieser Sache mit dem Geld nachgehen. Woher hatte Shirin Talabani so viel Bares? Wen wollte sie auf ihre Luxusreise mitnehmen, und so weiter.« Er seufzte. »Ich weiß, in Ihren Ohren klingt das jetzt natürlich nach Nebenkriegsschauplatz – aber wenn ich mich schon nicht direkt auf die Suche nach Ihrem Sohn machen kann, könnte ich ja vielleicht wenigstens dafür sorgen, dass wir mehr über die ganzen Zusammenhänge erfahren und dann besser verstehen …«

»Das wäre wirklich …«, Wencke schluckte. »Ich wäre Ihnen sehr dankbar.«

»Keine Ursache«, gab Bellhorn zurück, versuchte ein aufmunterndes Lächeln und nahm seine Fahrradtasche. »Sie könnten in der Zeit bis zum Flug doch auch nach Hause fahren und sich ein bisschen auf die Reise vorbereiten?«

»Nein, kann ich nicht«, erwiderte Wencke kraftlos. »Das

halte ich nicht aus. Ich kriege ohnehin kaum einen Schritt vor den anderen. Keine Ahnung, wie ich den Tag überstehen soll.«

»Indem Sie ihm begegnen«, antwortete er, obwohl sie das gar nicht von ihm erwartet hatte. Dann ließ er sie allein.

Dem Tag begegnen, der hatte gut reden. Wencke stand auf, nach Stunden zum ersten Mal, streckte ihre schmerzenden Glieder – eine Quittung für die ungewohnte Schwimmstunde des Vortages, dann öffnete sie das Fenster und ließ sich die frühmorgendliche Luft ins Gesicht wehen. Die Glocken der Marktkirche verrieten, dass es acht Uhr war. Schulbeginn, dachte sie. Heute hätten sie in der ersten Stunde Sport, Emil liebte es, Fußball zu spielen. Aber stattdessen waren heute bereits die Kollegen vom Kriminaldauerdienst in der Klasse und befragten die Kinder nach Emil. Hat einer von euch etwas beobachtet? Hat Emil gesagt, wo er nach der Schule hingeht? Sind euch unbekannte, verdächtige Personen aufgefallen?

Ja, da waren schwarze Männer mit schweren Waffen, sie haben sich Emil geschnappt, er hat nach seiner Mutter gerufen, aber die war mal wieder zu spät.

Mach dich nicht verrückt, Wencke.

In diesem Moment waren geschätzte hundert Menschen beschäftigt, Emil zu finden. Trotzdem fühlte sich Wencke, als wäre sie ganz allein auf der Welt.

Daran änderte auch das Wissen nichts, dass Axel alles für sie tun würde. Er war in ihrer Wohnung, hatte nach ihren genauen Anweisungen die wichtigsten Sachen gepackt und würde sie in einer Stunde zum Flughafen bringen. Er selbst blieb in Hannover, hielt die Stellung, falls alles irgendwie doch nur ein Missverständnis und Emil in Deutschland geblieben wäre. Obwohl – diese Möglichkeit zog inzwischen niemand mehr ernsthaft in Betracht.

Das Telefon klingelte. Es war die Anwaltskanzlei. Papatya, das Vorzimmermädchen, berichtete mit gepresster Stimme, dass Kutgün Yıldırım zwar außer Lebensgefahr, aber immer noch nicht ansprechbar sei.

»Ich war die ganze Nacht in der Klinik. Wissen Sie, Frau Yıldırım hat ja keine Familie, ihre Arbeit als Anwältin ist ihr Ein und Alles, deshalb dachte ich …, weil wir ja so eng zusammenarbeiten … Ich konnte den Gedanken nicht ertragen, dass sie ganz allein dort in ihrem Krankenbett liegt und vielleicht aufwacht, und niemand ist da, deswegen bin ich zu ihr.«

»Wie geht es ihr?«

»Die Ärzte sagten, sie hätte recht heftige Herzrhythmusstörungen und man musste sie am frühen Morgen an so ein spezielles Gerät anschließen.«

»Ist sie schon einmal aufgewacht? Kann sie sprechen? Ich meine, vielleicht hat Ihre Chefin einen Hinweis auf diesen Informanten geliefert …«

»Heute so gegen drei Uhr, da habe ich erst gedacht, sie kriegt was mit, aber der Arzt hat das anders gesehen. Vielleicht war es nur meine Einbildung, meine Hoffnung. Es ist schrecklich, diese starke Frau da so liegen zu sehen …« Tatsächlich schluchzte die junge Anwaltsgehilfin in den Hörer.

»Hat sie denn etwas gesagt?«

»Na ja, ich habe kaum etwas verstanden. Aber ich glaube, sie hat versucht, mir etwas zu sagen. Wenn ich sie richtig verstanden habe, sagte sie ›zwei Mann‹.«

»Zwei Mann?« Wencke dachte kurz nach. »Könnte sie gemeint haben, dass ein zweiter Mann im Mergelbruch war?«

»Ach, ich weiß es nicht. Ich bin todmüde, wissen Sie, es kann sein, dass meine Chefin wirklich einen Hinweis geben wollte. Es kann aber auch sein, dass es nur ein Hirngespinst war, von mir oder von Frau Yıldırım.«

»Ich danke Ihnen trotzdem für die Nachricht. Sagen Sie bitte hier im LKA Bescheid, wenn sich etwas Gravierendes ergibt?«

Papatya versprach, dies zu tun, dann legte sie auf.

Dies waren nicht gerade die Informationen, die man brauchte, wenn man dem Tag begegnen wollte. Wencke ließ sich wieder auf einen der unbequemen Stühle fallen. Eine Böe vom offenen Fenster wehte die Papiere vom Schreibtisch. Unwichtige Papiere. Jetzt, in diesem Moment, schien Wencke alles unwichtig zu sein, was sie nicht von ihrer allumfassenden Angst um Emil befreite, die sie fast verschlang. Statistiken über Verbrechen, pah! Tabellen, in die man Schicksale gequetscht hatte. Zahlenreihen, die etwas über Verzweiflung, Brutalität, Angst und Tod verraten sollten, aber eben doch nur Zahlenreihen waren. Ihre Mutter hatte recht gehabt, sie hatte sich hier einen jämmerlichen Job ausgesucht. Man konnte das Unfassbare nicht katalogisieren. Zu dumm, dass man das nur verstand, wenn man selbst betroffen war.

Ohne aufzustehen, angelte sie nach einem der Papiere.

Es war Shirin Talabanis Lebenslauf, den Wencke studiert hatte, als sie noch nichts vom nahen Tod der Kurdin wusste. Älteste Tochter von Özgür und Nur Mêrdîn. Geschiedene Ehefrau von Moah Talabani. Mutter von Roza und Azad und einem nie geborenen Kind. Schwester von Meryem und Armanc. Schülerin von Peer Wasmuth. Geliebte von Karsten Völker.

Geboren in Deutschland. Gestorben in Deutschland. Heute im Sarg unterwegs Richtung Türkei. In ihre Heimat. Wo niemand auf sie wartete.

Wencke ließ das Blatt wieder los, es segelte in die Zimmerecke.

Wartete wirklich niemand auf Shirin? Was war mit der Schwester, die angeblich in der Türkei für die Kurden kämpfte?

Wencke fuhr den PC hoch, tippte Meryem Mêrdîn in die Suchmaske des LKA, erhielt aber keinen Treffer. Dann versuchte sie es mit dem »Kampf um das Dasein Kurdistans«.

Eine lange Aufzählung verschiedener Terroranschläge breitete sich auf dem Bildschirm aus. Viel sei über diese Gruppierung nicht bekannt, bemängelte das Außenministerium. Die Kämpfer von *kesîbtîya mewcûdbûna Kurdistanê*, abgekürzt *kmK*, hätten sich vom ehemals militanten Arm der PKK abgespalten, da sie dessen Vorgehensweise als zu schwach verurteilten. Sie seien eine Horde fast unsichtbarer Terroristen, versteckt in den Metropolen des Landes, die erst in dem Moment in Erscheinung traten, wenn sie sich mit einem Gürtel voller Sprengstoff in eine Menschenmasse drängten und zu Märtyrern wurden. Die Mitglieder wurden als junge, frustrierte Menschen beschrieben, wortkarg und unter falschem Namen lebend. Sie entschieden sich für ein Dasein ohne feste Familie, ohne Partner, ohne Liebe – außer der zu ihrem Volk –, lebten fast wie im Zölibat. Trotzdem gesellten die meisten sich freiwillig zur Gruppe, oft waren es Studenten oder Frauen, die glaubten, ihr Leben sei durch die Unterdrückung der Türken ohnehin nicht viel wert, es sei denn, sie wehrten sich dagegen. Manche kamen auch aus Deutschland und den Nachbarländern, waren dort geboren, mit westlichen Werten aufgewachsen, um dann Opfer der drastischen Rekrutierungsmethoden zu werden, mit denen die Terroristen überall in Europa für Nachwuchs sorgen.

Meryem Mêrdîn war eine von ihnen, schätzte Wencke.

Auch ein Opfer der Unterdrückung, genau wie ihre Schwestern. Nur wehrte sie sich auf einer anderen Ebene. Wencke wusste zu wenig über den Kampf der Kurden, um sich eine fundierte Meinung gebildet zu haben. Sie wusste nur: Sollten diese Menschen etwas mit Emils Entführung zu tun haben, dann … Nein, so weit wollte, so weit durfte sie nicht denken, sonst würde sie noch völlig durchdrehen.

Sie druckte die Unterlagen aus, es waren mehr als fünfzig Seiten, die das LKA über die neue »Familie« der Meryem

Mêrdîn bereithielt, und die würde sie lesen, sobald sie in der Lage dazu war – denn jetzt gerade war sie wund vor Angst und ausgebrannt vor Müdigkeit, jetzt könnte sie noch nicht einmal das ABC aufsagen.

Allmählich musste sie sich auf den Weg zum Flugplatz machen, wo Peer Wasmuth auf sie wartete. Zuvor wollte sie noch zu den Postschließfächern, dort würde sie auch auf Axel treffen. Und schon heute Nachmittag landete sie in Istanbul.

Sie packte die Papiere in einen Stoffbeutel und machte sich auf den Weg. Dass sie dabei mit den Gedanken schon wieder ganz woanders war, sich mit Ängsten und Selbstvorwürfen beschäftigte, statt sich zu konzentrieren – und deswegen die Schriften über *kmK* auf dem Schreibtisch liegen ließ, war unbeabsichtigt. Und fatal.

... fallen ...

Das Brummen des Motors erobert die Stille der morgendlichen Steppe. Niemand spricht ein Wort. Vier schweigende Frauen in einem Jeep. Eine davon ist Zeynep.

Disteln und Dornpolster sind das einzige Grün, seit Stunden schon. Fast ein bisschen traurig.

Aber Tränen gibt es hier nicht. Auf Tränen folgt Blut, hat ihr Kommandeur gesagt. Wer sein Herz zeigt, der muss damit rechnen, dass es bald zu schlagen aufhört.

Eine Schwester hat sie schon lange nicht mehr. Also gibt es auch keinen Grund, um sie zu trauern. Knapp war die Nachricht bei der letzten Rast in Ankara vom Kommandanten überbracht worden. So knapp, als wäre sie gar nicht richtig ausgesprochen, gar nicht wirklich passiert.

Es ist egal. Es muss egal sein.

Das hier ist wichtiger als die Menschen, mit denen sie groß geworden ist. Ohnehin ist sie nicht mehr dieselbe, trägt einen anderen Namen, andere Kleidung, andere Ziele in sich.

Damals hat sie geliebt. Ihre Eltern, ihre Schwester, ihren Bruder. Und einen Mann, den ihre Angehörigen nie geduldet hätten. Kein Moslem, kein Kurde, sondern ein Deutscher ohne Geld. Er hätte sie vielleicht in Sicherheit gebracht vor der tobenden Familie. Aber nur für kurze Zeit. Es wäre ein unfreies Leben gewesen.

Unfreiheit bedeutet Schleier und Heirat und Unterwerfung. Oder offenes Haar und Heirat und ständige Flucht. Es hatte keine Lösung gegeben.

Außer der, sich *kmK* anzuschließen.

Hier war die Liebe gänzlich verboten.

Und wo es keine Liebe gab, gab es auch keinen Schmerz.

Er hat sie verstanden – vielleicht sogar bewundert – und gehen lassen. Fallen lassen in eine Welt, die man Untergrund nennt. Über viele geheime Wege sind sie noch immer miteinander verbunden. Ohne Namen und Worte, ohne Berührung ist er weiterhin ihr Mann. Weil er den Kampf unterstützt. Den Kampf gegen die Unfreiheit.

Dafür wird sie ihm immer dankbar sein. Sie, Zeynep.

Meryem, die Frau mit dem Herzen, gibt es nicht mehr.

Seit zwei Tagen sind sie unterwegs. Der Geländewagen sucht sich Wege, die noch nie von vier Reifen passiert wurden, damit sie geschützt sind vor den Augen des Feindes, der alles zu kontrollieren versucht. So reisen sie quer durch das Land, das es zu erobern gilt. Die Hügel sind staubig, doch sie meiden die Straßen. Die aufgehende Sonne glüht schon jetzt über ihren Köpfen, aber keine von ihnen trägt einen Schleier. Das Wasser geht bald zur Neige, egal, zum Rasten an einer Quelle fehlt die Zeit. Früher hätte sie das nicht durchgehalten. Heute verschwendet sie keinen Gedanken mehr an das, was wehtut.

Ein menschliches Herz ist nichts im Vergleich zum Puls einer Kultur, der zu versiegen droht, hat der Kommandant gesagt.

Er hält die Karte in der Hand. Bald sind sie am Ziel. Ihre Warnungen hatten sie deutlich formuliert: Wer sich am Zuckerfest in die großen, schönen Städte wagt, für dessen Leben wird keine Verantwortung übernommen. Mit dem Geld, das die Regierung durch den Tourismus einnimmt, wird ein schmutziger Krieg gegen die Kurden finanziert. Mitleid kann man nicht erwarten.

Nicht nach all dem, was sie ihrem Volk angetan haben.

Doch es ist ihnen nicht gelungen, den Stolz zu brechen. Die kurdische Frau lässt sich nicht mehr unterdrücken, die hat den Schleier fallen lassen und zur Waffe gegriffen, um sich das Land zu nehmen, in dem sie in Freiheit leben kann.

Zeynep denkt an Shirin. »Ich tue es für dich, Schwester«, flüstert sie, und niemand hört es, denn der Motor ist tausendmal lauter.

Das Zeug, das gut verpackt unter den Bodenplatten des Jeeps liegt, wird sie sich schon bald um den Leib binden. Dann wird ihr Herz zerreißen und sie selbst wird unsterblich werden. Und frei.

16.

Sie hätte auch jemand anderen hierhin gehen lassen können, klar. Die richterliche Befugnis zur Öffnung des Postfachs hatte Bellhorn ihr innerhalb einer Dreiviertelstunde besorgt und gleichzeitig angeboten, einen Mitarbeiter zu schicken.

Trotzdem fuhr sie selbst zum Postamt am Weidendamm und besorgte sich mit dem Juristen-Wisch in der Hand den Ersatzschlüssel zum Fach 387628. Es war reine Ablenkung, Wencke hielt es weder im Büro noch zu Hause noch allzu frühzeitig am Flugplatz aus, und das Öffnen der Reisebüro-Post versprach ein ungefährliches Unterfangen zu sein.

Einige mannshohe Regale, von oben bis unten in verschieden große, graue Schließfächer aufgeteilt, reihten sich in der Poststelle aneinander. Shirins Fach hatte das kleinste Format und man musste in die Knie gehen, um dranzukommen. Wencke steckte den Schlüssel in die runde Öffnung, drehte ihn, stellte das Metalltürchen auf und spähte hinein. Es lag tatsächlich nur dieser eine Brief vom Reisebüro darin. Ein wenig enttäuscht war Wencke schon, sie hatte insgeheim gehofft, vielleicht einen Hinweis zu finden, eine Adresse, einen Kontakt, irgendwas eben, das sie schneller zu Emil bringen könnte.

Der Brief von *Sunshine Travel* enthielt wie angekündigt die

Reiseunterlagen, die im Juni gebucht worden waren: Zwei Wochen Malediven mit allem Drum und Dran. Doch die Namen, die außer Shirin Talabani auf den Tickets standen, hatte Wencke nicht erwartet. Weder Karsten Völker noch Peer Wasmuth noch sonst ein Mann sollte mit auf Reisen gehen; die Tickets verrieten, dass Shirin mit ihren Kindern ins Palmen-Paradies fliegen wollte, ihre Begleiter waren gebucht als Frau Roza Talabani und Kind Azad Talabani. Was das zu bedeuten hatte, darüber würde sie sich später noch den Kopf zerbrechen. Jetzt musste sie los.

Erst auf den zweiten Blick entdeckte Wencke den kleingedruckten Satz am Ende der Buchungsbestätigung. *Der Gesamtbetrag von 7265,- Euro wird in dieser Woche von Ihrem Konto mit der Nr. 133 144 155-9 abgebucht.* Dahinter fanden sich die Daten der *Welfen-Privat-Bank,* von der Wencke wusste, dass sie mit den Selbstbedienungsschalteranlagen der üblichen Geldinstitute nichts zu tun hatte, sondern in erster Linie Vermögens- und Stiftungsverwaltung betrieb.

Wencke suchte sich den Weg durch das Schließfachlabyrinth nach draußen, wo Axel wie verabredet auf dem Parkplatz auf sie wartete, die gepackten Sachen im Kofferraum. Sie fischte sich eine frische Jeans, ein gelbes T-Shirt und ein weißes, weites Hemd aus der kompakten Reisetasche und begann, sich während der Fahrt auf dem Beifahrersitz umzuziehen. Es war wie eine Wiedergeburt, endlich wieder in Zivil zu sein. Die versiffte Uniform schleuderte sie auf die Rückbank.

»Stell dir vor, Shirin Talabani hatte ein Konto bei der *WPB.* Nobler kann man sein Vermögen in Niedersachsen nicht parken. Dass sie Konten für alleinerziehende Kurdinnen einrichten, ist mir allerdings völlig neu.«

Wencke reichte Axel den Brief und er verstand die Aufforderung, noch heute der Sache nachzugehen.

»Mitten im Schuljahr vierzehn Tage Strandurlaub zu buchen – das macht einfach keinen Sinn«, regte Wencke sich auf. »Und warum hat sie sich das ganze Zeug nicht nach Hause schicken lassen? Wozu diese umständliche Aktion mit dem Reisebüro in Steinhude und dem Postfach in Hannover?«

»Das sieht ziemlich verboten aus.« Kurz dachte Wencke, Axel spräche von ihren Brüsten, die eine Sekunde bloß lagen, bevor sie sich den sonnenfarbenen Baumwollstoff darüber schob. Doch sein Blick war auf die Tickets gerichtet. »Sie wollte nicht, dass diese Tickets jemandem in die Hände fallen, der die Reise verhindern könnte. Der Trip in den Indischen Ozean musste top secret bleiben.«

Wencke verstand. »Du meinst, es könnte sich um eine Flucht handeln? Sie kauft Urlaubstickets auf die Malediven, von dort startet sie dann meinetwegen nach Südafrika, schließlich weiter, nach Skandinavien oder wohin auch immer. Menschen, die wirklich verschwinden wollen, verwischen auf diese Weise ihre Spuren.«

»Eine ziemlich kostspielige Angelegenheit für drei Personen.«

»Im Juni schien Geld ja kein Problem gewesen zu sein.«

»Und wovor musste sie mit ihren Kindern flüchten?«

»Die anstehende Zwangsheirat vielleicht ...« Nachdem Wencke einen Moment ihre Theorie überdacht hatte, schüttelte sie den Kopf. »Wenn sie Roza das Schicksal ersparen wollte, dann hätte sie einfach nur zum Jugendamt oder ins Frauenhaus gehen müssen. Besonders nach der Vorgeschichte in der Familie hätte man ihnen Schutz geboten, und Rozas Vater Moah Talabani, sollte er weiter auf einer Zwangsheirat bestehen, hätte schneller das Sorgerecht verloren, als er bis zehn zählen könnte. Dann wären sie außer Gefahr gewesen. Nein, es gab einen anderen Grund, im großen Stil abzuhauen. Sie hatte Angst.«

Sie bogen Richtung Flughafen ab, direkt vor ihnen stieg eine Maschine langsam in den Himmel.

Axel griff in seine Jackentasche und zauberte ein Handy hervor, es war ein grauenhaft pinkfarbenes, eiförmiges Plastikmonster. »Ich dachte mir, ein solches Teil wird dir bestimmt nicht geklaut im Moloch Istanbul. Du hast ein Guthaben von hundert Euro, deine neue Telefonnummer habe ich dir auf den kleinen Zettel geschrieben, der in der vorderen Tasche steckt, ebenso die Nummern von Kosian, Bellhorn, Wasmuth, deiner Mutter und den anderen Leuten, die alle wissen wollen, wie es dir geht.« Er grinste sie an. »Meine eigene natürlich auch. Dann brauchst du nicht mehr bei mir zu Hause anzurufen ...«

Wencke hielt kurz die Luft an und schluckte. Die Wörter blieben trotzdem hartnäckig in ihrem Halse stecken.

»Keine Sorge, sie hat keinen ... ach, scheiße, wie soll ich das ausdrücken? Keinen Verdacht geschöpft? Klingt so albern.« Fast hätte Axel die Abzweigung zum passenden Terminal verpasst, er bremste scharf und schnitt einen Sportwagen, als er sich in die Ausfahrt klemmte. »Es wäre mir lieber, wenn Kerstin nichts erfährt ... von uns ...«

»Schon klar.« Von uns? War da denn etwas, was man so nennen könnte?

Links und rechts erhoben sich die Betonschnecken der Parkhäuser, auf Werbeflächen wurden Reiseversicherungen, Hotelketten und Mietwagenfirmen angepriesen.

Kurz dachte Wencke an Emil, auch wenn es wehtat und sie sich fest vorgenommen hatte, die Sorgen um ihn zu verdrängen, bis sie in der Lage war, tatsächlich etwas zu unternehmen. Ob er gestern Abend auch auf dieser Strecke unterwegs gewesen war? Was hatte er gedacht? Oder war der Flughafen an ihm vorbeigerauscht, weil er benommen war von der Angst – oder von Rozas Tabletten?

Was hatten Shirins Kinder in diesem Moment von diesem fremden Jungen gehalten – mit schwarz gefärbtem Haar und in Azads Klamotten? In dieser Familie wurde etwas vertuscht, und alle machten mit, auch Roza und Azad. Sie hielten zusammen, jeder für jeden, egal, was verlangt wurde.

Es ist anders als bei uns, stellte Wencke fest, wo man sich verliebt in einen Mann, der Frau und Kind hat und diese niemals verlassen wird, weswegen es kein Wir gibt und niemals geben wird. Wo man froh ist, die nervende Mutter vom Sofa zu jagen, auch wenn man dann das eigene Kind ganz allein versorgen muss. Denn alles ist wichtiger als ein erfülltes Familienleben, jeder macht sein eigenes Ding, keiner mischt sich ein, auch dann nicht, wenn alles auseinanderbricht.

Was ist besser, fragte sie sich. Wäre in einer kurdischen Familie auch der Sohn entführt worden, ohne dass ein Mensch es mitbekommen hätte? Die Antwort war frustrierend. Wäre Wenckes Mutter nur zwei Tage länger geblieben …

Axel quetschte sein Auto in eine schmale Parkbucht vor dem Terminaleingang. Nur zum Entladen des Gepäcks, mahnten Hinweisschilder, und die Ordnungsbeamten gierten schon auf dem Gehsteig nach Parksündern. Es musste schnell gehen. Die Tasche aus dem Wagen, die Online-Buchung in die Hand, ein Blick in die Papiere, alles dabei. Wencke fühlte sich wie im Zeitraffer, die Sekunden flogen ihr um die Ohren, sie wollte nur weg hier, endlich nach Istanbul, endlich zu Emil … Bis sie jäh gestoppt wurde, von Axel, der sie in den Arm nahm, der eine Hand in ihren Nacken schob und mit der anderen zärtlich über ihre Wange strich.

»Wencke Tydmers, warum bist du nur so stur!« Sein Lächeln rutschte ihm fast aus dem Gesicht. »Wenn ich nicht ganz genau wüsste, dass es sinnlos ist, würde ich dich bitten, hierzubleiben und mich auf die Suche zu schicken!«

»Glaubst du etwa, ich werde es vermasseln?«

»Nein, wenn es jemand schafft, dann bist du es. Das war es nicht, was ich gemeint habe.«

»Sondern?«

»Ich habe ein Scheißgefühl bei der Sache.«

»Du und Intuition?«

»Wenn ich mir vorstelle, dass dir da was passiert …« Er seufzte, und es war offensichtlich, dass er es nicht so schnell schaffen würde, diesen Satz zu beenden.

»Darf ich Sie bitten, den Wagen jetzt wegzufahren? Wir stellen solche Schilder nicht zum Spaß auf!« Fast schien es, als habe der Parkwächter nur auf den unpassendsten aller Augenblicke gewartet, um endlich einzuschreiten.

Axel ließ die Hände sinken und guckte, als wäre er eben mit kaltem Wasser übergossen worden. »Pass auf dich auf!«, brachte er noch hervor. Dann vernahm Wencke ein Flüstern. Es konnte alles geheißen haben. Es tut mir leid – Ich mache mir Sorgen – oder vielleicht auch: Ich liebe dich.

Nein, sie will nicht anders sein.

Außer heute. Da verwünscht sie ihren Stolz.

Ja, die Tydmers hat recht gehabt. Von Anfang an. Recht gehabt.

Es fällt ihr schwer zu arbeiten, doch sie macht weiter. Pflichtbewusstsein.

Sie funktioniert. Manchmal wäre es ihr lieber, weniger diszipliniert sein zu können. Dann würde sie wütend sein, nachtragend, vielleicht ein bisschen neidisch. Doch derlei Gefühle gestattet sie sich selten. Im Beruf nie. Da funktioniert sie reibungslos.

Was sie bislang in Erfahrung gebracht hat, sind bestenfalls Puzzleteile. Sie hat alles auf einen Zettel geschrieben, den sie nun auf Tydmers' Schreibtisch legt. Neben einen Stapel ausgedruckter Unterlagen, LKA-Infopool, heutiges Datum. Ein Blick auf das Deckblatt. Worüber hat die Tydmers sich schlaugelesen? PKK …

Sie hält die Luft an. Dieses Gefühl, Adrenalin.

Es gibt seit gestern eine Warnung. Eine Mail vom Auswärtigen Amt, höchste Alarmstufe!

Touristenorte und Großstädte in der Türkei sind zu meiden. *KmK* demonstriert nach Ende des Ramadan gegen die Unterdrückung. Mit aller Gewalt.

Insiderinfos. Panikmache nutzt schließlich niemandem etwas.

Einige der Terroristen kommen aus dem Großraum Hannover, das ist kein Geheimnis. Aus Isernhagen. Aus Garbsen. Aus Wunstorf. Bislang hat sie den Zusammenhang nicht gesehen.

Auch jetzt zögert sie, daran zu glauben. Ein Zusammenhang? Zufall?

Sie blättert in den Papieren. Sehen ungelesen aus. Ist die Tydmers noch nicht zu gekommen. Und von der Mail weiß sie wahrscheinlich auch nichts.

Was hat die Tydmers gestern, im ganzen Wirrwarr, kurz – fast beiläufig – erwähnt?

Die Schwester der toten Kurdin ist in den Untergrund gegangen. Nicht wenige werden in Deutschland rekrutiert. Die schicken ihre Leute in deutsche Discos, in hiesige Moscheen, zu entsprechenden Kulturvereinen. Um Soldaten zu suchen für einen aussichtslosen Kampf. Und sie finden immer welche. Frustrierte Jugendliche sind leichte Beute, wenn man ihrem Leben einen Sinn verspricht. Die gehen dann in die Fremde, ändern ihre Namen, verwischen alle Spuren. Und töten unschuldige Menschen im Namen der Freiheit.

Sie hat Feuer gefangen. Sie spürt, nein, sie ist überzeugt, hier etwas Entscheidendes zu finden. Nie ist sie bei der Arbeit so aufgeregt gewesen. Ganz was anderes als diese Theorie, diese Fallanalyse, dieses Balancieren mit Eventualitäten. Obwohl sie noch immer zögert, es zuzugeben.

Das Telefon klingelt. Sie nimmt ab.

Die Anwaltsgehilfin will dringend Wencke Tydmers sprechen. Ihre Chefin ist zu sich gekommen und hat einen Namen genannt. Kaan Badili soll am Mergelsee gewesen sein.

Natürlich ist der Name ein Begriff, der Fall ging bundesweit durch die Presse. Kaan Badili, der mit allen Mitteln für die Freiheit Kurdistans kämpfte, darf in Deutschland bleiben. Asylrecht. Skandal. Seine Anwältin hieß Kutgün Yıldırım.

Er hat sie also wieder getroffen. Gestern Abend am See.

Doch er war nicht allein, berichtet die Anwaltsgehilfin. Den anderen Mann kannte Yıldırım nicht, sie kann ihn aber beschreiben.

Danke für diese Information, sagt Tilda Kosian zu der aufgeregten Person und unterbricht die Verbindung. Dann atmet sie tief durch. Das ist … eine Riesensache.

Sie starrt auf die Uhr an der Wand. Sie müssten jetzt im Landeanflug sein. Sie kann sich kaum gedulden. Sie muss die Tydmers warnen.

Ein Anschlag, womöglich in Istanbul. Und es gab zweifelsfrei eine Verbindung zwischen den Drahtziehern und ihrem Fall hier in Hannover. Ein Unbekannter schreckt vor Mord nicht zurück. Laut Yıldırıms Beschreibung ist er groß, schlank, blass, blond.

Und Wencke Tydmers hat von all dem noch keine Ahnung.

17.

Als Wencke erwachte, erstreckte sich unter ihr eine andere Welt. Aus den grünen, rechtwinkligen Feldern war eine gelbbraun gepunktete Landschaft geworden, felsig an einigen Stellen, ein dürrer Fluss mäanderte sich hindurch.

»Ich muss eingeschlafen sein«, stellte sie verwundert fest, und es fühlte sich unpassend vertraut an, in diesem Moment ausgerechnet neben Peer Wasmuth zu sitzen, der wie immer in bleiches Beige gehüllt war und sich die Zeit mit dem Lösen komplizierter Sudokus vertrieben hatte.

Sie fuhr sich durch das zerzauste Haar, rieb sich etwas Leben ins Gesicht und gähnte. Es hatte gutgetan, diese zwei Stunden zum Nichtstun verurteilt gewesen zu sein. Jetzt ein Kaffee und eine kühle Dusche, dann wäre sie dem, was sie erwartete, vielleicht gewachsen.

»Rechtzeitig zum Landeanflug haben Sie die Augen geöffnet.« Wasmuth zeigte aus dem Fenster. »Sehen Sie, wir sind bereits über dem Marmarameer, und da hinten können Sie die Schwarzmeerküste erkennen.«

Wencke schluckte den Druck auf den Ohren weg. Eine Durchsage, die weder auf Englisch und schon gar nicht auf Türkisch zu verstehen war, ließ die Lautsprecher scheppern, und die stark geschminkten Stewardessen kontrollierten, ob die Gurte angelegt waren.

Weit unten wirkten die ersten Häuser der Stadt wie farblose Legosteine. Soweit Wenckes Blick reichte, erhoben sich Quader vom Grund, Wohnsiedlungen wie eckige Pilze auf staubiger Erde. Zum ersten Mal begriff sie ansatzweise, wie riesig diese Stadt war. Ihr Optimismus, in einer Zwölf-Millionen-Metropole einen sechsjährigen Jungen zu finden, schrumpfte antiproportional zu den gigantischen Ausmaßen Istanbuls.

»Und wir sehen in diesem Moment nur den europäischen Teil«, ergänzte Wasmuth, als habe er ihre Gedanken erraten. »Nach Nordosten hin erstreckt sich der größte Teil der Stadt. Sie wächst stündlich. Man muss sich nur vorstellen: Jeder siebte Türke lebt in Istanbul.«

»Das will ich mir lieber nicht vorstellen …«

»Viele Gegenden Anatoliens sind geradezu entvölkert, denn alle zieht es an den Bosporus. Das Gesetz sagt, alles, was ein Dach hat, darf nicht mehr abgerissen werden. Also kommen die Menschen aus Anatolien in der Nacht, rufen alle ihre Freunde und Verwandten zusammen und bauen bis zum nächsten Morgen ein Haus. Manchmal ist es eher ein Dach auf Stelzen, aber egal, sie haben dann das Recht, dort zu leben. Siedlungen, die auf diese Art entstanden sind, nennt man *Gecekondus,* was so viel bedeutet wie »über Nacht hingestellt«. Früher herrschten dort slumähnliche Zustände. Heute gehören die ersten *Gecekondus* zu den begehrtesten Wohngegenden dieser Stadt.«

Wencke wollte diese Geschichten gar nicht hören. Schon

vorhin auf dem Hannoveraner Flugplatz hatte Wasmuth sie mit einem nicht enden wollenden Redeschwall bedacht, als wären sie gerade auf dem Weg in ihren Jahresurlaub. Sie hatte ihn einzig und allein deshalb mitgenommen, weil sie allein komplett aufgeschmissen gewesen wäre.

Natürlich hatte sie Bedenken: Peer Wasmuth steckte irgendwie drin in diesem Fall, und man konnte sich nicht ganz sicher sein, welche Rolle er darin spielte. War er vielleicht der zurückgewiesene Verehrer? Oder lediglich der engagierte Gutmensch? Oder schlichtweg ein Langeweiler, der zu viel Informationen speicherte und zu wenig Gelegenheit hatte, sie an den Mann zu bringen – und an die Frau noch weniger. Grundsätzlich harmlos, glaubte Wencke. Oder besser: sie hoffte es. Zudem war Wasmuth der Einzige, der so kurzfristig hatte einspringen können. Die Dolmetscher, mit denen das LKA sonst arbeitete, hatten alle abgewunken.

»Und wo sollen wir anfangen?«

Wasmuth ließ sich Zeit mit der Antwort. Ein zufriedenes Lächeln umspielte seine Lippen, sah nach Vorfreude aus. Aber worauf? »Der Weg zur Blauen Moschee ist leicht zu finden, sie ist neben dem *Topkapı*-Palast und der *Hagia Sophia* das Touristenziel schlechthin. Die wunderbar blaugrünen Fliesen gaben der *Sultan Ahmed Camii* ihren Namen ...«

»Herr Wasmuth, bitte, ich ...«

»... in diesem gigantischen osmanischen Kuppelbau aus dem siebzehnten Jahrhundert können wir die Geschichte Istanbuls quasi einatmen ...«

Wencke unterdrückte die bissigen Sätze, die ihr auf der Zunge lagen, denn sie hatten praktische Fragen zu klären. »Und was genau machen wir dort? Allen kleinen Jungen hinterherrennen?«

»Wir könnten jemanden nach dieser Hochzeit fragen, zum Beispiel den *hoça.*«

»Den was?«

»So bezeichnet man in Moscheen den Pastor, also den Mann, der die Trauungen vollzieht. Er wird schließlich etwas über einen Bräutigam namens Rafet wissen.«

Wencke starrte aus dem Fenster, sah die ersten Minarette zwischen den Hochhäusern, die Frachtschiffe im türkisfarbenen Meer und schließlich die Landebahn unter sich.

Kaum waren die Anschnallzeichen erloschen, suchte Wencke nach dem neuen Handy, vielleicht warteten nach drei Stunden Flug ja wichtige Infos aus der Heimat auf sie. Die Reisetasche – nur mager bepackt und damit handgepäcktauglich – hatte insgesamt drei Fächer. In keinem leuchtete das Quietschrosa des Mobiltelefons. Wencke fluchte, schaute noch einmal auf ihren Sitzplatz und darunter. »Mein Handy ist weg!«

Wasmuth blickte sie skeptisch an. »Gestohlen?«

»Keine Ahnung. Sie saßen doch die ganze Zeit neben mir. Und ich habe geschlafen …«

»Zugegeben, einmal war ich auf der Toilette, da könnte jemand …«

»Pinkfarben und oval, in etwa so auffällig wie ein Ballett tanzender Elefanten!«

Doch mehr als ein Schulterzucken war von dem sonst immer so eifrigen Wasmuth nicht zu bekommen.

Wencke ließ sich mit dem Strom der Passagiere Richtung Ausstieg schieben und zog eine der Stewardessen zu sich heran. Die begegnete ihrem Problem mit einstudiertem Lächeln und sinnlosen Tipps. »Wenn Sie ein bisschen Zeit haben, dann warten Sie, bis die Reinigungskräfte durch die Maschine sind …«

»Ich habe keine Zeit!«

»Dann geben Sie uns Ihre Hoteladresse …«

»Ich habe kein Hotel …«

Nun fiel der professionelle Gesichtsausdruck der Stewardess hilflos in sich zusammen. Wasmuth reagierte schließlich, drückte ihr eine CIFN-Broschüre in die Hand und unterstrich seine Mobilnummer mit dem Kugelschreiber. »Dann wenden Sie sich an mich, sollte der Apparat gefunden werden. Wir sind gemeinsam in Istanbul!«

Prompt knipste die Flugbegleiterin ihre professionelle Mimik wieder an. »Aber natürlich. Und machen Sie sich keine Sorgen, gestohlen wird im Flugzeug für gewöhnlich nichts, das Gerät taucht sicher bald wieder ...«

Wencke ging weiter. Was sollte sie ohne eigenes Handy machen? So war sie aufgeschmissen. Es konnte doch kein Zufall sein, jemand musste ... Oder entwickelte sie etwa schon wieder eine Paranoia?

Während Wencke jeden einzelnen Fluggast am Gepäckband nach allen Regeln der Kunst zu ihrem verschwundenen Handy verhörte, telefonierte Wasmuth, um Axel, der Kosian und allen anderen von der glücklichen Landung und dem unglücklichen Verlust zu berichten. Seine Gelassenheit reizte Wencke, und sie besprachen nur das Nötigste, bis sie die Passkontrollen überstanden, in der Ausgangshalle ein paar Euro in türkische Lira getauscht und den Transfer zur Innenstadt organisiert hatten. Ein klimatisierter Bus fuhr entlang einer Uferpromenade, die auch in Italien so hätte aussehen können, bis ins Zentrum.

Imposante Gebäude erhoben sich zwischen kastigen Zweckbauten jeden Alters.

»Ich kenne keine Stadt, in der es so viele gut erhaltene Exemplare byzantinischer Baukunst zu sehen gibt«, schwadronierte Wasmuth. »Die Römer haben im ersten Jahrhundert im ehemals griechischen Byzanz die Herrschaft übernommen. Kaiser Konstantin machte die Stadt zum wichtigsten Zentrum des Römischen Reiches. Zweihundert Jahre später befand sich hier schon fast der Nabel der Welt. Schauen Sie nur!« Er zeigte auf ein größtenteils karmesinrot gestrichenes Monument mit grauem Kuppeldach und goldener Spitze, das Wencke stets vor Augen hatte, wenn sie an Istanbul dachte. »Die *Hagia Sophia* diente zu römischen Zeiten als christliche Kirche, danach als Moschee, heute ist hier so etwas wie ein staatseigenes Museum. Der Wechsel der Kulturen baut in dieser Stadt immer aufeinander auf. Die Römer verwandten griechische Säulen für ihre Zisternen, in der Innenstadt gibt es eine, man nennt sie *Yerebatan Sarayı,* was so viel bedeutet wie »Versunkener Palast«. Die unterirdischen Säulen sind teilweise mit griechischen Gottheiten geschmückt ...« Wasmuth, der die ganze Zeit begeistert aus dem Busfenster geschaut hatte, nahm nun wieder seine Mitreisende wahr. »Hören Sie mir überhaupt zu?« Darauf konnte er nicht ernsthaft eine Antwort erwarten.

Schließlich fanden sie sich auf einem großflächigen Platz wieder. Die Sonne, die auf die runden Rasenflächen und ein steinernes Denkmal schien, war ungnädig, die Luft flirrte. Die vielen Taxis waren gelb wie die *Yellow Cabs* in New York, und Wasmuth erklärte auch, warum das so war, aber keines seiner Worte drang in ihr Bewusstsein.

Auf den ersten Blick erschien die Stadt modern, in einigen Hannoveraner Stadtteilen trugen mehr Frauen Kopftuch als hier im Zentrum Istanbuls. Und doch war ihr alles sehr fremd, die Bedeutungen der zahlreichen Hinweisschilder erschlossen sich Wencke nicht im Geringsten und ein Blick auf das Durcheinander der Straßen machte deutlich, dass man hier schnell aus der Spur geraten konnte, wenn man nicht wusste, wohin. Sie musste nett zu Wasmuth sein, auch wenn er nervte.

Drei junge Männer kamen auf sie zu, als wären sie bestens mit ihr bekannt, und boten kaltes Wasser in Plastikflaschen an. Wencke kaufte zwei und trank die erste in einem Zug leer. Der Gebetsruf des Muezzin aus blechernen Lautsprechern schaffte es nicht ganz, den Lärm ringsherum zu übertönen. Niemand schenkte ihm Beachtung, niemand hielt inne, der Klang wirkte ähnlich spektakulär, wie wenn in Hannover die Marktkirchenglocke läutete. Hatte sie wirklich erst heute Morgen am Fenster ihres Büros gestanden und dem Gebimmel gelauscht? Es schien ihr Tage her zu sein.

»Und, wie gefällt es Ihnen?«, fragte Wasmuth.

Wencke holte tief Luft. »Wie es mir gefällt? Hören Sie! Ich vermisse meinen Sohn, und vielleicht gelingt es Ihnen zu kapieren, dass ich mir verdammte Sorgen um ihn mache und keine Ahnung habe, wo in diesem Moloch er womöglich festgehalten wird. Können wir jetzt – ich bitte Sie darum – anfangen? Wie kommen wir am schnellsten zu dieser Blauen Moschee?«

Er presste seine schmalen Lippen aufeinander. Auf einmal sah er gar nicht mehr so aus, als würde ihm der Ausflug Spaß machen. »Wir sind hier nicht in der niedersächsischen Landeshauptstadt. Hier kommt man nicht eben mal ganz schnell wohin. Es gibt zig verschiedene Metro- und Straßenbahnnetze, modern und nostalgisch, kilometerlang und auch nur mit zwei Stationen. Bequem können Sie es woanders haben, Frau Tydmers, aber nicht in Istanbul!«

Ohne einen weiteren Satz lief er los und kümmerte sich nicht darum, ob Wencke Schritt halten konnte. Doch das war bei diesen Menschenmassen gar nicht so einfach. Wasmuth bewegte sich recht routiniert durch das Chaos von Drehkreuzen, in die man kleine Münzen werfen musste, um zur Straßenbahn zu gelangen. Sie schoben sich durch eine enge Unterführung, in der ein buntes Sammelsurium an gefälschten Markenklamotten und nervtötendem Kinderspielzeug angeboten wurde, nahmen wieder eine Bahn, fuhren an bunten Teppichläden und Döner-Restaurants vorbei und stiegen schließlich mit zahllosen anderen Touristen an einer Haltestelle aus.

Wencke fühlte sich in dem Geschiebe und Gedrängel der Massen höchst unwohl. »Where do you come from?«, fragte alle zehn Meter ein Kellner und forderte mit unmissverständlicher Geste, doch an einem der hinter ihm liegenden Tische Platz zu nehmen.

Die *Sultan Ahmet Camii* lag in einem Park mit fast englischem Rasen. Sechs raketenförmige Minarette bezeichneten die Eckpunkte der Moschee, die aus unzähligen Kuppeln, Bögen, Säulen und Arkadengängen bestand. Über eine monumentale Treppe gelangten sie in einen Innenhof, in dessen Mitte ein steinerner Pavillon stand. Selten hatte Wencke so viele fotografierende Menschen auf einmal gesehen, alle Hautfarben waren vertreten. Wie viel man davon sehen konnte, war unterschiedlich, die Frauen trugen alles vom freizügigen Minirock bis zum ganzkörperverhüllenden Çarşaf.

Sie hatte gar nicht bemerkt, dass sie mit offenem Mund stehen geblieben war, und als sie wieder zu sich kam, war Wasmuth verschwunden. Sie drehte sich einmal um die eigene Achse, hielt Ausschau nach einem blassen Mann in brauner Sommerhose und beigefarbenem Hemd, davon gab es einige, aber keiner von ihnen war Wasmuth. »Mist«, fluchte sie, rannte zu den Säulengängen, spähte hinter die zahlreichen Nischen, schließlich trat sie durch die riesige Tür. Kein Mensch nahm Anstoß daran, dass sie weder barfuß noch mit Kopfbedeckung in die Moschee getreten war. Die Stimmung im Inneren des Gotteshauses war seltsam, erinnerte so gar nicht an die sakrale Stille der christlichen Kirchen. Frauen standen tratschend beieinander, Kinder rollten sich über den dicken Teppich, an jedem klobigen Stützpfeiler stand mindestens eine Touristengruppe und lauschte den Vorträgen eines Reiseleiters, die Sprachfetzen ergaben einen multinationalen Klangteppich.

Wencke schaute sich um und passierte die Abgrenzung zum Gebetsraum. Ein überdimensionierter Lüster hing tief unter dem Gewölbe der Hauptkuppel, seine Kerzen und die rundum liegenden halbrunden Fenster sorgten für majestätisches Licht. Die verschnörkelten Fliesen waren angeordnet wie die Mandalas in Emils Malbüchern. Gold, Blau, Grün und Rot, zu schön in diesem Moment.

Endlich hatte sie Wasmuth entdeckt. Er stand neben einem bärtigen Mann im Talar und redete unter Zuhilfenahme sämtlicher Gliedmaßen auf ihn ein. Hatte er den *hoça* gefunden? Eine Frau in ihrem Aufzug war bei einem muslimischen Gottesmann wahrscheinlich weniger willkommen, also blieb Wencke, wo sie war. Der Prediger nickte ein paarmal, lächelte sogar, soweit Wencke es aus der Entfernung erkennen konnte, dann verschwanden beide Männer hinter einer steilen, schmalen Treppe aus Marmor. Der Minbar, verriet ein Hinweisschild auf Englisch, hier hielt der Imam die Freitagspredigt.

Sie gesellte sich wieder zu den Menschenmassen, strengte sich an, ein wenig von der Geschichte zu verstehen, die eine englische Reisegruppe erzählt bekam. Doch sie konnte sich nicht konzentrieren auf die Erzählungen von Fliesenmanufakturen, ehrgeizigen Sultanen und der frevelhaften Bedeutung von sechs Minaretten. Sie war zu nervös. Was, wenn der Hinweis in dem Brief nichts wert war und der Prediger keine Ahnung von einem Rafet hatte, der morgen früh eine Roza heiraten wollte? Dann wäre ihre letzte – nein, ihre einzige – Chance, Emil zu finden, vertan. Ohne Anhaltspunkt in dieser Metropole wären sie schlicht und ergreifend verloren. Und Emil – Wenckes Mund wurde trocken bei diesem unerträglichen Gedanken – bliebe verschwunden.

Wasmuths Gesichtsausdruck war nicht zu deuten, als er zehn Minuten später auf sie zukam. Immerhin hielt er einen Zettel in der Hand. »Ich habe eine gute und eine schlechte Nachricht!«

Nein, bloß nicht so ein dämlicher Spruch …

»Zuerst die gute: Morgen heiratet hier tatsächlich ein Mann namens Rafet!«

»Dann haben wir ihn! Das ist wunderbar!«

»Die schlechte Nachricht: Es handelt sich um eine Massenhochzeit. Das Zuckerfest ist ein beliebter Heiratstermin, weil die Familie dann ohnehin zusammenkommt. Und morgen geben sich hier knapp zweihundert Brautpaare das Jawort. Türken und Kurden, da wird nicht unterschieden. Und Rafet scheint bei den Männern im heiratsfähigen Alter ein beliebter Name zu sein.«

»Wie viele?«

»Drei.«

… alle Schranken …

Die Henna-Nacht ist die Nacht der Tränen.

Die Braut hält sich unter einem roten Schleier verborgen, ihre Hände schauen unter dem Saum hervor, sie sind geschlossen. Das Gesicht hat sie gen Mekka gewandt.

Die Frauen ringsherum singen die traurigsten Lieder, die sie kennen. Sie handeln vom Abschied. Von Trennung. Davon, dass dies der letzte Abend ist, den eine junge Frau bei ihrer Familie bleiben kann, bevor sie die Schranken ihrer Heimat durchbricht und in die Fremde gehen muss. Davon, dass das Leben so viele Ungerechtigkeiten bereithält, dass es Arbeit bedeutet, Verzicht und Schmerz. Nur in der Henna-Nacht singen muslimische Frauen solche Dinge. Sonst schweigen sie dazu.

Doch es ist wichtig, dass die Braut weint. Ihre Tränen sind das Ziel, das es zu erreichen gilt. Weine um deine Kindheit, um deine Unschuld. Weine um deine Mutter, die du verlassen musst, sobald es Morgen wird.

Die Brautmutter weint meist am lautesten. Doch heute ist sie nicht dabei. Sie ist schon gegangen. In den Tod ist sie gegangen.

Aber die Großmutter ist gekommen, sie singt mit alter, zittriger Stimme, ist untröstlich. Man hat ihr die Aufgabe zugeteilt, die Farbe aufzutragen, denn diese Ehre gebührt nur einer Frau, die geachtet und wertgeschätzt wird.

Die angerührte Henna steht auf einem silbernen Tablett, umgeben von Kerzen, die ihren Schein über die Gesichter der versammelten Frauen flackern lassen. Die Braut hält die Hände geschlossen, bis die Mutter ihres Bräutigams kommt und etwas Goldenes hineinlegt. Die Schwiegermutter ist schon sehr alt, sie kann kaum gehen und wird gestützt. Sie ist nicht reich, das Armband ist nur vergoldet, leicht liegt es zwischen den nun gelösten Fingern, ein armseliges Geschenk.

Dann kann die Großmutter mit der Malerei beginnen. Der feine Pinsel scheint wie von selbst die verschlungenen Ranken auf die Handinnenfläche zu zeichnen. Spiralen und Blüten, feine Punkte und Linien, manche so zart wie das Haar eines Neugeborenen. Ein Kunstwerk, schlammfarben auf der Blässe. Die Finger umschlungen von Efeu und Blättern. Die Paste riecht nach Heu, vier Stunden muss sie einwirken, dann wird sie abgewaschen und hinterlässt einen schwachroten Schatten auf der Haut.

Alle wollen sie sich auf diese Weise verschönern. Tanten, Cousinen, Schwägerinnen, Nichten, Nachbarinnen, Freundinnen. Die wenigsten haben die Braut vorher schon einmal gesehen. Trotzdem fühlen sie sich ihr nah. Das gemeinsame Schicksal verbindet.

Morgen früh wird dieses Mädchen ihrem Mann begegnen. Er wird sie, begleitet von einem Hochzeitszug, in ihrem Haus abholen. Sie wird geschmückt sein, eine rote Schleife um den Leib und ein weißes Kleid tragen. Ein Schleier wird ihr Gesicht verbergen, bis der Eheschwur gesprochen ist und der Bräutigam den Tüll anheben darf. Dann wird nicht mehr geweint und gejammert, sondern gejubelt und geklatscht. Dann wird eine Kapelle aufspielen, die Tische werden gedeckt sein mit Köstlichkeiten, und die Gäste freuen sich auf ein rauschendes Fest. Gegen Abend müssen die anderen Männer den Bräutigam mit Fäusten traktieren, um ihn für die Hochzeitsnacht zu stärken. Die Braut wartet dann schon im Schlafzimmer, ermutigt von einer Frau, die mit guten Wünschen den Raum verlässt, sobald der Ehemann eingetroffen ist. Er soll seine Braut beschenken, soll sie mit Liebesschwüren zum Reden bringen, sie sollen gemeinsam beten. Und was dann kommt, davor fürchten sich die Frauen. Und diese Furcht ist das Schicksal, das sie alle verbindet – und sie gemeinsam singen lässt.

Sie singen das Lied von der dunklen Rose. Ein altes, kurdisches Volkslied.

Die Braut ist die Rose.

Roza ist die Braut.

18.

Wencke entschied sich für einen Überraschungsangriff.

Einfach geradewegs drauf zu. Sie hatte schon längst beschlossen, ab jetzt weder zu bremsen noch auszuweichen. Für Rücksicht mangelte es ihr an Kraft. Für Vernunft fehlten die Nerven. Die Aussicht, gleich ihren Sohn in die Arme schließen zu können, ließ sie auftreten wie eine Furie. Sie war so sicher, dass es sich bei diesem Rafet um den richtigen Bräutigam handeln musste, dass sie alle Bedenken über Bord warf und durch die geöffnete Tür in das fremde Haus trat.

Alles passte: Der Mann war Schneider – wie Moah Talabani auch –, er war Kurde und lebte in Fatih, einem der traditionellsten Stadtteile Istanbuls. Sogar das Alter passte, laut Aussage des Gottesmannes war er noch keine dreißig. Wasmuth hatte sie zurückhalten wollen, hatte etwas von intimen Ritualen gefaselt, die sie unmöglich stören dürften, vor allem er als Mann nicht, aber Wencke hatte ihn einfach auf der Straße stehen lassen. Sie wusste inzwischen, wohin sie gehen musste.

In der weiß getünchten Eingangshalle roch es seltsam nach Gras oder Heu, aus dem Zimmer am hinteren Ende hörte sie eine Mischung aus Gesang und Geheule. Sie feierten die Hennanacht, davon hatte Wasmuth erzählt. Wencke zögerte nicht, mit schnellen Schritten durchquerte sie den Raum, stellte sich in die geöffnete Tür und versuchte, die befremdliche Szene, die sich ihrem Blick bot, irgendwie zu verstehen. Ungefähr zwanzig Frauen, jung und alt, saßen im Kreis auf dem Boden, sangen und weinten gleichzeitig. In ihrer Mitte hockte eine Gestalt unter einem Tuch, bewegte sich kaum und ließ sich die Hände bemalen. Alle schienen in einer Art Trancezustand versunken, es dauerte etliche Sekunden, bis eine der Frauen Wencke überhaupt bemerkte. Sie stand auf, blickte irritiert, stieß ihre Sitznachbarin an, diese stellte Wencke eine Frage, die für sie natürlich unverständlich war. Erst nach und nach begriff die kleine Festgemeinde, dass Wencke eine Fremde war, die hier nichts zu suchen hatte. Die alte Frau, die den Pinsel in der Hand geführt hatte und Gastgeberin zu sein schien, kam auf Wencke zu.

»Roza?«, fragte Wencke und zeigte auf die Erhebung unter dem Schleier. »Ist das Roza Talabani aus Deutschland?«

Die Blicke waren nun alles andere als freundlich, und eine Antwort bekam Wencke nicht. Niemand schien ihre Sprache zu sprechen, auch die versteckte Braut reagierte nicht auf die deutschen Worte. Sie zog den Brief hervor, den Rafet an Roza geschrieben hatte, hielt ihn hoch, zeigte darauf. »Rafet? Lebt hier der Bräutigam Rafet?« Die alte Frau griff nach dem Papier, las flüchtig die Zeilen und machte ein Gesicht, als hätte eine Beleidigung darin gestanden. Mit nach unten verzogenen Mundwinkeln warf sie einen abschätzigen Blick auf den Brief, knüllte ihn zusammen und warf ihn Wencke vor die Füße.

Die bückte sich danach und steckte ihn wieder ein. »Ich suche meinen Sohn Emil!«, versuchte Wencke es, und ihre Stimme überschlug sich und sie hörte selbst, wie schrill sie klang. Verdammt, sie war sich so sicher gewesen, hier richtig zu sein. Sie hatte es so gehofft. »Er sieht aus wie Rozas Bruder, Azad Talabani!«

Zwei jüngere Frauen kamen auf sie zu, griffen sie am Arm, redeten auf sie ein, wahrscheinlich beschimpften sie Wencke. Doch sie wollte sicher sein, wollte jeden Zweifel ausschalten, also befreite sie sich mit einem geübten Griff, stürzte zu Boden, nahm eine Ecke des roten Stoffes und riss ihn mit einem Ruck zur Seite. Die darunter kauernde Frau war zweifelsohne sehr jung, bebte am ganzen Körper und verbarg ihr Gesicht in den Armbeugen. Die hysterischen Schreie der anderen Frauen hörte Wencke gar nicht, sie schob sich vor zur Braut, versuchte, mit behutsamer Geste den Kopf anzuheben, Stück für Stück. Zum Vorschein kamen zwei Augen, die in Tränen schwammen, eine rote Nase und zitternde Lippen, zum Vorschein kam das Gesicht eines völlig verängstigten Mädchens, kaum älter als sechzehn. »Roza?«

Die Angesprochene schüttelte langsam den Kopf, schluchzte, flüsterte: »Aishe«. Da hatte Wencke schon längst begriffen, dass sie hier falsch war: die Haut war makellos, keine Narbe verunstaltete das Gesicht der jungen Frau, die Kiefer standen gerade, und in dem Mund zeigten sich zwei Reihen gesunder, weißer Zähne.

Sie hatte sich getäuscht, ihre Intuition war ihr untreu geworden und hatte sie in diese missliche Lage gebracht. »Es – es tut mir so leid!«, flüsterte Wencke, dann erhob sie sich, schaute die entsetzten Frauen an, wiederholte ihre Entschuldigung und verließ das Zimmer, das Haus.

Wasmuth lehnte an der Mauerwand gegenüber und begriff sofort, was geschehen war. »Lassen Sie uns so schnell wie möglich verschwinden«, zischte er. »Sie haben soeben ein wichtiges Ritual gestört. Es kann sein, dass Sie gleich eine ganze Sippe aufgebrachter Familienmitglieder am Hals haben. Ich hatte Sie ja gewarnt …«

»Halten Sie einfach die Klappe, verdammt noch mal!« An die Gurgel hätte sie ihm springen können, sein Geschwätz war das Letzte, was sie gerade brauchte, denn die Verzweiflung war dabei, sie in den Boden zu stampfen. »Warum haben Sie in der Moschee auch keine Nachnamen in Erfahrung bringen können?«

»Was hätte uns das gebracht? Erstens ist in dem Brief kein Familienname erwähnt, und dass unser Rafet wie sein Onkel Talabani heißt, ist doch überhaupt nicht gesagt. Zweitens benutzt in der Türkei kaum jemand Nachnamen. Sie sind in diesem Land nämlich eine relativ moderne Angelegenheit und wurden von Atatürk eingeführt, um sich so den westlichen Gepflogenheiten …«

Jetzt hielt Wencke es beim besten Willen nicht länger aus. »Es ist mir gelinde gesagt scheißegal, wann wer wie was eingeführt hat, ich will nur …«

Wasmuth blitzte sie an, als habe sie ihm eine Ohrfeige verpasst. »Mir ist glasklar, was Sie wollen, Frau Tydmers. Und ich setze alles daran, damit Sie Ihren Emil finden, glauben Sie mir. Doch wenn Sie weiterhin durch die Stadt wirbeln wie ein Tornado, dann sehe ich schwarz!« Er starrte sie an, sie starrte zurück. Im Grunde hatte er recht. Sie hatte soeben eine völlig harmlose Familie bei einem sehr intimen Ritual gestört. Und im Normalfall wäre ihr das sicher von Herzen unangenehm gewesen. Doch die Angst um Emil brachte sie langsam um den Verstand. Das konnte ein Mann wie Wasmuth natürlich nicht begreifen. Sie war dennoch die Erste, die dem Blick nicht mehr standhalten konnte. Wütend hastete sie weiter voran.

Der Weg durch die enge Gasse wurde von einem parkenden Lieferwagen versperrt, ein Obsthändler warf gewaltige Wassermelonen in einen Ladeneingang, wo sie von einem älteren Mann aufgefangen wurden. Die Geschäftsleute ließen sich Zeit, lachten und sangen zur Musik, die aus dem Geschäft zu hören war. Über ihnen war der Blick zum Himmel mit bunter Wäsche geschmückt, die an der Leine quer über die Straße hing. Wencke und Wasmuth drängten sich eng an der Hauswand entlang, um ihren Weg fortzusetzen.

»Geben Sie mir bitte Ihr Handy!«, bat sie ihn, nachdem die geschätzten hundert wortlosen Schritte zur Deeskalation reichen mussten.

»Warum?«

»Es wundert mich einfach, dass sich noch niemand für mich gemeldet hat. Ich erwarte einige wichtige Informationen von meinen Leuten in Hannover. Außerdem will ich wissen, wie es Frau Yıldırım geht.«

Umständlich holte er sein Telefon aus der Tasche, schaute auf den Bildschirm und schüttelte den Kopf. »Hier haben wir keinen Empfang. Das Viertel ist noch etwas rückständig.«

Merkwürdig, dachte Wencke. Sie hatte hier doch schon Leute telefonieren sehen? »Ich probier's einfach mal.«

»Glauben Sie mir nicht, oder was?«, entgegnete er gereizt und steckte das Telefon demonstrativ wieder ein.

Wencke entschied abermals, die Situation nicht hochkochen zu lassen, und atmete tief durch. »Wohin gehen wir jetzt?«

»Der zweite Rafet ist Händler auf dem großen Bazar. Das sind ein paar Stationen mit dem *Dolmuş*, so heißen die Sammeltaxen – falls ich Ihnen das mal so erklären darf …«

Wencke reagierte nicht auf seinen Sarkasmus.

»Laut Reiseführer schließt der Bazar um sieben, wir haben also nicht mehr viel Zeit.«

So spät war es schon? Sie beschleunigten den Schritt.

An der Ecke einer stark befahrenen Straße stiegen sie in einen Kleinbus ohne Sicherheitsgurte und Seitentür, der Fahrer hupte ununterbrochen und fluchte auf Türkisch, aber so kamen sie vergleichsweise schnell vorwärts. Irgendwann fuhr das Taxi rechts ran und ließ sie aussteigen. Woher der Fahrer wusste, dass sie am Ziel waren, erschloss sich Wencke nicht. Es gab vieles, was sie in dieser Stadt seltsam fand, das unverständlich wirkte, aber trotzdem funktionierte. Vielleicht – unter anderen Umständen – hätte Wencke sich für Istanbul begeistern können, denn der Ort war überraschend und vertraut zugleich, und das schon nach diesen paar Stunden, die sie hier waren. Aber es gab diese anderen Umstände nicht, sie war hier, um Emil zu finden, aus keinem anderen Grund.

Wasmuth lief zielstrebig auf ein niedriges, graues Gebäude zu. Wencke trat nach ihm durch ein Tor und fand sich zwischen gemusterten Tüchern, Pyramiden von Turnschuhen und Handtaschen wieder.

»Unser Mann arbeitet an einem Süßwarenstand«, erklärte Wasmuth, der die entsprechende Seite im Reiseführer studiert hatte. »Die Lebensmittel findet man in einem Quergang etwas weiter hinten. Folgen Sie mir!«

In den überdachten Gängen des Bazars gab es weit mehr als zwanzig Händler, die Gewürze, Tee, türkischen Honig und Trockenobst anpriesen. Und der erstbeste Verkäufer war keineswegs zufrieden damit, dieser Touristin – für die er Wencke hielt – nur eine bloße Information zu überlassen, wo er doch hartnäckig darauf lauerte, seine Berge aus Mandeln, Zucker und Farbstoff zu verkleinern. Erst nach erfolgreichem Handel fiel ihm ein, wo ein Kollege arbeitete, der Rafet hieß. In gebrochenem Englisch gab er den Grübler, ach ja, den kenne er, der habe nicht so gute Ware, ganz sicher nicht, aber sein Laden befände sich so ungefähr in der Mitte des Ganges, ein paar Schritte neben der Abbiegung zur Keramikabteilung.

Rafet Nummer zwei entpuppte sich als kleiner, schlanker Mann mit glänzenden Augen. Nachdem Wencke ihm zum Preis von umgerechnet zehn Euro eine ganze Tüte intensiv duftender Lebensmittel abgekauft hatte, war er bereit, auf ihre Fragen zu antworten.

» Adı Roza olan ve Almanyadan gelen bir kadın tanımıyorum. Nışanlımın adı Hilal.«

»Was sagt er?«, wollte Wencke wissen.

»Er kennt keine Roza aus Deutschland und seine Braut heißt Hilal.«

»Mist!«, fluchte Wencke leise.

Der Süßwaren-Rafet sah nun auch weit weniger freundlich aus als zuvor, er packte Wasmuth an den Schultern und redete auf ihn ein.

»Kürt değilim görebildiğin gibi. Keçi kulaklı mıyım?«

Die letzte Frage wiederholte er mehrfach und wurde immer lauter, als wolle er Streit anfangen. Zwei seiner Kollegen gesellten sich zu ihm, ballten die Fäuste und riefen etwas dazwischen.

Wasmuth wurde noch blasser, als er ohnehin war, wich zurück, versuchte ein Lächeln, dann nahm er Wenckes Hand und zog sie hinter sich her, bis sie die schimpfenden Männer nicht mehr sehen konnten und die Geräusche des Bazars deren Rufe verschluckten. An die Tüte mit den gekauften Leckereien hatten sie nicht gedacht, die würde Hilals Bräutigam nun wohl an den nächsten Kunden bringen.

»Was hat ihn denn so wütend gemacht?«, fragte Wencke, als sie wieder unter freiem Himmel standen.

»Er fühlte sich beleidigt«, gab Wasmuth sich ungewohnt wortkarg.

»Weil wir nach dem Namen seiner Braut fragen?«

»Nein, weil wir ihn für einen Kurden gehalten haben. Darüber war er aufgebracht. Ob er Ziegenohren habe, wollte er wissen.« Man sah Wasmuth an, dass er froh war, der Sache heil entkommen zu sein.

»Sitzt denn die Feindschaft zwischen Kurden und Türken tatsächlich so tief in allen?«

»Vielleicht war dieser Mann direkt betroffen, was weiß ich?«

»Sie meinen diese Anschläge der PKK und ihrer Ableger? *Kesîbtîya mewcûdbûna Kurdistanê* zum Beispiel?«

Er blieb wie angewurzelt stehen, und seine Augen schienen sich zusammenzuschieben, als er sie ansah. »Sie wollen jetzt nicht ernsthaft mit mir über das Kurdenproblem diskutieren?«

»Warum nicht? Vielleicht führt uns das ja weiter?«

»Sie haben doch keine Ahnung! Wir sollten die Zeit lieber nutzen, Ihren Sohn zu finden, bevor es zu spät ist.«

»Zu spät? Was meinen Sie damit?«

»Nichts!« Es gelang ihm nicht zu vertuschen, dass er sich gerade verplappert hatte.

»Wasmuth, Sie wissen mehr, als Sie mir erzählen! Ist es so? Reden Sie! Haben Sie eine Ahnung, wo Emil steckt? Ist er in Gefahr?«

»Langsam gehen Sie mir auf gut Deutsch gesagt richtig auf den Geist! Ich wäre gerade fast in eine Prügelei geraten Ihretwegen! Und ich habe keine Ahnung, warum ich das eigentlich alles mitmache.« Er lief weiter. Dieser Mann schien aufgeladen zu sein wie ein Defibrillator, das kleinste falsche Wort reichte, und seine Spannung entlud sich. Was war mit Wasmuth los?

Sie versuchte, das Thema zu wechseln. »Nun bleibt nur noch ein Rafet übrig.« Und wenn der ebenfalls nichts von einer Roza wusste, dann wäre ihre einzige Spur nichts weiter gewesen als eine ärgerliche Zeitverschwendung, fügte sie in Gedanken hinzu.

Es war unmöglich, im Gewühl der Kaufwütigen einen klaren Gedanken zu fassen, also verzogen Wencke und Wasmuth sich in Richtung Schiffsanlegestelle, die am Fuß des Bazarviertels lag. Die frische Meeresluft und einsetzende Abenddämmerung brachten nach der stickigen Hitze in den engen Marktgassen die ersehnte Kühle. Der erste Tag in Istanbul neigte sich langsam dem Ende zu. Wencke war wild entschlossen, trotz wunder Fußsohlen und brennender Augen nicht aufzugeben. Noch war die Sonne nicht untergegangen. Möwen und Tauben trieben sich auf dem grauen Asphalt herum, pickten Essensreste auf und scherten sich nicht um die vielen Beine, die um sie herum zu den Fähranlegern eilten.

Wasmuths Gemüt hatte sich zum Glück ebenfalls etwas abgekühlt. Er zeigte über das breite Gewässer, das sich jenseits der Kaimauern zeigte. Das andere Ufer lag im Dunst der Abendluft. »Wir können jetzt eine Fähre nehmen und über den Bosporus fahren. Dort wohnt der letzte Rafet ...«

»Was wissen wir über ihn?«

»So gut wie nichts. Aber ich schätze, er ist arm.«

»Wie kommen Sie darauf?«

»Alle, die an einer Massentrauung teilnehmen, machen es, weil sie Geldprobleme haben. Sie verschaffen sich durch die Großveranstaltung wenigstens die Illusion einer stattlichen Hochzeit. Zudem scheint er weder lesen noch schreiben zu können, den Brief musste er diktieren. Laut Liste in der Moschee ist er auch nicht mehr der Jüngste. Neununddreißig, also dreiundzwanzig Jahre älter als seine Braut.«

»Arm, ungebildet und nicht mehr der Jüngste ... Warum wählt Moah Talabani einen solchen Mann für seine Tochter?«

Wasmuth löste Fährtickets am Automaten. »Wahrscheinlich, weil sie schwer vermittelbar ist.« Er drückte Wencke einen silbernen Chip in die Hand und schleuste sie Richtung Fähre. Sie passierten das Drehkreuz.

»Was sagen Sie da? Schwer vermittelbar? Das ist doch nicht Ihr Ernst!«

»Ich habe mir das nicht ausgedacht, und glauben Sie mir, es tut mir für Roza unendlich leid, dass ihre Familie das so sieht. Aber durch die Entstellung nach dem schrecklichen Unfall wird man für sie keinen hoch angesehenen Ehemann mehr finden. Wahrscheinlich empfindet ihr Vater sogar so etwas wie Erleichterung, dass ein Neffe das Mädchen trotz allem zur Braut nehmen will.«

Über wackelige Stege balancierten sie an Bord und suchten sich einen freien Platz an Deck. Die vielen Menschen sahen erschöpft aus und erinnerten Wencke an die Pendler, die sie gestern auf dem Weg nach Misburg gesehen hatte. Ein anstrengender Arbeitstag hinterließ überall auf der Welt ähnliche Spuren auf den Gesichtern der Menschen. Kurz darauf legte das Schiff ab, verließ Europa, und war nur wenige Minuten unterwegs zu einem anderen Kontinent. Die Passagiere zeigten sich unbeeindruckt davon. Und Wencke war zu sehr mit dem beschäftigt, was in der Familie Talabani vor sich ging. Es musste etwas Furchtbares dahinter stecken, etwas, das es nötig machte, einen unschuldigen kleinen Jungen vor seiner Schule zu entführen und nach Istanbul zu verschleppen.

»Was hält Roza wohl davon?«

»Roza?« Wasmuth seufzte. »Ich habe keine Ahnung. Sie ist schwierig, müssen Sie wissen …«

»Leider habe ich sie nie gesehen, Moah Talabani hat seine Tochter gut vor mir versteckt. Ich kenne nur die Aufnahmen, die direkt nach dem Unfall von ihr gemacht wurden. Wie … na ja, wie schlimm sieht sie aus?«

»Der Kiefer war damals mehrfach gebrochen, ihr fehlt die Hälfte des Kaugelenks, der Nasenknorpel musste ebenfalls entfernt werden. Trotz vollem Einsatz der plastischen Chirurgie war da nicht viel zu richten …«

»Soweit ich weiß, hat sie sich seitdem verschleiert?«

»Ja, obwohl Shirin wirklich versucht hat, sie zu einer selbstbewussten Frau zu erziehen, die sich nicht der Unterdrückung der Traditionen unterwirft. Aber das Mädchen hat das anders gesehen. Wer weiß, vielleicht freut sie sich sogar auf den morgigen Tag.«

Aus Wasmuths Tasche meldete sich ein Handy. Er zuckte zusammen, als hätte er noch nie im Leben ein Telefon klingeln hören. Wencke entging nicht, dass seine Hände zitterten, als er den Apparat aus der Tasche zog. Er blickte auf das Display, atmete scharf ein, dann nahm er das Gespräch an, in einer anderen Sprache, Wencke vermochte nicht zu sagen, ob es Türkisch oder Kurdisch war. Es passierte etwas mit ihm. Als würde er auf einmal farbiger werden, wacher, sichtbarer. Wer war in der Lage, dieses Wesen derart zum Leben zu erwecken?

»Wir werden am Hafen abgeholt«, sagte er, nachdem er das Handy in seinen Rucksack geschoben hatte und offensichtlich bemüht war, die Fassung zurückzugewinnen.

»Abgeholt? Von wem? Es weiß doch kein Mensch, dass wir hier sind!«

Er zog eine Augenbraue hoch und blieb ihr eine Erklärung schuldig.

Wencke hatte das Gefühl, als legte sich ihr ein Korsett um den Körper, presste die Lungen zusammen, quetsche sie klein. Wasmuth hatte mit irgendjemandem Kontakt aufgenommen hier in Istanbul, und sie hatte keine Ahnung, mit wem. Wer war er eigentlich? Konnte sie ihm überhaupt vertrauen? War er gerade dabei, sie womöglich in eine Falle zu locken? Der freundliche Helfer, der sie in Wirklichkeit nach seiner Pfeife tanzen ließ und die Fremdheit dieser Stadt nutzte, um Wencke dorthin zu bringen, wo er sie haben wollte – konnte das wirklich sein? Oder gingen gerade wieder die Pferde mit ihr durch?

Wencke versuchte, nach außen gelassen zu bleiben. »Schön, dann haben wir hier ja wieder ein Telefonnetz. Könnte ich jetzt bitte Ihr Handy kurz ausleihen?«

Wasmuth legte den Kopf schief und lächelte mit schmalen Lippen. »Später.«

»Bitte? Ich ...«

Er ignorierte sie und winkte einen Mann heran, der auf einem Tablett Gläser mit einem hellbraunen Getränk durch die Menge balancierte. »Mögen Sie einen Tee?«

»Nein, danke«, sagte Wencke. In ihrem Kopf rotierte es.

Was sollte sie nur machen? Abhauen? Ihm irgendwie entwischen, so schnell wie möglich? Die Chancen standen schlecht, er hatte durch seine Sprach- und Ortskenntnisse einen Vorsprung, den man kaum einholen konnte.

Oder steigerte sie sich da gerade in etwas hinein? War sie inzwischen von Angst und Sorge um Emil derart zerfressen, dass sie begann, Gespenster zu sehen? Sie betrachtete Wasmuth, der den Tee entgegennahm, freundlich lächelnd bezahlte und ein kurzes Gespräch mit dem Kellner begann. Er sah wirklich nicht aus, als würde von ihm eine Gefahr ausgehen. War es deswegen vielleicht besonders riskant, ihm zu trauen?

Wencke nutzte den Augenblick und zog seine Tasche, die er zwischen den Beinen abgestellt hatte, unauffällig in ihre Richtung. Der Rucksack war nicht verschlossen, sie konnte unter einem Stapel Prospekte das Handy erkennen. Langsam schob sie ihren Arm in die Öffnung. Sie war sich der vielen Augen bewusst, die sich in diesem Moment auf sie heften könnten, ihr Herz klopfte bereits bis zu den Schläfen.

Erst bekam sie eine der Broschüren in die Hand, diesen CIFN-Flyer mit dem vermurksten Konterfei auf dem Titelblatt, die Wasmuth so gern verteilte. Dann zog sie das Handy hervor. Zum Telefonieren war jetzt keine Gelegenheit, die würde sich später vielleicht ergeben, bis dahin verstaute sie das Ding in ihrer Gesäßtasche.

»Was machen Sie da?« Wasmuths Stimme klang beinahe schneidend. Er griff nach seinem Rucksack und zog ihn zurück.

Wencke wedelte mit dem Flyer. »Haben Sie den selber gestaltet? Sieht ziemlich professionell aus.« Sie klappte das Faltblatt auf und tat so, als wäre sie an den Informationen brennend interessiert. Augenscheinlich nahm Wasmuth ihr das nicht so ganz ab, er musterte sie kritisch, hakte aber nicht nach.

Ihr Blick fiel auf einen neongelben Schriftzug, der wie ein

Button in die Ecke gestempelt war, neben diesen saublöden Spruch vom bunten Dialog in Wunstorf. Spenden Sie!, verlangte die Aufforderung in Großbuchstaben. Doch was Wenckes tatsächliche Aufmerksamkeit gewann, waren die klein gedruckten Zeilen darunter. Ein Spendenkonto bei der *Welfen Privat Bank*. Die nebenstehende Zahlenreihe kam Wencke bekannt vor. 133 144 155-0. Wenn sie sich richtig erinnerte, unterschied sie sich nur in der letzten Ziffer von der Kontonummer, die sie auf Shirin Talabanis Buchungsbestätigung gesehen hatte.

Es fiel ihr schwer, die Aufregung über diese Entdeckung zu verbergen. »Gehen eigentlich viele Spenden bei Ihnen ein?« Sie räusperte sich, denn in ihrer Stimme klang die Anspannung unverkennbar mit. »Ich meine, reicht das Geld für Ihre Projekte?«

Er antwortete ausschweifend, wie sie es von ihm gewohnt war. Erzählte von seiner Schule, seinen Festen, seinen Plänen für die Zukunft. Aber Wencke hörte nur mit halbem Ohr mit, sie war zu beschäftigt, sich einen Reim auf das Ganze zu machen. Offensichtlich hatte Shirin über ein Unterkonto des Vereins für Christlich-Islamische-Freundschaft-Nord verfügt. Aber warum?

»Hat Shirin Ihre Arbeit eigentlich unterstützt?«

»Sie hat auf dem Fest Getränke verkauft und sich auch mal blicken lassen, wenn es offizielle Termine gab. Aber sonst war sie eher zurückhaltend. Sie war kein politischer Mensch, wenn Sie wissen, was ich meine …«

»Politisch? Empfinden Sie Ihr Engagement denn als politisch?«

»Aber natürlich! Die Unterdrückung der Frau, die Kurdensituation, das alles ist außerordentlich …« Er stockte. »Soll das hier ein Verhör sein, oder was?«

»Verhört werden nur Verbrecher«, gab Wencke zurück und

hätte zu gern seine Reaktion gesehen, doch in diesem Moment klingelte sein Handy – in der Tasche ihrer Jeans!

Er suchte kurz in seinen Sachen, dann hatte er verstanden, und der Blick, mit dem er Wencke fixierte, hatte so gar nichts mehr von einem Kleinstadtpädagogen.

»Geben Sie mir das Handy! Sofort!« Er zog Wencke am Arm zu sich heran, umfasste sie von hinten mit einer Kraft, die sie ihm niemals zugetraut hatte. »Mein Handy! Her damit!«

Die Passagiere blickten in ihre Richtung, doch sie schienen die Situation falsch zu deuten, hielten Wencke für eine lausige Taschendiebin, niemand machte Anstalten, ihr zu helfen. Wasmuths Griffe wurden fester, er hatte sein Telefon inzwischen lokalisiert und seine Hand befand sich auf dem Weg dahin, streifte ihren Rücken. Wencke wusste sich nicht anders zu helfen und biss ihm in den Arm, mit dem er sie zu bändigen versuchte. Er schrie auf, rief etwas Türkisches, und sogleich erhoben sich einige Männer von ihren Bänken, um dem vermeintlichen Diebstahlopfer zu helfen. Wencke blieb weder Zeit noch Kraft, sie musste schnell reagieren, legte ihre Finger um das Handy, schlug Wasmuth ihren Hinterkopf gegen das Kinn und nutzte das letzte bisschen Energie, sich aufzubäumen. Dann warf sie das Telefon kurzerhand über Bord, überließ das Gerät dem aufgewühlten Wasser des Bosporus. Kreischende Möwen stürzten hinterher, hielten das Ding wohl für einen Leckerbissen, der nun unwiederbringlich auf dem Grund des Bosporus sank.

Wasmuth konnte keine seltsamen Verabredungen mehr treffen, immerhin.

»Sind Sie übergeschnappt?«, brüllte Wasmuth. Drei stämmige Kerle hatten sich nun neben ihn gestellt, ein vierter hielt Wenckes Arme nach hinten verdreht. Keiner von ihnen sah aus, als könne man ihn auf irgendeine Weise davon überzeugen, dass er falsch lag mit der Täter-Opfer-Rollenverteilung.

»Was haben Sie jetzt mit mir vor, Wasmuth?«, zischte

Wencke. »Dasselbe wie mit Shirin, nachdem sie Ihre Spendengelder veruntreut hat?«

Er schüttelte den Kopf, als sei sie nichts weiter als eine ungehorsame Schülerin. Dann redete er auf seine kurzfristig eingesprungenen Bodyguards ein, die sich prompt wieder zu ihren Plätzen bewegten – nicht, ohne Wencke im Auge zu behalten.

Wasmuth zwang sie, sich wieder zu setzen, sie spürte seine geballte Faust in der Nähe ihrer Niere. »Jetzt ist aber Ruhe, verstanden?«, raunte er in ihr Ohr. »Mit mir können Sie sich solche Spielchen vielleicht noch erlauben. Ich bin ein friedliebender Mensch, wie Sie wissen. Unsere Gastgeber sind da weniger großherzig. Da kann Sie eine solche Aktion gern mal das Leben kosten.«

Ihr wurde schlecht. Warum hatte eigentlich ihr Instinkt nicht Alarm geschlagen, als sie Wasmuth das erste Mal begegnet war? Sie hatte ihn für einen Trottel gehalten, einen Trottel und Langweiler. Und war ihm prompt in die Falle gegangen. Schlimmer noch: Durch ihre Hartnäckigkeit hatte sie vielleicht erst dafür gesorgt, dass Emil in die Sache hineingezogen wurde. Egal: Das Warum und Weshalb war ihr in diesem Moment nicht das Entscheidende und zu einem klaren Gedanken war sie ohnehin nicht in der Lage. Sie war fast wahnsinnig vor Angst.

»Mein Sohn? Was haben Sie mit ihm gemacht?«

Er seufzte, zuckte die Achseln, schwieg. Grausamer hätte er nicht reagieren können.

Die Schiffsmotoren drehten hoch, die Fähre setzte zum Anlegemanöver an, das fremde Ufer war nur noch wenige Meter entfernt.

»Wen treffen wir?« Wenckes Stimme zitterte. Wasmuth antwortete nicht. Er hatte begriffen, dass er sie fest im Griff hatte, ohne Gewalt, ohne Druck, ohne auf Tuchfühlung zu gehen. Seine Waffe hieß Emil. Und sie machte ihn unbesiegbar.

»Bitte, sagen Sie mir, wer uns am Hafen erwartet. Ich verspreche Ihnen, ich werde kein Theater mehr machen! Bestimmt nicht.«

Es schien ihm zu gefallen, wenn sie bettelte, denn er ließ sich zu einer Antwort hinreißen:

»*Kesîbtîya mewcûdbûna Kurdistanê.*«

Seit Stunden kein Lebenszeichen von ihr. Nichts.

Axel Sanders vergeht vor Sorge, auch wenn er das nicht will, es gar nicht seine Art ist, verdammt, diese Frau macht aus ihm noch einen anderen Menschen.

Warum hat sie das Handy nicht angestellt? Er ruft bei der Fluggesellschaft an, nervt so lange herum, bis er in Istanbul das Bodenpersonal an die Strippe kriegt und jemand, der zumindest Englisch spricht, eine Notiz findet, dass auf Wenckes Flug ein Mobiltelefon als verloren gemeldet wurde. Beschreibung: oval und pink. Man habe eine Nummer, wo man ganz bestimmt Bescheid gebe, sollte das Gerät gefunden werden. Was aber noch nicht der Fall sei.

Die Nummer führt zu Wasmuths Mailbox. Eine schleimige Stimme kündigt einen Rückruf an. Doch – welch Wunder – dieses Versprechen ist bislang nicht eingelöst worden.

Es war Wasmuth. Der blonde Mann, der die Anwältin in die Blaue Lagune gestoßen hat. Da war man sich in Hannover inzwischen einig.

Wahrscheinlich wegen dieser Sache mit dem Konto.

Mehr als hundertdreißigtausend Euro Spendengelder sind für die Kurdische Sprachschule Diyarbakir überwiesen worden, deren Adresse in der südanatolischen Provinz sich bei der Überprüfung sehr schnell als reine Phantasieanschrift herausgestellt hatte. Der Verdacht, dass hier Geld in militante Hände geflossen ist, liegt nahe. Brisant, wenn man an die aktuelle Terrorwarnung des Auswärtigen Amtes denkt.

Wencke ist mit diesem Kerl nach Istanbul geflogen und hat keine Ahnung, worauf sie sich eingelassen hat.

Axel muss hinterher. Rast mit dem Auto nach Düsseldorf, dort geht heute noch ein Flieger, in einer Stunde, sein Ticket ist reserviert.

Kerstin weiß nichts von alldem. Wenn sie erfährt, wo er sich tatsächlich herumtreibt, wird sie Fragen stellen. »Warum riskierst du das alles für eine ehemalige Kollegin?« Und sie ist keine Frau, die auf Antworten verzichtet.

Er muss ihr die Wahrheit sagen. Früher oder später.

Ich mache es, weil ich Wencke ...

Verdammt, nie wird er das aussprechen können. Niemals.

19.

Am Hafen stand Shirin Talabani.

Schwarzes, glänzendes Haar, grazile Bewegungen und dieses Champagnerlächeln, das Wencke bislang nur auf dem Display von Wasmuths Handy hatte blitzen sehen. Eine wunderschöne, stolze, aufrechte Frau. Sie winkte Wasmuth zu, und es war mit jeder Geste und jedem Blick zu erkennen, dass sie es kaum erwarten konnte, ihm zu begegnen.

Dieser blonde, blasse Pädagoge verwandelte sich, je näher sie dem Kai kamen. Als die Seeleute die Taue um die Polder warfen, hatte er bereits ein romeogleiches Strahlen im Gesicht. Aus dem unscheinbaren Nebendarsteller war auf einmal der jugendliche Liebhaber geworden. Wäre er nicht gezwungen gewesen, in Wenckes Nähe zu bleiben, dann wäre er wahrscheinlich seiner Liebsten entgegengerannt wie in einer dieser Hollywood-Schmonzetten.

Die Passagiere verließen ohne große Eile die Fähre. Niemand nahm Anteil daran, dass Wencke offensichtlich genötigt wurde, mitzugehen.

Kaum hatten sie die karge Hafenhalle verlassen und waren in das Licht der Abendsonne getreten, kamen zwei fremde Männer aus unterschiedlichen Richtungen auf Wencke zu, jeder umfasste eine Hand, und auch wenn sie sich dagegen wehrte, blieb sie chancenlos. Es war offensichtlich, Wasmuth hatte seine Drohung nicht aus der Luft gegriffen: Diese Leute machten ernst, wenn sie nicht mitspielte. Es kostete sie viel Kraft in diesem Moment, zu viel. Wencke ergab sich, aber nicht ohne den Entschluss, den nächstbesten Augenblick zu nutzen. Sobald sie wusste, was mit Emil geschehen war, wo er sich befand, würde sie Mittel und Wege finden zu türmen.

Wasmuth kam auf sie zu. Die Frau an seiner Seite blickte Wencke feindselig an.

Aus der Nähe waren die Unterschiede zu Shirin zu erkennen: Diese Frau hier war magerer, muskulöser und jünger. Meryem Mêrdîn, die verschwundene Schwester, die sich nach einer unglücklichen Liebe für den Kampf im Untergrund entschieden hatte, natürlich, sie war es, der Wasmuths Sehnsucht all die Jahre galt. Wencke hatte die Zeichen falsch gedeutet, er war nicht Shirin, sondern der jüngeren Schwester verfallen. Diese Frau war der Grund, weswegen er den Kontakt zu Shirin pflegte, weswegen er sie sogar geheiratet und ihr Kind großgezogen hätte.

»Hier trennen sich unsere Wege, Frau Tydmers«, verabschiedete Wasmuth sich, und sein albernes Winken war reinster Sarkasmus. »Sie kommen nun auch ohne mich zurecht.«

»Was ist mit Emil! Sie müssen es mir sagen!«, schrie Wencke ihm hinterher.

»Ich habe keine Ahnung, wo er steckt. Und es ist mir auf gut Deutsch auch scheißegal«, sagte er, blieb aber stehen. »Ich habe andere Ziele!«

»Und die wären?«

Er drehte sich abrupt um. »Sie sind doch die Analytikerin. Zu dumm nur, dass Sie bislang mit Ihren Einschätzungen so weit danebengelegen haben.« Sein Grinsen war mehr als selbstgefällig. »Wissen Sie: auch Schlappschwänze haben gelegentlich Potential. Erstaunlich, dass Sie bis jetzt nicht gemerkt haben, wie unser Spiel funktioniert. Ich hatte Sie für klüger gehalten.«

Damit hatte er wohl recht, das wusste Wencke in diesem Augenblick. Doch sie gönnte ihm diesen Abgang nicht. »Ihr edler Verein, Ihr Engagement für die Spendengelder – alles nur, damit Sie dadurch Kontakt zu Ihrer Geliebten halten konnten? Sie unterstützen *kesîbtîya mewcûdbûna Kurdistanê, kmK*, damit Sie sich der Frau Ihrer Träume nah fühlten?«

»Und wenn's so wäre?«

»Wenn diese Truppe mit Hilfe Ihrer Gelder nicht Angst und Schrecken unter den Menschen verbreiten würde, könnte man es fast romantisch nennen.«

»Meryem kämpft für die Freiheit. Das ist eine gute Sache.« Dann wandte Wasmuth sich gänzlich von Wencke ab, machte klar, dass sein Teil der Geschichte hier am Hafen des asiatischen Istanbuls zu Ende war. Er fühlte sich nicht mehr für sie zuständig. Zuständig waren nun die Kerle, die Wencke hinter sich herzogen, als wäre sie ein Stück Vieh, auf das die Schlachtbank bereits wartete. Unsanft stießen sie ihre Geisel in einen wartenden Jeep, nahmen links und rechts von ihr Platz und gaben Gas.

»Bringen Sie mich zu Emil?«, versuchte es Wencke vergeblich. Wie kam sie darauf, dass diese Typen Deutsch verstehen könnten? »Where is my son? I want to see him right now!«

Der Geländewagen kroch wie eine Echse durch den dichten Verkehr. Es ging leicht bergauf, und wenn man zurückblickte, konnte man das andere Ufer erkennen, die Sonne ging hinter den Minaretten unter wie auf einem Werbeplakat.

Auf der Schnellstraße kamen sie besser voran. Und immer wenn Wencke dachte, hinter der nächsten Kurve müsse die

Stadt doch auch mal aufhören, tauchten neue Hochhäuser, Barackensiedlungen oder grüne Villenviertel links und rechts der Fahrbahn auf. Istanbul schien tatsächlich unendlich. Oder sie befand sich in einem dieser Träume, in denen immer alles von vorn begann, wenn man glaubte, es sei vorbei. Als Wencke schon befürchtete, sie seien die ganze Zeit im Kreis gefahren, nahm der Jeep eine Ausfahrt, drückte sich für fünf Minuten in einen abgasgelben Stau, bog erneut ab und stoppte schließlich vor einem Kuppelbau am Ende einer Sackgasse. Das halb verfallene Gebäude war nicht groß, der graue Putz blätterte an allen möglichen Stellen ab. Kein Mensch war zu sehen.

»Eine Moschee?«, fragte Wencke. Keine Reaktion. Das Eingangsportal war mit wildem Wein überwuchert, doch schaute man genau hin, erkannte man verwitterte Buchstaben über dem Bogen: *Hamam.*

»Was zum Teufel soll ich in einem türkischen Badehaus?«

»Halt endlich mal die Klappe!«, herrschte einer der beiden sie in akzentfreiem Deutsch an. Es war paradox, aber irgendwie erleichterte es Wencke, in ihrer Muttersprache zurechtgewiesen zu werden.

Die Tür zum *Hamam* wurde von innen geöffnet, man hatte sie also erwartet. Vier Männer standen Spalier. Hier Reißaus nehmen zu wollen, war wenig aussichtsreich, dann hätte sie genauso gut versuchen können, durch Wände zu gehen. Wencke gehorchte den unausgesprochenen Befehlen und betrat, nachdem man ihr die Reisetasche abgenommen hatte, das Badehaus. Sie ließ sich durch den Flur bugsieren, in dem sich kabinenartige Verschläge befanden. Sie wehrte sich nicht, als sie unsanft in das Zentrum des Bades gestoßen wurde: ein runder Raum, in dem es furchtbar warm war und feucht roch. An den Wänden hingen zwei verrottete Waschbecken, in der Mitte breitete sich die steinerne Liegefläche in Form eines kniehohen Marmorblocks aus. Ganz allein stand Wencke plötzlich zwischen vermoosten Steinwänden, die in dem Moment zum Gefängnis wurden, als jemand von außen den Schlüssel umdrehte.

Es regte sie nicht mal sonderlich auf. Sie war nicht mal resigniert – vielmehr erwachte in ihr eine Neugier, die sie fast schon zuversichtlich machte. Was hätte sie gewonnen gehabt mit einem weiteren Besuch bei einem falschen Rafet? Jetzt waren die Karten noch einmal neu gemischt worden, und selbst wenn sie nun völlig auf sich allein gestellt war, weder über ein Handy noch einen Verbündeten verfügte, sie würde es schaffen. Emil wartete sicher schon auf sie. Ganz sicher. Und sie würde nicht aufgeben, das wusste er bestimmt. Und nur wenn sie aufgeben würde, wären sie beide verloren.

Dieser Gedanke spornte sie an. Sie wollte, sie musste – sie würde das alles hier irgendwie überleben.

Erst als sie die Kartons in der Nische neben einem Wasserbecken stehen sah, dorthin ging, hineinschaute, verflüchtete sich ihr Selbstbewusstsein. Sprengstoff, verpackt in kleine, runde Stangen, silvesterböllergleich, vor der Feuchtigkeit geschützt in dicker, durchsichtiger Plastikfolie. Wencke war keine Expertin auf diesem Gebiet, doch die wenigen Lektionen, die sie über Dynamit, Schwarzpulver und Co. erteilt bekommen hatten, verrieten ihr, dass der Inhalt dieser Pappbox reichen würde, um die *Hagia Sophia* oder sonst ein Istanbuler Monument in viele kleine staubige Mosaiksteinchen zu verwandeln. Am Rand klemmte etwas Ledernes, Wencke zog es hervor und betrachtete es genauer. Ein Gürtel, ringsherum waren Schlaufen befestigt, deren Durchmesser denen der Sprengsätze entsprach. Dieses Teil war kein Accessoire von der Stange, es sei denn, es gab Spezialboutiquen für Selbstmordattentäter.

Sie ließ keine Sekunde verstreichen, riss die Tüten auf, nahm immer gleich mehrere Sprengsätze in die Hand und legte sie in das Becken. Sie würde diese tödliche Ladung unbrauchbar machen, jetzt, sofort! Doch als sie den Wasserhahn aufriss, kamen daraus nicht mehr als ein trockenes Röcheln und ein Schwall üblen Gestanks. Die Leitungen waren hinüber, hier gab es kein Wasser. Dann eben echte alte Handarbeit, dachte sie, griff nach der erstbesten Stange und versuchte, sie zu zerbrechen.

Doch noch bevor sie beginnen konnte, wurde mit einem Ruck die schwere Tür geöffnet, das Türblatt knallte gegen die Wand und die beiden Männer, die sich eben als so uncharmante Chauffeure erwiesen hatten, stürzten herein. »Finger weg!«, brüllte der eine, da hatte der andere schon kurzen Prozess gemacht, Wenckes Arm verdreht und ihren Kopf an den Haaren nach hinten gerissen. Seine Hände schoben sich schamlos unter ihre Bekleidung, rissen das T-Shirt am Ausschnitt auf. Er betatschte ihre Brüste, griff zwischen die Beine. Erst als er sicher war, dass sie keinen weiteren Sprengsatz versteckt hatte, ließ er Wencke los und schleuderte sie gegen die Steinwand. Wencke verlor das Gleichgewicht, stürzte auf eine scharfe Kante. Der Schmerz ließ sie aufschreien, und nur langsam kam sie wieder auf die Beine. Sie war nicht schnell genug, schon hatten die beiden den schweren Karton angehoben, ächzend trugen sie das gefährliche Zeug aus dem Raum. Einer fluchte dabei – auf Kurdisch, doch man konnte ihm ansehen, dass er keine freundlichen Worte für denjenigen fand, der einen so gewaltigen Haufen Sprengstoff bei einer Gefangenen gelassen hatte. Als Wencke längst wieder allein im Raum und die Tür verschlossen war, konnte man sein Schimpfen noch immer hören.

Wencke ließ sich auf den Marmorblock in der Mitte des Raumes sinken. Ihre Hüfte hatte einen heftigen Schlag abbekommen, sie traute sich kaum, den Bund der Jeans herunterzuschieben und nachzuschauen, beließ es bei einem verstohlenen Blick auf die sich violett verfärbende Haut. Jetzt bloß kein Selbstmitleid!

Das letzte Licht des Tages schimmerte durch die bunten Fenster des Gewölbes, gleich würde es stockdunkel sein. Zwar gab es ein halbes Dutzend nackter Neonröhren, die als schmuckloser Kranz auf halbe Höhe gehängt waren, aber das schwarze Kabel baumelte an einem Ende nach unten, während das andere in einen Verteilerkasten führte, der verdächtig lose in der Wand hing. Da würde niemand mehr etwas zum Leuchten bringen, dieser *Hamam* war offensichtlich schon vor langer Zeit sich selbst überlassen worden.

Doch nicht alles war Opfer des Verfalls geworden, der Heizkessel schien durchaus noch funktionstüchtig zu sein. Die Hitze verhielt sich irgendwie subtil, war nicht zu vergleichen mit der Glut eines Ofens, dem Feuer eines Kamins oder auch der Wärme einer Finnischen Sauna. Die hohen Temperaturen ließen sich nicht orten, sondern waren überall, füllten den Raum aus bis in den Zenit seiner Kuppel, die an die zehn Meter hoch zu sein schien. Wie Wellen schoben sich gefühlte fünfzig Grad unter den Stoff ihrer Jeans und die gelbe, zerrissene Baumwolle des Shirts. Schweiß verklebte die Haut, als würde sie von etwas umarmt, von etwas Ausuferndem, Allgegenwärtigem umfangen. Es war nur eine Frage der Zeit, bis der Kreislauf nicht mehr mitmachen würde. Den Schwindel hatte sie eine ganze Weile ignoriert – das wurde nach und nach immer schwieriger. Tödlich war die Hitze nicht, aber zunehmend unerträglich. Sie lähmte Wencke, ließ sie schmelzen, apathisch werden, müde, wehrlos …

Sie legte sich auf den Stein und versuchte, all die wirren Gedanken zu ordnen. Dies war so etwas wie ein geheimes Lager der *kesîbtîya mewcûdbûna Kurdistanê, kmK*. Soviel konnte sie sich zusammenreimen. Und Peer Wasmuth, der Mann, dem sie ein Stück weit vertraut hatte – ein Stück zu weit, wie sie jetzt wusste –, fühlte sich diesen Untergrundkämpfern verbunden. Eine ungesunde Mischung aus Gutmenschentum und romantischer Verblendung musste ihn in ein solches Abseits geschossen haben, denn für einen politisch Radikalen hielt sie Wasmuth beim besten Willen nicht.

Die Bankverbindung auf dem Flyer …, ja, es leuchtete ein, dass er seiner unerreichbaren Geliebten auf Umwegen Geld hatte zukommen lassen, über ein Konto, das auch für die Schwester Shirin zugänglich gewesen war. Doch die fing im Juni an, sich größere Summen abzuheben, Klamotten zu kaufen, eine Reise für sich und die Kinder zu buchen. Was war der Grund gewesen?

Draußen vor der Tür waren Schritte und Stimmen zu hören, aufgeregtes Gerede. Es mussten eine Menge Kämpfer zusammengekommen sein. Sie hatte in den LKA-Informationen gelesen, dass *kmK* eher aus kleinen Gruppen und Einzelkämpfern bestand. Sie versammelten sich einzig und allein zu den Anschlägen. Wenn man die Menge des Sprengstoffs betrachtete, dann würde es sich vermutlich um einen Anschlag gewaltigen Ausmaßes handeln.

Bayram – das Zuckerfest in Istanbul, alle trafen sich, feierten das Ende des Ramadan, aßen gemeinsam, beschenkten sich. Gaben sich das Jawort …

Auf einmal sah Wencke klar, glasklar: Der Anschlag sollte morgen vor der Blauen Moschee verübt werden. Oder darin! Die PKK lehnte die Ehe ab, bestrafte Liebesbeziehungen in den eigenen Reihen mitunter mit dem Tod. Zudem kämpften sie für die Selbstbestimmung der Frau, und wann wurde diese gravierender beschnitten als bei einer Massenhochzeit, wo man sich die Namen der Bräute noch nicht einmal notierte und sich unter den meisten weißen Schleiern minderjährige Mädchen verbargen, die ihren Ehemann an diesem Tag zum ersten Mal sahen?

Wencke suchte nach dem Brief an Roza, zum Glück hatte sie ihn vorhin in die Hosentasche geschoben, nachdem er ihr wütend vor die Füße geschleudert worden war. Wann war er geschrieben worden? Das Datum war kaum lesbar, ihre schwitzende Haut hatte das Papier durchfeuchtet, doch wenn sie sich nicht täuschte, war er Anfang Juni geschrieben worden. Anfang Juni, kurz bevor Shirin angefangen hatte, das Konto zu plündern …

Roza sollte eine der vielen namenlosen Bräute sein. Shirin war damit bestimmt nicht einverstanden gewesen, hatte mit jemandem darüber geredet, mit Wasmuth vielleicht. Oder mit einem anderen Mann, einem Freund, ihrem Liebhaber, dem Vater ihres Kindes, Karsten Völker …

Irgendwie musste Shirin dann herausgefunden haben, was *kmK* plante. Ausgerechnet bei der Hochzeit ihrer Tochter sollte ein Anschlag verübt werden, und sie selbst unterstützte direkt oder indirekt – aber auf jeden Fall mit ihrem Namen auf einem zwielichtigen Kontovertrag – diese Grausamkeit. Sie hatte sich von allen diesen Männern losgesagt, das Geld verprasst und damit auch gleich die Tickets für eine perfekte Flucht gebucht … Und war ermordet worden.

Stille um sie herum. Erst jetzt fiel Wencke auf, dass die Stimmen nebenan nicht mehr zu hören waren. Es war Nacht. Vielleicht waren sie fortgegangen. Vielleicht schliefen sie. Müdigkeit, ja, die hatte sich auch längst auf Wencke gelegt.

Sie musste weiterkommen, nicht aufhören mit dem Denken. Shirin hat für ihren Verrat büßen müssen. Das war stimmig! Das passte!

Bis auf eines: Es machte einfach keinen Sinn, dass Armanc Mêrdîn die Verantwortung für diese Tat übernahm. Warum sollte er die Terrorvereinigung decken und eine jahrelange Haftstrafe riskieren für die extremistischen Begleiter seiner Schwester? Er selbst hatte mit *kmK* nichts zu tun, das wäre bekannt, schließlich stand er seit drei Jahren unter ständiger Beobachtung durch den Justizvollzug oder die Bewährungshelfer. Zumal es ihm nicht gleichgültig sein konnte, dass Roza – seine Nichte – Gefahr lief, Opfer eines brutalen Anschlags zu werden. Nicht, nachdem er selbst damals ihr ohnehin schon unerträgliches Leiden verursacht hatte. Nein, dieses Puzzleteil klemmte und hakte.

Wencke schlug mit der Faust auf den warmen Stein, als wollte sie die sperrige Geschichte geschmeidig machen. Bewegen gegen den Schlaf, sie schwitzte dadurch noch stärker, dabei war sie schon klatschnass. Nicht einschlafen … nachdenken!

Und die Mordmethode? Erst betäuben, dann fesseln, dann würgen … Wer hatte das getan … Wer … Die Gedanken verschmierten in der Hitze. Die vielen Für und Wider immer durch den Kopf zu scheuchen kostete Kraft. Und davon war nichts mehr übrig. Beim besten Willen nicht.

Emil. Sie hatte ihn nicht gefunden. Die zweite Nacht. Ob er wusste, dass sie alles daransetzen würde, ihn zu finden? Ob er an sie glaubte? Oder ahnte er, dass sie keine Chance haben würde, ihm zu helfen? Hatte er … Angst? Verdammt, bloß keine Tränen jetzt.

Hätte sie nur ein Glas Wasser. Einen kalten Lappen, feucht. Oder ein wenig Luft, die ihr den Schädel kühlte. Das wäre …

Ihre Augen fielen zu. Die wenigen Versuche, ihre Lider wieder zu öffnen, waren in etwa so anstrengend, als hätte sie einen Mittelklassewagen stemmen müssen. Nichts ging mehr.

Aus.

… dich umhüllt …

Ein letztes Mal aufwachen, den Tag begrüßen. Heute ist der Tag des Zuckerfestes, die große Hochzeit, ihr Sterbetag.

Ein letztes Mal aus einem Haus treten. Der Himmel wird nur langsam hell, aber die Vögel sind schon wach, wollen die Sonne herbeisingen. Ein schönes Geräusch. Leise und doch laut. Fröhlich.

Ist sie fröhlich?

Damals war sie es, als kleines Mädchen in Wunstorf, wenn Shirin sich verkleidet hat als Hexe oder Zauberin, da hat sie gelacht ohne eine Spur Traurigkeit. Armanc war noch klein, konnte gerade erst laufen, sie haben ihm eine Zipfelmütze aufgesetzt und die Wangen mit Shirins Lippenstift apfelbackenrot gefärbt. Er hatte Vaters Gummistiefel getragen, so lustig, wenn er über seine eigenen Füße gestolpert ist.

Wann hatte das aufgehört?

Als Shirin weggegangen ist. Sie selbst war nie so zu Späßen aufgelegt wie ihre große Schwester. Armanc und sie haben sich oft gestritten. Sie sind sich zu ähnlich, immer so stolz, immer im Schatten der Schwester und unter dem Dach der Familie. Und beide haben sie Shirin schmerzlich vermisst, als sie gegangen ist. Nur hat es keiner von ihnen zugegeben. Stattdessen haben sie sich gestritten.

Armanc hat Shirin damals töten wollen. Wegen der verdammten Ehre. Aber sie – Meryem – hätte er wahrscheinlich nur verachtet, verbannt, vergessen. Für einen Ehrenmord hätte seine Liebe nicht gereicht. Niemand versteht, wie weh das tut.

Nie ist sie danach wieder fröhlich geworden. So richtig mit lachendem Herzen, nein.

Ein letztes Mal den Bosporus überqueren. Das Wasser wie Samt leckt am Metall der Fähre, selbst die Wellen scheinen noch müde zu sein.

Es sind kaum Menschen unterwegs. Sie sitzt allein an Deck, schaut weder nach Europa noch nach Asien, sondern zum türkisblauen Marmarameer. Es passt am besten zu ihrer Situation, nicht auf ein Ufer zu blicken, sondern zur offenen See.

Schwere Schiffe auf einem Spiegel. Möwen im Tiefflug. Der große Gasballon am Hafen von Kadıköy ist aufgestiegen, nie hat sie jemanden gefragt, was es mit diesem seltsamen Gebilde auf sich hat. Und nun ist die Gelegenheit vertan.

Niemals und *für immer*, diese Begriffe werden heute in jedem Satz vorkommen. Oder die drei Worte *ein letztes Mal.*

Sie will Sätze damit bilden.

Niemals werde ich eigene Kinder haben.

Für immer wird mein Name neben denen der Märtyrer des Freiheitskampfes stehen.

Ein letztes Mal …

Sie sind genau in der Mitte des Bosporus. Ihr fällt kein Satz mehr ein. Sie denkt, vielleicht habe ich Angst, und kramt in ihrer Seele wie in einer Schublade, die vollgestopft und durcheinander ist. Aber Angst findet sie nicht. Nur Wehmut, Traurigkeit, Liebe, Stolz. Und ein bisschen Hoffnung, dass etwas besser wird, wenn sie ihren Auftrag erfüllt hat.

Der schwere Gürtel umhüllt sie unter der weiten Jacke. Sie will sich nicht vorstellen, was passiert, wenn sie den Zündfunken aktiviert. Warum auch? Das wird sie schon nicht mehr erleben. Leicht wird sie sein.

Die Bräute mit sich nehmen. Befreien von ihren Schleiern.

Das Theater beenden. Den Vorhang verbrennen.

Kein Applaus.

Sie legen an. Sie wartet, bis alle von Bord gegangen sind, und verlässt als Letzte die Morgenfähre von Kadıköy nach Eminönü. Umhüllt vom Tod.

Ein letztes Mal hat Meryem Mêrdîn den Bosporus überquert.

20.

Sie fror erbärmlich.

Es war hell geworden, Sonnenstrahlen fielen durch die bunten Scheiben der Kuppel, warfen farbige Kleckse auf den Marmorblock darunter, aber sie brachten keine Wärme. Der Stein, auf dem Wencke eingeschlafen war, fühlte sich so kalt an, als sei er in der Nacht zum Eisblock mutiert. Gestern hatte sie sich gewünscht, die Hitze würde verschwinden. Jetzt schlugen ihre Zähne aufeinander.

Wencke richtete sich auf. In ihrem Kopf waberte eine träge Masse, die allzu schnelle Bewegungen nicht gern mitmachte. Ihr wurde übel, alles schwankte. Es war nicht möglich, mit den Augen einen Punkt zu fixieren, um so den Schwindel in den Griff zu bekommen, der Raum verschwamm vor ihren Pupillen. Die Schultern schmerzten, die Hüfte auch. Selten hatte sie sich so krank gefühlt. An den Handinnenflächen ertastete sie doch wieder Wärme auf dem Marmor. Sie hatte sich getäuscht, die Hitze war noch da, der *Hamam* heizte weiterhin unerbittlich. Nur sie selbst war offenbar immer heißer geworden, eine Art Fieber musste für den Schüttelfrost verantwortlich sein.

Man brauchte nicht Medizin studiert zu haben, um die richtigen Schlüsse zu ziehen: Wer seit Tagen unter Strom steht, in einem kalten See und dann in der Spätsommerhitze schwimmt, wenig schläft, kaum isst und trinkt, zudem zerfressen ist von Sorgen um den eigenen Sohn, der muss damit rechnen, dass der Körper irgendwann kapituliert.

Aber doch nicht jetzt, bitte nicht heute!

Sie schob erst das eine, dann das andere Bein über den Rand des Steinblocks. Draußen waren keine Stimmen mehr zu hören, genau wie gestern Nacht, bevor sie eingeschlafen war. Wahrscheinlich hatten die kurdischen Freiheitskämpfer sie hier allein zurückgelassen. Um sich auf den Weg zu machen. Zur Blauen Moschee … mein Gott! Die Hochzeit, der Sprengstoff, Emil … Wie spät war es? Wie lange hatte sie hier gelegen, wie bewusstlos, ohne Gefühl für Raum und Zeit? Definitiv zu lange!

Wencke stemmte sich hoch und wankte zur Tür, aber die Hoffnung, dass man ihr wortlos die Freiheit geschenkt hätte, wurde schnell zunichtegemacht. So sehr sie auch rüttelte, klopfte, sich mit aller Gewalt gegen die schwere Tür stemmte: Es nützte nichts, der runde Raum würde ihr Verlies bleiben.

Sie schob sich an der Wand entlang, klopfte dagegen und hoffte auf einen hohlen Widerhall, einen wackelnden Stein, irgendetwas, was man durchbrechen, aufreißen konnte. Doch die alten Mauern zeigten sich stur und unnachgiebig.

Aber unter einem der Waschbecken saß das Abflussrohr lose im Boden, sie riss es heraus und musste die Luft anhalten, denn der modrige Gestank ließ sie würgen. Das Bodengitter direkt daneben wirkte porös. Sie krallte ihre Finger hinein, versuchte, die bröckelige Füllung zu lockern. Das Rohrstück diente ihr als Werkzeug, sie schaufelte, stemmte und setzte es als Keil ein. Sobald ihre Kraft nachließ, ihr der kalte Schweiß in die Augen lief oder die Übelkeit den Körper krampfen ließ, dachte sie an ihren Sohn. Wencke flüsterte oder keuchte seinen Namen und zwang sich, stark zu sein. Das Bodengitter löste sich schwerfällig, es schien mindestens einen Zentner zu wiegen, doch vielleicht war es auch federleicht, nur ihre Muskeln machten nicht mehr mit. Sie schob es zur Seite. Das darunterliegende Loch war klein, niemals würde sie dort hindurchpassen. Selbst wenn sie die Öffnung mühsam weitete, den betonartigen Boden

Krümel für Krümel zerlegte, wer sagte ihr, dass sie von dort direkt in die Kanalisation gelangen würde? Wencke schob ihren Kopf nach unten, die Kloake stank widerwärtig. Sie rückte weiter, schob ihre Hand vor sich her, folgte einem schmalen Weg – bis ihre Finger an ein weiteres Gitter stießen. Es war hoffnungslos! Hier würde sie nicht herauskommen.

Erst jetzt wurde ihr klar, dass sie heulte. Obwohl sie doch wusste, dass Selbstmitleid jetzt das Letzte war, was sie weiterbringen würde. »Emil … Emil …« Ihr Schluchzen ging über in ein hemmungsloses Weinen, bis sie sich endgültig leer fühlte. Leer, ausgelaugt, am Ende ihrer Kraft und ihrer Hoffnung.

Wencke legte sich flach auf den Boden, ließ die kalten Schauer über ihre Glieder laufen und ergab sich der Verzweiflung. Die Tränen brannten in den Augen, und sie schaffte es kaum, sie fortzuwischen. Doch ihr Blick nach oben wurde plötzlich klarer. Da, unerreichbar weit oben, hing der marode Elektrokasten. Sie blinzelte. Einen Meter über der Strombox war die Mauer bereits so zerbröselt, dass der wilde Wein seinen Weg nach innen gefunden hatte. Zwischen dem wuchernden Grün der Weinranken war die Sonne zu erkennen, sie stand schon recht hoch, es musste also bereits Vormittag sein. Und um ein Uhr fand die Massenheirat im Vorhof der *Sultan Ahmet Camii* statt. Das wäre womöglich noch zu verhindern gewesen, wenn man nicht gerade in einem gottverlassenen türkischen Badehaus am anderen Ende Istanbuls – sogar auf einem anderen Kontinent – eingesperrt wäre.

Aber noch war es nicht ein Uhr. Noch gab es diesen einen, winzigen Funken Hoffnung, der mit dem wilden Wein hineingewachsen war in ihr Gefängnis. Sie wusste, ihre Chancen waren minimal, aber warum sollte sie sich jetzt geschlagen geben? Solange man ihr nicht die Beine am Boden des Bosporus einbetonierte, hatte sie diese letzte Möglichkeit. Und sie würde sie nutzen.

In der Nische beim Wasserbecken stand ein alter Holzbesen, dessen Stil schon gesplittert war vom ewigen Aufquellen in schwüler Hitze. Ein Meter vierzig schätzte Wencke die Länge des Stocks. Sie nahm ihn in die Hand, drehte den borstigen Kopf nach oben, stieg auf die steinige Erhöhung in der Mitte und streckte sich. Es fehlte noch immer fast ein Meter, um an das schlaffe Beleuchtungskabel zu gelangen, aber vielleicht hatte sie Glück.

Der erste Versuch war ein Sprung ins Nichts, sie knallte der Länge nach auf den Boden und schlug sich das Knie blutig, ohne auch nur in die Nähe der Stromdrähte gelangt zu sein. Mit etwas Anlauf würde sie vielleicht weiter kommen. Der Marmorblock ließ jedoch höchstens Platz für drei Schritte, die mussten reichen. Schon jetzt kribbelten ihre Arme, als würde eine Ameisenarmee darauf marschieren, doch sie hielt sie weiter in die Höhe, nahm Schwung, peilte das Ziel an und sprang.

Ja! Der Besenkopf hatte sich im Kabel verhakt und riss das lose Ende herunter. Sie warf das Ding zu Boden und atmete tief durch. Jetzt konnte sie – vorsichtig – versuchen, einen Aufstieg zu wagen, es war nur der Hauch einer Möglichkeit, aber wahrscheinlich die Einzige, die sich Wencke jetzt noch bot. Sie knotete mehrere Schlaufen in die Schnur aus Kupfer und Plastik, groß genug, dass sie ihre Füße hineinstellen konnte. Ob der klapprige Elektrokasten am oberen Ende des Kabels überhaupt ihr Gewicht tragen könnte, darauf musste sie es ankommen lassen – wahrscheinlich war es nicht, und wenn, dann sicher nur für einen ziemlich kurzen Moment. Das Loch in der Decke befand sich in gut drei Metern Höhe, bis dahin musste sie es schaffen, denn ein Aufprall auf die Steinkante darunter würde Schlimmeres als ein paar blaue Flecken verursachen, soviel stand fest.

Sie rüttelte am Kabel, stellte sich in die untere Schlaufe, testete die Stabilität, schon bröckelten erste Steinchen aus der

Wand. Nicht nachdenken, beschloss Wencke und versuchte, sich weiter nach oben zu ziehen. Das Kabel schnitt ihr dabei scharf in die Hand, und die zweite Schlaufe war schwer zu treffen, das Gewicht hatte die Öse enger gezogen. Fast wollte sie aufgeben, als sie zumindest ein kleines Stück der Schuhspitze hineinbekam. Das brachte sie immerhin einen halben Meter nach oben. Die dritte Schlaufe traf sie schon besser, doch sie musste gegen die Tränen ankämpfen, die die Anstrengung ihr in die Augen trieb. Jetzt hing sie fast in der Waagerechten, den Rücken nach unten, ein Sturz würde sie zum Krüppel machen … Nicht nachdenken!

Schließlich hatte sie tatsächlich die letzte Schlaufe erklommen, weiter ging es nicht. Wenn sie sich streckte und mit einer Hand losließ, kitzelten die ersten Weinblätter an ihren Fingerspitzen. Sie begann wieder zu zittern, obwohl ihr der Schweiß über die Stirn in die Augen lief. Ihre Schultern zuckten wie unter Strom, unkontrollierbar, sie musste alle Konzentration aufbringen, um wenigstens Arme und Hände ruhig zu halten, ihr ganzes Gewicht hing nun daran. Das Loch war zu weit rechts, also wagte sie es, leicht zu schaukeln, hin und her. Und immer, wenn sie in die Nähe der grünen Ranken kam, versuchte sie etwas zu fassen zu kriegen. Vergeblich. Sie vergrößerte die Bewegung, der Elektrokasten ächzte, mit einem Ruck löste er sich aus einer Verankerung, sackte eine Handbreit tiefer, und es war klar, dies waren die letzten Sekunden, die das alte Teil noch einer solchen Belastung standhielt. Wencke gab Schwung, sah den Riss im Mauerwerk größer werden, schrie ohne zu atmen, ließ es darauf ankommen, fallen würde sie ohnehin, es gab nur noch diesen einen Versuch. Im selben Moment, in dem sie sich drei Weinranken um den Arm geschlungen hatte, krachte es. Das Gehäuse raste in die Tiefe, traf auf den harten Boden und zersplitterte in tausend Teile. Wencke hing an einem Arm drei Meter weiter oben in der Luft. Doch der Anblick des zersprungenen Plastiks setzte ihre letzten Kraftreserven frei, der unbenutzte Arm schob sich in das Loch der Kuppel, es gelang ihr, sich irgendwie hochzuhieven. In dem verschlungenen Wirrwarr aus Weinblättern konnte sie auch mit dem rechten Bein Halt finden, dann schloss sie die Augen, mobilisierte noch einmal alle Energie, zog, stöhnte, zog – bis sie sich auf dem runden Dach wiederfand, wo sie viel zu erschöpft war, um ihre Befreiung zu begreifen. Sie verschluckte sich heftig, hustete, rieb ihre Arme, die schmerzten, als hätten sie gerade eine mittelalterliche Folterung auf der Streckbank überstanden.

Vielleicht wäre sie stolz auf sich gewesen, wenn ihr nicht in diesem Moment klar geworden wäre, dass diese Aktion sie nur wenig näher an ihr Ziel herangebracht hatte – und sie noch weit entfernt war von der Lösung einer Aufgabe, die das Schicksal sich am heutigen Tag für sie ausgedacht hatte.

Ohne Geld, ohne Orientierung, ohne Sprachkenntnisse und ohne etwas im Magen kam man in einer Stadt wie dieser nicht voran. Geschweige denn konnte es einem gelingen, eine entschlossene Gruppe Untergrundkämpfer von ihrem Wahnsinn abzuhalten.

Wencke schob sich langsam vorwärts, die verwachsene Mauer bot glücklicherweise genug Möglichkeiten, um ohne große Blessuren vom Dach des *Hamam* zu klettern. Vor dem Eingang war nichts von einem Jeep zu sehen, die Tür war verschlossen, ihre Entführer mussten tatsächlich bereits aufgebrochen sein. Auf der anderen Straßenseite tropfte Wasser aus einem brunnenähnlichen Ding. Wencke stürzte darauf zu, ignorierte das Schild, auf dem ein Trinkgefäß rot durchgestrichen war, und löschte gierig ihren Durst. Der Kopf wurde sofort klarer, der Boden unter ihr schien endlich nicht mehr die Konsistenz eines Wasserbettes zu haben. Nur dieses verdammte Frösteln hörte einfach nicht auf.

Wencke schlich eng an den Häusern entlang, weil sie noch immer ihren Beinen nicht so recht traute. Die Sackgasse war menschenleer, drei magere Katzen, die sich im Gebüsch vor dem Badehaus in der Sonne räkelten, schienen die einzigen Lebewesen weit und breit zu sein. Der Weg führte leicht bergauf, machte einen Bogen und stieß wiederum auf eine kleine, öde Gasse, in der es süßlich roch. Wespen schwärmten aus, als Wencke über die klebrigen Flecken am Boden stieg, Fallobst undefinierbarer Herkunft. Ob das essbar war? Wencke spürte den Hunger erst jetzt als ein wildes, wundes Gefühl irgendwo in ihrer Körpermitte. Die wenigen Früchte, die noch an den Ästen über ihr hingen, leuchteten in verlockendem Rot. Pflaumen? Sie stieg auf eine Mauer, angelte nach dem Obst, bekam eines zu fassen und biss hinein. Ekelerregende Säure zog ihr augenblicklich den Mund zusammen, sie spuckte aus und warf den Rest des ungenießbaren Zeugs in das Gestrüpp dahinter. War sie völlig übergeschnappt? Aß mitten in einer Millionenmetropole unbekannte Gewächse vom Baum, als würde sie durch den Urwald irren.

Sie versuchte sich an die Strecke zu erinnern, die sie gestern mit dem Jeep gekommen waren. Da hatte es auch kleine Läden gegeben, oder nicht? Wencke quälte sich vorwärts. Jetzt nicht aufgeben, redete sie sich selbst ins Gewissen. Verdammt noch mal, du hast jetzt schon so viel durchgemacht und hältst dich noch immer wacker – wenn du jetzt zusammenklappst, dann war das alles umsonst. Und Emil wird denken, seine Mutter hat ihn im Stich gelassen, hat nicht lange genug durchgehalten, war zu schwach.

Die nächste Querstraße hatte schon etwas mehr Ähnlichkeit mit der Zivilisation. Ein Hoftor war halb geöffnet, dahinter stapelten sich Lebensmittelkartons, vielleicht war dies die Rückseite eines Supermarktes. Diese Hoffnung ließ sie schneller vorankommen, weit hinten entdeckte sie einen Mann, der auf dem Balkon seines Hauses eine Zigarette rauchte. Fast rannte sie. An der nächsten Ecke hatte das Leben sie wieder: Eine Boutique, ein Seifenladen, daneben tatsächlich Lebensmittel. Gemüse und Obst stapelte sich in den aufgestellten Holztischen, drei Kinder standen neben einer Eistruhe und tranken Cola aus Dosen. Sie schauten Wencke mit entsetzten Augen an, wahrscheinlich sah sie wie eine Bettlerin aus. Das Mädchen kam auf sie zu, es war ungefähr zehn und zeigte keine Spur von Ängstlichkeit oder Scheu, als sie Wencke ansprach.

»Ich kann dich leider nicht verstehen«, bedauerte Wencke und ihre Stimme klang, als hätte sie einen Eimer Rost gefressen.

»Sind Sie deutsch?«, fragte das Mädchen dann.

Wencke konnte ihr Glück kaum fassen. »Ja, das bin ich. Und du?«

»Ich bin Berivan. Komme aus Asbeck.«

Wencke hatte keine Ahnung, wo dieses Asbeck lag, aber sie freute sich wie verrückt darüber, dass diese Berivan dort lebte.

»Wir sind hier nur zu Besuch bei meiner Tante.« Das Mädchen zeigte ins Ladeninnere, wo eine dünne Frau damit beschäftigt war, Kuchenteilchen zu verpacken. »Wegen *Bayram*, Zuckerfest.«

»Ich bin Wencke aus Hannover.«

»Sie sehen sehr schlecht aus.« Das Mädchen nahm kein Blatt vor den Mund. »Soll meine Tante Ihnen etwas zu essen geben? Das gehört zu unserem Fest dazu, man muss den Armen Geschenke machen!« Ohne eine Antwort abzuwarten, hüpfte das Mädchen in den Laden, wechselte ein paar türkische Worte mit ihrer Tante, suchte in den Regalen und kam mit einem weißen Brötchen, einer Banane und einem Teller mit rosaroten, geleeartigen Stückchen heraus. »Bitte schön!«

»Das ist sehr lieb von dir!« Wencke setzte sich auf eine Mauer, griff zu und versuchte, nicht zu gierig zu wirken, als sie das Brötchen und die Banane verschlang. Die Uhr am Taxistand gegenüber zeigte, dass es schon halb zwölf war. Nur noch anderthalb Stunden …

»Willst du einen Tee?«

Wencke wischte sich die Krümel aus den Mundwinkeln. »Ich habe leider überhaupt keine Zeit. Ich muss so schnell wie möglich zur Blauen Moschee!«

»Warum?«

»Ich suche meinen Sohn und hoffe, ihn dort zu finden. Es ist sehr dringend …«

»Ist etwas passiert?«

»Noch nicht. Aber ich habe große Angst um ihn!«

Berivan riss die Augen auf. »Kann ich irgendwie helfen?« Wencke versuchte, Berivan dankbar anzulächeln, doch das schien ihr gründlich zu misslingen.

Das Mädchen winkte einem Mann zu, der auf der anderen Straßenseite in einem gelben Wagen hockte und laut Musik hörte. Er stieg aus, hörte sich den Redeschwall des Mädchens an, nickte und hielt die Beifahrertür auf.

»Was will er?«, fragte Wencke.

»Das ist mein Onkel Eylem. Sein Taxi ist das schnellste in ganz Istanbul!«

»Ich habe aber überhaupt kein Geld dabei …«, gab Wencke zu.

»Ist egal. Ich habe ihm gesagt, du bist eine Freundin aus Deutschland und hast große Probleme. Er bringt dich hin. Sofort, wenn du willst!«

Das war mehr, als Wencke erwartet hatte. Als hätte das Schicksal sich zur Abwechslung mal für sie entschieden. »Danke!«, brachte sie hervor, dann rannte sie über die Straße. Bevor Onkel Eylem den Motor startete, kam seine Frau aus dem Laden gelaufen, drückte ihrer Nichte eine große Flasche Wasser in die Hand und schickte sie zum Taxi. »Für Sie! Alles Gute! Und ein frohes *Bayram*!« Das Mädchen winkte, bis es außer Sichtweite war.

Das Zuckerfest war eine wunderbare Erfindung, stellte Wencke fest. Sie trank das Wasser, ließ es über ihr Gesicht laufen, kühlte die Stirn und die Schläfen mit der Flasche. Es tat unendlich gut.

»Du suchen Kind, sagt Berivan?«, meldete sich der Taxifahrer und schaute sie trotz seiner rasanten Geschwindigkeit von der Seite an. Er hatte das Autoradio nicht leiser gestellt, und da der orientalische Schlager ihn zu beflügeln schien, ließ Wencke ihm seinen Willen.

»Ja, mein Sohn ist irgendwo in Istanbul und ich mache mir Sorgen, denn heute wird eine Katastrophe passieren, wenn ich nicht ... « Dem Mann war anzusehen, dass er kein Wort verstand und nur aus Freundlichkeit weiterhin nickte. »Könnte ich telefonieren?«

»Telefon? Ja!«

»Nach Deutschland ... «

»Oh ... « Er überlegte nur kurz. »Kein Problem!« Er holte ein klobiges Mobilgerät aus dem Handschuhfach. »Muss wählen 0049 ... «

»Ich weiß, vielen Dank!« Hastig tippte sie die Nummer des LKA in den Hörer und noch niemals zuvor hatte sie sich so gefreut, Kosians Stimme zu hören, auch wenn das aufgrund der Musik kaum möglich war.

»Wencke Tydmers hier!«, schrie sie in den Hörer. »Sie müssen lauter reden!«

»Endlich! Wir haben uns Sorgen gemacht. Warum sind Sie nicht ... «

»Haben Sie etwas von Emil gehört?«, unterbrach sie.

Die Kosian zögerte. »Nein. Nein, es tut mir leid. Wir haben so gehofft, Sie hätten in der Zwischenzeit etwas ... «

Es tat weh, diese Hoffnung zu begraben, auch wenn sie noch so klein gewesen war. Während Onkel Eylem durch die Istanbuler Straßen raste, hörte sie sich an, was die Kollegen zu berichten wussten. Vieles von dem, was Wencke sich in den letzten vierundzwanzig Stunden zusammengereimt hatte, wurde durch diese Informationen bestätigt, sogar eine Terrorwarnung für Istanbul lag vor. Und ihre Theorie mit den veruntreuten Spendengeldern wurde durch Axels Nachforschungen bei der *WPB* bestätigt.

»Ihr Kollege Axel Sanders ist inzwischen in Istanbul angekommen. Er hat sich bei uns gemeldet. Leider hat er keine Ahnung, wo er Sie suchen soll. Aber er wird jetzt um die Mittagszeit zur Blauen Moschee kommen, zu dieser Hochzeit ... «

»Nein! Hören Sie: Ich bin sicher, der Anschlag wird dort stattfinden! Ich bitte Sie: geben Sie diese Information sofort an die entsprechenden Stellen durch. Ich erkläre Ihnen das alles später. Bitte! Um dreizehn Uhr wird es in der Blauen Moschee zu einer Katastrophe kommen! Warnen Sie Herrn Sanders! Und alarmieren Sie alle Kräfte vor Ort! Sanders hat keine Ahnung! Aber ich bin mir sicher, der Anschlag wird dort stattfinden!«

»Wie kommen Sie darauf?«

»Bitte stellen Sie jetzt keine Fragen, dazu ist keine Zeit mehr.«

»Okay, Frau Tydmers. Wie sicher sind Sie? Worauf können wir uns den Kollegen in Istanbul gegenüber beziehen?«

»Hören Sie: Ich habe einen Karton voller Sprengstoff gesehen und eine Gruppe Menschen kennengelernt, die nicht so aussahen, als wollten sie nur zum Vergnügen ein hübsches Feuerwerk zünden.«

»Verstehe. Wie können wir Kontakt halten?«

»Ich habe keine Ahnung, bin unterwegs zur ... «

»Frau Tydmers! Sie können da nicht allein hinmarschieren, sind Sie wahnsinnig?«

»Frau Kosian? Hallo? Die Leitung ... ?«

»Man kann Sie nicht aufhalten, ist es so?«

»Ich muss meinen Sohn finden. Wenn er dort ist … verstehen Sie denn nicht?«

» … doch, ich glaube, das kann ich verstehen.«

Wencke beendete das Gespräch und legte das Telefon zurück. Sie musste tief durchatmen. Axel war in Istanbul. Ihretwegen. Er hatte keine Ahnung, in welche Gefahr er sich brachte. Und sie hatte keine Ahnung, wie sie ihn schützen könnte.

Der Taxifahrer schaute sie entgeistert an. Wahrscheinlich hatte er nicht erwartet, deutsche Vokabeln wie Sprengstoff und Attentat zu hören. »Schlimme Probleme!«, fasste er zusammen und trat das Gaspedal noch weiter durch Richtung Boden. Er kannte Schleichwege, die rauf und runter, aber eben irgendwann auch zur Bosporusbrücke führten. Die laute Musik machte Wencke fast verrückt, ein Mann sang einen entsetzlichen Schmalz, und sie wollte wetten, es ging in jedem der Lieder um die Schmerzen der Liebe, doch vielleicht brachte gerade dieses Thema Onkel Eylem in Fahrt. Sie flogen fast über die Straße, die an Seilen aufgehängt die Kontinente miteinander verband.

Im Zickzackkurs ging es weiter durch moderne Wohngebiete, die auch in Hannover hätten stehen können, bis sie endlich die Minarette der Innenstadtmoscheen erkennen konnte. Eine weitere Brücke, Gedränge auf den Straßen, Hupen – dann kamen sie an. Onkel Eylem hielt mit quietschenden Bremsen, wünschte viel Glück, und Wencke hätte ihm für seine Großzügigkeit am liebsten einen Kuss gegeben, doch sie musste weiter und beließ es bei einem Lächeln, das herzlichste, das sie an diesem Morgen zustande brachte.

Er ließ sie direkt am Park aussteigen, sie rannte über den Rasen. Eine Uhr verriet, dass sie es pünktlich geschafft hatte, fast bis auf die Minute genau, es war kurz vor eins, die Hochzeit im Hof der Blauen Moschee würde gleich beginnen.

Dass sie nicht der einzige Gast sein würde, hatte Wencke natürlich erwartet. Doch mit dieser Ansammlung von Menschen, die sich zum selben Ziel bewegte wie sie, war sie überfordert. Es waren zu viele, um eine Anzahl zu schätzen. Sicher war nur, hier würde sie niemanden finden. Weder Brautpaar noch Attentäter, am allerwenigsten Emil.

Noch sah sie nirgends Polizeiwagen oder dergleichen. Zwar vertraute Wencke der Kosian, dass diese alle Hebel in Bewegung setzte, um so schnell wie möglich den Bereich um die Blaue Moschee sichern zu lassen. Doch wie viele Minuten oder Stunden »so schnell wie möglich« hier in Istanbul bedeutete, wusste sie nicht einzuschätzen. Sie hoffte nur, dass die Bereitschaftsdienste durch die Terrorwarnung ohnehin aufgestockt worden waren.

Die Menschen drängten sich im quadratischen Hof wie in einem Fußballstadion. Zwischen einigen Schultern hindurch konnte Wencke einen kurzen Blick auf das Geschehen in der Mitte werfen. Weiße Kleider und schwarze Anzüge bildeten ein fast grafisches Muster. Die Hochzeitspaare hatten ihre Gesichter der Moschee zugewandt, deren Kuppeln und Türmchen sich hinter den Arkaden auftürmten wie eine gigantische Sandburg aus der Sicht eines Taschenkrebses. Alle Frauen hatten die Gesichter unter Schleiern verborgen, es war unmöglich, unter den zweihundert Bräuten ausgerechnet Roza Talabani zu erkennen.

Wencke verfluchte einmal mehr, dass sie nicht mit zwei Metern Körpergröße gesegnet war. Die Festgesellschaft presste sich in die Arkadengänge, es herrschte ausgelassene Stimmung. Jeder schien sich an diesem Ereignis zu erfreuen, Alte und Junge und Kinder, sie sangen und jubelten. Hochzeit, der wichtigste Tag im Leben …

Wencke hoffte, jemanden aus der Gruppe zu erkennen, die sie gestern Abend am Hafen abgeholt hatte. Einen ihrer beiden

Begleiter vielleicht, oder der bärtige Typ, der Wasmuth zugenickt hatte, vielleicht auch Meryem selbst – heute womöglich mit einem breiten Ledergürtel ausgestattet. Doch die unzähligen Menschen waren ständig in Bewegung, schoben sich weiter nach vorn, winkten sich zu und trafen sich ganz woanders, liefen kreuz und quer. Zwei oder dreimal glaubte sie, Emil zu sehen, und ihr Herz setzte jedes Mal abrupt aus, bis das Kind sich irgendwann umdrehte und die Gesichtszüge wieder nicht die ihres Sohnes waren. Dann wusste sie kaum, ob sie enttäuscht oder erleichtert sein sollte. Vielleicht war er ja gar nicht hier, vielleicht waren seine Entführer nicht so weit gegangen, ihn in Lebensgefahr zu bringen. Diese Sätze betete sie sich selbst immer wieder vor, denn der Gedanke, dass Emil inmitten all dieser Menschen stand, von denen mindestens einer einen Sprengstoffgürtel um den Leib trug, führte nur dazu, dass sie sich fühlte wie narkotisiert. Und das durfte auf keinen Fall geschehen, sie musste wach bleiben, hellwach, wenn sie die Katastrophe verhindern wollte.

Das Wichtigste war jetzt, die Attentäter aufzuspüren, denn wenn es misslang, deren Plan zu vereiteln, würde sie weder Emil noch Axel wiedersehen, es sei denn, es gab tatsächlich so etwas wie einen Himmel. Sie hatte keine Ahnung von der Dimension und der Funktionstüchtigkeit des Istanbuler Sicherheitsapparats – nur eines war gewiss: bis die Informationen in die richtigen Kanäle gelangt waren, kam es auf sie an. Doch was hatte sie allein für eine Chance gegen eine Gruppe, deren Mitglieder bereit waren, ihr Leben hinzugeben für ein Ziel, welches fanatisch und irrational war? Ihr Feind war ohne Kontur, ohne Grenze, unfassbar und unberechenbar. Es war utopisch, im Alleingang gegen *kesîbtîya mewcûdbûna Kurdistanê* antreten zu wollen. Es war Wahnsinn! Doch was blieb ihr anderes übrig? Noch immer konnte sie keinen Hinweis auf die Präsenz irgendwelcher Einsatzkommandos vor Ort entdecken.

Der Imam, ein Mann mit kegelstumpfförmigem Hut und weißem Gewand, trat aus der Moschee in den Innenhof, setzte seine dicke Brille auf und nickte von der oberen Stufe herunter den Anwesenden zu. Die Brautpaare schienen in ihren Bewegungen eingefroren zu sein, und es herrschte eine seltsame Anspannung unter den vielen Menschen, die sich vor dem Portal der *Sultan Ahmet Camii* eingefunden hatten. Respekt, Ehrfurcht …

Wenn sie wüssten, in welcher Gefahr sie schweben, wäre nur noch Angst übrig, dachte Wencke. Doch es machte keinen Sinn, die Anwesenden zu warnen, denn eine Massenhysterie in diesem geschlossenen Hof wäre fast so fatal wie die Bombe selbst. Es gab nur drei Ausgänge, und die waren höchstens vier Meter breit, die Flüchtenden würden sich gegenseitig zu Tode trampeln.

Inzwischen schoben sich vereinzelt Männer in Uniform in den Hof. Sie sahen nicht nach einem Spezialkommando aus, eher nach ganz normalen Streifenpolizisten. Doch immerhin verrieten sie Wencke, dass hier etwas geschah. Vielleicht fuhren zu diesem Zeitpunkt ja bereits die ersten Einsatzwagen vor. Hoffentlich.

Dem Imam wurde ein Mikrofon vor die Nase gestellt und er begann, monotone Silben zu rezitieren, die Wencke an die christliche Liturgie erinnerten, wahrscheinlich Sätze aus dem Koran. Hinter dem Geistlichen tauchten mehrere Männer in ähnlichen Gewändern auf, einer von ihnen war der *hoça,* mit dem Wasmuth sich gestern unterhalten hatte. Augenscheinlich fungierten er und seine Kollegen als Hilfsprediger, denn ein Imam alleine wäre ewig beschäftigt, diese Menge an Brautpaaren zu segnen. Die Talarträger wandelten durch die Reihen zwischen all den knienden Männern und Frauen und legten deren Hände aufeinander. Irgendwo da unten mussten sich nun auch die Finger von Roza und Rafet miteinander verbinden.

In diesem Moment schob sich eine Vision vor Wenckes inneres Auge, gegen die sie nichts ausrichten konnte, sosehr sie sich auch dagegen wehrte: Blutende Gesichter, schreiende Opfer, verzweifelte Angehörige, entsetzliche Brandwunden und ein Rest vom Rauch der Detonation in der Luft. Solche Bilder kannte sie nur aus dem Fernsehen, wo man die Möglichkeit hatte, wegzuschauen oder umzuschalten, wenn es zu schlimm wurde. Aber hier würde es keine solche Möglichkeit geben.

Die Aufmerksamkeit aller war auf den Imam gerichtet. Wencke erntete böse Blicke, als sie sich an den vorderen Zuschauerreihen vorbeischlich, mehr als einmal wurde sie wütend am Weiterkommen gehindert und beschimpft. Wie einen Kamm zog sie ihren Blick durch die Leute, blieb ab und zu hängen an einem, der nicht in dieselbe Richtung schaute, ihr für einen Bruchteil einer Sekunde bekannt vorkam oder durch seinen Bauchumfang irgendwie auffiel, als trüge er ein paar Kilo explosives Material mit sich herum.

Worauf warteten die Attentäter noch? Hatte eine islamische Hochzeitszeremonie so etwas wie einen Höhepunkt? Gaben sich muslimische Paare auch ein Jawort? Versprachen sie sich Treue, Liebe und gegenseitige Ehre, bis dass der Tod sie scheide?

Die Stimmlage des Imam veränderte sich hörbar, sie klang, als sagte er nun weniger heilige Worte als zuvor. Die Brautpaare gaben einstimmig Antwort.

Da! Ein blonder Mann, blass, schlaksig, beige gekleidet. Dort, auf der anderen Seite stand eindeutig Peer Wasmuth, trotz hängender Schultern war er einen Kopf größer als der Rest um ihn herum. Was machte er hier? Er musste doch wissen, was gleich an diesem Ort passieren würde, weshalb brachte er sich nicht in Sicherheit? Wencke nahm die zwei Stufen nach unten, schlüpfte aus dem Schatten der Arkaden in den sonnenbestrahlten Innenhof, fast wäre sie einer der knienden Bräute auf den Schleier getreten. Noch hatte Wasmuth sie nicht bemerkt, er richtete seinen Blick auf etwas anderes, wie gebannt starrte er in die Ecke links hinter Wencke. Traurig sah er aus. Aber nicht verzweifelt.

Es fiel ihr schwer, nicht loszurennen, sondern so unauffällig wie möglich zu agieren, denn Wenckes Herz machte Radau und spornte sie an, schnell, stark und mutig zu sein. Doch wenn man sie bemerkte, nein, genauer gesagt: Wenn die Person, die sich heute zum Märtyrer sprengen wollte, sie bemerkte, dann hätte Wencke das Gegenteil erreicht. Wahrscheinlich waren sie alle nur einen Knopfdruck von der Explosion entfernt. Und dem Attentäter kam es auf eine Sekunde mehr oder weniger nicht an.

Der Imam begann zu singen, seine orientalische Melodie wurde von den Lautsprechern durch den Hof getragen. Die Hilfspriester waren noch immer damit beschäftigt, die Hände der Brautpaare miteinander zu verbinden.

Die Distanz zu Wasmuth war inzwischen gefährlich knapp, sollte er nur einen Moment seine Augen schweifen lassen, hätte er Wencke erkannt. Der Reinigungsbrunnen, ein pavillonartiges Steinhäuschen in der Mitte, bot Schutz vor seinem Blick. Wencke verbarg sich hinter einer der Säulen und wagte nun auch, hinter sich zu blicken. Worauf hatten Wasmuths Augen gelegen?

Sie sah sie nicht gleich, denn ein *hoça* stand im Weg, doch als der sich dem nächsten Bräutigam zuwandte, stand da diese Frau: Meryem! Es war unschwer zu übersehen, dass sie etwas unter ihrer weiten, viel zu warmen Jacke verbarg, sie hatte sich noch nicht einmal Mühe gegeben, sich zu tarnen. So überzeugt musste sie sein, dass dies der geeignete Moment, der passende Ort war, an dem sie sich wie unsichtbar unter das Volk mischen konnte.

Wasmuth setzte sich in Bewegung, ging auf Meryem zu, ganz langsam. Diese sehnsuchtsvollen Augen, sie wären kitschig gewesen, wäre die Situation nicht so unbarmherzig real. Darauf hätte sie auch selbst kommen können: Wasmuth war nicht trotz, sondern wegen des Anschlages gekommen. Er wollte es miterleben. Er wollte mit ihr in den Tod gehen. Welcher Ausweg blieb ihm noch? Er musste ahnen, dass man in seiner Heimat inzwischen einige Schlüsse gezogen hatte und sein Lebenswerk – CIFN – nach dem Spendenskandal sehr sicher keine Chance mehr auf irgendwelche Bundespreise hatte. Sobald die Verwicklungen im Mordfall aufgedeckt wären, würde man ihm als Vorsitzenden wahrscheinlich noch nicht einmal mehr ein Glas Ayram abnehmen, wenn es Geld dazu gäbe. Sein Zug war abgefahren. Bestimmt hatte er am Flughafen nur ein einfaches Ticket ohne Rückflug gebucht. Ihm musste klar gewesen sein, dass er nie wieder in Wunstorf am Pult stehen und kurdische Hausfrauen unterrichten würde.

Warum also sollte er nicht mit seiner unerreichbaren Geliebten in den Tod gehen?

Meryem erkannte ihn, erschrak, schüttelte fast unmerklich den Kopf und formte mit den Lippen ein *Bleib, wo du bist.* Doch Wasmuth ließ sich nicht abhalten, schritt weiter auf sie zu, probierte es mit einem Lächeln.

Wencke wusste, dies war der Moment, in dem sich alles entscheiden würde. Diese Frau hatte den Finger wahrscheinlich schon am Auslöser und zögerte nur wegen eines Mannes, den sie nicht mitnehmen wollte auf ihre Reise in den Tod. Das war die Chance, die einzige! Meryem konnte ihre Gefühle nicht verbergen, sie wirkte so gar nicht wie einer dieser gedrillten Selbstmordattentäter, denen man die Lebenslust wegtrainiert und ein besseres Dasein im Jenseits versprochen hatte. Sie litt, sie hatte Angst, nicht um sich selbst, sondern um einen Menschen, den sie liebte. Und vielleicht drückte sie nur deswegen jetzt nicht den verhängnisvollen Knopf.

Wusste Meryem womöglich gar nicht, dass sich unter diesen Bräuten auch ihre Nichte Roza befand? Hatte sie tatsächlich keine Ahnung, dass ihr kleiner Neffe Azad zwischen den Besuchern war? Das könnte möglich sein, nein, das war sogar sehr wahrscheinlich!

Wencke stieß sich von der Säule ab, rannte los, im Slalom um die Paare herum, die gerührt oder resigniert ihrer seltsamen Trauung beiwohnten und sich von der Frau in Jeans und zerfleddertem T-Shirt herausgerissen, ja, gestört fühlten. Einige Männer erhoben sich und schimpften. Als Wencke die Stufen vor dem Moscheeeingang erreicht hatte, war Bewegung in die schwarz-weiße Hochzeitsmasse gekommen. Der Imam holte tief Luft, wurde krebsrot im Gesicht, doch Wencke ignorierte ihn, packte das Mikrofon, hielt es sich an den Mund. Es war nicht viel Zeit geblieben, sich Worte zurechtzulegen, und normalerweise würde ein ganzes Team von Fallanalytikern mehrere Tage lang bei Badewannen füllenden Mengen Kräutertee darüber debattieren, was man in einem Augenblick wie diesem zu sagen hatte, damit ein Selbstmordattentäter seinen Plan fallen ließ. Wencke musste es jetzt in Sekunden gelingen, und ihr Hals war trocken wie der Staub auf Istanbuls Straßen.

»Roza Talabani, wo bist du?«

Die Rufe der aufgebrachten Männer verstummten.

»Roza ...« Was sollte sie nur sagen? Es war wichtig, Meryem daran zu erinnern, dass es eine Alternative gab zum Märtyrertod. »Roza, hör zu. Deine Tante Meryem ist auch zu deiner Hochzeit gekommen. Sie ist hier unter uns und will dir ihre Glückwünsche überbringen, dir Liebe und ein langes Leben wünschen. Sie freut sich darauf, mit dir und deinem kleinen Bruder Azad zu feiern.«

Im Innenhof war es plötzlich furchtbar still, und Wencke

stellte sich vor, wie ohrenbetäubend die Detonation jetzt wäre, mit der die Bombe in diesem Moment alles in Stücke reißen könnte. Doch nichts geschah. An den Eingängen sah sie nun die Männer in Spezialanzügen, die türkischen Kollegen waren an Ort und Stelle. Sie vermied es, in Richtung Wasmuth oder Meryem zu schauen, scannte stattdessen die Paare und atmete erleichtert auf, als sich rechts hinten ganz langsam eine weiße Gestalt erhob. Dünn, schüchtern, verschleiert.

»Und auch deine Mutter Shirin schickt dir alle guten Wünsche für die Zukunft. Mögest du viele gesunde Kinder zur Welt bringen und glücklich sein mit deinem Leben!« Die Braut schluchzte laut auf. Hatte Moah Talabani also endlich den Mut gefasst, seinen Kindern vom Tod der Mutter zu berichten?

Plötzlich wirkte alles wie eingefroren, wie ein Standbild. Roza Talabani, in einem vergleichsweise schlichten weißen Kleid mit roter Schleife um den Bauch, stand allein zwischen all den knienden Hochzeitspaaren, bis der Mann an ihrer Seite sich ebenfalls erhob, nach Rozas Hand tastete und seltsam ungelenk den Kopf wendete, als lausche er, statt sich umzusehen.

Endlich wagte Wencke den Blick an die Stelle zu lenken, wo vor wenigen Momenten noch die Frau mit der ausgebeulten Jacke gestanden hatte. Sie meinte, einen Schatten zu erkennen, der sich wegduckte und in die Menschenmenge tauchte. War es Meryem gewesen? Oder einer ihrer Mitkämpfer? Die Spezialisten vom Einsatzkommando verhielten sich nach wie vor ruhig. Sie waren Profis, zum Glück, ein hektisches Vorrücken hätte in diesem Moment nichts gebracht. Würden sie Meryem erkennen, wenn sie den Hof verließ? Zäh dehnte sich die Zeit. Wencke hörte nicht den Imam, der begonnen hatte, auf sie einzureden, sie nahm auch nicht die Männer wahr, die sich vor den Stufen versammelt hatten und zu beratschlagen schienen, wie man mit einer Störung dieser Art umzugehen hatte. Sie war wie blind und taub, atmete noch nicht einmal mehr aus

Furcht, diese kleine Luftbewegung könnte etwas auslösen, etwas Tödliches in Gang setzen.

Erst als sie einen Ruf hörte, fand sie wieder zu sich, fühlte sich ein in den Körper, der ganz starr vor der Tür der Moschee stand, am Ende mit den Nerven. Das Rufen, ein zweites Mal: »Mama!« Rechts aus der Ecke hinter Roza und ihrem Bräutigam, sie konnte nichts sehen, aber die Stimme ihres Sohnes hatte sie erkannt. Emil! Er war hier!

Ihr Herzschlag war ein Trommelwirbel, sie wollte zu ihm, jetzt, sofort! Doch ihre Vernunft hielt sie davon ab. Wenn sie auf sein Rufen reagierte, würde ihn das unnötig in den Mittelpunkt stellen. Sie musste ihn ignorieren, so schwer es ihr auch fiel, denn das war der beste Weg, ihn zu schützen.

»Mama, ich bin hier!«

Es gab einen Tumult, Männer brüllten sich an, einer kam die Stufen herunter und griff nach Roza, zog sie mit sich, ohne Rücksicht auf das blütenweiße Kleid und das verängstigte Mädchen. Es war Moah Talabani, er zwang seine Tochter, mit ihm zu gehen, redete auf sie ein, es sah aus, als würde er sie notfalls aus dem Hof prügeln. Er hatte Angst, das war auch aus der Entfernung zu sehen.

»Mama!« Der Ruf wurde leiser, das Durcheinander der Menschen verschluckte Emils Stimme. Sie brachten ihn raus. Nein! Sie schleppten ihn irgendwohin! Wohin brachten sie ihn? Weshalb taten sie das? Warum ließen sie ihn denn nicht …? Was machte das alles für einen Sinn?

Die Antwort war so einfach wie frustrierend: Weil es nach wie vor ein Geheimnis gab, das gehütet werden sollte. Deshalb durften sie Emil nicht gehen lassen. Vielleicht hatte Wencke mit ihrem Auftritt sogar alles noch viel schlimmer werden lassen? Jetzt wussten die Talabanis, dass Wencke hier war und zum Äußersten bereit.

Es war noch lange nicht zu Ende, es war noch lange nicht

alles gut! Ihre Knie wurden weich, es kostete sie viel, sich aufrecht zu halten.

Sie wankte zum Hauptportal, durch das Talabani verschwunden sein musste, als sich eine feste Hand auf ihre Schulter schob und sie zurückriss. Sie drehte sich um, die Finger zu Fäusten geballt, wer immer sie jetzt noch daran hindern wollte, diesem Talabani nachzulaufen, der sollte sie kennenlernen. Doch sie bekam nur einen Arm zu fassen, der ihr vertraut war. Dunkle Haare auf brauner Haut, ein weißes Hemd. »Axel?«

»Lass sie laufen, Wencke.«

»Aber sie haben ...«

»Mach dir keine Sorgen, das Gebäude ist umstellt, die Polizisten haben ein Foto von Emil, sie werden ihn bekommen, wir haben ihn gleich ...«

»Axel, ich muss aber ...«

»Nichts musst du, Wenke, nichts. Es ist vorbei. Hörst du: Es – ist – vorbei!« Er nahm sie in den Arm, hielt sie fest, doch so sehr sie diese Berührung genoss, so wenig konnte sie sich jetzt darauf einlassen. Es ging einfach nicht. Ihr Bauch sagte etwas anderes und drängte sie fort von hier, hin zu Emil. »Bitte, lass mich gehen!«

»Wencke, jetzt ...«

»Lass mich los! Ich will zu Emil! Er hat nach mir gerufen, und sie haben ihn mir wieder weggenommen! Ich muss zu ihm!«

»Emil ist in diesem Moment bestimmt schon in Sicherheit, Wencke. Die türkischen Kollegen ziehen die Sache sehr professionell durch, du wirst ihn gleich wiederhaben. Alles wird gut!« Er küsste ihr Haar und ihm war anzumerken, wie erleichtert er war, dass Wencke die Nacht unbeschadet überstanden hatte. »Sie haben auch einen Haftbefehl gegen Peer Wasmuth in der Tasche. Immerhin wissen wir jetzt, dass er der Mörder von Shirin ...«

Der Rest des Satzes wurde gefressen von einem Knall, der so heftig war, dass man ihn nicht nur hören, sondern auch fühlen – fast sogar schmecken – konnte. Hinter dem Arkadengang hatte es am Himmel geblitzt, gleich darauf bildete sich eine aschschwarze Wolke. Feuerschein schob sich in den schweren Rauch, die Hitze war bis hierhin spürbar.

Verdammt, die Bombe!

Hatten sie Meryem denn nicht erwischt? Sie musste sich unerkannt aus dem Hof herausbewegt haben, nur um sich wenige Meter weiter, wahrscheinlich auf der großen, grünen Rasenfläche, in die Luft zu sprengen. Sie hatte es also doch noch getan. Nur eben ein paar entscheidende Meter weiter weg. Nur eben genau da, wohin Emil … Das durfte einfach nicht wahr sein!

Wencke schrie und heulte und rannte los. Axel lief neben ihr, auch ihm stand die Panik ins Gesicht geschrieben, er fasste nach ihrer Hand, sie stolperten gemeinsam zwischen den Brautpaaren hindurch und hatten Glück, dass die wenigsten sofort verstanden hatten, was soeben passiert war. Es war nur eine Frage von Sekunden, bis es hier drunter und drüber ging und kein Durchkommen mehr war. Wencke und Axel nutzten die letzte Lücke im Portal, stürzten nach draußen und fielen beinahe die Steinstufen hinunter.

Der tiefschwarze Fleck im Gras glühte an seinen Rändern. Schreiende Menschen liefen um ihn herum, griffen in die Fetzen, die es bis auf den Rasen geschleudert hatte. Ein Mann kniete neben einem Bündel und schaute stumm zum Himmel.

Jetzt hätte Wencke gern umgeschaltet. Genau jetzt war es nicht mehr zu ertragen.

Dieses Bündel. Oder der Körper weiter hinten neben dem Baum. Die Erhebung unter dem weißen Stoff auf dem Weg. Jedes Bündel hier könnte Emil sein.

Wo war der Knopf, mit dem sich dieser Moment auslöschen ließ?

Ihre Beine waren weich, als sie sich dem Explosionsherd näherte. Sie versuchte, die Luft anzuhalten, damit sie den Geruch nicht einatmen musste. Doch auch dieser Sinn war nicht einfach auszuschalten, und sie entschied sich schließlich für die andere Methode: Augen auf, Ohren auf, Nase und Tastsinn in Alarmbereitschaft. Das Unerträgliche ertragen. Komme, was wolle. Es war nicht viel, was der Sprengstoff von einem Menschen übrig ließ. Es war nicht viel.

Zwei Uniformierte versperrten ihr den Weg. »Ich muss da hin! Mein Sohn!« Wencke war kurz davor, um sich zu schlagen, doch Axel trat an ihre Seite, erklärte den Männern, wer sie war und warum man sie unmöglich zurückhalten könne. Mit betroffenem Gesichtsausdruck ließen sie Wencke passieren.

Die erste Leiche war die schlimmste. Vielleicht lag es daran, dass Wencke nicht vorbereitet war auf diesen Anblick. Selbst nach über fünfzehn Jahren im Polizeidienst nicht. Unter dem weißen Laken lagen schwarzes Fleisch und dunkelrote Wunden. Die starren Augen waren von Asche verschleiert. Eine Frau musste es gewesen sein, das violette Kopftuch glühte noch. Wencke kannte diese Tote nicht, hatte keine Ahnung, wer sie war. Doch sie schämte sich für die Erleichterung, dass es eine Frau war, eine erwachsene Frau, und kein kleiner Junge. Gleichzeitig trauerte sie um die Unbekannte.

Dieses verwirrende Gefühl machte stark, sie hatte diesen Anblick ertragen, also würde sie es auch bei den anderen schaffen. Wenn nur Emil nicht darunter war!

Ein Mann, dessen Brille noch akkurat auf der Nase saß – unzerbrochen –, doch der Rest war zerstört. Nicht Emil! Ein Polizist, schon recht nah an der Mitte des Grauens, vielleicht hatte er versucht, noch etwas zu verhindern. Ein toter Held. Die Spirale der Opfer zog sich immer dichter. Wencke zwang sich, ihnen allen ins Gesicht zu schauen – auch wenn bei einigen davon nicht mehr viel übrig geblieben war. Nicht Emil! Nicht Emil!

Wasmuth war der Letzte. Sein Rucksack lag ein paar Meter von ihm entfernt. Der leichte Wind wehte seine verdammten Flyer über den Rasen. Einer blieb an dem zerfetzten beigen Cordsakko hängen. Nicht Emil!

Mit letzter Kraft schleppte sich Wencke bis zu einer Stelle, an der der Geruch etwas besser zu ertragen war. Dann sackte sie vor Erleichterung auf dem Rasen zusammen.

Sieben Tote hatte es gegeben, Meryem und Wasmuth mit eingerechnet. Doch, Gott sei Dank, es war kein Junge dabei. Emil lebte! Trotzdem heulte Wencke wie ein kleines Kind.

Ein Polizist versuchte, sie auf Englisch zu beruhigen, schließlich habe man das Schlimmste doch verhindern können.

Ein schwacher Trost. Sieben Menschen waren sieben Menschen zu viel. Vielleicht hätte es auch Worte und Sätze gegeben, die Meryem überzeugt hätten, den verhängnisvollen Auslöser nicht zu betätigen. Doch Wencke hatte diese Worte nicht gefunden. Diese Gewissheit und die Bilder von eben würden ihr wohl für den Rest des Lebens durch den Kopf geistern.

Axel kam auf sie zu. Er hatte in alle Krankenwagen geschaut, jeden Verletzten ins Visier genommen. Jetzt ließ er sich neben Wencke fallen, legte den Arm um sie, doch nicht mal er war imstande, sie zu trösten. Stattdessen wischte er sich seine eigenen Tränen aus dem Gesicht. »Er ist nicht dabei. Kein kleiner Junge, hat man mir versichert.«

Dann saßen beide eine Weile wortlos im Park. Die Polizei sperrte den Platz vor der Moschee weiträumig ab. Überall hockten Leute wie sie, schluchzend, geschockt, unfähig einfach weiterzumachen. Die ersten Kamerateams tauchten auf, Reporter ließen sich filmen vor diesem grauenhaft schwarzen Kreis im Grün. Sie wirkten so fremd in ihren sauberen Hemden ohne Schmutz und Blut. Einer kam heran, wollte etwas fragen, aber Wencke winkte ab, so apathisch, als wäre er ein lästiges Insekt.

Axels Handy klingelte. Die Kosian hatte soeben erfahren, was passiert war, doch Wencke fehlte die Kraft zum Telefonieren und Axel bekam auch nur ein paar knappe Sätze über die Lippen. »Uns geht es gut«, log er. »Wir melden uns später.«

Das Schweigen war das Einzige, was sich in diesem Moment richtig anfühlte. Die Sirenen der Einsatzfahrzeuge und Rotoren der Rettungshubschrauber machten genug Lärm. Wencke schloss die Augen. Durfte man in einer solchen Situation einfach bewusstlos werden? Sie würde so gern einschlafen oder in Ohnmacht fallen, dann wäre alles zumindest eine Zeit lang vergessen.

Jemand tippte ihr auf die Schulter. Wencke hielt die Frau, die sich zu ihr herunterbeugte, zunächst für eine weitere Journalistin und wollte schon aufbrausen. Doch auf den zweiten Blick erkannte sie ein weites Blumenkleid und das einfarbige Kopftuch, so etwas trug eine Reporterin wohl kaum. Erst dann wusste sie, wer gerade versuchte, sich verständlich zu machen. Es war die Frau aus der Änderungsschneiderei, die Schwester von Moah Talabani, die Wencke als Absenderin der zugesteckten Zettelbotschaft im Verdacht hatte.

Sofort war Wencke hellwach. »Was ist?«

»Du suchen Junge?« Sie flüsterte, als fürchte sie, jemand könne ihren Verrat belauschen, trotz des Chaos ringsherum.

»Meinen Sohn suche ich! Emil! Wo ist er?«

»Sie mich nicht verraten?«

»Nein, ganz bestimmt nicht! Ich weiß, dass Sie mir schon in Hannover den Hinweis geben wollten, dass die Kinder wichtig sind und ich nach ihnen suchen soll. Das war ein wichtiger Tipp, es war mutig und richtig, dass Sie ihn mir gegeben haben.«

Die Frau nickte. »Aber es ist falsch, was macht meine Bruder. Aber er ist Mann. Verstehst du?«

Wencke erhob sich und gab Moah Talabanis Schwester die Hand. »Mir ist klar, dass es für Sie sehr schwer sein muss. Sie können mir vertrauen. Ich will nur meinen Sohn wiedersehen.«

Die Frau zögerte lange. Schließlich, kaum hörbar, flüsterte sie: »Bei Medusa.«

»Wo?«

Doch es gab keine weiteren Erläuterungen. Die Schwester von Moah Talabani ließ sie stehen.

»Hat sie Medusa gesagt?«, fragte Axel, der sich nun ebenfalls erhoben hatte. »Das ist eine Figur der griechischen Mythologie. Schlangenhaar und so. Das macht keinen Sinn.« Er schien zu resignieren. »Diese Frau steht wahrscheinlich unter Schock …«

»Nein. Nein! Ich habe eine Ahnung …« Wencke kramte in den vielen, vielen Informationen, die Peer Wasmuth ihr gestern in Reiseleitermanier erzählt hatte. War nicht auch vom griechischen Ursprung der Stadt und römischen Kaisern die Rede gewesen, von Architektur und … Mist! Warum hat sie nicht besser zugehört, nichts gespeichert? »Es gibt eine alte Zisterne. Sie soll auf Säulen gestützt sein, die griechischen Ursprungs sind.«

»Wencke, wie wollen wir die denn finden!«

»Wasmuth hat gesagt, sie liegt im alten Stadtkern, also hier. Es könnte doch sein, dass sie sich dort versteckt haben.«

»Aber warum? Wir sollten erst …«

»Nein, wir sollten nichts erst, gar nichts. Emil hat nach mir gerufen. Er hat Angst. Wir dürfen keine Sekunde verlieren, Axel. Komm mit!«

... schmerzgelöst ...

Das Gesicht der Medusa ist so hässlich, dass jeder, der es erblickt, zu Stein erstarrt. Glühende Augen, riesige Zähne, eine heraushängende Zunge und Haare aus sich windenden Schlangen. Nur zu einem taugt das Antlitz der sterblichen Gorgonen: In den Stein eines Hauses gehauen soll sie das Gebäude vor Unheil bewahren, denn selbst Plagen wie Krankheit, Krieg und Armut wenden sich ab vor dieser Scheußlichkeit.

Unter den Straßen Istanbuls steht ein Medusenhaupt auf dem Kopf, seit fast fünfzehnhundert Jahren schon trägt es die Last des Gewölbes, das *Yerebatan Sarayı* – Versunkener Palast – genannt wird. Es ist der untere Sockel einer Säule, und diese ist nur eine von dreihundertsechsunddreißig Säulen einer uralten Zisterne. Ganz weit hinten in der Ecke des unterirdischen Saals, man muss nur ein paar Stufen hinabgehen, um zur Medusa zu gelangen.

Ein grüner Stein, halb im Wasser liegend, tote Augen im gedämpften Licht der Scheinwerfer. Dazu erklingt klassische Musik aus Lautsprechern, das tropfende Wasser hat einen eigenen Rhythmus. Dicke Karpfen schwimmen in ihrem steinernen Becken, unbeeindruckt von den Mythen, die über diesen Ort erzählt werden.

Kein Mensch ist hier. Die Explosion hat alle Besucher an die Oberfläche kommen lassen. Selbst die Kartenverkäufer am Eingang sind verschwunden.

Der Vater hat gesagt, wir gehen jetzt da rein. Da findet uns niemand.

Und nun hocken sie neben dem Medusenkopf und warten auf irgendetwas.

Nur die Tante ist nicht mitgekommen. Sie muss in dem Tumult abhandengekommen sein. Man kann nur hoffen, dass ihr nichts passiert ist. Sie waren so nah dran.

Der kleine Junge weint. Er ist seiner Mutter begegnet und will zu ihr. Er hat die Polizisten bemerkt, die auf ihn zukamen, mit einem Foto in der Hand, keine Frage, sie waren auf der Suche nach ihm.

Er hat auch die Frau gesehen, die auf der Wiese stand und geschrien hat, dass alle verschwinden sollen, bloß weg von ihr. Genau wie den Mann, der trotzdem zu ihr gerannt ist, sie umarmt und geküsst hat, bevor sie ihn von sich stieß.

Die Explosion, die hat er auch gesehen.

Er weint ganz fürchterlich.

»Lass ihn doch gehen«, bittet sie ihren Vater.

»Es ist zu deinem Besten, wenn er bleibt«, erwidert der.

»Er ist noch so klein. Stell dir vor, jemand würde Azad …«

»Sie darf uns nicht finden. Sie wird alles kaputt machen.« Der Vater ist unbelehrbar.

Rafet hält ihre Hand. Sie hat ihn bei der Flucht mal hinter sich hergezogen, mal ihn geführt. Er hat ihr vertraut. Sind sie schon Mann und Frau? War der Segen des Imam ausreichend, um sie miteinander zu verheiraten?

Rafet küsst ihre Hand.

»Wo sind wir eigentlich?«, fragt er.

Der Vater erklärt es ihm. Rafet nickt und scheint beruhigt.

Dass er blind ist, hat man damals nach seiner Geburt für eine Strafe Allahs gehalten.

Für Roza ist es ein Segen. Er kann nichts sehen. Also kann er nicht zu Stein erstarren, wenn er sie ansieht.

21.

Wencke entdeckte einen hinter Glas ausgehängten Stadtplan, versuchte, die Beschreibungen und Bilder zu enträtseln. Erleichtert stellte sie fest, dass sich der Versunkene Palast tatsächlich nur ein paar Ecken weiter befand.

Sie überquerten die Straßenbahngleise, liefen an den Restaurants vorbei, wo sich nun kein einziger Kellner mehr darum bemühte, die Sitzplätze zu belegen. Die Wirkung der Bombe hatte weite Kreise gezogen, der ganze Stadtteil schien traumatisiert.

Obwohl Wencke die Augen offen hielt, wäre sie beinahe an dem kleinen grauen Häuschen vorbeigehastet, da es eher nach einer öffentlichen Toilette als nach dem Eingang zu einem Baudenkmal aussah. Nur der Souvenirshop ließ sie stutzen.

»Hier ist es!«

Sie schlängelten sich durch einen engen Flur, liefen eine Metalltreppe hinunter und waren mit einem Mal in eine andere Welt getaucht. Eine Welt, die nichts abbekommen hatte von dem Grauen über ihr. Hier herrschte scheinbarer Frieden.

Hölzerne Stege führten labyrinthartig zwischen Säulen hindurch, die verschieden dick und immer wieder anders gemustert waren. Schlichte Säulen oder gestreifte, mit einfachem oder blätterartig verziertem Kapitell, schlank, filigran oder klobig. Fast überkam sie das Gefühl, sich in einem steinernen Wald zu befinden, dessen dichtes Blätterdach sich über ihr wölbte. Nur, dass es kein wirkliches Oben und Unten gab, denn die glatte Wasseroberfläche spiegelte alles, machte es doppelt so hoch und doppelt so tief, doppelt so unbeschreiblich. Die Scheinwerfer verstärkten mit ihren rotstichigen Punktstrahlern die Illusion.

Ein Streichorchester spielte das Adagietto von Mahler, das

Wencke vor Jahren mal im Musikunterricht durchgenommen hatte, traurige Musik, tragische Melodie. Tiefe, summende Cellos, eine dramatische Violine, die Bratsche als ruhiges Pendant eine Tonlage darunter, über allem die Tropfentöne der Harfe. Und irgendwo weit hinten weinte ein Kind. Emil!

Axel machte Anstalten loszurennen und wäre fast ausgeglitten. Fluchend hielt er sich am Gelände fest. »Als ob man über Schmierseife rutscht. Wencke, pass auf!«

Sie mussten langsam gehen, bedächtig, vorsichtig, alles das, was sie gerade so gar nicht wollte, das Letzte, was sie jetzt noch aushalten konnte. Wenigstens übersahen sie so nicht die Hinweisschilder, die ihnen den Weg zur Medusa zeigten – der linke Steg, dann rechts, dann links, ganz nah an der moosigen Steinwand entlang. Das Weinen wurde lauter.

Am Ende des Holzweges führten Stufen ein Stück tiefer. Da saßen sie. Fast zusammengekauert. Moah Talabani hielt Emil fest, es sah nicht brutal aus, eher nach einem unbeholfenen Trösten. Roza und ihr Bräutigam waren sich sehr nah. Und Azad, der um einen großen, grünen Stein herumschlich, entdeckte Wencke als Erster. Sein Schrei hallte wider, mischte sich unpassend in das Streichorchester. »Die Frau ist da!«

»Mama!« Emil sprang auf die Beine. Er war es! Er war unverletzt!

»Ich bin da, mein Schatz! Komm her, komm zu Mama!«, rief sie. Niemals in ihrem Leben hatte sie eine solche Erleichterung verspürt.

Sofort war Moah Talabani auf den Beinen, nicht ohne den Griff, mit dem er Emil hielt, zu festigen. »Was wollen Sie hier?«

»Was ist das für eine Frage?« Wencke machte einen Schritt nach vorn auf ihren Sohn zu, sie wollte ihn endlich umfangen, ihn in den Arm nehmen, beschützen. Doch im gleichen Moment fuhr Talabani mit der rechten Hand in die Hosentasche und förderte ein Messer zutage, die Klinge schimmerte im Scheinwerferlicht.

»Lassen Sie das, Talabani! Sie machen alles nur noch viel schlimmer …«, versuchte es Axel, und man hörte ihm an, wie viel Anstrengung ihm diese sonst so alltägliche Floskel jetzt abverlangte.

Der Mann überhörte ihn und legte das scharfe Metall sehr dicht an den Kinderhals.

»Papa! Nicht …« Roza, deren Gesicht noch immer vom Schleier bedeckt war, hatte sich erhoben und redete auf ihren Vater ein, in kurdischen Worten, die verzweifelt klangen, auch wenn man sie nicht verstand. Ihr Bräutigam kauerte auf dem Stein. Erst jetzt, aus der Nähe, konnte Wencke erkennen, dass seine Augen stumpf waren und seltsam verdreht. Rafet, der Mann an Rozas Seite, verheiratet seit einer knappen Stunde, war blind. Man merkte, dass er gern aufgesprungen wäre und etwas unternommen hätte, mit der Situation jedoch überfordert war. Sein schwarzer Anzug wirkte drei Nummern zu groß, er zitterte leicht und hielt sich am Schleier seiner Frau fest. Roza starrte ihren Vater durch den schneeweißen Tüll an. Sie schwieg, als habe er ihr eine feste Hand auf den Mund gelegt.

Emil schluckte nicht, stand kerzengerade. Er schien den Ernst der Lage zu verstehen, seine Augen waren angstvoll aufgerissen, aber er machte keinen Mucks. Das ehemals wilde, fast zottelig lange Haar hatten sie ihm streichholzkurz geschnitten, es war schwarz wie Kohle. Die Kleidung, die er trug, hatte Wencke noch nie gesehen, Rennautos auf blauem Fleece. Es wunderte Wencke nicht, dass man ihren Sohn mit falschem Pass in die Türkei hatte schmuggeln können. Auf den ersten Blick mochte ein gelangweilter Kontrolleur keinen Unterschied zwischen ihm und Azad feststellen.

»Talabani, geben Sie mir mein Kind!«

»Warum lassen Sie meine Familie nicht endlich in Ruhe?«,

herrschte er sie an. Sein Sohn Azad hatte sich zwischenzeitlich in die Arme der großen Schwester geflüchtet. Auch in seinen Augen stand die Angst geschrieben. Wovor fürchtete der Junge sich – vor ihr oder dem Vater?

»Ich will nichts von Ihnen und Ihrer Familie. Ich will nur meinen Sohn!«

»Sie lügen! Es geht um Shirin. Um meine Frau. Sie wollen nicht glauben, dass mein Schwager der Täter gewesen ist. Und deswegen lassen Sie uns nicht in Frieden! Dabei Sie verstehen nichts von uns! Gar nichts!«

»Da haben Sie wahrscheinlich recht. Ich habe keine Ahnung, was in Ihnen und Ihrer Familie vor sich geht.« Man konnte Moah Talabani nicht ansehen, wie weit er gehen würde. Die Fremdheit zwischen ihnen war die größte Gefahr, denn sie setzte Wenckes bislang wirksamste Fähigkeit außer Kraft: Mit ihrer Intuition, ihrer Menschenkenntnis, ihrem Talent für Empathie stand sie hier und heute auf verlorenem Posten. Es konnte sein, dass ihrem Sohn gleich die Kehle durchgeschnitten wurde, aber ebenso konnte man die Gebärden auch als Hilfeschrei Talabanis deuten, der mit Gewalt drohte, um endlich vor sich selbst beschützt zu werden.

Wencke entschied sich, einen Schritt zurück zu machen, in die Defensive zu gehen. »Was weiß ich schon von Ihnen? Sie sind fromm, bescheiden, lieben Ihre Familie. Sie wurden von Ihrer Frau verlassen und behaupten trotzdem, dass Sie seit ihrem Tod in einem Meer aus Tränen ertrinken.«

»Ich beschütze meine Kinder, meine Familie.«

»Das tue ich auch, Herr Talabani. Und deswegen bin ich hier. Sie müssen doch nachfühlen können, was ich empfinde, wenn Sie in diesem Augenblick meinem kleinen Sohn eine Klinge an den Hals drücken.«

Tränen liefen ihm über das Gesicht, aber er veränderte seine Position nicht um einen Zentimeter. »Was haben Sie denn schon für eine Familie? Was wissen Sie darüber? Emil hat mir gesagt, Sie haben keinen Mann, keinen Vater für den Jungen. Und die Großmutter darf nicht zu Besuch kommen. Immer gibt es Streit. Immer geht es nur um das Geldverdienen. Beruf, arbeiten, Karriere … In Deutschland sind sich alle egal.«

Die wunde Stelle, die Talabani zielgenau getroffen hatte, schmerzte sofort. Der Magen, das Herz, die Seele, verdammter Durchschuss. Wencke hätte sich gern gekrümmt. »Ich liebe meinen Sohn. Können Sie das begreifen?«

»Vielleicht es war ein Fehler, dass ich habe geheiratet Shirin. Hier in der Heimat haben mich alle gewarnt. Sie war schon so deutsch. Sie wollte Freiheit und Selbstverwirklichung. So nennt sie das, deutsches Wort, gibt es nicht in Kurdisch, zum Glück nicht. Aber als Shirin gegangen ist von mir, was hat sie gemacht? Sie hatte viele Männer … Selbstverwirklichung? Shirin war eine Hure!« Talabani schien sich nicht daran zu stören, dass seine beiden Kinder Roza und Azad ihn mit einer Mischung aus Abscheu und Mitleid betrachteten. Was er sagte, musste er loswerden, Rücksicht konnte er keine nehmen.

»Eine Hure?«

»Sie hatte zwei Männer gleichzeitig.« Nun zögerte er doch einen kurzen Moment, holte Luft, als wolle er sich vom steinernen Boden verschlucken lassen.

»Sagen Sie mir, was Sie wissen …«, forderte Wencke und hoffte gleichzeitig, dass ihr Drängen ihn nicht wütend machte.

»Dieser Radikale hat Shirin den Kopf verdreht. Er ist Profi in solchen Sachen.«

»Von wem sprechen Sie?«

»Kaan Badili. Er ist einer der Anführer von *kesîbtîya mewcûdbûna Kurdistanê, kmK*. Und ein Menschenfänger. Sucht in Deutschland nach Kämpfern und Geld. Bei Shirin und ihrer Schwester Meryem hat er gefunden beides.«

Wencke war sicher, diesen Namen in den letzten Tagen

schon einmal gehört zu haben, aber es dauerte ein paar Momente, bis sie darauf kam. »Er war ein Klient von Yıldırım Kutgün, Asylbewerber und PKK-Aktivist. Badili war der Liebhaber Ihrer geschiedenen Frau?«

Talabani nickte. »Sie hätte alles für ihn gemacht, glaube ich. Sie war ihm … wie sagt man in Deutsch … sie hörte auf ihn?«

»Sie meinen, sie war ihm hörig?« Zugegeben, diese Geschichte fügte sich in das Gesamtbild ein, erklärte, warum Shirin Talabani Geld für die Extremisten gesammelt hatte, obwohl sie selbst wahrscheinlich eher unpolitisch war. Als sie dann von Badili schwanger wurde, musste der sich entscheiden. Liebe oder Kampf, denn beides zusammen wurde in den Reihen der Extremisten nicht gebilligt. Seine Wahl gegen ersteres musste hart gewesen sein für Shirin. Hatte sie deshalb das Geld veruntreut – aus Rache? Es klang plausibel. »Badili könnte der Mörder Ihrer Frau sein, oder nicht?«

Dieser Ansicht schien Talabani nicht zu sein. »Soweit ich weiß, Badili ist im Juni über den Iran wieder in die Türkei eingereist. Ich glaube, er hat seine Finger mit im Spiel, was heute ist passiert in der Moschee. Vielleicht hat Shirin ihm erzählt von großer Hochzeit, und das ist für Terroristen gutes Ziel, viele Tote, viele Tränen. Ja, ich glaube, so war es.« Man merkte ihm seine Wut an, obwohl er sie zu unterdrucken versuchte. Einen guten Schauspieler gab Talabani nicht ab, das hatte er noch nie getan. In diesem Moment war es sein Vorteil, denn Wencke musste ihm seine Version glauben, und dies hätte sie sicher bei keinem anderen Menschen getan, wenn dieser drauf und dran war, ihren Sohn zu töten.

»Und der andere Mann, mit dem Ihre geschiedene Frau sich eingelassen hat, war Karsten Völker, oder nicht?«

»Richtig, er war der andere.« Talabani blickte zu Boden und Wencke bemerkte, dass sich sein Griff ums Messer ein wenig lockerte. »Er ist Polizist, er braucht immer Geld, er macht die Augen zu, wenn *kmK* im Bahnhof nach jungen Kämpfern sucht.«

»Und warum hatte Shirin ein Verhältnis mit ihm, wenn Sie doch Kaan Badili liebte?«

»Shirin hat mit diesem Mann geschlafen, weil Badili es wollte. Bin ich sicher, es war so. Ein Mann bei der Polizei ist wichtig für Menschen wie ihn, und über Shirin er hatte Einfluss auf Karsten Völker.«

»Aber Sie hatten auch ein gutes Verhältnis zu Karsten Völker. Er hat Ihnen doch vor ein paar Tagen den Tipp gegeben, mich zu beschatten.«

»Ich habe erst jetzt verstanden, welche Rolle er hat gespielt. Dass er mich hat benutzt. Azad ist kein dummer Junge und Völker war sein Fußballtrainer. Er hat etwas mitbekommen ...«

So musste es gewesen sein. So machte es Sinn. Shirin hatte einen Terroristen geliebt, hatte für ihn Geld gesammelt, unterstützt von Peer Wasmuth, der ebenfalls durch seine Gefühle für Meryem zum Sympathisanten geworden war. Wahrscheinlich hatten die Schwestern ihre Ähnlichkeit genutzt, um beide unter Shirins Namen auf das Konto zugreifen zu können. Die eine in der Türkei, die andere in Hannover. Doch Shirin war zu mehr bereit gewesen, hatte mit Karsten Völker angebandelt, in dessen Personalakte es ja bereits Hinweise auf Korrumpierbarkeit gab. Alles aus Liebe.

Erst die Schwangerschaft musste ihr klargemacht haben, dass Kaan Badili sie nur als Werkzeug benutzt hatte. Zu erkennen, dass ihre Hoffnung auf ein vermeintlich freies Leben in Wahrheit nichts wert gewesen war, wird Shirin hart zugesetzt haben. So hart, dass sie die Männer zum Teufel jagte, das Konto leer räumte, kurzfristig in Luxus schwelgte und die Flucht für sich und die Kinder in die Wege leitete.

Doch dann hatte es jemanden gegeben, der ihr diesen Weg

jäh abgeschnitten hatte. Mit Hilfe von Betäubungsmitteln, vier Seidentüchern und zwei gnadenlosen Händen um ihren Hals. »Herr Talabani, wer hat Ihre Exfrau ermordet? Sagen Sie es mir, dann verspreche ich Ihnen, ganz sicher, wird Ihre Familie endlich zur Ruhe kommen.«

Was war Ruhe? Dieser Moment, in dem sich keiner bewegt, niemand spricht und die Zeit stehen bleibt an einem Ort unter der Welt? Die Tropfen, die Musik, das Wimmern, das Wasser – und irgendwann hallte das Geräusch wider, das ein Messer macht, wenn es zu Boden fällt.

Emil schaute sich langsam um, schien nicht glauben zu können, dass es vorbei war, mit unsicheren Schritten entfernte er sich von Talabani, der seine Arme sinken ließ und zu Boden blickte.

Wencke stürzte auf ihren Sohn zu, endlich konnte sie ihn in die Arme schließen, ihn an sich drücken, seinen Geruch einatmen, seine Wangen küssen. Wie ein Ballon machte sich die Erleichterung über ihr breit. »Mein Schatz, mein Schatz, es wird alles gut.«

»Ist schon okay«, antwortete er tapfer und schluchzte dabei, er drückte seinen Kopf an ihre Schulter, so eng, als wolle er sich für immer an ihr festhalten.

»Ja, es ist alles okay!«, bestätigte Wencke.

Niemand störte die beiden. Sie waren eine kleine Ewigkeit nur für sich. Erst dann schaffte Wencke es, sich wieder zu erheben.

Sie begegnete Talabanis Blick, entdeckte darin sofort sein Mitgefühl und hätte es am liebsten ignoriert. Nein, sie wollte nichts von diesem Mann, der Emil so lange in seiner Gewalt gehabt hatte. Als Letztes wollte sie sein Mitgefühl.

»Es tut mir leid«, nuschelte Talabani.

Wencke wandte sich ab. »Lasst uns gehen«, sagte sie zu Emil und Axel.

»Ich war es.« Talabani räusperte sich und fügte hinzu: »Nehmen Sie mich mit nach Deutschland, bitte, dann können meine Kinder mich im Gefängnis besuchen, wenn sie wollen. Ich werde alles gestehen, ich habe Shirin getötet, ich bin der, den Sie suchen.«

Obwohl Wencke wusste, diese Worte klangen falsch, nicht unbedingt nach einer Lüge, aber eben auch nicht wie die Wahrheit, widersprach sie nicht. Sie nahm Emil an die eine und Axel an die andere Hand und suchte den Ausgang aus dem Labyrinth. Sie sehnte sich nach dem Himmel, nach der Sonne und dem Glauben daran, dass nun tatsächlich alles wieder gut war.

22.

»Nichts ist gut! Gar nichts!«

Wencke war zum dritten Mal während dieses Gesprächs versucht, den Hörer aufzulegen. Sie lag in ihrem Bett, es war kurz vor Mitternacht, der Wecker tickte, das Bild hing an der Wand, die Demokratenkappe lag auf dem Kleiderschrank, die Briefe im Nachttisch, Emil schlief schon seit Stunden tief und fest.

»Ich verspreche dir, ich komme nächstes Wochenende. Ganz sicher. Ich kann sagen, ich hätte eine Tagung. Kerstin fragt bei so etwas nicht nach …«

»Am Wochenende ist meine Mutter da.«

»Immer noch?«

»Emil braucht seine Oma. Es tut ihm gut, wenn sie für ihn da ist.«

»Wie geht's denn mit ihm? Kommt er klar mit der Sache?«

Gute Frage. Hatte Emil »die Sache« verkraftet? Konnte irgendjemand das eigentlich mit Sicherheit sagen? Es gab keine einfache Antwort auf diese Frage. Kinder sind robust, bestätigte die Therapeutin und stellte bereits eine optimistische Prognose. Wenckes Sohn schmückte bei seinen Klassenkameraden die Geschichte inzwischen zu einem Abenteuerausflug in eine andere Welt aus. »Am meisten leidet er wohl unter seiner Frisur, die in der Schule als extrem uncool kommentiert wurde.«

Axel lachte in den Hörer. Wie gern würde sie ihn jetzt neben sich haben, hier, an ihrer Seite, ganz nah, und ihm erzählen, dass sie sich Sorgen machte, weil Emil eben nicht alles erzählte, zu viel verdrängte, und sie als Mutter nicht in der Lage war, es zu ändern. Er würde sie in den Arm nehmen und beruhigen und vielleicht sogar einen guten Vorschlag machen, wie man das Problem in den Griff kriegen könnte. Oder er würde einfach mit ihr schweigen. Aber Axel war nicht da.

»Und du erträgst deine Mutter einigermaßen?«, fragte er nach einer wortlosen Minute und es ging ihr auf den Geist, dass er so lapidar daherredete, als wäre alles nur ein großer Spaß. Wencke wollte nicht wütend werden. Nicht aus der Haut fahren. Es war immer klar gewesen, dass aus ihnen nichts werden würde.

»Ich bin froh, dass meine Mutter hier ist. Lieber diskutiere ich mit ihr auf dem Sofa über den Sinn oder Unsinn der Operativen Fallanalyse, als allein und stumm zwischen den Kissen zu hocken.«

Jetzt seufzte Axel. So war es jeden Abend. Immer dieser Wechsel aus Lachen und Seufzen und Lachen und Seufzen.

»Hey, es wird alles gut werden«, versprach Axel, und sie sagten sich gute Nacht – mehr nicht, dazu war die Stimmung zu trübe –, dann legten sie auf.

Nein, nichts war gut.

Daran änderte weder die Freilassung von Armanc Mêrdîn noch die Genesung seiner fabelhaften Anwältin Kutgün Yıldırım etwas. Karsten Völker wurde suspendiert und musste sein Haus verkaufen, das ohnehin zu groß geworden war, seit seine Frau ihn verlassen hatte, aber auch das ließ Wencke unberührt. Selbst die zahlreichen Menschen – unter ihnen auch Tilda Kosian –, die Wencke nach ihrer Rückkehr pflichtschuldig auf die Schulter klopften und mal wieder ihren Instinkt lobten, machten es nicht besser.

Insbesondere der Fall Shirin Talabani war nicht gut.

Er zerrte noch immer an Wenckes Nerven.

Die Toten auf dem Rasen vor der Moschee hielten sie wach. Sie trauerte. Selbst um Meryem und Wasmuth. Es hätte nicht so enden müssen. Es gab zu viele Opfer.

Das war nicht alles.

Drei Wochen saß Moah Talabani bereits in Untersuchungshaft, in einem halben Jahr sollte die Verhandlung stattfinden, eine schnelle Angelegenheit, so erwartete man den Prozess, schließlich war er in allen Punkten geständig.

Und das war immer noch nicht alles. Das war zu einfach. Zu glatt. Wencke spürte, er war zwar der zweite Mann, der den Mord an Shirin Talabani begangen haben wollte. Aber auch er war nicht der Mörder.

Er war lediglich der zweite Mann, der jemanden decken wollte.

Jemanden, der es nicht verdient hatte, hinter Gittern zu landen.

Jemanden, der schon lange selbst zum Opfer geworden war.

Jemanden, der endlich glücklich werden sollte.

Wencke wusste, wer es war. Sie hatte es in dem Augenblick verstanden, als sie sich im Versunkenen Palast ein letztes Mal umgeschaut hatte. Emil und Axel waren bereits auf der Treppe nach oben, da war Wencke noch einmal zurückgekehrt, hatte sich hinter einer Säule versteckt und Richtung Medusa geblickt.

Die junge Frau war zu ihrem Vater gegangen, hatte ihn in den

Arm genommen und getröstet. Ihr Ehemann Rafet, dicht hinter ihr stehend, hatte seine Arme um Vater und Tochter gelegt.

Dann hatte Roza ihren Schleier abgenommen.

Wencke würde das Gesicht niemals vergessen. Es war eine einzige Wunde. Doch ihr Ehemann hatte sanft die Wangen geküsst.

So oft hatte Wencke seither ihre Hand am Telefon gehabt. Ein Anruf, und die Wahrheit über den Tod der Shirin Talabani würde ans Licht kommen.

Ein Anruf nur. Das Telefon lag noch immer griffbereit neben ihrem Bett. Aber jetzt war es schon so spät.

Morgen, nahm Wencke sich vor, morgen würde sie die Sache hinter sich bringen.

... im Aufbegehren.

Sie liegt auf dem Bett, es ist dunkel, nicht nur im Zimmer, auch in ihrem Kopf. Die Autos fahren am Kellerfenster vorbei, nicht mehr ganz so viele, es muss nach Mitternacht sein. Erst glaubt sie, diese Dämmerung im Hirn hindert sie daran, Arme und Beine zu bewegen. Doch dann dreht sie den Kopf zur Seite und sieht die Tücher. Rozas Tücher. Diese verdammten Tücher.

Ihre Tochter sitzt auf der Bettkante.

Sie ist schön, trotz der Narben im Gesicht. Für Shirin ist sie immer schön gewesen.

»Mama«, sagt sie. »Du zerstörst mein Leben.«

Shirin dreht den Kopf von links nach rechts, die Bewegung ist zu träge, um sie als Kopfschütteln zu bezeichnen.

Ich will doch nur dein Bestes, denkt sie. Reden kann Shirin nicht, ihr Mund ist trocken, die Zunge lahm.

Doch Roza scheint ihre Gedanken zu lesen. »Ohne dich wäre ich eine andere. Dein Aufbegehren hat alles kaputt gemacht. Du wolltest frei sein – und ich muss es büßen.«

Es ist wie ein Theater im Kopf. Der Vorhang geht auf und Shirin sieht sich und Roza diese Straße entlangfahren. Der andere Wagen bedrängt sie, aber sie will nicht aufgeben, fährt weiter, zeigt sich mutig. Dann zerschellt ihr Wagen am Baum. Alles ist dunkel.

»Damals war ich hübsch …«, flüstert Roza.

Die nächste Szene der Inszenierung in Shirins Schädel. Das Röntgenbild in der Medizinischen Hochschule, das tiefe Seufzen des Plastischen Chirurgen, dann die tapfere Roza vor dem Spiegel, als sie ihr Haupt das erste Mal mit einem Schleier bedeckte.

Sie hatte ihr das Ding herunterreißen wollen. Nein, kein Schleier, nicht meine Tochter!

Roza hat ihre Hand genommen, streichelt sie kurz. »Eine hübsche Frau darf eine freie Frau sein. Eine Hässliche tut gut daran, fromm und traditionell zu leben. Wer gibt mir denn eine Stelle? Und wer heiratet mich? Eine Frau mit zerstörtem Gesicht sollte die Freiheit meiden.«

Roza legt die Hand wieder zur Seite. »Ich will nicht mit dir gehen, Mama. Ich will nicht erleben, wie dieses Kind geboren wird, auch wenn es mein Bruder oder meine Schwester sein wird. Es ist ein Kind der Schande. Du kannst mich mit Geld nicht locken, und die Aussicht auf ein unabhängiges Leben irgendwo in der Welt macht mir Angst.«

Shirin versteht, was jetzt geschieht. Panik steigt in ihr auf. Maßlose Panik. Ihre Arme und Beine sitzen fest in den Schlaufen.

»Ich werde in die Türkei gehen und dort den Mann heiraten, den die Familie für mich ausgesucht hat. Auch wenn er blind ist und weder reich noch gebildet, das nehme ich gern in Kauf. Denn ich werde ihm eine gute Frau sein, werde kochen und das Haus in Ordnung halten, werde meinen Schleier tragen und dem Aufruf des Muezzin folgen. Und ich werde hübsche Kinder bekommen.«

Roza steht auf, sie kann nicht mehr lächeln seit dem Unfall, aber Shirin erkennt an ihren Augen, dass sie es täte, wenn sie in der Lage dazu wäre.

»Ich möchte ein sinnvolles Leben führen, Mama. So eines, wie es für eine Frau mit meinem Gesicht noch möglich ist. Aber das würdest du mir nie gestatten. Für dich ist es unfrei, das Leben, das ich wähle.«

Sie hat recht, denkt Shirin. Ich würde es verhindern. Solange ich lebe, werde ich dafür sorgen, dass meine Tochter nicht dasselbe Schicksal erleidet wie ich.

Solange ich lebe, soll Roza frei sein.
Sie spürt die Hände um ihren Hals.
Sie schließt die Augen.
Solange ich lebe.
Roza.
Frei sein.

Nachwort und Dank

Die Idee, einen Roman über sogenannte Ehrenmorde zu schreiben, kam mir im »Forum der Völker« in Werl, wo ich mehr zufällig eine sehr informative Sonderausstellung besucht habe und von der Kustodin aufgefordert wurde, doch darüber mal einen Krimi zu schreiben. Das war eine gute Idee, Dr. Barbara Geilich!

Einen hochspannenden Spaziergang am Maschsee durfte ich mit Sibylle Dörflinger machen, die als Fallanalytikerin des LKA in Hannover arbeitet. Da sie ja nun sozusagen »Kollegin« von Wencke Tydmers ist, bin ich sehr froh, in ihr eine kreative, offene und sympathische Spezialistin gefunden zu haben. Ich denke und hoffe, ihr Name wird noch in einigen Nachworten dankend erwähnt sein. Den Kontakt zu ihr hergestellt hat Klaus Mirsch, den ich bei meiner Recherche im »Bauch von Hannover« traf und der noch einen Cappuccino bei mir gut hat.

Eigentlich erfinde ich ganz gern die Bösewichte, doch in diesem Roman tat es mir fast leid, dass der korrupte Karsten Völker ausgerechnet in der Polizeidienststelle am Raschplatz tätig ist. In Wirklichkeit arbeiten dort nur sehr freundliche, engagierte und ehrenwerte Männer und Frauen, die sich Zeit genommen haben, mir etwas über ihre Einsätze zu erzählen – allen voran Bernd Zessin. Nach Korruption hat es dort ganz und gar nicht ausgesehen!

Damit Wencke und Co. Umwege und andere geografische Missgeschicke erspart blieben, hat das »Bücherparadies« in Wunstorf zum Glück noch mal genauer hingeschaut.

Die Buchhandlung »Leuenhagen&Paris« – liebevoll und engagiert geleitet von der Familie Eberitzsch – ist nicht ganz unschuldig, dass der Roman in Hannover spielt, denn in ihrem Hause lese ich seit Jahren immer ganz besonders gern!

Dankenswerterweise hat mich die Leiterin des Instituts für Rechtsmedizin der Uniklinik Münster – Prof. Dr. med. Heide Pfeiffer – an ihrem umfassenden Wissen über Würgemale teilhaben lassen.

Mit meinen Freunden Meram Kaharasan und Adam Riese hatte ich vier grandiose Tage in Istanbul. Meram hat mir viel über das Bewusstsein einer türkischstämmigen Frau in Deutschland erzählt, Adam hingegen mit seinen Fremdenführerambitionen eine Steilvorlage für Peer Wasmuth geliefert. Dass es ausgerechnet während unseres Aufenthaltes in Merams Haus eine Verhaftung gegeben hat, damit habe ich wirklich nichts zu tun!

Über die juristischen Aspekte der »Ehrenmorde« wurde ich im Rahmen des Kriminalwissenschaftlichen Kolloquiums des IKW Münsters aufgeklärt. Werner Baumeisters gleichnamiges, vielschichtiges Essay ist im Waxmann-Verlag erschienen. Den emotionalen Aspekt vermittelte bei derselben Veranstaltung die engagierte Fatma Bläser, Betroffene und Vorsitzende des Vereins »Hennamond«. Danke an die Richter Matthias und Dr. Petra Pheiler-Cox, dass sie mich dorthin mitgenommen haben.

Für die wunderbare Zusammenarbeit am Text danke ich meiner sehr engagierten Lektorin Bianca Dombrowa – ich freue mich schon auf die nächsten Bücher, die wir auf den Weg bringen!

Ebenso wurde ich motiviert durch meinen Agenten Georg Simader und das Copywrite-Team, ihr seid die Besten!

Als Testleser waren – außer den bereits oben erwähnten – mit Rat und Tat bei der Sache: Dr. Christiane Freese (Juist) und Kommissar i.R. Peter Veckenstedt (Aurich).

Besonders streng war mein liebster Kollege Jürgen Kehrer – und ich weiß es zu schätzen!

Julie und Lisanne bin ich sowieso immer wieder dankbar, schon allein, weil es sie gibt. Ohne meine Töchter wäre ich wahrscheinlich nie zum Schreiben gekommen.

Veit Heinichen im dtv

»Best of Triest!«
FAZ

Gib jedem seinen eigenen Tod
Ein Proteo-Laurenti-Krimi
ISBN 978-3-423-**20516**-0

Eigentlich hat sich Kommissar Laurenti auf einen ruhigen Triester Sommer eingestellt. Doch nach einem merkwürdigen Yacht-Unfall bekommt er es mit Mord, Geldwäsche und Menschenschmuggel zu tun. »Spannend und lesenswert.« (Kölner Stadt-Anzeiger)

Die Toten vom Karst
Ein Proteo-Laurenti-Krimi
ISBN 978-3-423-**20620**-4

Ein grausiger Ritualmord auf dem Karst: der zweite Fall für Kommissar Laurenti. »Proteo Laurenti ist ein leidenschaftlicher Ehemann mit Machoallüren, viel Sinn für gutes Essen und ein scharfsinniger Aufklärer im Kampf gegen das Böse. Man möchte noch öfter mit ihm auf Spurensuche gehen!« (Maike Albath in der ›SZ‹)

Tod auf der Warteliste
Ein Proteo-Laurenti-Krimi
ISBN 978-3-423-**20756**-0

Proteo Laurenti ermittelt in einer Triester Schönheitsklinik. Hier werden nicht nur Gesichter geliftet, sondern auch illegale Operationen vorgenommen – und Schlimmeres …

Der Tod wirft lange Schatten
Ein Proteo-Laurenti-Krimi
ISBN 978-3-423-**20994**-6

Auch in Laurentis viertem Fall führen Spuren in die unruhige politische Vergangenheit Triests. Außerdem stören die Hochfinanz des Balkans und der Geheimdienst Laurentis Kreise …

Totentanz
Ein Proteo-Laurenti-Krimi
ISBN 978-3-423-**21161**-1

Wieder tauchen alte Feinde von Proteo Laurenti auf. Und diesmal wollen sie vor allem eins: den Tod des Kommissars.

Die Ruhe des Stärkeren
Ein Proteo-Laurenti-Krimi
ISBN 978-3-423-**21235**-9

Drogenschmuggel, illegale Hundekämpfe und eine EU-Sicherheitskonferenz machen Laurenti bei seinem sechsten Fall zu schaffen.

Henning Mankell im dtv

»Groß ist die Zahl der Leser, die ganze Nächte mit Mankell verloren – bzw. gewonnen – haben.«
Martin Ebel im ›Rheinischen Merkur‹

Wallanders erster Fall
und andere Erzählungen
Übers. v. Wolfgang Butt
ISBN 978-3-423-**21211**-3
ISBN 978-3-423-**25270**-6
(dtv großdruck)
Wallanders erster Fall

Mörder ohne Gesicht
Kriminalroman
Übers. v. Barbara Sirges
und Paul Berf
ISBN 978-3-423-**21212**-0
Wallanders zweiter Fall

Hunde von Riga
Kriminalroman
Übers. v. Barbara Sirges
und Paul Berf
ISBN 978-3-423-**21213**-7
Wallanders dritter Fall

Die weiße Löwin
Kriminalroman
Übers. v. Erik Gloßmann
ISBN 978-3-423-**21214**-4
Wallanders vierter Fall

Der Mann, der lächelte
Kriminalroman
Übers. v. Erik Gloßmann
ISBN 978-3-423-**21215**-1
Wallanders fünfter Fall

Die falsche Fährte
Kriminalroman
Übers. v. Wolfgang Butt
ISBN 978-3-423-**21216**-8
Wallanders sechster Fall

Die fünfte Frau
Kriminalroman
Übers. v. Wolfgang Butt
ISBN 978-3-423-**21217**-5
Wallanders siebter Fall

Mittsommermord
Kriminalroman
Übers. v. Wolfgang Butt
ISBN 978-3-423-**21218**-2
Wallanders achter Fall

Die Brandmauer
Kriminalroman
Übers. v. Wolfgang Butt
ISBN 978-3-423-**21219**-9
Wallanders neunter Fall

Vor dem Frost
Kriminalroman
Übers. v. Wolfgang Butt
ISBN 978-3-423-**20831**-4

Die Rückkehr des Tanzlehrers
Kriminalroman
Übers. v. Wolfgang Butt
ISBN 978-3-423-**21171**-0

Henning Mankell im dtv

Der Chronist der Winde
Roman
Übers. v. Verena Reichel
ISBN 978-3-423-**21003**-4

Die rote Antilope
Roman
Übers. v. Verena Reichel
ISBN 978-3-423-**13075**-2

Butterfly Blues
Ein Theaterstück
Übers. v. C. Romeder-Szevera
ISBN 978-3-423-**13290**-9

Das Auge des Leoparden
Roman
Übers. v. Paul Berf
ISBN 978-3-423-**21073**-7

Tea-Bag
Roman
Übers. v. Verena Reichel
ISBN 978-3-423-**13326**-5

Tiefe
Roman
Übers. v. Verena Reichel
ISBN 978-3-423-**20978**-6

Ich sterbe, aber die Erinnerung lebt
Übers. v. Verena Reichel u. Katrin Hillgruber
ISBN 978-3-423-**13479**-8

Kennedys Hirn
Roman
Übers. v. Wolfgang Butt
ISBN 978-3-423-**21025**-6

Die flüsternden Seelen
Roman
Übers. v. Verena Reichel
ISBN 978-3-423-**21120**-8

Die italienischen Schuhe
Roman
Übers. v. Verena Reichel
ISBN 978-3-423-**21152**-9

Der Chinese
Kriminalroman
Übers. v. Wolfgang Butt
ISBN 978-3-423-**21203**-8

Die Pyramide
Übers. v. Wolfgang Butt
ISBN 978-3-423-**25216**-4

Der Tod des Fotografen
Übers. v. Wolfgang Butt
ISBN 978-3-423-**25254**-6

Der Mann am Strand
Zwei Erzählungen
Übers. v. Wolfgang Butt
ISBN 978-3-423-**25283**-6
(dtv großdruck)

Kjell Eriksson im dtv

»Kjell Erikssons Krimis gehören zu den besten.«
Henning Mankell

Nachtschwalbe
Kriminalroman
Ein Fall für Ann Lindell
Übersetzt von Paul Berf
ISBN 978-3-423-**21081**-2

In der Nacht zum 10. Mai wird die Fußgängerzone von Uppsala verwüstet. Ein junger Mann liegt tot in einer Buchhandlung. Was ist passiert? Ali, ein fünfzehnjähriger Junge aus dem Iran, glaubt den Mörder zu kennen …

Die grausamen Sterne der Nacht
Kriminalroman
Ein Fall für Ann Lindell
Übersetzt von Paul Berf
ISBN 978-3-423-**21149**-9

Zwei Morde in Uppsala ohne erkennbares Motiv. Ein verschwundener Petrarca-Forscher. Ein Fall, der an eine Schachpartie erinnert.

Rot wie Schnee
Kriminalroman
Ein Fall für Ann Lindell
Übersetzt von Sigrid Engeler
ISBN 978-3-423-**21180**-2

Ein Mann wird mit durchschnittener Kehle im Fluss gefunden. Die Ermittlungen führen Ann Lindell und ihr Team in die Sümpfe der internationalen Drogenkriminalität und in das trendige Restaurant »Dakar«, in dem jeder verdächtig zu sein scheint.

»Spannend und behutsam erzählte Ann-Lindell-Krimis mit Stil und Intelligenz.«
Literaturportal Schwedenkrimi

Bitte besuchen Sie uns im Internet: www.dtv.de

Jutta Profijt im dtv

»Jutta Profijt ist *die* Krimientdeckung! Zum Brüllen komisch! Schräger, mit viel Fantasie geschriebener Krimispaß.«
Gong

Kühlfach 4
Roman

ISBN 978-3-423-**21129**-1
ISBN 978-3-423-**40122**-7 (eBook)

Das Leben des Rechtsmediziners Dr. Martin Gänsewein gerät völlig aus den Fugen, als ihm eines Tages die Seele von Autoschieber Pascha sein Leid klagt. Pascha behauptet nämlich, ermordet worden zu sein, und Martin soll ihm helfen, die Wahrheit ans Licht zu bringen. Eine verrückte Mörderjagd beginnt. »Nur zwei Worte: Zum Totlachen!« (Für Sie)

Im Kühlfach nebenan
Roman

ISBN 978-3-423-**21185**-7
ISBN 978-3-423-**40312**-2 (eBook)

Zu seiner Freude hat Pascha geistliche Gesellschaft von Ordensschwester Marlene erhalten, die bei einem mysteriösen Klosterbrand ums Leben kam. Er weiß sofort: Da ist was faul! Dr. Gänsewein ist noch angeschlagen vom letzten Abenteuer, doch Pascha stürzt sich schon Hals über Kopf in die Ermittlungen und in Gefahr …

Bitte besuchen Sie uns im Internet: www.dtv.de

Jorun Thørring im dtv

Atemberaubende Spannung vom
»Shootingstar der norwegischen Krimiszene«

Schattenhände
Kriminalroman
Ein Fall für Orla Os
Übersetzt von Sigrid Engeler
dtv premium

ISBN 978-3-423-**24640**-8

Gerichtsmedizinerin Orla Os ermittelt in bizarren Mordfällen in Paris. Der Mörder arbeitet nicht nur mit außerordentlicher Präzision – er scheint auch über jeden Ermittlungsschritt bestens informiert zu sein.

Kein Zeichen von Gewalt
Kriminalroman
Ein Fall für Orla Os
Übersetzt von Sigrid Engeler

ISBN 978-3-423-**21166**-6

Eine steinreiche Pariser Familie, hinter deren funkelnder Fassade der Niedergang lauert – ein schwieriger Fall für Orla Os.

»Jorun Thørring macht etwas sehr Originelles: Sie erfindet eine norwegische Rechtsmedizinerin in Paris – und das macht sie hervorragend.«
Stavanger Aftenblad

Glaspuppen
Kriminalroman
Ein Fall für Aslak Eira
Übersetzt von Sigrid Engeler

ISBN 978-3-423-**21093**-5

Er ist ein Zeichendeuter. Er ist raffiniert. Und er hat es auf attraktive Studentinnen abgesehen. Aslak Eira, samischer Kriminalkommissar und alleinerziehender Vater, ermittelt in seinem ersten Fall in Tromsø.

Iain McDowall im dtv

»Sehr spannend. Und *very British!*«
Antje Deistler im WDR 2

Zwei Tote im Fluss
Kriminalroman
ISBN 978-3-423-**21004**-1

Als man den jungen Schwarzen aus dem Fluss fischte, war Chief Inspector Jacobson gerade in Urlaub. Der Fall war schnell abgeschlossen: Tod durch Ertrinken, wahrscheinlich Selbstmord. Monate später erklärt ein Journalist jedoch: »Der Mann ist ermordet worden, von weißen Rassisten.« Kurz darauf liegt er selbst tot im Fluss.

Der perfekte Tod
Kriminalroman
ISBN 978-3-423-**21071**-3

Nach einem Wohnungsbrand wird ein Drogendealer tot aufgefunden. Zwei Tage spater wird Jacobson zu einer entsetzlichen Familientragödie gerufen: Stephen Adams hat Frau und Kinder umgebracht und dann sich selbst erhängt. Nur eine hat das Blutbad überlebt: die Freundin der Jüngsten – und Tochter der Geliebten des toten Dealers.

Beide Titel wurden übersetzt von Werner Löcher-Lawrence

Bitte besuchen Sie uns im Internet: www.dtv.de

Iain McDowall im dtv

»Jacobsons Fälle sind wahrhaft harte Nüsse.
Das macht den perfekten Krimi.«
Berliner Zeitung

Gefährliches Wiedersehen
Kriminalroman
ISBN 978-3-423-**21124**-6

Die ersten Fliegen schwirren schon um die Leiche, die in einer riesigen Blutlache liegt. Das Opfer: Dr. Roger Harvey, ein absolut unauffälliger Bürger. Für Chief Inspector Jacobson ist der Fall ziemlich rätselhaft. Eines ist allerdings sonderbar: Nachbar Dave Mitchell ist seit der Mordnacht spurlos verschwunden …

Gleich bist du tot
Kriminalroman
ISBN 978-3-423-**21155**-0

Brady, Annabel, Maria und Adrian frönen einem »Hobby«: Sie machen sich einen Spaß daraus, junge Frauen zu entführen und sie in aufwendigen Inszenierungen mit dem Tod zu bedrohen. Noch lassen sie sie im letzten Moment laufen. Doch vielleicht begehen sie bald ihren ersten Mord, wenn Jacobson sie nicht rechtzeitig schnappt …

Beide Titel wurden übersetzt von Werner Löcher-Lawrence

Bitte besuchen Sie uns im Internet: www.dtv.de